姑娘真英雄

长篇小说

GUNIANG
ZHENYINGXIONG

王毓 著

中国出版集团
现代出版社

图书在版编目（CIP）数据

姑娘真英雄 / 王毓著. -- 北京 ：现代出版社，
2017.4

ISBN 978-7-5143-5999-2

Ⅰ．①姑… Ⅱ．①王… Ⅲ．①长篇小说－中国－当代
Ⅳ．①I247.5

中国版本图书馆CIP数据核字(2017)第063378号

姑娘真英雄

作　　者	王　毓	
责任编辑	李　鹏	
出版发行	现代出版社	
地　　址	北京市安定门外安华里504号	
邮政编码	100011	
电　　话	010-64267325　010-64245264（兼传真）	
网　　址	www.1980xd.com	
电子邮箱	xiandai@vip.sina.com	
印　　刷	北京一鑫印务有限责任公司	
开　　本	710×1000　1/16	
印　　张	16	
版　　次	2017年7月第1版　2022年7月第2次印刷	
书　　号	ISBN 978-7-5143-5999-2	
定　　价	45.00元	

一

"啪！""啪！"

春风将两声清脆的鞭响传遍了整个村子，村里人都竖起耳朵，知道三姑赶着毛驴要出村了。

"三姑！"

有个婆姨听见鞭声，从厕所里伸出半个脑袋问："今天做什么去？"

"驮炭。"

"家里没烧的了吗？"

"不是。给五蛋家驮炭。"

"啪！"

三姑鞭子一甩，又是一声脆响。

问三姑的婆姨缩进脑袋，继续蹲下身子解手。三姑心里得意地骂了一句："没话找话，屁话真多。"

有个男人正在院子的水窖旁吊水，听见鞭响，放下手中的水桶说："三姑，你这么好的身子，何苦天天日晒雨淋。"

"身子再好，你也得不着。想过瘾，就来闻闻老娘的脚。"三姑瞪了一眼男人。

驴"踏踏"地走，三姑跟在驴屁股后面，迈着轻快的脚步。驴脖子上的一串核桃大小的黄铜串铃叮叮当当，伴着三姑的脚步，响出村头。

村子在半山腰，要顺着下坡路走到沟底，才算出了村。

一路下坡，两袋烟的工夫，三姑赶着驴到了沟底。这是一条很长的山沟，两面是看不到顶的黄土山，黄土山像一把钳子，夹着山沟，沟长整整二十里。一路上，通常只能看见沟底的青石和头上的一线青天，只能听见鸟儿飞过时留下的几声鸣叫。山沟幽静绵长，曲曲折折，前不见头，后不见尾。过往的行人很少，除了偶尔走过几个走亲串友的，进县城的，沟里总是静幽幽的。

"啪！""啪！"

三姑挥动鞭子，又是两声脆响。这是三姑每次落沟之后的习惯，一来听个脆响，不至于十分孤独，二来也为自己壮胆，毕竟是个女人。扬鞭一响传十里。山上做农活的，放羊的，听见鞭响，往往会拉开嗓子吼几声，用乡里人人熟悉的山歌回应三姑。这样，三姑就不觉得孤独了。

三姑走到一个岔路口，听到远处传来叮当叮当的铃声，清脆悠扬的铃声在山沟里有韵律地回荡，犹如美妙的天籁。三姑立刻高兴起来，她听惯了这熟悉的铃声。

三姑吆喝驴停下来，自己赶紧躲到一个土崖背后，蹲下身子小便。等她小便完了，走到路上，听到身后的铃声近了。

三姑拍了一掌驴屁股，鞭子一甩，啪的一声脆响，响彻山沟。驴又开始走了，脖子上脆生生的串铃又响起来。

"啪！"

三姑的身后也传来一声清脆的鞭响。

三姑放慢了脚步，驴的脚步也慢了。

有人亮了一嗓子："天上的老鹰摇一摇，地上的鸡摇来摇去摇三回，撂不下你。"

一会儿，三姑听见了驴"踏踏"的脚步声。三姑回头，看见驴头上的大红缨子，随着驴的脚步，一闪一闪，像火苗闪烁，暗自欢喜。

"驮炭去吗？"来人问。

"是。"

"你呢？"

"一样。"

三姑在前，来人在后，沿着沟边的土路，迤逦前行。来人叫二愣子，是邻村碾庄的一条光棍，人高马大，力大无穷，为人厚道，也喜欢侍弄牲口。他家不仅养着一头驴，还养着一圈羊，他外出赶驴，爹在家放羊，日子还算过得去。可惜三十多岁的人了，没有娶上婆姨，仍是光棍一条。

"赶紧娶一个婆姨吧，刮风下雨也有人心疼。你壮壮实实一条汉子，别憋出什么毛病来。"

三姑几句调侃，二愣子心里痒痒的。

"俗话说，饱汉不知饿汉饥。难得你有这份体贴人的心。有婆姨过日子，没有婆姨也过日子。再说，现在的日子能好过吗？兵荒马乱的。你没有听说吗？昨天李家塬村的六儿正在院子里蹲着吃饭，对面山上一阵枪响，几十个警备队跑下山来，直奔他家，六儿看到架势不对，想翻墙逃走，结果腿上挨了一枪，被警备队像拖一条狗一样拖走。六儿娘哭天喊地，有什么用。"二愣子说。

"这群挨刀的！就知道祸害好人，连狗都不如！"三姑狠狠地骂。

"自己人糟蹋自己人，可恨！"二愣子说，"我家的羊，前几天被山猫猫咬死两只，我爹气得要死，还不是日本鬼子害的吗？"

"日本鬼子？"三姑不解。

"是。鬼子来村几次，爹怕他们抓走羊，晚上把羊关在野地的羊圈里，不想被山猫猫挖了个土窟窿钻进去，羊脖子上咬个洞，喝足血后，走了，羊也死了。狗日的！"

"几只？"

"三只。"

二愣子气愤至极，飞起一脚，将路边的一块小石头踢得飞出去几丈远，落在山沟对面的枯草丛里。

早春的天气依然冷，牲口一边走，嘴里一边呼呼地冒出一股股白气。二人边走边说，不知不觉就走出了二十里长的山沟。山下清澈的河水哗哗地流着，水面上浮着一层薄雾般的水汽。远望河水，犹如一条青龙，自东向西飘然飞去。这条河是一条四十里长的冒气河，即使寒冬腊月也不会结冰，人们可以下河洗衣服，挑水吃。看到哗哗的流水，二人顿时神清气爽，感到一阵莫名的快慰。

拐过一个小山脚，他们远远看见一个山坡上一座圆圆的碉堡，二人的脸立刻阴起来。憎恶，悲凉，畏惧，击打着二人的心。每次进城，每次去驮炭，他们都要从这座碉堡底下走过。过去走惯了，似乎只是厌恶而已，今天则不然，彼此不约而同地交换了一下眼神。

"狗日的！"二愣子低低骂了一句。

"小声点。"三姑说。

"不怕。骂一声可以出一口恶气，再说他们也没有顺风耳。"

"你的鞭子打不过他们的子弹，不要惹事。"

"知道了。"

二愣子恶狠狠地盯了几眼碉堡，忍无可忍，朝着碉堡甩了一鞭子，恨不得一鞭子削掉那坟墓一样的圆顶。

三姑和二愣子一前一后从碉堡底下走过，倒也平安无事。碉堡的位置在半山坡，这里恰好是一个三岔路口，碉堡可以居高临下，扼守脚下那条东西方向的公路，也可以监守河对面的一切动静。碉堡距离公路西面的县城只有十里路，这里一声枪响，县城的鬼子可以听得清清楚楚，它是县城鬼子的一只眼。

过了碉堡，公路沿着河边一字延伸，三姑和二愣子的脚步迈得也畅快了。看着脚下哗哗的流水，二愣子本想喊一嗓子，刚开口，就被三姑戳了一鞭杆。三姑说，等回家路上疲倦的时候再唱，二愣子只好作罢。二愣子看见河水如一匹素绢，实在经不住它的诱惑，便跑下一条小道，走到河边，掬起一捧一捧的

河水，痛痛快快洗了一个脸。洗完脸，他觉得还不过瘾，顺便又将手伸进河里，掬起几捧水，灌进嘴里，顿时浑身清爽。

二愣子走上公路，站在驴屁股后面，对三姑说："日他个娘，好舒坦！你也洗把脸。"

"看着你洗，我也眼馋。你稍等，我也下去抹一把脸。"

三姑从河边洗脸上来，对二愣子说："今天我们到近处的煤窑驮炭，那里安全些，免得惹麻烦。"

"好吧。"二愣子附和。

三姑和二愣子刚走几步，远远看见一队警备队背着枪沿着公路走来。三姑想躲开这群狗腿子，看一眼赤裸裸的公路，没有躲藏的地方。她看看身边身强力壮的二愣子，好像有了一座大靠山，也就胆壮了。二愣子经常碰见警备队，知道他们的臭德性。

二

走在警备队前面的人叫四狗，人称四痞子，是警备队的队长。他的家就在碉堡附近，凭着他的胆大无赖和几分机灵，结识了日本人，取得了日本人的信任，做了警备队长。四痞子狗仗人势，横行乡里，谁见了都怕他几分。四痞子看见两个赶牲口的走过来，随便瞟了一眼。突然，他眼前一亮，看见驴屁股后面跟着个婆姨，不禁好奇地多看了几眼。四痞子走到三姑跟前，歪着头看了一会儿三姑，说："没想到是个母的。一个婆姨跟在驴屁股后面，喜欢闻驴的那股骚味吗？"

三姑瞪了四痞子一眼，心里骂道："放你娘的狗屁，你娘才喜欢闻骚味。"

四痞子见三姑不好惹，嗨嗨一笑，还想戏弄几句，看见三姑举起了鞭子。四痞子正想发作，身后的人说："队长，走吧。别误了正事。"

有人给他台阶下，四痞子不好发作，骂了一声："骚货！小心着！"

其实，四痞子心里怕那杆鞭子，如果真被那婆姨抽一鞭子，在这么多人面前多丢人，尽管自己有办法对付这个女人。

二愣子看见架势不好，在驴屁股上悄悄戳了一下，驴冲上前去，四痞子赶紧闪开。二愣子的驴一冲，让三姑的驴受惊，嗷嗷叫了两声，跑起来。二愣子顺手拉了一把三姑，三姑会意，赶紧去追赶自己的驴。

"哈哈！毕竟是母的，怕爹爹！"

三姑身后传来四痞子一串得意的笑声。

三姑驮炭回到村里，已近黄昏。她扬起鞭子，一个脆响。托三姑驮炭的人叫金贵，他听到鞭响，知道三姑回来了，赶紧走出院子，喊了一声："三姑！"

"你的炭卸哪儿？"三姑问。

"院子里。"

三姑把驴牵进金贵家的院子，金贵帮着三姑卸下炭，说："我儿子娶婆姨办喜事，要二十斤油，再托你给我买来。"

"可以。只是这几天路上不太平安，怕有麻烦。不过，你家办喜事，再麻烦我也得给你去买。"

"知道三姑是个仗义人，到时请你来喝喜酒。"

"邻里邻舍，谁没有个事，你放心，忙我要帮，酒我也要喝。"

"见过世面的人，说话也和别人不一样，听着舒服。"

"他大叔，你真会抬举人。听着你的话，我心里也舒服。"

晚上睡在炕上，三姑对男人二小说起今天遇到四痞子的事。二小说，还是等几天再出去，平安是大事。再说庄稼要入种，地里需要个帮手，你不下地，还要找人帮忙，里外一样。

"答应人家的事，不好反悔。虽说我是个女人，说话也要算数。明天我还是要去，晚上你把牲口喂好。"

三姑嘱咐了几句，觉得身子冷，猛地钻进二小的被窝里。

三姑的村里有几头毛驴，平常只是拉磨拉碾子，家里没炭烧了，也去二三十里外的煤窑驮炭。只有三姑的毛驴不仅外出驮炭，还帮三姑倒贩米麦油盐等日用品。人们都说三姑胆子太大了，一个女人家，又是兵荒马乱的年代，也不怕出什么事。三姑说，睡在自家炕上都会死人，不担风险，哪有好日子过。通常村里赶牲口的都是男人，很少有女人跟在驴屁股后面转，女人一般只做家务活。三姑与一般女人的习性不同，她不太喜欢待在家里做家务活，而喜欢做地里的活，尤其喜欢侍弄牲口。

二小娶三姑时，村里人当着二小的面说，你别娶回一个母夜叉，让村里不得安宁。二小嘿嘿一笑说，不会的。男人打趣：光棍三年，母猪不嫌。二小呵呵一笑说，三姑不喜欢做细活，喜欢做粗活，也是为我添了一个壮劳力，有什么不好。女人打趣：日后二小的裤裆破了，也有个女人缝补了。二小哈哈一笑说，那时你们就来我裤裆瞧热闹好了，保证让你们看个够。女人们哄堂大笑。

为了让牲口吃好，二小晚上喂了三次草料。三姑睡在暖暖的被窝里，睡得

像死猪一般沉。

天亮了，二小早早起来，给驴饮水，准备鞍子、草料和油篓。一切准备停当，喊三姑早点出发。三姑梳洗好，吃罢饭，拍拍两个孩子的脑袋说："在家好好玩，不要乱跑。"

"娘，你早点回来。"两个孩子齐声说。

"好。"三姑摸摸两个孩子的头。

"咱家卖二斗麦子，你去装好，省得去时空驮子。"三姑对二小说。

二小赶紧去装麦子。等到一切收拾停当，三姑赶着驴走出院子，扬起鞭子，"啪！"一个脆响。

金贵的婆姨听见鞭声，跑出院子，对正在下坡的三姑说："三姑，你买好些的油，办喜事的油不能赖，不然亲戚朋友会骂的。"

"知道了。让你男人等着抱儿媳妇吧。"

"别人抱不行，他抱，我高兴。"

两个女人哈哈大笑，震得驴连放两个响屁。

三姑赶着驴走了二里路，没有看见一个人，眼看就要到沟底了。三姑想，这二十里的沟，又得一个人孤孤单单走出去。昨天二愣子说，今天他的驴要给人拉磨，他要下地入种，一定遇不到他了。他想起昨天路上碰到四痞子的事，多亏二愣子有心计，不然自己不知道会被他羞辱成什么样子。一个女人被羞辱，是很丢脸面的事，她心里十分感激二愣子。今天她走得早，要去七十里外的三岔口赶集，不经过碉堡，兴许碰不到警备队，心里轻松多了。三姑嫁给二小，过门只有两个月，就赶着驴做生意，风风雨雨过了十年。说起来，三姑喜欢赶驴，还是受她爹的影响，因为她爹就赶了一辈子牲口，她从小就帮着爹服侍牲口。

到了沟底，三姑又甩了一个响鞭，她不知道这个响鞭是甩给谁的。

"三姑——"有人在远处高声喊。

三姑往前看，看不到人影，不知道谁喊她。她快走几步，转过一个土崖，看见喊她的人是邻村的金花，她们打小就认识。现在金花嫁在县城附近的一个村子，开着一家旅店，旅店就在河边，离鬼子的碉堡只有一里路。有时，三姑路上遇到天黑，就到金花家的旅店歇宿，彼此很熟悉。

"听见鞭响就知道是你，这下路上有个说话的人了。"金花说。

"狗日的四痞子，昨天戏弄我。"三姑余怒未消。

"他就是个痞子。爹死了，家里只有娘，他没有婆姨，是个馋鼻子。他披着那身黑皮，为非作歹，早晚有人会剥他的皮。"

"昨天，我很想抽他一鞭子，削去他的一只耳朵，给他破相，让他变成个丑八怪，到底还是忍住了。"

"你可别惹祸，他手里有枪，敌不得。"

"多亏二愣子帮了我，不然，在那么多男人面前，我会丢死人。"

"二愣子，就是那个光棍吗？"

"是的。"

"你怎跟光棍在一起，不怕人笑话。"

"路上偶然碰上的，我还会专门去找他吗？"

"谁知道。人们说，赶牲口的，杀牲畜的，野。"

"我三姑可不是个野女人，你去三乡五邻问问。"

"你别认真了，我不过随口说说。"金花哈哈笑起来。

三姑上前使劲拧了一把金花的脸蛋，也哈哈大笑起来。

三姑和金花在河边的桥头分手，金花往西走，三姑往东走。这里离三岔口还有五十里路。三姑拉着驴走到河边，让驴喝了几口水，继续赶路。越往前走，距离鬼子越远，三姑心里也越平静。公路下面是那道清澈的河水，公路上可以清晰地听到潺潺的流水声。潺潺流水让三姑心里十分愉快，她情不自禁地哼起小曲来。水声和着曲声，一起在山沟回荡。

三姑不知不觉走了十里路，到了强盗湾。这里前后几里没有村落，只有狭窄的山沟，陡立的峭壁，十分荒凉。这里常有土匪出没，常发生行人被抢的事情，所以行人路经此地，都不寒而栗，多结伴而行。三姑经常去三岔口赶集，经常要路过此地，她总是独来独往，很少有人相伴。三姑的倔脾气曾让她在此吃过亏，险些丢了命。三姑抬头看看路边的山上没有人影，也就没把土匪劫人的事放在心上，只是拍了一掌驴屁股，加快了脚步。

三

接近黄昏，三姑来到了三岔口，她赶紧走到集市上，把驮来的麦子卖了，又去买油。三岔口的集市是方圆百里的大集市，每逢赶集，人如潮水，各种日用货物应有尽有。三姑来到卖油的地方，看到店铺和地摊上有很多种油：豆油、香油、棉花籽油、蓖麻油和胡麻油。她买了一篓子上好的豆油，赶着驴走进旅店。

"三姑，天天给你准备客房，你总不来，今天到底来了。老房间，收拾得好好的。"店掌柜说。

店掌柜一边热情招呼着三姑，一边帮着三姑卸驮子。卸下驮子，他先帮着三姑把油篓子放进库房，又提着一只木桶，从水井里打了满满一桶水饮驴。

驴喝足了水，三姑把驴拉进圈里，给驴添好草，回到客房。店掌柜端着一铜盆子热水进门："洗洗脸，烫烫脚，舒服一点。有什么事，喊一声。"

"下辈子我也做女人，有人疼。哪像我们男人，店掌柜都不愿意正眼看一下，更不必说端茶递水。"有个男人调侃店掌柜。

"这好说，你把你身子下面的东西换掉，我也照样给你端茶递水。"

"下辈子吧。我还舍不得我的宝贝，一家老小，全凭它养家糊口。"

三姑在屋里装作没有听见，高声喊："店掌柜，有面条吗？"

"有。"

"给我端一大碗来。"

一会儿，店掌柜端来一海碗热腾腾的面条，递在三姑的手里，说："不够吃，吱声。"

吃完一海碗，三姑又叫来一海碗，一口气连吃两碗，少说也有一斤面。店掌柜说："吃得饭，才干得活。一个女人家，跑几十里路，不容易。"

夜里，三姑睡得正香，突然一声巨响，把她从梦中惊醒。三姑穿衣走出屋子，院子里已经站着不少客人，他们都出来看发生了什么事。有人想打开院子的大门出去看个究竟，被店掌柜喝住。

"黑天半夜，你们出去想挨枪子吗？"店掌柜高声呵斥。

店掌柜的话音刚落，噼噼啪啪的声音从远处传来。有人从大门的门缝往外瞧，看不见什么。有胆子大的，踮起脚跟隔墙往外看，看见一里外的地方子弹横飞，不知道什么人在交火。客人们怕挨子弹，都进屋了。三姑担心自己的驴，到圈里去瞧了一眼，看见自己的驴在吃草。驴看见三姑来了，抬头看看她，又冲她摆摆头，然后继续低头吃草。三姑给驴添了一筛子草，放心地离开。三姑又去库房看了一眼，见库门紧锁，知道没事，就放心回到屋里，安心睡觉。

天亮，三姑梳洗之后，吃了两海碗面条，叫店掌柜帮着收拾好驮子，准备离开旅店回家。

"今天不平稳，你别走大路了，还是走小路。"店掌柜对三姑说。

三姑觉得店掌柜的话有理，可走小路要绕路，又不好走，要多花一个时辰才能回家。虽说三姑是个女流之辈，虽说并不惧怕杀人抢劫，但没有必要跟枪子较量，何必自找麻烦。大丈夫能伸能屈。小路在公路的对面，中间隔一条河，回家要经过好几个村子，万一发生什么事，村子也是个掩护，安全多了。

"听店掌柜的话。"三姑说完，赶着驴走出旅店。

三姑沿着小路一路走来，每经过一个村子，总有人对她指指点点。三姑明白，他们都在为一个女人赶牲口感到稀奇。有人看到一个女人家赶牲口，猜想她一定是出于无奈，所以热情招呼三姑喝水歇脚。三姑道谢："不喝了，家里人还等着。你们这里的人真厚道。"

下午，三姑离开小路，拐入回家的那条二十里长的山沟。此时，人困驴乏，三姑牵着驴到河边饮水。驴喝饱了水，三姑也乘便洗了一把脸，感到轻松多了。她牵着驴走上一截石崖小路，石崖好几丈高，崖下是青石板，人和驴走起来都很担心。这截石崖路过去就是土路，土路比这段石头路好走多了，再走一个时辰，三姑就回家了。

突然，一股龙卷风冲着三姑旋转而来。路面太窄，三姑无处躲藏，被旋风围在中间。旋风夹着黄土和沙石，无情地击打着三姑的脸。突如其来的旋风也将驴围在垓心，驴受到惊吓，摇头摆尾，四蹄乱蹦，背上的驮子摇摇晃晃。三姑哀叹，昨夜没有死于枪弹，此刻要被龙卷风卷入崖底吗？慌乱中，她赶紧拉住驴的绳索，稳住驴头，任凭驴的四蹄乱蹦。她想往四下里看，风沙迷住了她的眼睛，眼前一片漆黑，仿佛天塌地陷一般。

"三姑没有做亏心事，老天为什么要惩罚我！"三姑在旋风中绝望地大声哭喊着。

三姑死死拽着驴缰，等待旋风把她和驴一起卷下石崖，共赴黄泉。

眼看天快黑了，二小还没有看见三姑回村，心里有点担心，就带着大儿子站在大门外往村外望着。父子二人等了很久，看不见三姑的影子。二小心想，该不会出什么事吧。

"在等你的那杆鞭子吗，二小？"隔壁的二牛问。

"是的。这时候还没有回来，有点不放心。"二小说。

"谁吃了豹子胆，敢抢你的婆姨。回家躺炕上耐心等着，晚上保准你能抱着她睡觉。"二牛说。

"当然会。"二小嘴里这么说，心里却不踏实，干脆带着儿子出村去接三姑。

出村不远，二小听见叮铃铃的铃声，知道是三姑回来了。二小扯开嗓子大声喊："三姑——"

三姑听见二小的喊声，心里没好气，低声骂着："喊个屁，我还能被狼吃掉！"

三姑心里没好气，既怪那场龙卷风，也怪路上遇到二愣子村里的那个女

9

人。那个女人说有人给二愣子提亲。三姑听了，先为二愣子高兴，后来心里酸溜溜的。三姑心里骂自己：酸个屁！下贱！

二小赶着驴去给金贵送油，三姑和儿子先回家。听见驴的串铃声，金贵走出院子，笑呵呵地说："油买回来了吗？"

"我家三姑说，是上好的豆油，出了高价钱买的。"

"我相信三姑的话。明天吃顿油糕，先尝尝好赖。"

"有什么好尝的，好油还能赖吗？"

"先尝个新鲜。"

三姑洗去了满面尘土，手里拿着一把桃木梳子，一梳一梳地梳着黑黑的长发。锅台上，黑瓷灯树上的蓖麻油灯悠悠地燃着，二小早已做好的软米粥从锅里喷出一股股的香气，只等二小回家做点汤，就可以开饭了。两个孩子在院子外面玩耍，家里静幽幽的。梳洗完毕，三姑上了炕，盘着腿坐在炕头，等着二小回来。

油灯一直亮到二更，两个孩子钻进了被窝，三姑乏了，也钻进被窝。二小给牲口添了一筛子草，上炕钻进三姑被窝里。二小看着三姑俊俏的脸蛋，大大的眼睛，黑黑的头发，心里说不出的甜蜜。他认为三姑是世界上最美的女人。当初人们都说三姑野，其实三姑长得很俊，美丽外皮里裹着一副野性骨头。二小也是有血性的男人，只是个子略小点。二小一把一把地抚摸着三姑柔嫩的身子，感觉手里的皮肉活脱脱的，像一匹缎子柔软鲜活。三姑被二小一把把的搓揉弄得骨头酥酥的，软软的，仿佛融化了一般。

四

三姑做姑娘时，有不少媒人上门提亲，都被她一一谢绝。论三姑的人样，方圆二十里也是数一数二的，小伙子们都喜欢三姑俊俏的模样，所以提亲的人踏破门槛。有的一回不成，再来一回，回回失败，回回不甘心。三姑挑人，不挑他的家产多厚，也不挑他的人样多好，就挑脾性硬朗，有骨气的男人。二小有福气，捞到了三姑这个俊女人。冲着二小对自己好，三姑在外面赶牲口再累，回到家也是高高兴兴的。

"咱家的苞米都下种了吗？"三姑问。

"家里的活不用你操心，地里的活耽误不了。现在地里的墒情不错，可以下种，不知道以后的雨水如何。如果今年收成好，多打点粮食，过两年我们修两孔新窑洞，让你舒舒服服过日子。"

"我在外面多挣点钱，两人合力过日子，不愁过不好日子。"

"人们都说你野，我说你是天下最好的婆姨。休息几天再跑活，人和驴都休息一下。"二小紧紧抱着三姑。

三姑不住扭动身子，二小知道三姑动情了，翻身将三姑压在身下。家里的动静惊动了圈里的驴，驴嗷嗷叫起来。

二小早早起来，先去水窖吊了一桶水，倒入院子里的大瓷盆里，又从锅里舀了几瓢热水掺进盆里，然后去圈里牵出驴。驴吃了一夜的干草，十分干渴，见到热水，一头扎下去喝了个饱。看见驴从大瓷盆里抬起头，一副十分满足的样子，二小摸着驴的脊梁，亲切地问："龟孙子，你喝够了吗？"

驴的鼻子突突喷了两下，两眼直勾勾地盯着二小。

"我知道你的心事。今天不干活了，你心里还惦着那几口黑豆料。休息还想着吃料，我养活不起你。"二小摸着驴的耳朵，故意逗驴。

驴抬着头，又突突喷了两个响鼻，依然两眼直勾勾地盯着二小，不卑不亢，毫不理会二小的话。

"罢罢罢，我是孙子你是爷，给你吃。话说过来，你是我家最壮的劳力，可你吃得最差，我不能亏待你。"

二小走进窑洞，从瓷盆里舀了两碗已经泡好的黑豆，出来倒入刚才驴喝水的大瓷盆里。驴迫不及待地低下头，大口吃着料。

驴很快就吃完盆里的黑豆，抬起头盯着二小，一副意犹未尽的样子。二小骂道："驴儿，你好贪心，两碗料还不满足吗？"

平常驴出去跑路干活，早晨总要给它吃三碗料，今天二小只给它吃两碗，它自然不满足。

三姑正在家里生火，听见门外二小和驴说话，高声说："二小，你唠叨什么，给它再吃一碗。不给吃料，驴哪有劲跑路。晚上我不给你小子一点甜头，白天你还不是懒得锥子都扎不动，何况是不懂事的牲口。快去舀料！"

"驴快成你干爹了，那么孝顺。"二小嘟囔着走进窑洞里，又给驴舀了一碗料。

驴三下五除二，一碗料很快吞进肚里。驴抬起头，看着二小，嗷嗷叫了两声。二小骂道："驴儿，你还知道感恩，快成精了。"

二小上地干活去了，家里二十多亩地，靠他一个人干，没有多少空闲时间。今天三姑不去跑活，在家做饭看孩子。三姑生着火，往锅里添足了做稀饭的水，就拿起炕头的鞋底和麻绳，走出门。三姑到了院子里，随手拿过一个小木凳，坐在凳子上一针一针纳鞋底。

　　隔壁的二婶走进院子，看见三姑低着头纳鞋底，怪声怪气地说："吃！三姑今天成了闲人，做起针线活了。"

　　"今天不出去，在家也不能闲着。我想给自己做一双花鞋，鞋帮子已经绣好了花，就差纳鞋底。外面活多，总也闲不下来，隔三岔五才纳几针。"

　　二婶从三姑手里接过鞋底，翻来翻去仔细看。看了一会儿，又捏了捏鞋底，说："三姑的针线真好，这鞋底纳得密实整齐，邦邦硬，穿起来结实，经得起磨。"

　　"我经常跟着驴屁股跑，不能三天两头就换鞋，要有结实鞋穿。"

　　"我家男人地里干活都很费鞋，你天南海北到处跑，哪能不费鞋。"

　　"我就是穿鞋的命，有挣钱的命就好了。"

　　"一个女人家可以到处跑，够好的了。世界上的钱多得很，有金山，有银山，能挣得完吗？三姑，看看你的鞋帮子，绣什么花？"

　　二婶看见三姑穿过绣花鞋，还没有看见三姑绣的花，心想一个成天拿鞭子的女人拿绣花针，能绣出像样的花吗？二婶绣得一手好花，也是一个爱挑剔的女人，看了哪个女人绣的花，她都会挑出一两处拙笨的地方。

　　"不好意思给你看，你手巧，是绣花行家。"三姑知道二婶想挑毛病。

　　"鞋穿在脚上，谁看不见，还怕我看一看吗？"

　　看见三姑推诿，二婶更想看看。二婶心里想，天下的女人一茬接一茬，都是门里的货，只会缝衣做饭带孩子。三姑是个门外的人，哪个女人都得让她三分，可她未必是个门里的好女人。

　　三姑嘴上推诿，还是起身推开门进了窑洞，拿出两个鞋帮子，递给二婶："看看哪里绣得不好，给我指点一下，让我多少有个长进。"

　　二婶把鞋帮子拿在手里，看见绣的是两朵莲花。红的花，绿的叶，都是用丝线绣的，小巧精致。

　　"哎哟哟，我的侄媳妇，你的花绣得真好，怕你二婶都比不上。"

　　"二婶，你别夸我了，侄媳妇都不知道自家的门朝哪开了。"

　　"二婶都要让你三分了。不过，荷叶绣得不太舒展，挤了一点。"

　　"二婶毕竟是行家里手，一眼就能看出个究竟来。下次绣，改一改。"

　　"天不早了，我要去煮饭。一会儿还要给二小去送饭。"

　　"吃什么？"

　　"稀饭，再蒸点玉米面窝窝。"

　　"你真亲你家二小，我家几年都没有吃黄黄的纯玉米窝窝了，想起来都嘴馋。"

二婶咂巴了一下嘴。

"那是你爱节省。我家二小一早就到地里干活，得吃结实点的东西。再说，一个男人，白天不吃好点，晚上能行吗？"

三姑哈哈大笑，二婶也跟着哈哈大笑。

"原来你蒸玉米面窝窝是给二小喂料。你真是只馋猫，难怪你过门那个晚上，你家的窗户底下蹲着一溜人听动静，个个听得魂不守舍。"

二婶说完，笑得弯了腰。

三姑笑得流眼泪。

三姑做好饭，安顿两个孩子在家吃饭。然后把饭装在瓷罐子里，用布包了窝窝，到地里给二小送饭。村里人有个习惯，男人早上到地里干活，为了多干活，不吃早饭，半晌才由家里的婆姨或者小孩子送饭去。二小家也不例外。

三姑出村后翻过一个小山，远远看见二小在地里干活。她加快脚步，想早点到地头，让二小早点吃饭。三姑刚到地头，旁边地里正在吃饭的二伯就提着饭罐子凑过来。二小收起镢头，顺手捡起地上的草根擦了擦镢头，走过来吃饭。

"我家没有烧的炭了，三姑给我驮一驮子。"二伯说。

"行。"三姑说。

"不过，这几天风声紧，你敢去吗？"二伯有点担心。

"没事。死生有命，富贵在天。"三姑说。

"早上碰见邻村的三蛋子，说警备队带着日本人进了他们村，牵走了几头牛，还抓走了两个人。"二伯说。

"没事。在家还不是让人抓走。现在，命不是自家的，在哪都一样。歇息两天我就出去。"三姑说。

二小只顾吃饭，当着二伯的面不好阻止三姑。

五

二愣子赶着驴，摇摇摆摆从沟岔出来。他扬起鞭子，在空中甩了一个响鞭。响鞭的余音刚刚停歇，二愣子就拉开了嗓子：

羊疙瘩瘩面香来驴疙瘩瘩屎臭，白天黑夜想你个够。

本想掐几朵朵喇叭花，没想到雨来它就倒了头。

二愣子这几天在家里遇着今生最得意的事，居然有人给他提亲了。二愣子弟兄三人，老大没到成婚年龄就病死了，他和老三都没有成亲。二愣子的爹十

13

分勤快，放着一圈羊。娘脾气刚，有点得理不饶人，所以在村里人脉不大好，很少有人为她家提亲。两个儿子都知道娘影响了自己的婚事，又无可奈何。当地有个习惯，家里的爹娘人性不好，就没有姑娘愿意上门。人品是一个家庭的门面。

姑娘上门相亲这天，二愣子没有像样的衣服穿，邻居的小伙子就借给二愣子一套崭新的衣服穿。二愣子家没有像样的家具，就从邻居那里借了几件像样的家具摆在屋里：一个大立柜，一把太师椅，一张八仙桌，一只大木箱。屋里不干净，二愣子的爹用白灰刷了一遍，屋里白白净净的。在娘的催促下，二愣子新剃了头，胡子刮得干干净净，看起来年轻了好几岁。村里人知道二愣子相亲的消息，一大早就站在自家院子外面等着瞧热闹，多嘴的女人交头接耳，叽叽喳喳，不知道说些什么。男人们有庆幸的，也有说风凉话的。勤快的女人没有心思料理家务活，勤快的男人也不想上地干活，游手好闲的人更是奔走相告，撺掇人们看热闹。看见哥哥穿得人模人样，弟弟心里很不是滋味，不知道哪天才能轮到自己穿这样的衣服。不过，他也为哥哥高兴，因为哥哥没娶媳妇，他就不能娶。村里的习惯，娶媳妇要先大后小，先小后大就是乱了伦理。

二愣子的歌声刚落，身后就传来一声脆响。听响声，二愣子知道三姑来了，便放慢脚步等三姑。

三姑走近了，二愣子一眼瞧见了三姑脚上的绣花鞋，眼前一亮。

看见二愣子，三姑心里很高兴，毕竟几天没有见面了。身边有个男人做伴，三姑感到安全。身边有个说话的人，既不寂寞，也不感觉到疲劳。两个人一边说话一边走，不知不觉就会走几十里路。这是三姑经常跑外的经验。

"愣子，这几天在家做什么？"三姑快走一阵，撵上了二愣子。

"没做什么。"二愣子淡淡地说，心里正不舒服。

"不会吧。听说你有喜事。"三姑咯咯笑着。

"不说也罢。有什么喜事。"

"怎么了，说说吧。"

"一言难尽。"

相亲那天，媒婆陪着姑娘和姑娘的娘来相亲。媒婆是附近闻名的巧嘴马兰花，她说的亲事十有九成，人称麻花嘴。三人刚进村，消息马上就在全村传开了，人们纷纷出门看热闹。三人进了二愣子的院子，脑畔上和院子里站满了看热闹的人，比看正月里的秧歌还热闹。二愣子一家人站在大门口迎接客人，恭恭敬敬地把客人迎进家门。客人喝了一通水，开始吃饭。饭是二愣子的娘最拿手的手拉面，面拉得细细的，长长的，各色调料俱全，吃得三人满头大汗。麻花嘴对姑娘的娘说，二愣子的娘手很巧，不仅做得一手好饭，而且还有一手好针线，姑娘嫁给这户人家，什么都能学会。母女二人再看看屋里的陈设，也觉得不错，心里暗暗高兴。再看看二愣子，穿戴整整齐齐，身体壮壮实实，浑身有的是力气。这样的庄稼人不愁没有饭吃，正是庄户人家喜欢的好劳力。姑娘的娘觉得二愣子愣愣怔怔，不机灵。三人吃了两顿好饭，姑娘的娘要回家，说家里的活忙。二愣子的娘再三挽留，姑娘的娘还是要走；麻花嘴也一再挽留，姑娘的娘执意要回家。二愣子的娘心里着急，心想婚事没戏了。麻花嘴看见姑娘的娘去意已决，就用眼色示意二愣子的娘。愣子的娘赶紧从柜子里摸出几块大洋，递在麻花嘴的手里，麻花嘴赶紧把大洋塞进姑娘的娘手里。麻花嘴附着二愣子娘的耳朵低声说，让她先回家，慢慢来。姑娘的娘觉得盛情难却，反正姑娘迟早得嫁人，就对麻花嘴说，让女儿留下再仔细看看，我回家了。二愣子一家和麻花嘴听了姑娘的娘的话，十分高兴，知道这门亲事有戏唱。

晚上，二愣子的娘对姑娘说，今晚你就和二愣子睡一个屋，反正迟早总有这一天。姑娘没有吱声，二愣子的娘知道姑娘默许了，就搬来两床好铺盖，安顿儿子和姑娘在另一个屋睡觉。二愣子和姑娘睡觉的消息不胫而走，村里的人欢呼雀跃，特别是小伙子，比自己和姑娘睡觉都高兴。为什么这么高兴？因为人们晚上有戏看。

二更天，二愣子就吹灭了灯。看见二愣子屋里的灯灭了，一伙年轻人就悄悄蹲在屋外的窗台下，房顶上还站着十几个人，上上下下足有二三十个听房的人。村里的习惯，晚上谁家都不忌讳别人听房事。特别是新婚夫妇，爹娘都盼着有人来听儿子的房事，如果没有人听房，说明他家的人缘不好。二愣子和姑娘都知道门外有人，姑娘扭扭捏捏，不肯脱裤子。二愣子是等了几十年的光棍汉，身边睡着个活生生的女人，哪能耐得住。初时，二愣子劝了姑娘几句，姑娘不依；后来二愣子忍耐不住，就动手摩挲，姑娘的欲火终于被挑逗起来。屋外的人用手指蘸着唾沫，轻轻地捅破窗纸，偷偷往里瞧二愣子和姑娘的动静。

二愣子动静了大半夜，直到天快亮才歇手。门外的人也在天亮才拖着疲倦的身子离开院子。第二天，睡意犹存的年轻人遇见二愣子，大骂："龟孙子二愣子，你的心太黑了，不仅把人家姑娘折腾得一夜没有睡觉，把我们也几乎折腾死，困死我们了。"

二愣子得意地说："要是你们也进来红火一下，就不会这么困了。"

"那姑娘怎样？跟别人说不得，跟我说得，不用害羞。"三姑说。

"那姑娘初时还同意，和我睡了一夜，后来就变卦了，不知道什么原因。"

"哦。一定是有人暗地里说你家的坏话了，不然怎么会变卦。"

"天上的云，女人的心，捉摸不定。"

"的确是这样。你再请麻花嘴说说。有时候，强扭的瓜也甜。一个女人，同意做那事了，也就同意一起过日子了。"

"再说吧。"

"其实，二愣子你是个好男人，浑身的力气不说，对人也好，是个可靠的男人。"

说到这里，三姑隐隐动情，四痞子那天调戏她，要不是二愣子帮忙，不知道多丢人。她突然想起那天遭遇旋风的情景，掩饰不住内心的依恋之心，说："如果那天你在身边，我就不会那么害怕了。"

"哪天？"

"去三岔口赶集那天。我赶着驴往回走，走到石崖上遇到了旋风——我从来都没有遇到的大旋风，旋风把我和驴紧紧围在里面。你知道那里路很窄，牲口转不过身子，下面就是几丈高的悬崖，稍不注意，就会摔成肉泥。旋风紧紧卷着我，一直把我卷了一袋烟的工夫，上不见天，下不见地，周围不见人，只有我和驴，喊天天不应，喊地地不灵，喊娘不见影。那时我想，恐怕没有今生了。如果当时你在身边，也能帮我一把，我也不会那么绝望。好在旋风里的鬼拖不动我，我又和你见面了。"

说到这里，三姑觉得后怕。她怕二小担心，没敢对丈夫说起这件事。二愣子是经常在外面跑的人，大事小事见得多，不怕鬼神，又值得信赖，三姑这才说给他听。二愣子想起那天天昏地暗的情景，笑着说："原来那场旋风是找你的，你的命真大。大难不死，必有后福。你是恶鬼都怕的女人，再大的灾难奈何不了你。"

"但愿如此。"

二愣子又瞧见了三姑的绣花鞋，说："穿新鞋了！"

三姑嫣然一笑，脸上立刻飘出两朵红晕："穿着新鞋走路，稳当。"

"不怕尘土脏了鞋？"

"不怕。"

三姑指着不远处那段石崖，对二愣子说："就在那里，我被旋风围住了。"

二愣子往那地方一看，也有几分战栗，说："真危险。今天你不用害怕了，有什么事，我担着。"

"有你这句话，我算有个依靠了，心里踏实。"

说话之间，二人走出了二十里的山沟，看见了沟外清凌凌的河水。

看见河水清凌凌的，看见河边的鹅卵石亮亮的，看见河对面山上的树和草青青的，二愣子想唱一嗓子，可看见不远处鬼子的碉堡，只好作罢。走到鬼子的碉堡底下，三姑和二愣子都往上瞅了一眼，加快了脚步。

六

二人过了碉堡，三姑骂道："狗娘养的，来中国行凶，迟早会死在这里。"

"这碉堡迟早要垮的，碉堡也是他们的坟墓。"二愣子骂道。

过了碉堡，可以看见不远处金花家的旅店。三姑仿佛看见了金花一般高兴，脚步不由加快了。到了旅店门口，三姑往院里一瞅，看见金花正在扫院子，就高声喊："金花——"

金花听见喊声，往门外一瞅，看见喊她的人是三姑，热情地问："驮炭去吗？"

"是的。"

"回来身子乏了，进来喝口水。"

"好的。"三姑鞭子一扬，"啪！"算是和金花告别。

三姑和二愣子在煤窑装好炭，赶着牲口走出一道沟，刚要踏上公路，迎面碰见一队日本人齐刷刷走过来。打头的日本人看见驴屁股后面跟着一个女人，嬉皮笑脸，叽里咕噜。二人不知道日本人在说什么，但他们都知道对方的鬼心思。三姑心里不由得有点发麻，心里直骂：该死的畜生！老娘骗了你！

二愣子一边看着对方的动静，一边在想着对策，他不能让三姑吃亏。他知道日本人是不好对付的，他们惨无人道，弄不好就会挨枪子。他也知道三姑的脾气不好，哪容得人欺负她，万一她忍不住，就会出乱子。

正在二愣子着急之际，领头的日本人走过来，指着三姑叽里咕噜一通，看样子想把三姑带走。虽说三姑是个赶牲口的人，但是既年轻，又有几分姿色，怎不让他们垂涎。日本人拿枪指着三姑，喊："花姑娘的，走！"

二愣子心想，这下子糟了。他听人们讲，日本人遇到好看点的女人，就掳到军营糟蹋，有被糟蹋至死的，有能活着出来，也是三分像人七分像鬼。

日本人身边的四痞子对三姑说："赶牲口的，你走运了，日本人想把你带去享清福。伺候日本人，比你赶牲口舒服多了。"

四痞子哈哈大笑。

"你娘的屁！让你老娘去伺候。"三姑怒目而视。

二愣子瞅了一眼三姑，看见三姑紧紧握着手里的鞭子，随时都会扬起鞭子抽人。一旦三姑扬起鞭子，后果可想而知，这样的结局，他不敢想象。

两个日本人走上来，用枪逼着三姑跟他们走。四痞子说："你乖乖地走，不然，有你好果子吃。"

眼看三姑就要被带走，二愣子不敢贸然出手阻拦。如果他上前阻拦，先遭殃的必定是自己，可不能眼睁睁看着三姑被带走。如果他不出手相救，以后还有什么脸面见三姑。情急之中，二愣子突然冲着日本人喊道："她有梅毒！她有梅毒！大大的梅毒！"

日本人不知道二愣子喊什么，转头看着四痞子。四痞子冲着日本人叽里咕噜几句，日本人放下了手中的枪。二愣子是个粗人，但也有一点心计。他想，男人都喜欢女人，而男人又都怕有梅毒的女人，难道日本人就不怕吗？果然，二愣子的这一招显了灵。

眼看到手的女人被二愣子一句话搅散，日本人气急败坏。一个恼羞成怒的日本人走到二愣子跟前，抢起枪托，冲着二愣子的大腿狠狠砸去，将二愣子打倒在地。日本人还嫌不解气，又举起枪来，冲着二愣子的大腿狠狠刺去。顿时，二愣子的大腿鲜血直流。二愣子没有喊叫，只狠狠盯了一眼日本人，用手捂住了伤口。

领头的日本人手一挥，一队日本人扬长而去。

二愣子受伤，不能走路，三姑掏钱雇了两个人，把二愣子抬到附近的金花旅店，对金花嘱咐了几句，赶着驴匆匆回家去。

黄昏，三姑回了村，匆匆卸下驴背上的炭，跟买炭的说了几句话，又匆匆赶回家。男人二小正端着大碗吃稀饭，手里捏着一条长长的玉米面窝窝，一边吃稀饭，一边啃窝窝头。三姑说："二小，赶紧吃，吃完饭，到碾庄跑一趟。"

"什么事？天快黑了。"

"二愣子被日本人的刺刀捅伤了大腿，快去跟他家说一声。我把二愣子安顿在金花旅店，让他家里人快去看一看。"

"要紧吗？"

"流了不少血，没有伤着骨头，估计养几天就好了。"

"好。"

二小赶紧吃完饭，用手抹了一把嘴，手里拿了一把放羊铲，说声"我走了"，就匆匆上路了。

三姑给驴卸下鞍子，饮了水，又把驴拉到院子外的场地上休息。三姑心里一直惦记着二愣子，无奈奔跑了一天，既劳累，又饥渴，所以端起大海碗，吃了两碗小米稀饭，啃了长长的两条玉米面窝窝，才觉得肚子不空了。然后照料孩子睡觉，洗涮碗筷。

　　二更天，二小扛着放羊铲回来了。二小对坐在炕头纳鞋底的三姑说："二愣子家听到消息，二愣子爹和二愣子弟弟连夜去看二愣子，和我一齐出家门，这会儿走了少半路了，三更天就到了。"

　　听了二小的话，三姑心里踏实了。她本想自己好好伺候几天二愣子，又怕人们说闲话，所以只好给二愣子家报告消息。三姑心里一直责备自己，心想二愣子为自己受伤，自己却不能照顾他，实在过意不去，只有以后报答他的情意了。

　　"日本人为什么要捅二愣子？"二小问三姑。

　　"日本人想带走我，二愣子替我说话，被打了。好人哪！"

　　"你没有挨打吗？"

　　"没有。我要挨打，我手里的鞭子不会饶人。"

　　"明天，你带二十斤白面去看二愣子，我们不能对不起人。"二小说。

　　"我也这么想。这年月，好人没有好报，该死的日本人！"

　　第二天，三姑赶着驴到了金花的旅店，给二愣子放下二十斤白面，两斤羊肉。二愣子再三推辞，三姑执意放下，二愣子推辞不过，只好收下。二愣子对三姑说："我们赶牲口的人，出门在外，遇到麻烦，应该互相帮衬。这点伤没什么，歇几天就好了。"

　　三姑给金花放下两斤羊肉，表示感谢。金花给了三姑二尺黑布，让她做鞋穿。

　　眨眼过了半个月，三姑依旧赶着驴跑活，二小劝她歇几天，三姑总是说，我一个女人家怕什么，大不了连人带驴一起掳去，你一个男人家，别胆小怕事。二小笑着说，你是暖被窝的人，万一少了你，这家怎么过。三姑看一眼二小，总会说，天底下女人多得是，如果有一天我真的没了，你就再找一个，不要死心眼。人生在世，要痛痛快快过日子，不要窝窝囊囊，委屈自己。虽说夫妻二人是在调笑，其实说的都是心里话。

　　不久，正如三姑所言，二愣子可以像平时一样走路了。二愣子要出去跑活，娘说不着急，再养一段日子。二愣子对娘说，受苦人耐折腾，没有那么娇气，一个男人不能成天坐在家里吃闲饭。村里好几个人对二愣子说，家里没有吃的盐了，托二愣子去驮一驮盐回来，大家分着吃，二愣子爽快答应了。

七

二愣子赶着驴出了村，走到沟岔，扬手甩了一个响鞭。脆脆的鞭声传出去很远，在长长的山沟里经久不息。听着这久违的鞭声，二愣子心里十分兴奋。赶牲口的人，听不见鞭声，人就没有精神，像掉了魂一样。鞭声让二愣子兴奋不已，不由得拉开了嗓子：

"三十里清河县，百十里李家庄；有一个女人家，生的好人样。"

三姑在半坡上听到二愣子的鞭声和亮嗓子，知道二愣子身体好了，又出来跑活了。三姑也甩了一个响鞭，鞭声落到沟底，落到二愣子的耳朵里。听见三姑的鞭声，二愣子的嗓门更高了。

三姑吆喝了一声驴，驴明白了三姑的意思。这头驴，就像三姑熟悉二愣子的嗓子一样，很熟悉二愣子的声音，一听见二愣子的嗓子，知道二愣子的那头驴也来了，立刻加快了脚步。三姑看见驴跑快了，心里暗想，这牲口也和人一样，日久生情。牲口通人性，赶牲口的人都知道。三姑知道自己的这头驴喜欢二愣子和他的那头驴，兴许也知道自己的心思。

三姑想起那天二愣子受伤后的情景。当二愣子被日本人刺伤后，躺在地上，鲜血直流。他的那头驴低头看着二愣子，一会儿嘴贴着二愣子的腿，一会儿鼻子里不住地喷气，头一摇一摇的，好像在抚慰它的主人。看到二愣子一直躺在地上站不起来，驴不顾背上沉重的炭驮子，扑通一声卧在地上，似乎想让自己受伤的主人骑在背上。二愣子看了驴一眼，摸摸驴的脸说，你想救我？二愣子明白，驴想让自己爬在它的背上，把自己驮回家去。驴对二愣子的忠心感动了三姑。黑心肠的日本领头人看到这番情景，咕嘟了两句，没有继续加害二愣子。二愣子曾对三姑说过，有一次走山路，路断了，驴走不过去，二愣子就跳进被水冲断的路坑里，让驴踩着自己的肩膀过去。驴的蹄子居然在二愣子的背上轻轻点了一下，跳过了断路。跳过去之后，驴冲着二愣子喷了两个响鼻，表示感激。

二愣子吆喝了一声驴，驴放慢脚步，等着后面的三姑赶上来。

二愣子听见三姑的驴身上的清脆串铃声，停下脚步等着三姑。

"好利索了吗？"三姑问。

"利索了。"

三姑走到二愣子跟前，看见二愣子上身穿着一件崭新的黑布褂子，新剃了头，脸刮得干干净净，喜气盈盈。

三姑问："这身打扮不平常，有姑娘上门相亲了吗？"

"没有。图个高兴。"

上次那个姑娘上门相亲回去之后，如石沉大海，杳无音讯。二愣子娘想托麻花嘴再去说说，二愣子说，不用了，强扭的瓜不甜。这桩婚事搁浅了。

二愣子看一眼三姑，看见三姑黑黑的头发梳理得整整齐齐，一丝不乱，后脑勺上挽着个发髻；三姑的脸蛋干干净净，还是那么俊俏；三姑的上身也穿着一件崭新的蓝布褂子，下身穿着干净的黑裤子，脚上还穿着那双绣花鞋。三姑全身的打扮，就像一位新娘子。

三姑被二愣子看得有点不好意思，说："老婆姨，再打扮也不会年轻了。"

"很年轻。"二愣子傻傻地看着三姑，脚像胶水粘在地上。

看见二愣子傻傻地看着自己，三姑说："别傻看了。我给你做了一双鞋，你试试，合适不合适。"

三姑从驴背上的褡裢里取出一双崭新的布鞋，递给二愣子，说："这是金花送我的一块布，给你做了双鞋。"

"为什么不给你自己做？"

"谁穿不一样。"

二愣子接过鞋一看，是一双黑帮白底鞋。摸摸布，很厚实；翻过来看鞋底，白布鞋底上细针密线，捏一捏，硬硬的，很结实。

"你做的鞋真结实，一定耐穿。"

"别夸了，赶紧试试，还要赶路。"

二愣子找了一个土塄坐下，脱掉脚上的鞋，换上三姑给的新鞋，然后站起来走了几步，说："不大不小，正合适，穿着舒服。你怎做得这么合适？"

"经常跟你一起走路，还能不知道你的脚大小吗？"

"女人的心真细。"

"赶紧娶个婆姨，也好有个人照顾。"

"娶婆姨不是买驴，掏钱就能到手，不急。"

三姑瞅了一眼二愣子的驴，发现驴背上没有装炭的黑口袋，而是搭着两条白口袋，就问："今天你做什么？"

"买盐。有人嚷嚷，说没盐吃了，叫我去买。"

"正好。今天我也去买盐。三岔口集市的盐比县城里的便宜，我们去那里买。"

"好。今天可以避开那伙鬼子。"

　　两头牲口脖子上的铃声叮叮当当，像美妙的音乐，伴着三姑和二愣子的脚步和话音。说话间，二人走出了沟，过了河，到了河对面的公路上，沿着公路往东走去。

　　眼看到了强盗湾，二愣子问："最近这里怎么样？"

　　"没有听到抢人的事。"

　　"只要不是日本人就不怕，再说我们两个人，强盗不敢轻易动手。"

　　有二愣子在身边，三姑的心里踏实多了。每次路过这里，尽管三姑心里并不害怕，但总是十分小心，脚下的步子比别处要快许多。现在她的脚步不紧不慢，一边走，一边和二愣子拉着闲话。

　　到了三岔口，已近黄昏，集市上依然人头攒动，摩肩接踵，尾市的叫卖声此起彼伏。三姑和二愣子顾不得看热闹，赶紧走到盐市，买好两驮子盐，拉着牲口住进旅店。

　　第二天清早，三姑和二愣子赶着牲口出了旅店往回走。二愣子很少来三岔口赶集，想起昨天下午看到集市上的热闹场面，余兴未消。他想不到世道混乱，这里的集市却这么热闹。原来，三岔口处在两条河的交叉口，距离周围的城镇比较远，日本人的骚扰比较小，因而比较平静。三姑则想起上次来赶集的事，对二愣子说："上次来赶集，晚上住在旅店，半夜听到外面枪声乱成一片，听说日本人的军车被劫。回来时我只好走河对面的小路，绕了不少路，还遇到了那场该死的旋风，天晓得世道是怎么回事。"

　　"别想那么多，过一天算一天。"二愣子说。

　　中午，二人临近强盗湾。他们本想下河饮牲口，想到前面不远处就是强盗湾，还是过了这一截是非之地再饮不迟。两头牲口的铃声叮叮当当，沿着公路飘向远处。由于身边有二愣子，三姑的心很平静；由于身边有三姑，二愣子的心也很平静。三姑的驴在前面引路，三姑跟在驴后面；二愣子和他的驴在后面压阵，稳稳当当往回走。

　　二人走到强盗湾的中间地段，突然听到山上传出几声"吱吱"的口哨声。一会儿，从山上下来五个人，手里拿着刀棍，站在三姑和二愣子面前，挡住去路。二人不由一惊。

　　"东西留下，走人。"一个头目样的人说。

　　"没钱。只有这几袋子盐，要吗？"三姑说。

　　"要。留下。"

　　"这点东西，值得你们抢吗？"三姑说。

　　"不想留，是吗？"

"不值得你抢，背起来很沉的。"三姑说。

"给他们，不值几个钱。"二愣子不想惹事。

"还是男人懂道理，女人不明白事理。"

经头目这一说，三姑怒从心起，紧紧握住手中的鞭子，说："真要抢，看它答应不答应。"

几个土匪都握紧了刀棍，逼上前来。只见三姑扬起鞭子，啪的一声甩出去，头目的帽子不翼而飞，耳朵上血淋淋的。头目一摸自己的耳朵，哭着喊："我的耳朵裂了！"

几个土匪上前一看，上半截果真裂了个大口子，鲜血直流。头目看到架势不好，一边捂着耳朵，一边哭喊着："狗日的婆姨，你等着！"

土匪跑了。

看到眼前的阵势，二愣子呆了。他直愣愣地看着怒气未消的三姑，似乎不认识一样。他惊讶，三姑怎会有这么大的本事？

八

三姑和二愣子过了强盗湾，才赶着牲口下河饮水。牲口喝足了水，不一会儿就到了自家的那条山沟里。这时候，二人的心情都轻松了，二愣子才想起问三姑："你的鞭子怎这么厉害？"

三姑拿起自己的鞭子给二愣子看，二愣子看见三姑的鞭子果然与自己的鞭子不同。自己的鞭子，鞭杆二尺长，鞭身三尺长。这样一杆鞭子，足够用了。再看三姑的鞭子，鞭杆二尺长，鞭身可长可短，最长可达六尺，分明比他的鞭子长了一大截。再看三姑的鞭身，和他的鞭子一样，都是牛皮做的，可鞭身的上半截比他的鞭身粗了一倍。这样的鞭子，甩出去十分有力。二愣子看后，点头称是。

三姑看见二愣子疑惑，感叹一声，说："你想知道吗？"

"想。"

这是自三姑嫁给二小以后从未向别人提起过的内心秘密，她只在被窝里悄悄和二小说过。本来三姑不愿意向任何外人提这件事，因为爹曾经多次向她叮嘱，不得向外人说，免得让人知道你是习武之人，滋生事端。这是习武之人的谨慎之处。二愣子和她的年纪一般大，又是一起患难与共的人，今天又显露了一手，所以三姑也就不想对二愣子隐藏了。

"小时候，从我会跑那天起，爹就教我练武功。爹是村里出名的武功好

23

手，力大无穷。有次爹进城，半路上想起家里没炭烧了，想顺便挑一担炭回去，没有扁担，也没有筐子，怎么办？爹灵机一动，在路边的摊子上买了一条扁担，两个四尺高的瓮，挑着瓮去煤窑买炭。炭场卖炭的人看见有人挑着瓮买炭，很奇怪。卖炭人豪爽地说，看你力气大，如果你能挑走这两瓮装满炭的担子，不用花钱。爹问，当真？卖炭人说，当真。就这样，爹挑着足有两百多斤重的炭，一口气走了四十里山路，挑回了家，让村里最有力气的人都惊叹不已。每天夜深人静时，爹关好大门，教我练功，直到出嫁那一天。鞭子功只是其中之一。"

二愣子听得入痴了，问："鞭子功怎么练？"

"夜里，在院子里点起一炷香，用鞭子打香头。只许打灭香头，不许打断香柱。"

"太神了！"二愣子一脸惊奇。

"你绝不许向外人说起，做到吗？"

"做到。"

"上次，你为了我被日本人刺伤。今天，我不想让你再为我担风险，所以才使出了这一手。其实，我有两杆鞭子，你只看见一杆。"

"那一杆呢？"

"你看不见。"

二愣子看看三姑的身上，没有；再看看驴的身上，也没有。二愣子觉得奇怪，他不曾想到身边的女人如此不凡。

二愣子回家后在家待了几天，天天和自己生闷气。娘问二愣子，你怎么啦？二愣子不吭声。一腔闷气无处发泄，二愣子只好扛着锄头天天下地除草。上次上门相亲的那个姑娘回家后，看到二愣子身强力壮，倒是有几分愿意，她的爹娘死活不愿意，原因是嫌二愣子娘的人性不好。江山易改本性难移，对于娘的秉性，二愣子无可奈何。二愣子再次请麻花嘴去说合，人家还是一口拒绝。实在没有办法，二愣子只有在夜深人静之时，躺在自己的被窝里回味那个美妙的夜晚。有时候，晚上实在无聊，就去别人家串门，直到夜深才回家。

有一天晚上，二愣子躺在自己的被窝里，突然想起三姑。好几天没有看到三姑了，二愣子真有点想她。他想起三姑一个女人家，在身临危险的时候，毫不畏惧，敢于担风险，实在了不起。上次自己受伤，三姑送来白面和肉问候，够义气。这次三姑挺身而出，一鞭子打走了土匪，化解了危险，自己应该给三姑买点东西，算是与三姑的一份交情。想到这里，二愣子决定明天去驮炭，顺便进城给三姑买点东西。

二愣子赶着驴进了县城。二愣子把驴拴在街道边的一根柱子上，走进一家店铺买东西。他买了五尺花布，装进肩上的褡裢里，满心欢喜走出店铺。突然，看见前面街道上出现一队日本人，押着一个五花大绑的人走来。二愣子没敢走下店铺的台阶，返身走回店铺往外瞧。等日本人走近了，二愣子仔细一看，被绑着的人不是别人，正是上次被日本人抓走的李家塬的六儿。日本人的后面跟着四痞子的警备队，耀武扬威地驱赶着街道两边的人。二愣子心里想，六儿这下子没命了。

街上的人窃窃私语，胆子大的人跟在警备队后面，想去看个究竟。二愣子不愿意跟着人去看热闹，赶紧从柱子上解下缰绳，赶着驴去煤窑驮炭。

二愣子不愿意看到熟悉的六儿被杀的悲惨场面。他听说六儿被抓以后，六儿的家里人四处借钱，托人带着钱去疏通，可日本人不吃这一套，一直关着六儿不放，最终有了今天的结局。至于六儿为什么被抓，二愣子并不知道原因。

二愣子装好炭，赶着驴往回走。走了一程，突然天空飘来一片黑云，紧紧压在头顶，天色骤然暗下来。二愣子抬头一看，天马上就要下雨了。他抬手拍了一下驴的屁股，对驴说："快点走，天要下雨了，别淋着我们。"

驴听懂了二愣子的话，果然加快了脚步。

一会儿，风尘骤起，雨点滴落下来。这时，距离金花的旅店不到半里路，二愣子嘀咕了一句：老天爷，慢点下雨，再等一会儿。

二愣子的脚步更快了，雨渐渐下大了。二愣子赶紧赶着驴走进金花的旅店，雨下得瓢泼一般。二愣子卸下驴背上的驮子，把驴牵进圈里，自己赶紧走进窑洞躲雨。

一会儿，有人吆喝着牲口进了旅店。二愣子往窗户外一瞧，看见三姑进来了。二愣子连忙跑出去帮着三姑卸驮子。卸了驮子，赶紧拉着三姑跑进屋躲雨。从后半晌到黄昏，雨下个不停，二愣子有点发愁，怕今天回不了家。金花安慰说："老天难得下一场透雨，就让它好好下。下了透雨，庄稼长得快。这里有吃有住，你们愁什么。"

三姑说："平时难得住你的旅店，今天就照顾你了，你给我们准备几碗面，还有铺盖。"

"哟，还要我准备铺盖，难道我的旅店没有铺盖？是不是想要我准备两床铺盖，和别的男人睡个好觉。"金花调侃三姑。

"也就顺口说说，你就当真了。当真和别的男人睡觉，只要你金花不说，我家二小就不会知道。赶紧准备几碗面，我们肚子饿了。"

"我不会多嘴多舌，我的嘴紧。只要你三姑敢睡，保准不会从我嘴里透

风，有个男人正饥渴着呢。"

金花斜眼瞅着二愣子，哈哈大笑，随后出门准备饭去了。

九

吃罢饭，三人又坐在一起拉闲话。二愣子问三姑："今天你听说六儿的事了吗？我亲眼看见日本人押着他游街，怕是没命了。"

"没有。我只顾赶路。"

金花说："后晌有个人进店喝水，说他看见六儿被日本人的大刀砍了，血把衣服都淋透了。真残忍，狗日的！"

"早就听说他被抓了，不知道为什么被杀？"三姑问。

"听说与三岔口炸军车有牵连，说六儿也参与了。听人说，地下游击队一直在活动。有人说，看见六儿有手枪，报告了警备队，这才糟了。"金花说。

"该死的，谁做的缺德事？"三姑问。

"地下游击队知道了，会剥他的皮。"二愣子说。

"这种缺德事做不得，炸的是日本人，不是他的爹妈，何苦？听说地下游击队在晚上秘密活动，专和日本人作对。我住在日本人的附近，成天提心吊胆的。日本人，该炸，该死！"金花说。

三人一直说到三更天，二愣子和三姑出门给牲口添了草，回各自的屋子睡觉。二愣子想起上午买的花布，就从褡裢里取出那块花布，推开三姑的门。三姑正在弯腰洗脸，听见有人进门，抬起头来。二愣子看见三姑上身穿着一件短袖，赤裸着两只胳膊，两个饱满的奶子活脱脱的，一颠一颠的。二愣子正想退出去，三姑开口："没事。别走。我马上就洗完了。"

三姑洗完脸，出门倒了洗脸水，又走进门，看见二愣子手里拿块花布。问："给谁买的？"

"给你。"

"为什么？我不是你的婆姨。"

"上次日本人刺伤我，你来看我时带着肉和面，我应该回报你。不然，你会骂我。"

三姑笑了。

"你的心还挺细的，想那么多。我们一起跑活，相互照应是应该的，何况你是为我才受的伤。你有情有义，布我收下了。"

二愣子把花布递给三姑，问："这块布好不好？"

"很好看的。"

三姑把花布放在身上，比画着。问："我穿着好看吗？"

"好看得很。"

三姑站在二愣子对面，眼里一片柔情蜜意。三姑把花布放在炕上，坐在炕沿边，一边眼巴巴地看着二愣子，一边拿着大木梳，一梳一梳地梳理着长长的黑发，两个奶子一颤一颤的。二愣子看着三姑颤悠悠的奶子，魂飞魄散。

"时候不早了，我回去睡觉。"二愣子嘴上如此说，却不移动身子。

"你要睡得着，就回去；你要睡不着，就别回去。多说一会儿话有什么不好。"三姑嬉笑着。

二愣子走到窗前，往外看了一看，旅店里黑魆魆的，金花早已睡觉了。二愣子走到三姑身边，挨着三姑坐在炕沿。身边坐着个粗壮的汉子，三姑心里感到踏实，但想到二愣子是个光棍，有几分别扭，有几分怜悯。三姑想，二愣子对自己这么好，作为一个女人，没有别的可以报答，最好的报答莫过于自己的身子，只要他不嫌弃，今晚就给他，可又犹豫起来。她看见二愣子眼巴巴的样子，不忍多看一眼。一会儿，三姑吧嗒吧嗒掉眼泪。

"你哭什么？"二愣子不解。

"你别管，女人家心事多，憋不住就会哭。"三姑说。

"说出来痛快，何必憋着。"二愣子说。

"不说了。以后再跟你说吧。"三姑说。

看见三姑伤心，二愣子不忍看着她伤心，揣着满腹疑惑回屋睡觉。第二天，二人各自回家。

夏日黎明的山村，一派宁静，万籁俱寂。翠绿的树梢纹丝不动，仿佛也在沉睡中。鸡叫几遍之后也安静了，静静地等着天亮。天色白了，才有一两个早起的人咳嗽着走出门，拿起扫帚扫院子。扫了院子，又牵出牲口饮水，然后拉到院子外面的场地上休息。随后，他们拿起昨天用过的锄头，扛在肩上去锄地。渐渐，人们纷纷从炕上爬起，做自己该做的事。

"叭——"

突然，一声清脆的枪声划破山村的宁静，把三姑从梦中惊醒。村里糊涂的人不知道怎么回事，明白的人一听就知道不好了——日本人来了。有人立刻喊："日本人来了！"这时，糊涂的人才明白是怎么回事。顿时，人们手足无措，不知道如何是好。突然，有人明白过来了，连忙赶着牲口，扛着锄头，急匆匆往村外跑。

三姑的村子坐落在半山腰，村子对面有一座高点的山，俯视着村子。日本

人趁着天黑，占据了村子对面的高山，村里人的一举一动，都尽收眼底。

村里一片混乱。

二伯是全村起得最早的人，天天如此，今天也不例外。他赶着牛刚跑到村口，眼看就要拐过一个土坡，逃出日本人的视野。突然，嗖的一声，一颗子弹穿过他的耳边，钻入身边的土壁。二伯扬起鞭子，使劲抽了一鞭老牛，快速转过土壁。二伯跑到一条沟底，失魂落魄，悄悄地躲起来。

"哒哒哒。"日本人的机枪响了，想封住出逃的村民。果然，好多人不敢跑了，怕中了枪子，只好返回院子。胆子大的男人，还是想法子往村外跑。他们知道，一旦被日本人抓住，轻则挨打，重则丧命，所以能跑则跑。村里的路，人们很熟悉，自然能找到跑出去的路。日本人的枪死死地封住各个路口，有人还是跑出村外。日本人看见堵不住往外跑的人，便有一部分人跑下山，进村子封堵，甚至去追赶跑出村的人。

今天三姑不去跑活，当她和村里的人一样，明白发生了什么事，已经来不及逃跑。三姑知道，男人想逃走是怕打怕杀，女人想逃走是怕奸淫。一旦被抓，自己也很难逃脱被奸淫的命运。既然无可奈何，不如平静处之。二小怕三姑在家出事，不想往村外跑，三姑说，我一个女人家怕什么，男人要紧，硬把二小赶出村。三姑像往常一样，从圈里拉出驴，给驴饮水，喂料，随后把驴拉到院子外面的场地上休息。

十

二伯被日本人赶回村子。二伯垂头丧气，手里紧紧握着老牛的缰绳，生怕日本人抢走。日本人把二伯赶到离三姑家不远的一个打谷场上，没容二伯站稳脚，就拿起枪托子打他。二伯五十多岁了，哪经得起重打。二伯被打得嗷嗷叫，嘴里不停地喊："你们要打死我了！"

二伯的喊声惊动了整个村子，人们都能听到二伯撕肝裂胆的喊声。二伯的那头老牛站在打谷场边，眼睁睁看着日本人打二伯，不停地摇头。三姑从关得紧紧的大门缝往外瞧，看见二伯被打倒在地，两个日本人轮番打，二伯一声接一声干号。眼看时候不早了，三姑抱了一把柴禾，生火做饭。她嘱咐两个孩子老老实实待在家里，不要出门。村子里家家户户的烟囱上，渐渐冒起了炊烟。

少数日本人依然留在村子对面的山顶上，多数进了村，有的守着村口，不许村人出去，有的挨家挨户抢东西。

三姑往锅里下了一小碗小米，正在和玉米面，准备蒸窝窝头。突然又听到二伯一声声的干号，她知道日本人又开始打二伯了。三姑心里想，二伯这把老骨头会断在日本人手里，不由地骂一声，该死的！两个孩子听见二伯的哭喊声，吓得蹲在炕头一动不动。

三姑刚和好玉米面，大门外响起了"咚咚"的敲门声，还听到叽里呱啦的喊叫声。三姑知道，日本人上门了，自己躲不过去了。三姑举着一双和面的手，出来开大门。

三姑打开大门，看见两个日本人端着枪站在门外。看见开门的三姑是个年轻女人，两个怒气冲冲的日本人马上转怒为喜，露出一脸笑容。他们上上下下端详着三姑，然后竖起大拇指夸奖三姑长得俊。他们让三姑回到院子，关上了大门。本来，这两个日本人是来搜粮食的，看见三姑如此年轻，就把粮食的事撇到脑后，嘴里喊着："你的，花姑娘的！"

三姑知道日本人是来搜粮食的，因为她从隔壁院子里的动静知道了。看见两个日本人色眯眯的样子，三姑知道他们的心思，立刻举起粘着玉米面粉的双手，指一指一孔窑洞，说："粮食，屋里有。"

三姑打开窑洞的门，里面露出一排整整齐齐的黑瓷大瓮。大瓮是家家户户装粮食的器具，防潮防霉。三姑打开一个大瓮，指指瓮里的粮食，问："要吗？"

日本人点头，同时又竖起大拇指，夸奖三姑："良心的，大大的。"

三姑立刻拿来一条布袋子，顺手从炕上拿起一只大碗，把瓮里的豌豆舀出来，倒入布袋子。日本人一看是豌豆，十分高兴，因为他们最喜欢战马的饲料，豌豆是上好的马饲料。两个日本人眼巴巴地看着三姑一碗一碗把豌豆倒入布袋子，一会儿就装满了一袋子。

"还要吗？"三姑问。

"嗯。"两个日本人再次竖起大拇指。

一会儿，三姑又装满了一袋子豌豆。然后，三姑拿来两根绳子，系上口袋，抄起一根扁担，挑起两袋子豌豆往出走。眼看嘴里的一块肥肉要从嘴边溜走，其中一个日本人不甘心，用手示意三姑放下担子。三姑明白他的意思，摆摆手说："先去送粮食。"

明白了三姑的意思，一个日本人笑嘻嘻地去开大门，另一个想阻拦。只听见两个日本人叽里咕噜一番，同意三姑挑着粮食出门。两个日本人端着枪，在院子里等着三姑回来。三姑把粮食挑到打谷场，那里已经有人挑来一袋一袋的粮食。三姑放下担子，抹去脸上的汗。旁边的几个日本人看见三姑这么年轻，垂涎欲滴。他们看看长官的脸，长官一脸铁青，他们只能垂涎。长官指着三姑

说："粮食，挑。"

三姑想趁机逃走，可村子里到处是日本人，实在跑不出去。她想找个地方躲起来，一边走，一边看，找不到躲藏的地方。她知道，只要她在村子里，哪个地方都不安全，都会遭到日本人的糟踏。无奈，她只好往家走，家里还有两个孩子，她要保护两个孩子。

三姑硬着头皮走进自家的院子，两个日本人还在院子里等她。看见三姑回来了，两个日本人高兴得哈哈大笑，一齐向三姑竖起大拇指，说："良民，大大的。"

三姑担心自己的两个孩子，推开窑洞的门，看见两个孩子蹲在炕头，一声不吭。三姑安慰两个孩子："不怕，娘在。"

两个日本人也跟着三姑走进窑洞，看见炕上蹲着两个孩子，马上举起枪，逼着两个孩子下炕。三姑看见两个日本人气势汹汹，只好让孩子下炕，然后把两个孩子送出门外。三姑嘱咐两个孩子："你们别进来，娘没事。"

两个日本人放下手中的枪，迫不及待地脱衣服。三姑站在地上，眼睁睁地看着他们脱去一件件衣服。难道自己就这样被这两个畜生糟蹋吗？如果拒绝糟蹋，自己和两个孩子的命难保，因为日本人手里有枪；如果听凭他们糟蹋，她于心不甘。其实，三姑心里并不怕眼前的两个日本人，怕的是村子里其他的日本人。凭三姑的功夫和心计，这两个日本人很容易对付。如果她处死了这两个日本人，让村子里其他的日本人知道了，全村人都要跟着遭殃。三姑对自己说，为了孩子和村里的人，老娘忍了！

日本人脱去了衣服，一个用枪逼着三姑上炕，三姑只好上炕。他们逼着三姑脱衣服，三姑只好慢腾腾地脱。他们逼三姑躺在炕上，三姑只好顺从。一人扑向三姑，一人用枪逼着三姑。三姑随手抓起一块衣服，蒙在自己的脸上。当扑向三姑的日本人忘情时，三姑悄悄摸到炕上的一把剪子，想向鬼子刺去，或者剪去他下身的罪恶之物。猛然，三姑想到了院子里的两个孩子，也想到了逃往村外的丈夫和村子里的人。她想，自己可以泄愤，泄愤之后就是死，自己死了之后孩子和丈夫怎么活？三姑犹豫了，牙齿咬得咯咯响。

三姑被两个日本人轮番践踏。鬼子走了，三姑出门看自己的孩子，看见两个孩子蹲在院子的墙角里，吓得一动不动。三姑安慰了一下孩子，回到窑洞里给孩子蒸窝窝头。突然，听到外面传来一个男人的哭喊声，三姑到院子里往外一看，看见二虎被日本人吊在门框上毒打。

二虎边哭边喊："你们打死老子，老子也没有一颗粮食。老子吃饭都是向人借，哪有粮食给你们，你们打死老子算了。"

十一

吃完早饭，三姑又被日本人赶出家门。三姑出去时安慰了一番两个孩子。三姑和村里其他的人一起被赶到打谷场上。三姑看见好几个女人都咬牙切齿，低声骂日本人是牲畜。三姑看得出来，她们和自己一样遭到了蹂躏。日本人把村里的牛和驴都牵来，三姑的驴也在其内。日本人对村民讲话，要他们把粮食运到县城的据点，牲口驮不了，要人挑，如果哪个不听话，立刻挨刺刀。人们一声不吭，只好照着办。

日本人押着几十头驮着粮食的牲口，几十个挑着背着粮食的男女，出了村口，向县城走去。村子距离县城三十里路，个个男女垂头丧气。三姑赶着自己的驴，背上背着几十斤粮食，一边走，一边盘算。

近几天，二愣子没有出去跑活，在家里替爹放羊。日本人包围三姑村子的那天，二愣子在一个山头上放羊，看见山头上的草吃光了，他把羊赶到一个山坡上吃草，自己放开嗓子唱歌。近处的山一片宁静，远处的山一片静默，二愣子悠扬的歌声传得很远很远。除了没有媳妇，晚上有几分孤独外，二愣子的日子过得还算舒心。他唱了一会儿歌，突然想起三姑。已有几天没有看见三姑了，他感觉自己很想三姑，似乎可以闻到三姑身上浓浓的女人味。他想起为了三姑被日本人刺伤腿的事，想起那个雨夜在金花旅店的温馨，脸上不禁露出甜蜜的微笑，以至发出呵呵的傻笑声。他感觉自己是个幸福的男人，因为他有一个刚强而真诚的女人相伴，心里十分踏实。明天，他想出去驮炭，见见三姑，他实在太想三姑了。

二愣子看见远处的山头上有一个人在锄地。一会儿，他看见这个人停下手中的活小便，一泡尿还没有撒完，就有更远处的人向他喊话传递消息。这个人撒完尿，冲着二愣子喊："你是谁？"

"我是二愣子。"

"不好了，日本人包围了墙头村，日本人正在打人，搜刮粮食。"

"死人没有？"

"不知道。"

二愣子听到这个消息，心里十分焦急，不知道三姑会不会有事。二愣子和三姑只隔十里远，也就隔着几个山头。二愣子立刻赶着羊爬上一个比较高的山头，往远处瞭望三姑的村子。十里外的墙头村，他只能看见村头的几个院子和树木，其他的什么也看不见。这让二愣子心里更加焦急。他想见到三姑，又不

能立刻去，他知道此时去是自投罗网，不仅救不了三姑，还会搭上自己。他站在山头上，一边照看着羊群，一边瞭望着远处的墕头村，直到太阳落山。

二愣子回到村里，墕头村被包围的消息早已传到村里，人们议论纷纷。有的人说日本人打死了几个人；有的人说几个男人被打得嗷嗷叫，比杀猪时猪的叫声还惨；有的人说十几个女人被糟蹋了；有的人说村里的粮食都被搜刮走，没带走的粮食都放火烧掉了；有的人说村里的大人都被抓走了，只剩下老人和小孩子，村里一片凄惨。

二愣子放心不下三姑，吃完晚饭，手里拿着放羊铲，趁着夜色前往墕头村。十里山路，一会儿就到了。二愣子赶到三姑家，看见二小从村外回来了，正在做饭，嘴里不停地骂着日本人。

"怎样啦？"二愣子问。

"三姑和村里好多人被日本人赶走了，给他们送粮食。是死是活，现在不知道。这伙狗娘养的！杂种！"

"人多，不会有大事的。"二愣子安慰二小。

"但愿没事。谢天谢地。"

二愣子和二小说了一会儿话，半夜时分赶回村里。二愣子睡在炕上，半宿没有睡着，他在担心三姑的安危。

第二天黎明，墕头村鸡不叫，狗不咬，恐怖气氛依然笼罩着整个山村。二小躺在炕上，半宿睡不着，直到黎明，才朦朦胧胧睡去。不一会儿，二小突然被外面的动静惊醒，以为日本人又进村了。二小一骨碌爬起身，胡乱穿上衣服，赶紧往外跑。二小跑到院子外面，看到村子里已经有几个人跑出来了。二小往村头望去，只见黑压压的一群人向村里走来。二小拔腿就跑，刚跑几步隐约听到叮当的铃声，分明是自家那头驴的铃声。二小知道村里的人回来了，不知道有没有日本人跟着。

天亮了。二小看清楚了回村的人。他看见了回村的队伍中没有日本人，看见了疲惫不堪的人慢慢腾腾走着，像丢了魂。二小看见了跟在自家驴屁股后面的三姑，高兴地掉下几滴眼泪。二小向回村的队伍飞奔而去。

三姑扬起鞭子，啪啪两声，队伍一片欢腾。

村里的人知道被赶走的人回来了，都一起跑到村头迎接。一夜工夫，犹如久别重逢。劫后余生，有人喜极而泣，有人哈哈大笑。二小跑到三姑跟前，看着一脸倦容的三姑，说："你们终于回来了。"

"死不了，命大。"三姑说。

其他人也附和着三姑说："我们命大，死不了。"

村人一齐哈哈大笑，仿佛出征的队伍凯旋，苦难也会带来苦涩的快乐。

三姑回家，看见两个孩子还在被窝里睡觉，心里踏实了。她摸摸两个孩子的脑袋说，"你们没事就好。"她打了一盆洗脸水，痛痛快快洗了脸，用大木梳痛痛快快地梳理着那头长发。二小给驴饮水，喂草料。他摸着驴的头，心疼地说："狗日的日本人，把你折腾瘦了，多吃点草。"

"给驴多添一碗料。"三姑对二小说。

看到三姑疲惫的样子，二小忙着生火，扫地，做饭。二小问三姑："昨天，你们出去吃饭了吗？"

"吃枪子还差不多。狗日的日本人哪有这么好的心肠。从昨天中午到现在，我们没有吃一口饭，只在回来的路上，到河里喝了几口水。饿的时间长了，现在也不觉得饿了。"

二小几次去捅火，想让火烧得旺点，快点烧开水，早点做饭吃。三姑说，"急什么，人回来了，没有什么可急的。"说完，拿着鞋底坐在院子里纳鞋底。

"你没有挨打吧？"二小问。

"没有。"三姑淡淡地说，她不想提日本人的事。

"昨天，我和二狗一起逃到远处的山头上，一直看着村里的动静。幸好我们只损失几斗粮食，我担心人出事，人没事就好。"

"过去的事，不说了。"

三姑一边纳鞋底，一边看着驴大口大口地吃料。她心里在说，可怜的驴，一天没有吃东西了。她突然想起了二愣子，也许他不知道一天来发生在自己身上的事。她又一想，两个村子这么近，一定有人传递消息。不过，他知道又能怎么样。对于自己遭践踏的事，三姑觉得很羞耻，她不想告诉二小，免得他心里不舒服。三姑心里有点难受，可她是个拿得起放得下的女人，她会卸掉压在心头的那块沉重的石头。

十二

隔壁的二婶听见三姑回家了，手里拿着鞋底，边走边纳，走进三姑的院子。看见三姑在悠闲地纳鞋，二婶心里很惊奇，心想三姑你的定力真好。三姑抬头看见二婶进来，拿给二婶一个凳子。

"你也纳鞋？"二婶问。

"是的。闲着也是闲着。"

"你听说没有，日本人进村，好多年轻婆姨被糟蹋，真可怜。他们以后怎么面对自己的男人，男人还会和她们那个吗？"

二婶用眼瞟了一眼三姑，似乎想从三姑的脸上看出一点什么。三姑一脸镇静。

"谁知道。你去问她们。"

"说起来，日本人真缺德，什么事不能干，偏要糟蹋婆姨，这叫我们村里的年轻婆姨以后怎么见人。我这样的婆姨老了，是一根老黄瓜，没人啃了，倒躲过了一劫。"

三姑听出了二婶的弦外之音，也不计较什么，只顾纳鞋。二婶没趣，说一声回家做饭，走出院子。

二小一边做饭，一边对三姑说："我们村被日本人骚扰的事，惊动了临近的村子，搅得人心惶惶。昨晚半夜，二愣子来我们家打问情况，还有几家的亲戚也来打问。"

听了二小的话，三姑想，二愣子真够个男人，懂得心疼人，可惜到现在都没有一个婆姨。想到二愣子的难处，三姑对二小说："你帮二愣子找个婆姨，光棍一条，总不是个事。"

"是的。一个浑身都是力气的人，找不到一个婆姨，全怪他娘那张嘴，可惜这后生了。有合适的，我告诉他。"

三姑村子里的人回村的事，附近村子里的人很快就知道了。听到这个消息，二愣子放心了。二愣子了解三姑的脾性，他担心三姑忍耐不住，脾性发作，伤害了自己，因为她面对的是荷枪实弹的日本人，不是只有刀棍的土匪。二愣子想，等三姑休息几天，再和她一起去跑活。

部队征兵打日本人，二愣子的弟弟去当兵了。二愣子一家人闷闷不乐，尤其是二愣子的娘，一天到晚总在念叨，担心儿子回不来。二愣子的爹说，担心有什么用，打仗总会死人。二愣子安慰娘，不会有事的，老三一定能回来。二愣子的娘又提起二愣子的亲事，让二愣子的爹去找麻花嘴，再说一门亲事。凑巧，麻花嘴自己上门来了。麻花嘴说，上次上门相亲的那个姑娘，有人给她介绍了几个对象，她都不满意，心里还是惦着二愣子。听了麻花嘴的话，二愣子一家沸腾了。

姑娘再次上门相亲，又和二愣子住了一夜。二愣子彻夜大战，又美美地享受了一夜。一波一波的浪潮，让窗户下听房的人忍耐不住，一趟一趟地往厕所跑。

二愣子想出去跑几趟生意，把三岔口的粮食驮到县城倒卖，挣几个钱。几天后，二愣子赶着驴出了村。

二愣子一路走，一路唱，直到听到一串叮铃铃的铃铛声，才停下来。他扬起鞭子，"啪"、"啪"两声脆响。远处也传来"啪"、"啪"的两声脆响。二愣子对驴说："走快点。"

驴的脚步加快了，二愣子的步子也快了。

听见二愣子的鞭声，三姑放慢了脚步，驴也跟着放慢了脚步。等到二愣子赶上来，三姑让两头驴相跟着，自己和二愣子走在后面。二愣子瞅着三姑，看见三姑经历了前几天那场劫难，依旧一脸好气色。三姑看见二愣子盯着自己看，面有愧色，嘴上却说："不认识了吗？我有什么变化？"

"你还像过去一样俊，没有什么变化。"

三姑不语。自从被日本人践踏之后，虽说她心里没当作一回事，可在人前总有几分羞愧。她心里想，二愣子恐怕也知道她被日本人践踏的事，好事不出门，坏事传千里。她没有对丈夫提起自己被践踏的事，在二愣子面前却不想隐瞒。

"那天，我遭罪了。"三姑叹口气。

"听说了。过去的事情不必耿耿于怀，把心放平，谁都知道这是无可奈何的事，只要人没事就行。大丈夫能伸能屈，日本人总有倒霉的那一天。"

"我不会等到那一天，我已经报仇了。"

二愣子有点惊讶，两眼盯着三姑，不明白三姑的意思。二愣子听说那天死了两个日本人，不知道怎么回事。

"那两个日本人是你打死的吗？"

"嗯。"

那天，三姑被践踏后，日本人强迫她赶着自己的驴，背着几十斤重的粮食，随着村里的人，在午后的烈日里艰难地走着。她实在咽不下这口气，一路上，她狠着心，咬着牙，盘算着如何报仇。日本人荷枪实弹，押着村里几十号送粮食的人，如果自己下手，一旦被日本人发现，不仅自己遭殃，其他人也会遭殃。三姑想着安全的报仇办法。她一边走，一边察看沟里的地形。

这条长达二十里的山沟，前十里沟很浅，路沿着山的一侧，缓缓向前延伸。后十里沟很深，深达三四十丈，窄窄的路悬挂在高高的石崖上，像一条弯弯曲曲的丝线，只能容一头牲口走过。上次三姑正是在这段路上遇到让她后怕的旋风。看到这段地形，三姑心里有了主意，她要在这里下手。

路沿着山势弯弯曲曲，有时队伍后面的人看不见前面的人，前面的人也看不见后面的人。一路上，那两个践踏三姑的日本人一直紧随着她，一边走，一边调戏她。三姑走在队伍的前面，转过一个弯，趁着两个日本人不注意的瞬间，悄悄从驴的鞍子里抽出那杆从不示人的铁鞭子，猛然扬起鞭子，向身后的一个日本人的脖子甩去，日本人被鞭子卷着骨碌碌滚到沟里。另一个日本人惊魂未定，三姑又一鞭子甩去，也骨碌碌滚下沟去。三姑顺脚踢下一块石头。后面的人看见两个日本人和一块石头骨碌骨碌滚下沟去，都惊呆了。

几个日本人不顾山路狭窄，走到前面来看究竟。三姑若无其事地对日本人说："他们踩到石头，滑倒了，掉下去。"

日本人看看三姑，满腹狐疑。看见三姑是一个女人，犹豫一阵之后，他们没有再说什么。他们看见掉在深沟底的两个日本人粉身碎骨，又无法拉上来，叽里咕噜一通，吆喝着人们继续赶路。

十三

三姑和二愣子边说边走，不知不觉走到了三姑将日本人抽下山崖的地方。三姑指着山崖说："就在这里。"

二愣子低头往山崖底下看，看见沟底散着几件支离破碎的黄军装，日本人的尸体已经被狼吃掉，只剩下两副骨架，头和身子已经分开；两杆枪被折成几节，散落在几处。三姑看到日本人的这副惨象，高兴地说："日本人以为我们是好欺负的，老娘先让他们尝点苦头。"

"你一个女人家，能做到男人做不到的事情，真厉害！"

"兔子惹急了都咬人，何况是一个大活人。当初他们践踏我的时候，我就想报仇，想剪掉那孽根，我强忍了。后来我越想越不是滋味，实在忍不下去，就把他俩做了。"

"你哪来那么大的本事？"

"全靠那杆铁鞭子。"

"铁鞭子？我看看。"

三姑从驴鞍子里抽出那杆铁鞭子，递给二愣子。这杆鞭子，鞭杆是铁的，鞭身是一串铁链，沉甸甸的。二愣子握在手里，惊叹不已。

"我的本事不大，跟我爹比差一大截。我的娘家离这里比较远，你们不知道我爹的名气，他的鞭子功夫无人能比。我娘家村子里的人都喜欢习武，人人都有两下子。我是家里的老三，爹从小就教我识字习武，除了练习爹最拿手的鞭子功，也练习拳脚。嫁给二小后，功夫练得少了，功夫的底子还在。如果他们不拿枪，对付两三个也没有问题，别以为我是花拳绣腿。"

二愣子打心眼里佩服三姑的本事和胆量，说："你真是女中英雄，你家二小都不敢惹你。"

　　"是的。二小凡事总让着我，我也没有发脾气的时候，所以人们也不知道我的这两下子。你要小心，别惹我。"

　　"我也不会惹你，不过，我真想见识一下你的本事。"

　　"论力气，我没有你大，可打人不能靠蛮力，要靠巧劲，巧劲不是谁都有的。想见识我的功夫，有的是机会。"

　　今天，恰好三姑也要去三岔口，二人出了沟，过了河，踏上去三岔口的那条公路。路平了，牲口的脚步快了。他们想在午前到达三岔口，免得遭日烤。

　　"近几天你在家做什么？"三姑问。

　　"前半天锄地，后半天放羊。"二愣子脸上露出了笑容，"告诉你一件喜事，爱听吗？"

　　"什么喜事？"

　　"前次相亲的那个姑娘又上门了。"

　　"呵呵，你小子又美美地享受了一个晚上，是不是？"三姑咯咯地笑着。

　　"三十多岁的人了，难得享受一次，有机会当然不会放过。你呀，饱汉不知饿汉饥。"

　　"知道。可是——"三姑轻轻踢了二愣子一脚。

　　"你是个慷慨女人，如果你慷慨，我会永远记着你。"

　　"你还是赶快成亲，有个婆姨在身边，洗洗涮涮不用自己操心，晚上还有热乎乎的东西抱，别总惦记着别人的婆姨。我知道你是个老实人，你永远不会忘记我。"

　　"我想多跑几次三岔口，多挣点钱，把她早点娶过来。"

　　"快点娶，夜长梦多。好在那姑娘还想着你，还是早点搂在怀里放心。"

　　快到强盗湾了，二人都想起上次路过这里时被土匪打劫的事。上次三姑打伤了土匪头子，今天他们会不会等在这里报仇？二愣子看看三姑，三姑不动声色，似乎根本没把这事放在心上。二愣子对三姑说："我们要不要绕道河滩，免得再惹麻烦。"

　　"不用绕道走。躲得了初一，躲不过十五。仇已经结下了，躲不过去。总不能每次都绕道走，绕道要多走不少路。他们不怕死，我们也不怕死。"

　　这半年经历的一件件事，让三姑的胆子更大了。她不怕日本人，自然也不怕土匪。人生在世，命不由己，没有必要怕这怕那。有三姑在身边，二愣子也不怕，毕竟是个男人。再说他要成亲，等钱用，应该壮着胆子多挣点钱。

　　眼看临近强盗湾，二人边走边瞭望着山上的动静，脚下的脚步加快了。二人凝神屏气，谁都不说话。仔细听，一头驴有节奏的叮当叮当的铃声应和着另一头驴唰啦啦的铃声，仿佛在演奏一支美妙动听的协奏曲。两头牲口的蹄子踏着地面，平静而有韵律。公路下面的河水哗啦啦地流着，自由欢快。晌午的阳光普照大地，周围一片宁静。强盗湾的危险区只有一里路，过了强盗湾就可以看见远处路旁的村子。二人走了一阵子，没有发现异常情况，紧张的心情渐渐放松了，步子也放慢了。

　　二人轻松地走了一阵，又拉起闲话，眼看就要走过强盗湾。突然，山上传出一阵扑棱棱的响声。二人举头往山上看，只见一群山鸡向河对岸飞去。他们意识到可能有人惊动了山鸡，才让山鸡受惊而飞。

　　"小心！"二愣子说。

　　二愣子快步走到驴跟前，从驴的鞍子上抽出一根三尺长的木棍，紧紧握在手里。这是二愣子在家走的时候准备的一根木棍，是专门为了应对强盗湾出现的意外情况。三姑也紧紧握着手里的鞭子，时刻准备应付山上跑下来的土匪。三姑想，上次交手土匪吃了亏，这次相遇一定是一场恶斗，谁死谁活谁也不知道。二愣子自然也预料到了这场恶斗，他知道冤仇易结难解，既然逃避不了，那就面对现实。两人都做好了恶斗的准备，一边走，一边注视着山上，不知不觉过了强盗湾。

　　虚惊一场，二人相视而笑。飞到河对面的山鸡落到半山腰，在草丛里咯咯咯地叫着，悠闲自在。

　　赤日炎炎似火烧。过了强盗湾，二人牵着牲口下河饮水。河里的水清清的，平静处如一面镜子。三姑在水里照着自己的影子，看见自己的影子长长的，妖娆多姿，心里美美的。看见三姑对着自己的影子笑眯眯的，二愣子说，你们婆姨的身子好，我们男人的身子何尝不好。说着，二愣子脱去上身的衣服，扑通一声，跳进水里，双臂挥舞，激起一朵朵美丽的水花。

　　看见二愣子在水里痛痛快快地游，三姑咯咯笑着。

　　"三姑，你也下水，水里真凉快。"

　　"女人家，怎好意思。"

　　"没事，这里过往行人很少。"

　　看见三姑犹犹豫豫，二愣子游到水边，一把将三姑拉下水。三姑浸在清凉的水里，水轻轻地摩挲着她的肌肤，浑身说不出的舒坦。二愣子把三姑拉到水深处，水面只露出三姑的头和两只胳膊。二愣子看着三姑的脸，仿佛看见水面开着一朵莲花，不禁哈哈笑着，说真美。三姑咯咯笑着，说你多看几眼。二愣子拉着三姑的手，像抚摸着柔美的莲花，稍一使劲，手一滑，"咕咚"一声，三姑掉进水里。

二愣子一阵嬉笑。三姑从水里爬起来，先撩起一捧水花，洒向二愣子。接着，上前一把抓住了二愣子胸前的肌肉，想使劲拧一把，不想滑脱了手，二愣子挣扎了一下，几乎倒在水里。二人哈哈大笑，在水里抱成一团，一身炎热和乏困都消散了。

水里嬉戏一通之后，二人继续赶路。中午，他们到了三岔口。

十四

炎日下的三岔口集市，地摊上摆着各色各样的货物，货主懒洋洋地坐在阴凉处等着客人上手。往来的赶集人并不多，他们都不愿意在烈日下暴晒，等到午后日斜，赶集人就会蜂拥而至，挤满集市。午后常常是集市的高峰。

三姑和二愣子赶了一上午的路，又饥又渴，又看见集市清淡，就赶着牲口进了旅店。店掌柜看见三姑又来了，赶紧帮着三姑和二愣子打水饮牲口，又给每人倒了一大碗开水，热情招呼二人休息。等到二人喝完水，店掌柜又给每人倒了一盆洗脸水，说："热火燎天，洗一把脸凉快，我再去给你们准备午饭。"

三姑和二愣子每人吃了两大碗面条，各自回房间休息。

后晌，三姑和二愣子赶着牲口赶到集市，集市的人渐渐多了。二愣子买了几斗麦子，三姑买了几斗小米。他们把粮食装入口袋，放在牲口背上，回到旅店。这时，红日西斜，暑气消退。

三姑和二愣子坐在旅店的院子里喝水乘凉，一直到二更。三姑对二愣子说："你给我们的牲口添点草，我们该睡觉了。"

"好的。"二愣子起身去喂牲口。

二愣子喂了牲口，回到三姑身边，眼巴巴地看着三姑。三姑看见二愣子这副样子，故意说："你不认识我了吗？看得人怪难受的。"

"今夜——"二愣子支吾。

"你想美事，是不是？"

"我想去你的屋说话。"

"这由不得你，我把门关得紧紧的。"

三姑故作生气，走进自己的屋，把门关上，将二愣子冷丁一人丢在院子里。二愣子一愣，莫名其妙，随后讪讪回到自己的屋里睡觉。

二愣子躺在炕上翻来覆去睡不着，他不明白三姑为什么突然对他冷冷的，白天还好好的，说变脸就变脸，摸不透她的心思。凭他们患难与共的交情，理应对他热情有加才对。二愣子也想到出门在外，作为一个女人，三姑不愿意做让人笑话的事。女人家，脸面十分要紧。想来想去，二愣子还是要去试一试。

三姑躺在炕上，一时不能入睡。自从日本人践踏她之后，一想起男女之事，她就反感，后悔当初没有剪掉日本人的孽根。二愣子是她患难与共的朋友，她需要二愣子的陪伴，也喜欢他那份诚实的感情，她心里很需要二愣子的抚慰。刚才她故作姿态，是要二愣子对她产生依恋之情，让他知道三姑是他离不开的女人。

三更天，二愣子爬起身悄悄出门，走到三姑的门前，轻轻敲了一下门，里面没有动静。二愣子轻轻推了一下门，门开了。原来三姑的门虚掩着，并没有关上。二愣子悄悄溜进去，也不惊动三姑，直接走到炕边。虽说正逢集市，而住旅店的女人很少，二愣子知道三姑一人住一个屋，所以才敢大着胆子。三姑佯装睡着，不理会炕边的二愣子。二愣子不吱声，用手碰了一下三姑。三姑不吱声，二愣子又碰了一下三姑。三姑咯咯笑着，骂道："半夜三更进屋，遭人笑话，赶快离开。"

二愣子说："我以为你睡着了，原来还醒着。既然醒着，就说一会儿话。"

三姑笑着说："我知道你有心事。不过，你还是早点回去吧。"

二愣子说："我睡不着才来找你说话，如果你困，我就走。"

三姑笑着说："困，困，困。"

听见三姑连说困，二愣子打了个哈欠，说："我也困了。"

二愣子离开三姑，轻轻闭上门，打着哈欠回到自己的屋。

第二天天刚亮，三姑和二愣子就起来了。他们给牲口喂料饮水，将粮食放在驴驮子上，一切准备停当，告别店掌柜上路回家。他们要在日中之前赶到县城，免得遭受热辣辣的日头毒晒。

两个时辰后，二人接近强盗湾。他们牵着牲口下河饮水，顺便在河里洗了一把脸，顿觉凉快多了。他们牵着牲口走上公路，继续赶路。这回经过强盗湾，驴背上驮着粮食，二人心里却比较平静，因为来时让他们虚惊一场，其实并没有发生什么，所以他们不再担心。二愣子拍了一下驴屁股，说："只有二十里路了，走快点。"

突然，听到强盗湾附近传来一连串的炸弹声，接着又是劈劈啪啪的枪声。两头牲口立刻竖起耳朵，二愣子的驴竟然扬起前蹄要跑。二愣子赶紧拽住驴的缰绳，三姑也赶紧拽住驴的缰绳。枪弹声接连不断，牲口拼命挣扎着要跑，二人死死拽着缰绳，往路边的人家走去。

"快点进院子！"二愣子对走在前面的三姑说。

牲口进了院子，渐渐安静下来。二愣子对三姑说："我们在这里躲避一会儿，把牲口的驮子卸下来，让牲口休息一下。"

牲口安静下来了，枪弹声还在响。主人帮着二愣子把两头牲口拴在一根木柱上，招呼他们喝水。

"发生了什么事？"二愣子问主人。

"不知道。"主人说。

"估计是日本人挨打。"三姑说。

大家一边听远处的动静，一边闲聊，等待事态平息。

三姑猜得很对，的确是日本人挨打了。

有一百多日本人扫荡了一个村子，沿着公路往县城走。这个消息被地下游击队知道了，就在强盗湾设了埋伏。地下游击队在强盗湾的公路上撒了一层土，然后用铁锹把土拍紧，看上去像埋了好多地雷。日本人怕踏响地雷，附近又没有小道，只好走下公路，沿着河滩走。当日本人下到河滩，山上的地下游击队悄悄下到公路上，居高临下，向日本人投掷手榴弹。突如其来的袭击，让日本人手足无措，胡乱举枪还击。河滩距公路有百十米的悬崖，日本人的枪无法有效打击地下游击队，死伤大半。

三姑和二愣子一直等到午后，才离开路边的那个院子，继续赶路。当他们路过强盗湾的时候，地下游击队已经把埋下去的几颗地雷挖走了，路上的土也清理了，二人放心地走过强盗湾。他们往下看，已经看不见河滩上日本人的尸体，想必是被他们自己清理了，不过依然可以看见河滩上的斑斑血迹。

"打得好。真痛快！"二愣子说。

"该死的，他们早该流血了。中国这么多的人，还让人家欺负，真窝囊。日本人欺负老百姓不说，还有四痞子那帮狗腿子也在欺负老百姓，狼心狗肺。昨天虚惊一场，今天实惊一场，虚虚实实，把人的魂都惊没了。"三姑说。

"兔子的尾巴长不了，他们总有走的那一天。我们的部队一直在征兵打日本人，他们不可能永远待下去。"

"如果世道总这样，人们的日子怎么过，你二愣子娶婆姨的钱也难挣回来。"

"晚点娶婆姨不要紧，有你三姑顶缺。"

"想得美，我不是你明媒正娶的婆姨，别想占我的便宜。我是我家二小的

人，不是你的人。"

"那是。我不会抢二小的女人，我借用一下总可以吧。"

三姑在二愣子背上捶了一拳，咯咯笑了。二愣子也跟着笑了。

十五

三姑和二愣子路过敌人的那座碉堡，看见它站在半山腰，土俑一般，毫无生气。看不见日本人，也看不见枪炮，只看见几个空空的枪炮眼。碉堡附近的一片枣树，青枝绿叶，紧紧包围着碉堡。

眼看要到金花的旅店，天空出现了乌云，刮起凉风。二愣子抬头看看天空，怕要下雨。牲口背上驮着粮食，经不起雨淋，如果被雨淋湿，就卖不出好价钱。二愣子对三姑说，我们去金花旅店躲一躲。三姑抬头看看天，说赶紧走。二愣子吆喝一声牲口，牲口仿佛也知道要下雨，扬蹄疾走。

进了金花旅店，金花看见两个熟人进店，笑着说："你们成双作对来，这哪是住店，倒像是来找快乐。天还没有黑，也不会下雨，你们住店图什么？"

"你看天上云彩黑黑的，马上就要下雨，不住店还让雨水浇吗？我们运的东西是粮食，不是黑炭，经不起雨淋。"三姑说。

"看把你急的，我只是说着玩，哪肯让你的粮食遭雨淋。你们来，我高兴。如果不是要下雨，请都请不来。"

金花帮着二愣子和三姑卸了驮子，把粮食搬到屋里，接着给牲口饮水添草料。刚收拾停当，就噼噼啪啪落起了雨，三人赶紧抱着头跑进屋里。

"这雨下得好，庄稼正渴着呢。"二愣子说。

"我家的粮食被日本人搜刮走了，就指望有个好天年，不然明年吃饭都成问题。"三姑说。

"不够吃，我借给你，我家有粮食。"二愣子说。

"你娶了婆姨，家里多了一张嘴，怕没有多少剩余。"三姑说。

"二愣子要娶婆姨？这下子不用你成天缠着我们三姑了。"金花说。

"三姑是二小的，不是我的。我哪能抢人家嘴里的东西。"二愣子说。

"你说得乖巧，怕你抢了都不愿意承认。"金花看着三姑，咯咯地笑着。

"人家二愣子娶的是黄花闺女，我是老婆姨，老的哪有嫩的香。"三姑看着二愣子咯咯地笑着。

"什么老的嫩的，晚上灭了灯，都一个样。"二愣子也呵呵笑起来。

雨下得很急，一会儿工夫，院子里积了很多水。夏天的雨，来得急，去得也快。一顿饭工夫，雨停了。二愣子说，河里的水一定很大，出去看看有多大。三姑和金花跟着二愣子出去看河水，果然河水涨了很多。浑黄的河水浩浩汤汤，肆无忌惮地奔腾着，河面上飘着树木杂物，一派摧枯拉朽之势，十分壮观。

由于下雨，店里没有几个人。晚饭后，三姑、二愣子和金花坐在院子里，一边喝水，一边拉闲话。一场大雨过后，院子里十分凉快，夏虫低低地唱着，枣树静静地站着，三人絮絮叨叨，天南海北。

"今天上午，我俩险些遭了枪弹，多亏我俩的运气好。"三姑说。

"听说强盗湾交火了，日本人遭殃了，死了几十个人。"金花说。

"不知道死了多少，反正河滩上到处都是血，活该！"三姑说。

"不知道什么人打的埋伏？"二愣子问金花。

"听说是牺盟会领导的地下游击队的人。他们的人不多，也没有多少武器，就是小打小闹，这也让日本人够受了。"金花说。

"是得有人出来收拾他们，狗日的，横行霸道。"二愣子骂道。

三人说了很久话，看看时辰不早了。二愣子打个哈欠，去厕所解手。解手后，给牲口添草。三姑和金花也站起身，伸伸懒腰，准备去睡觉。

金花说："三姑，今天我男人不在家，你和我一起睡。"

"不。你的屋子是金窝，你是金身子，我的睡相不好，怕踢掉你的金皮，你还是独自睡吧。"

"知道你的心思。恐怕到时候不是你一个人睡，而是两个人一起睡。"金花笑着说。

"你别瞎说，传到我家二小耳朵里不好。"

"我的嘴牢，你不用担心，说说而已。"

三人都到各自屋里去睡觉，院子更加安静了，可以清楚地听到院子外河水的咆哮。

金花回屋后，轻轻闭上门，并没有像往常关着门。

三姑回屋后，轻轻闭上门，并没有关门。

二愣子回屋后，轻轻闭上门，并没有关门。

金花想，今晚三姑和二愣子一定有故事。一个过来人，什么不明白。今晚她想看个究竟，也是乐事一桩。不关门，出入方便，免得他们二人听见动静。

三姑想，自己夜里要起夜，不关门出入方便，免得惊动二愣子和金花。

二愣子想，夜里要给牲口喂草料，不关门出入方便，免得惊醒三姑。

二愣子看见金花屋里的灯灭了，上炕睡觉。其实金花并没有上炕睡觉，她站在窗户前看着外面的动静。当她看见二愣子的灯灭了，低低骂了一声："没出息！"

金花站在窗前等了半夜，不见动静，正想去睡觉，突然看见二愣子的门开了。二愣子去给驴添了草，回来路过三姑门口的时候停住了脚步。金花一阵高兴，心想有戏看了。二愣子在三姑门口站了一会儿，看见三姑的门开着一道缝，随手轻轻关上门。金花看见二愣子往自己的屋走，轻声骂："没出息！"

听见金花屋里有声音，二愣子以为金花屋里有人，赶紧停住脚细听，却听不到一点声音。等二愣子睡了一觉，又起来给牲口喂草，又听见金花屋里有声音，心想金花招来野男人。他蹑手蹑脚走到金花屋外细听，听见金花和丈夫热闹，便回屋睡觉。

天亮了，三姑和金花早早起来。金花睡眼惺忪，哈欠连连。金花对二愣子说："一个赶牲口的人，真没出息，害得我一宿没睡好觉。"

二愣子说："夜里我听见你屋里有个野男人，难怪你没睡好觉。"

三姑说："真的吗？金花也是个野女人。"

三人哈哈大笑。

十六

三姑和二愣子吃了饭，饮了牲口，随后收拾好驴子，赶往县城卖粮食。金花旅店离县城不远，二人赶着牲口，不到一个时辰就到了县城的粮食市场。他们卸下驴子，把牲口拴在柱子上，打开粮食袋子，等待人来买。

县城的粮食市场，日日兴隆，一袋袋的粮食摆满了市场。县城虽小，但位于晋陕交界，商贾云集，集市繁荣，自清代起，这里就是阜盛之地。没有多久，三姑的粮食就卖出去了。三姑嘱咐二愣子看好牲口，口袋里装着钱，离开粮食市场，出去买点零用东西。二愣子蹲在地上，嘴里叼着旱烟，继续等待。

突然，市场里出现了小小的骚动，二愣子站起身，抬头四处看，看见远处出现几个警备队的人。他们手里提着枪，一边走，一边四处看。二愣子知道这些人不好惹，一心想着早点卖了粮食回家。恰好有人打问他的粮食价钱，二愣子就和买主讲价钱。生意很顺利，没有几句话，价钱就讲定了。二愣子卖了粮食，装好钱，等着三姑回来。

不久，三姑回来了，手里拿着一块布。看见二愣子面前没有粮食，三姑问："卖出去了吗？"

"卖出去了。我们赶紧走，来了几个警备队，小心惹麻烦。"

"好。我们马上走。"

三姑和二愣子从木柱子上解下牲口的缰绳，正转身要走，几个警备队走上前来。二愣子一眼认出了警备队队长四痞子，四痞子也认出了二愣子。二愣子拉着牲口要走，却被四痞子拽住了缰绳。

"你要干什么？"二愣子问。

"不干什么。你不是被日本人刺刀捅了的那个家伙吗？没想到你又站起来了。今天卖什么东西？"四痞子问。

"什么也没有卖，只是来看看。"

"不相信。掏出你的钱看看。"

看见四痞子这么霸道，三姑怒火中烧，她一步跨到二愣子跟前，对四痞子说："他没有钱。你不要欺负人，积点阴德。"

四痞子认出了三姑，没想到她敢出面掩护二愣子，马上竖起眉毛，瞪着眼睛，说："你找死吗？"

"我不想死，想多活几年。"

"老子要你死。"

四痞子说着冲向三姑，想揪住三姑，三姑立刻闪到一边。四痞子抡起胳膊，一记重拳向三姑砸来，三姑又闪到一边。

市场的人看到四痞子打一个女人，好多人围上来。人们把三姑和四痞子围在一个圈子里，看他们打斗。

四痞子两次扑空，被围观的人哄笑。四痞子丢了面子，顿时恼羞成怒，挽起两只袖子，再次向三姑扑来。三姑两次退让，是不想与这样的人渣争斗，要四痞子自己识趣，没想到他如此不晓事。这次三姑没有退让，等他上来，眼看四痞子的拳头要砸到三姑，三姑飞起一脚，踢中四痞子的下身要害。四痞子马上两手捂着下身，倒在地上，滚来滚去。

围观的人一阵大笑。

有两个警备队员看到四痞子遭打，一齐围上来，想制服三姑。三姑毫不畏惧，她对两个警备队员说："这事与你们无关，你们不要自找麻烦。"

两个警备队员哪里听三姑的话，端着枪冲上前来。三姑看到架势不好，还是先下手为强。三姑扬起鞭子，"啪"！"啪"！两声鞭响，两个警备队员的帽子猛然飞向空中，在空中划了一个圆，咻溜溜飞到三姑脚下。三姑两只脚踩在两只帽子上，怒目横视，说："是你爹日的，上来拿帽子，看老娘怎么收拾你们。"

两个警备队员没想到三姑有这么大的功夫，吓得战战兢兢，站在原地不敢

动。

围观的人又是一阵哄笑。

三姑看见四痞子两手捂着下身的宝贝，脸皱得像核桃，还在地上打滚，便对二愣子说："我们走。"

围观的人看着三姑和二愣子牵着牲口离开市场，都称赞三姑的本事。一会儿工夫，一个消息传遍县城：四痞子下身的两个蛋子被一个婆姨踢飞了。

二愣子贩了几个月粮食，挣了几个钱。二愣子的爹娘想，乘手头有几个钱，赶紧把婚事办了，免得日久生变。其实，二愣子心里比他爹娘还急，他何尝不想早点搂着如花似玉的姑娘睡觉，何苦晚上一个人孤零零的。二愣子要求爹娘早点办婚事，早点给他们添个孙子，再说钱也凑得差不多了。爹也这么想，如果钱不够，卖几只羊，再不够，向人借一点。二愣子的爹娘请来麻花嘴，吃了一顿好饭，请她跟姑娘的爹娘讲，今年冬天要把姑娘娶过来。麻花嘴摸了一把油乎乎的嘴巴，呼噜呼噜抽着二愣子特意借来的水烟，眯缝着双眼说："不成问题，包在我身上，你们赶紧准备。"

为了筹划婚事，二愣子一家三口人坐在煤油灯下，整整谋划了三个晚上，整整熬干了一灯盏蓖麻油。油灯下，二愣子的娘不时用针头压着灯捻，嫌灯头大费油。二愣子爹总喜欢坐在炕沿上，嘴里叼着旱烟袋，吧嗒吧嗒抽个不停。二愣子的爹认为世道混乱，自家家境也不好，简简单单办个婚事就行了。二愣子的娘也认为将就办个婚事就行了，将来还有三愣子的婚事要办，花费大了家里受不了，要二愣子体谅。

提起三愣子，二愣子的娘就眼泪汪汪，她打探不到三愣子的消息。不知道三愣子现在是死是活，每天晚上躺在炕上，她总要跟二愣子爹念叨几次。念叨三愣子时，她又不禁想起大愣子。大愣子因伤寒去世几年了，没有娶过媳妇，她一想起大愣子就吧嗒吧嗒掉眼泪。现在，三愣子又让她经常掉眼泪，泪水伴着她过日子。

二愣子通情达理，觉得二老说的对，答应简单一点办婚事。不过，二愣子认为，婚事也不能办得太潦草，他想雇一顶轿子，再雇一班响器，略微热闹点。人家一个黄花闺女上门，不能太寒酸了，免得娘家瞧不起自己。他的爹娘同意了。婚期定在腊月，那时家里人比较清闲。

闺女要出嫁，按规矩娘家要向婆家要彩礼。姑娘的娘家为闺女要了几身新衣服，一对银手镯，一副银簪子。二愣子娘答应了。二愣子的娘嘱咐二愣子进城去买，顺便再多买点布料，准备结婚的被褥和结婚时二愣子穿的衣服。二愣子赶着驴，背着褡裢，进城采办结婚用的东西。

驴叮叮当当的铃声伴着二愣子的小曲，一路飘荡。快到沟底，二愣子照例甩了一个响鞭，探听有没有回应的鞭声。果然，沟底传来了回应的响鞭。二愣子照例拍了一下驴屁股，加快了脚步。

十七

天凉了，三姑穿着一件花夹袄，看起来更年轻了。二愣子盯着三姑看，看得三姑心里熨熨帖帖。

"喜欢这件衣服吗？"三姑问。

"喜欢。这衣服穿在你身上很美，像个姑娘家。"

"没有你那个要过门的婆姨年轻。"

"差不多。"

"你娶了婆姨会忘了我。"

"不会的。永远不会忘记你。我们经常一起跑生意，我需要你。再说，有你，我多一个蜜罐子，有什么不好。"

三姑捶了一下二愣子，咯咯笑了："那我就经常给你喂蜜吃。"

"我要结婚了，年底。"

"早点结好，免得你心里空落落的，夜夜干熬着。我已经给你买好了礼物。"

"花钱做什么。你的钱来之不易，有份心意就够了。"

"不。我一定要送你礼物，毕竟我们经常在一起，关系又这么好。我三姑不是无情无义的女人。"

三姑说着，从驴背上的褡裢里取出一块布，递给二愣子，说："这是上次我在城里买的，专为你买的，做一件衣服穿。"

二愣子再三推辞，最后还是收下了。

三姑和二愣子一起进城，帮着二愣子买好了二愣子娘托付的东西。三姑心里高兴，也有点酸，不知道二愣子娶了婆姨，是否还会对自己好。想到二愣子身边睡着另外一个女人，二愣子和另外一个女人亲热，她心里酸溜溜的。

二愣子回到家，把褡裢里的布掏出来给娘看，娘连连夸奖，说二愣子像个女人，自己都会挑布料。二愣子说，那是人家三姑帮着挑的。娘"哦"了一声，说三姑的眼光好。

过了一段时间，娘为二愣子缝好了结婚的衣服被褥，只等着年底结婚。娘嘱咐二愣子结婚前少在外面跑，图个安全，所以二愣子除了偶尔出去驮炭跑

生意，就在家帮着爹放羊。二愣子家养三四十只山羊，每天必须有一个人去放羊。二愣子扛着羊铲，赶着羊，翻山越岭，倒也悠闲。他经常一边看羊吃草，一边哼小曲。看着儿子成天乐呵呵的，二愣子娘也很少哭哭啼啼了。二愣子的爹也乐呵呵的，成天有说有笑。

三姑在外面跑，他的男人二小很担心。二小说人家二愣子怕出事，很少在外面跑了，你也别跑了。三姑说我在外面跑惯了，在家待不住，你还是让我在外面跑。二小怕万一三姑有个三长两短，自己的家就残缺不全了，往后日子不好过。三姑觉得二小的话不是没有道理，于是想安下心来在家里待一段时间，好好享受一下在家的滋味。

入冬以来，日日丽日，天气不冷，人们甚感舒服。二愣子家的羊，秋天在地里捡了滴落在地的粮食吃，个个长满了膘。二愣子上午出去放羊，直到天黑才回家，每只羊的肚子吃得鼓鼓的。一天，二愣子在邻村的一个山头上放羊，遇到一个人，说与三愣子同去当兵的一个人阵亡了，不知道三愣子怎么样。二愣子一听，心里非常着急，晚上回家马上把这个消息告诉爹娘。娘听到这个消息，嘤嘤哭泣，惦念起三愣子来。看到娘这个样子，二愣子心里着急，连夜去那家打听消息，那家一无所知。二愣子的爹娘担心三愣子的安危，日日受着煎熬，二愣子也跟着难受。

过了一阵子，村里来了个陌生人，找到二愣子的家。一看到陌生人来家，二愣子的爹感到不妙。果然，来人告诉二愣子的爹娘，部队打了败仗，三愣子阵亡了。听到这个不幸的消息，二愣子一家如雷轰顶，三口人顿时大哭起来。二愣子的娘哭得死去活来，好多邻居来安慰，也无济于事。二愣子的娘整整哭了三天，才渐渐平静下来。眼看二愣子的婚期已至，二愣子的娘只好收起眼泪，一边伤心，一边为二愣子准备婚事。

二愣子的婚事办得很顺利。那天，二愣子穿着簇新的衣服去迎亲，风光无比。一顶新轿迎来新娘子，等到拜完天地，二愣子一把将新娘子抱起来，抱入洞房。晚上整整一夜，二愣子家的大门洞开，欢迎人们来听房。有了前两次的经历，新娘子一点都不忸怩，和二愣子彻夜缠绵。憋了几十年的二愣子一夜狂欢，直让窗户下听房的人兴奋不已。

二愣子有了婆姨，日日享受着甜美的日子，半个月没有出门。

三姑在家老老实实待了半个月，再也待不下去了，天天叫喊着要出去。二小死活不答应。三姑已经一个月没有见到二愣子，心里一直惦记着。她听说二愣子结婚了，心里为他高兴。有一天，看见天气很好，三姑要去走亲戚。二小不解，说你也有人情味了。三姑平时忙于跑生意，很少和亲戚往来，即使娘家也很少去。三姑说要去看望姑姑，她的姑姑在二愣子的村里，只有十里路，可以快去快回。三姑蒸了几十个白生生的馒头，放在一个竹篮子里，作为给姑姑的礼物。她带着两个孩子，手里提着竹篮子去走亲戚。

不到一个时辰的工夫，三姑就到了姑姑家。姑姑看见侄女来看她，心里说不出的高心，嘴上却埋怨三姑忘记了姑姑。三姑到了姑姑村里，免不了到处走走，一走走到了二愣子家。

三姑打小就常来姑姑的村里，对姑姑村里的人很熟悉。自然，三姑打小就认识二愣子。二愣子的家是个老宅子，典型的四合院，是祖先传下来的。这些窑洞距今有多少年，连二愣子的爹也说不清。晌午三姑踏进二愣子的院子，恰好二愣子在家，还没有出去放羊。二愣子看见三姑带着孩子来串门，又惊又喜，他没想到很久不来姑姑家的三姑突然来了，不知道她的真实意图是来看姑姑，还是来看他的婆姨。二愣子赶紧把三姑迎进屋里，他的婆姨正坐在炕沿上纳鞋底，看见有人来家，婆姨赶紧溜下炕沿，给客人让座。

"这是我婆姨。"二愣子说，"这是二婶家的侄女，来看姑姑的。"

三姑仔细端量着二愣子的婆姨，看见她高挑身材，瓜子脸，两只眼睛又黑又亮，脸蛋俊俏，看起来很精明。只是皮肤微黑，倒像一粒黑珍珠。她没想到二愣子三十多岁的人，能娶到这么好看的婆姨，真是他的福气。三姑原以为二愣子的婆姨没有自己好看，现在倒觉得自己不如她好看。三姑上前拉着二愣子婆姨的手，亲热地说："你家二愣子真有福气，把你这么好看的婆姨娶到家，不知道有多少人羡慕。你长得真俊，像一朵花似的。"

"姐姐你真会夸人，我不过是一个平平常常的女人，经你这么一说，我家二愣子成天就得待在家里守着我，哪敢出门。"

二愣子的婆姨也仔细端量着三姑，看见三姑身材匀称，脸蛋白里透红，两道柳叶眉，一双杏仁眼，两眼水汪汪的，闪闪发亮，仿佛会说话。三姑下身穿着一条黑裤子，上身穿一件蓝底白花掩襟袄，不妖不艳，淡雅宜人。

看见三姑的模样和穿戴，二愣子的婆姨十分喜欢，说："你花一样的模样，哪像个赶牲口的人，倒像是台子上的角儿，爱死人！"

"给三姑和孩子拿点吃的东西。"二愣子对婆姨说。

二愣子的婆姨拿来两只碗，揭开一个大瓮的石盖，先舀了一碗干枣放在炕上，又挑了一碗酒枣，也放在炕上，请三姑和孩子吃。

"这是我婆婆做的酒枣，很好吃。"

"你们也吃。"三姑说。

"你家二愣子是个厚道人，浑身有的是力气，又很勤快，你跟着他有的是

好日子过。"

"我也是看到他的这些好处才嫁给他，要不图个甚。"

"二愣子，你好好待你婆姨，你婆姨长得俊，又精明，听她的话没错。明年生个胖小子，让你娘高兴。"

二愣子瞅一眼婆姨，傻呵呵地笑着说："她把家里照顾好就行，门外有我，不用她操心。孩子自然会有的。"

三姑从二愣子家出来，满心欢喜，她担心二愣子娶一个中看不中用的花瓶，原来这婆姨不单好看，还很精明，她打心眼里满意。

十八

数九寒天，趁着在家闲着的这段时间，三姑看了近处的姑姑之后，又想回娘家看爹娘。娘家路远，要翻几座山，出嫁后三姑很少回娘家。爹娘很体谅三姑，知道三姑经常跑外，难得有时间回娘家。由于很少回娘家看爹娘，三姑心里有愧，总在二小面前唠叨，说家里拖累自己。二小催她回娘家看看，了却心愿。三姑给爹娘蒸了几锅白面馒头，装在一个布袋里，领着大儿子回娘家去了。

自从六儿被日本人杀了之后，附近村子里又接连有几个人被抓走，村子里的人都不敢出外走动，愿意待在家里守一份安宁。

日本人出动少了，成天窝在城里和据点里，人们猜不出他们打的什么鬼主意。四痞子被三姑打了之后，心里憋着一股气。四痞子心里想，过去我四痞子不像个人样，在人前总抬不起头，自从投靠了日本人，当了警备队队长，有谁敢小看我。现在走到哪里，都没有人敢惹我，人们都得抬着头看我。没想到被一个女人打了，浑身骚气不说，还弄得满城风雨，实在丢面子。四痞子喜欢喝酒，每到拿起酒盅，就对手下的人说，这口气实在咽不下去，真想活剥了她。

数九后，日本人出动了。日本人上次在强盗湾吃亏之后，极力打探牺盟会的成员，在县城附近已经秘密抓了几个牺盟会的人。在被抓的人当中，有人供出了几个人，其中就有二愣子村子里的一个人。此人对自己的危险处境一无所知，依然在秘密活动。

半夜时分，警备队领着一队日本人从县城秘密出发。他们行进在三姑和二愣子常走的那条二十里长的山沟里。夜幕笼罩下，他们像一群黑夜里的幽灵。他们走了半夜路，爬上二愣子村子对面的一个山头，偷偷埋伏在那里，神不知鬼不觉。

公鸡扯着嗓子叫了三遍，渐渐安静下来。

寒冬的黎明，寒气逼人，土地被严寒死死封锁着，硬邦邦的，如石头般坚硬。山头上的警备队和日本人被冻得瑟瑟发抖，他们的胡须、眉毛和头发，结了一层厚厚的白霜。冰冷的枪像一支冰棍，一点点吞噬着他们身体里的热量。他们魔鬼般的眼睛死死盯着山下的村子，想一口吞进肚子里。宁静的山村，像一只熟睡的羔羊，在夜的襁褓里酣眠。夜食的牲口为填饱自己的肚子，不停地咀嚼着干草，毫不理会周围死一般的沉寂。

天色白了，日本人居高临下，虎视着村子。有几个早起的女人，点亮了屋里的灯，拿起铁锤，咚咚地砸着做稀饭的黑豆钱钱。咚咚的声音传出窗外，隐隐约约，消失在寒冷的空气里。山头上警备队的人，知道这是勤快的女人在干活；日本人听见隐隐约约的咚咚声，莫名其妙，直愣愣地竖起猎犬般的耳朵。日本队长低声问四痞子怎么回事，四痞子说没事，是女人睡不着觉，起来做家务。

天色大白了，有女人打开大门，提着黑瓷尿盆到厕所倒尿。日本队长以为女人手里提着地雷，马上掏出手枪，警觉起来。四痞子说，您别怕，那是夜壶。日本队长这才把手枪插入枪套。

有的女人到院子里抱柴禾，准备生火。有的男人走出屋子，咳嗽着，先到牲口圈里给牲口添草料，然后拿起扫帚，呼哧呼哧扫院子。日本队长马上命令下山，封锁村子的各条出口。两百号人像一群豺狼，立刻冲下山去。有的堵住了村子的几条出口，有的冲进村子里。有人看到日本人进村，立刻惊叫起来，结果被日本人一枪撂倒。听到日本人的枪声，整个村子骚乱了。

四痞子带着警备队和几个日本人，向村里的牺盟会员家里冲去。

昨夜，二愣子和婆姨亲亲热热，折腾到半夜才睡觉。熟睡中的二愣子听到枪声，一骨碌爬起身，赶紧穿衣服。婆姨吓得发抖，抖抖擞擞穿不上衣服。二愣子说别怕，赶紧穿好衣服逃。婆姨左穿右穿穿不上衣服，二愣子急了，像帮小孩子穿衣一样，帮着婆姨穿好衣服。

二愣子跑到娘的屋里，对娘说："快点跑！"

娘说："这么大年纪了，还能跑得动吗？我和你爹留着，你们跑。"

二愣子顾不得多想，拉着婆姨跑到院子的墙角，打算从墙角的低矮处跳出去。如果能跳出墙角，拐过另一个墙角，就可以沿着一个土坡，跑到沟里，然后沿着沟顺利逃出去。

村里的牺盟会员叫三儿子，人聪明精干，住在村头。当他听到第一声枪响，赶紧穿衣跑出门。他知道情况不妙，边跑边扣衣服扣子。三儿子的院子里有个夹门，他赶紧跑出夹门，顺着土坡往沟里跑。日本人看见三儿子没命地跑，立刻举枪射击。

四痞子大声喊："站住！站住！"

三儿子哪管那么多，拼着命跑，日本人的子弹在他的头顶嗖嗖地飞。三儿子急中生智，突然倒在地上顺着土坡滚起来。三儿子想，站着跑太危险，地上滚，越滚地势越低，日本人的子弹就打不着。果然，三儿子滚到了沟底，然后沿着沟边跑。日本人追到沟里，三儿子早已跑得无影无踪，只好悻悻而归。

二愣子拽着婆姨跳出墙角，然后飞跑起来。起初日本人没有发现这两个逃跑的人，后来两个人身边飞来嗖嗖的子弹。很幸运，翻过一个小土坡，日本人看不见他们了。他们跑到沟里，然后拐入另一条沟，躲在安全的地方。二愣子的婆姨吓得脸色煞白，没有血色，要不是二愣子拉着她跑，她早已落到日本人的手里。二愣子拉着婆姨的手，说："不用怕了，这里离村子远，很安全。"

二愣子看见婆姨瑟瑟发抖，问："怎么了，你？"

婆姨摸摸下身，不好意思说。二愣子低头一看，婆姨的裤裆湿了一片，原来婆姨吓得尿了裤子。

"爹和娘不知道怎么样？"婆姨说。

"哪能知道。一会儿我回去打听消息。"

被日本人打死的四伯，直挺挺地躺在地上。四婶趴在四伯僵硬的尸体上，哭得死去活来。几个警备队站在旁边看热闹，其中一个说："再哭，他也活不了，鬼哭狼嚎的，丧气！"

追赶三儿子的日本人垂头丧气地回到村里。村子里的人被日本人赶到村顶的打谷场上，个个冻得瑟瑟发抖。一大群日本人荷枪实弹，围着村里的人，要人们说出谁是三儿子。有胆子大的人说，三儿子早跑出村了。日本队长得知要抓的三儿子跑掉了，怒气冲冲，现出一副穷凶极恶的样子。

"烧！烧房子！"日本队长声嘶力竭地喊。

日本人和警备队驱赶着村里的人抱来一捆捆干草，然后又逼着人们把干草放在几十孔窑洞的门窗下。日本人往干草上浇了汽油，熊熊烈火在一孔孔窑洞燃烧。

十九

二愣子家的一孔窑洞也被烧了，点燃门窗的是一捆玉米秆。眼看着门窗被烧，二愣子的爹不停地掉眼泪，二愣子的娘哭倒在地，不省人事。有一个懂一点医道的人马上按住她的人中穴。一会儿，二愣子的娘醒过来了。她抬头一看，门窗已经烧垮了，垮下来的木头烧着了炕上的被褥，屋里烈火熊熊。看到这副情景，二愣子的娘又昏过去，有人又按住她的人中穴。看到婆姨再次昏过去，二愣子的爹大喊："你们这群没有良心的东西，还要人活吗？"

旁边站着的人拉了一把二愣子的爹，低声说："别喊，小心挨打。"

二愣子的爹要扑上去救火，日本人哈哈大笑，将刺刀对准了他的胸膛。旁边的人赶紧把他拽住，他一下子蹲在地上呜呜哭起来。

二愣子的娘好久没有醒过来，脸像一张白纸，人们担心她醒不过来。

二愣子家窑洞里的火势还在蔓延，门窗蔓延到炕上的铺盖，铺盖蔓延到地上的家具，家具蔓延到放粮食的大瓮。大瓮在烈火的炙烤下，一个个爆裂。爆裂后的大瓮裂成几块，大瓮里面的粮食哗啦啦撒在地上，马上被烈火燃着，哗哗叭叭响。火焰冲到屋顶，又从屋顶冒出屋外。冒出屋外的火焰一舔一舔的，仿佛毒蛇的舌头，令人胆战。

二愣子的爹蹲在地上，抱着头哭泣不止。他不忍心抬头看一眼自家被烧的窑洞，周围的人个个面无人色，呆若木鸡。

好久，二愣子的娘长长出了一口气，醒过来了。看到她醒过来了，人们赶紧把她抬进别人家的窑洞躺着，烧了开水让她喝。

二愣子的爹哭了一通，渐渐收住眼泪。他站起来，看着窑洞里渐渐减弱的火势，面色铁青。

日本人烧着了十几户人家的窑洞，村子里烟雾弥漫，一片阴霾。男人铁青着脸，女人把泪水都哭干了。大火一直烧到日中，才慢慢停歇下来。日本人发泄够了，扛着枪离开村子。四痞子临走的时候撂下一句话："你们村里的人，还有人敢跟皇军作对，下次来烧得更惨，还要搭上你们一村人的脑袋。"

躲在沟里的二愣子，看见日本人走远了，拉着婆姨回到村里。二愣子回到自家院子里一看，傻了眼，像一根木棍呆呆地站立不动。

二愣子的婆姨看到窑洞烧了，失声痛哭："一家人多少年的辛苦，被一把火烧了，以后的日子怎么过？"

婆姨的一句话提醒了二愣子，这时他才想起爹娘。他赶紧问婆姨："咱爹和娘呢？"

婆姨四下里看，看不见二位老人。有人说，在隔壁二大伯家。二愣子和婆姨赶紧跑到隔壁去找爹娘。

后晌，三姑从娘家回来，路过二愣子的村子。她的孩子说："娘，这村里的味道不正，一股烟熏火燎的气味。"

听孩子一说，三姑仔细一闻，气味的确不正。三姑遇见村里的几个人，都耷拉着脑袋，没有一点精神。三姑正想问个究竟，看见几孔窑洞冒着烟，她一下子什么都明白了。她带着孩子看了几家被烧的窑洞，个个都被烧成黑窟窿。看着一副副惨象，三姑不停地抹眼泪。

三姑回到家里，二小已经做好了晚饭。二小捞了一碗面条，端在炕上，让三姑吃。

"哪能吃得下饭。你看到那一个个被烧的黑窟窿，也吃不下饭。你说，二愣子村里的这十几户人家以后怎么活？"

"听人说了，烧得很惨，再难也得活下去。"

"是的。他们够苦的了。"三姑又抹起了眼泪。

三姑端起饭碗，吃了一碗就吃不下去了。一会儿，隔壁的二婶端着一碗豆面来家串门吃饭。二婶边吃边问三姑："你路过二愣子的村子，到底怎么样？"

"听说日本人去抓三儿子，没有抓住，就把火气泼到其他人身上。日本人打死了一个人，那家人大号小哭，村里人帮着办后事。还有几十孔窑洞烧成黑窟窿，屋里的东西都烧成灰，太惨了！"

"我们的村子算幸运，上次只被日本人抢走一些粮食，少吃几口罢了。他们什么都烧没了，这日子怎么过？"二婶叹一口气，"能怎么样，还得过下去，不是吗？"

"是的。"三姑说。

二小捡起一根小柴禾，放到火里点着，然后拿出来，点燃了煤油灯。三姑让二小拿过一只鞋帮子，一针一针纳起来。

三姑边纳鞋帮子，边说："我走到二愣子的院子里，看见二愣子的爹坐在院子的台阶上，低着头，一声不吭。二愣子的娘不停地哭着，嗓子都哭哑了，说我刚才不如死了的好。二愣子的婆姨一边安慰婆婆，一边掉眼泪，眼圈哭得红红的，像个红李子。看见我进了院子，二愣子的婆姨大声哭起来。二愣子算是硬气一点，站在烧黑的窑洞口，呆呆地看着已经烧成灰的家具和粮食。看见我来了，二愣子骂了一句狗日的，就什么话也不说了。一会儿，邻居招呼二愣子一家到他家吃饭，这一家人才离开自己的院子。你说惨不惨！"

"你说这么多的中国人，怎么就被小日本欺负呢？这日子什么时候是个头？"二婶说。

"天知道。慢慢熬着。"三姑说。

被日本人火烧的第二天，二愣子的爹和娘爹回到家里。二愣子和爹拿着铁锹，清理屋里的烧灰，清理了烧灰，又找来两筐石灰，粉刷烧黑的窑洞。整整忙乎了一天，屋里才算收拾得像个样子。二愣子又到外村请来一个木匠，乒乒乓乓打造门窗和家具。好在二愣子住的那孔窑洞没有烧，一家人有个做饭睡觉的地方。二愣子待在家里难受，就跟婆姨说，我还是赶着驴出去挣点钱，支付木匠的工钱。婆姨说，能挣到钱当然好，可担心你的安全。二愣子说，在家里一样不安全，一年受苦受累打的粮食烧没了，过年又要用钱，怎么办？婆姨拦不住二愣子，只好让他出去。

二愣子打听到另外一个集市的粮食价钱比较低，他打算从那里买一些粮食驮到县城去卖。他赶着驴出了村，快到沟底的时候，二愣子禁不住甩了一个响鞭，扯开了嗓子。恰好，这天三姑也出去跑生意。三姑在沟底听到二愣子的嗓子，也回了一个响鞭。听到三姑的鞭声，二愣子的嗓子扯得更大了。

二十

一会儿，两头牲口见面了，相互叫了几声，像久别重逢的朋友。二愣子的驴跟在三姑的驴后面，用嘴蹭着三姑驴的屁股，好不亲热。

看见两头牲口亲热的样子，二愣子说："人们说牲口不懂事，你看，不和人一样吗？"

三姑也看着两头亲热的牲口，说："牲口也是有灵性的，怎能不懂。世界上的飞禽走兽，都和人一样懂。"

三姑抬头看着二愣子的脸，只有几天工夫，他的脸明显消瘦了，特别是他那双眼睛，比以前大了，显得空落落的。看到二愣子这副样子，三姑顿时心里酸酸的，不知道怎么安慰他好。她想起刚才二愣子还在敞开嗓子唱，又有了些许安慰，她感到二愣子是个硬气男人。

"你连吃饭的粮食都没有了，还有心思唱？"

"富唱高兴穷唱忧。心里有什么，唱出来好，窝在心里多难受。粮食没有了，向邻居借，没有过不去的坎。"

"你有这样的心情，我就放心了，只是惦着你的婆姨。她过门不久，家里就遭难，难为她了。"

"没事的，你不用操心，我婆姨也是想得开的女人。今天你想做什么？"

"想去三岔口集市倒贩粮食。"

"别去那里了，强盗湾很危险。每到冬天，那里的土匪就多了，何必找麻烦？跟我到河岔口去，那里的粮价低。"

　　三姑想想，觉得也可以。天寒地冻，不必惹麻烦，还是平平安安过冬。河岔口安全，没有土匪，日本人去得也少，免得二小在家里操心。三姑临时改变了主意："好。听你的话，去河岔口。"

　　河岔口位于黄河岸边，有一条小河在此流入黄河，也是一个三岔口，故名河岔口。在此过了黄河，就是陕北。山西和陕西的人经常汇聚在这里做买卖，集市也很热闹。虽是数九寒天，这里的黄河已经破冰，河面上飘着一块块冰凌。远处看，一块块冰凌犹如一朵朵散落的花瓣，十分美丽。春的讯息，早早写在河面上。二愣子很少来河岔口，三姑更是头一次来，看到滚滚滔滔的黄河，二人都很兴奋。出于新奇，二人站在河边看了好一阵子黄河，才来到集市，买好了粮食，住进了一家小旅店。

　　黄河岸边冷风飕飕，小旅店里却温暖如春。三姑和二愣子安顿好牲口，住坐在一个屋里聊天。夜幕里，滔滔水声传入窑洞里，悠远而清晰。三姑坐在炕上，用棉被盖着腿，二愣子坐在炕楞边，嘴里叼着烟袋。炉火很旺，三姑的脸红红的。三姑看着身板结实的二愣子，想起二愣子为了她被日本人刺伤，想起二愣子的窑洞被日本人烧成黑窟窿，觉得二愣子命运多舛，不由得深情地看着二愣子。三姑问："你在家时想我吗？"

　　"想。经常一起赶牲口，能不想吗？"

　　三姑咯咯笑了，说："你是个有良心的人，难得你有这份心，我会记着你的这份情意。"三姑又说，"你婆姨最近怎么样？"

　　"窑洞被烧，她的心情不好，她蔫蔫的，像一只病猫，难为她了。"

　　"遇到这样的事情，哪个女人的心情会好。忘记那场灾难，振作起来吧。"

　　二愣子说："男人顶天立地，灾难压不垮我。家里有爹娘和婆姨，我会挺直腰杆。"

　　屋外涛声不断，屋内人语绵绵。火残了，屋里有点冷，三姑把盖在自己腿上的被子扯了一半盖在二愣子腿上，二人一直聊到夜深人静。

　　二愣子卖了粮食，在县城买了一点日用品回家。听见叮叮当当的铃铛声，二愣子的婆姨走出院子，远远望着归来的二愣子。二愣子回到院子里，婆姨帮着牵牲口，饮水。二愣子回到屋里，从褡裢里拿出一块花布，递给婆姨，说："给你买的。"

　　婆姨接过花布，仔细看，喜不自禁，问："花钱多吗？"

　　"不多。喜欢吗？"

　　"喜欢。你的眼光真不错，明天我就缝，穿在身上一定好看。"

二愣子脸上露出憨厚的笑容。

吃过晚饭，已到点灯时分。婆姨点亮灯，洗涮碗筷，二愣子盘着腿坐在炕上抽烟。门"吱"的一声响，三儿子推门进来。

"吃饭了吗？"二愣子问。

"吃了。"三儿子一抬腿，坐在炕沿上。

"最近出去了吗？"二愣子问。

三儿子笑而不答，从裤兜里掏出旱烟袋，装上一锅烟，对着二愣子的烟锅点燃烟，吧嗒吧嗒抽起来。

"日本人把咱害苦了。全村烧了十几孔窑洞，这些人住没住的地方，吃没吃的东西，怎么过冬。你家有粮食吗？"三儿子问。

"我家的粮食放在爹的屋里，都烧光了，只好东家借一升，西家借一斗，跟要饭的差不多。"

"我们的人手不够，想找几个人，你愿意吗？"三儿子问。

二愣子叼着烟袋，沉吟了许久，没有开口。婆姨不停地看着二愣子，担心二愣子入了伙，引来更大的麻烦。

看见二愣子不吭声，三儿子说："这些狗日的日本人，我们不打他，他就不会走，我们就没有好日子过。你想一想，愿意的话，来找我。我们的行动都在晚上，除了我们一伙的人，外人不知道。"

对于三儿子一伙人，二愣子有所耳闻，知道他们在做什么事。他和村里的其他人一样，嘴很严，从来不向村外的人说起三儿子的事。这让三儿子心里十分欣慰，觉得村里的人真好。

三儿子走后，二愣子和婆姨商量，到底要不要入伙。婆姨盘腿坐在炕上，做着针线活。婆姨说："入伙打日本人是好事，没人打，老百姓永远遭祸害，可入伙的事让外人知道了，日本人又得找上门来祸害，我家又得遭殃。"

"是的。日本人把咱家害苦了。你看，快过年了，过年的东西没有，吃的粮食没有，这年怎么过。新打的门窗，还欠人家钱。日本人欺负咱的这口气实在难咽。要不，我跟着做几次，解解气。"

"跟咱爹娘说一声，要不老人家又要埋怨我，说我让你去。"

"好吧。"

二愣子叼着烟袋出门，走进爹娘的屋。进屋后，二愣子坐在炕沿上，对二老说："我有件事想跟你们商量一下。"

"什么事？"二愣子的爹问。

"我想入三儿子的伙，为咱家出口气。"

"这是很危险的事，弄不好要搭上自己的命。再说，让日本人知道了，咱一家人都得遭殃。不过，这狗日的日本人，真该千刀万剐。"二愣子的爹说。

"冰天雪地的，不要再惹出什么事来。你弟弟阵亡了，家里全靠你，如果你入了伙，出什么事，这日子怎么过，这门户谁来撑。"二愣子的娘说完，叹了一声气。

"要不我做一次试试。村里还有人入伙，不止我一个人。三儿子说，年前就做一次，不怎么危险。他不会不考虑大家的性命。"

二愣子的爹看着二愣子的娘，想让她说句话。二愣子的娘说："入伙的事，得找来三儿子问问。"

"好。明天晚上我找他来。"

二愣子看到他的娘松口了，叼着旱烟袋回到自己屋里，露出一脸笑容。婆姨看到二愣子喜洋洋的样子，说："看把你美的，你能干出什么惊天动地的事来。"

二愣子心里高兴，爬上炕，掀开被褥，吹灭了灯，紧紧搂着婆姨。

二十一

眼看到了腊月二十三，家家户户清扫屋子，晾晒衣服被褥，忙得一塌糊涂，准备过年。清早，二小头上包着一块毛巾，手里拿着一把长长的扫帚，清扫屋子墙壁上的灰尘。三姑头上也包着一块毛巾，帮着把被褥抱到院子里晾晒，两个孩子在院子里玩耍。那头驴在院子外面的场地上悠闲地嚼着干草。隔壁二婶把头伸过墙头，对正在院子里忙乎的三姑说："看我家俺媳妇，一大早就这么忙，要早过年吗？"

三姑一边忙乎手里的活，一边应答二婶："二婶子，今年鬼子糟蹋咱村的老百姓，抢走了粮食，好在年成还不错，过年不用发愁。"

"老天有眼，照顾咱穷苦老百姓。"二婶将头缩回去，"我也该忙乎了。"

三姑突然想起二愣子，他家的房子被日本人烧了，粮食也全烧没了，这年怎么过？她想，自己应该给他家点粮食，让他们过年。想到这里，她问二小："孩子他爹，我们家有多少麦子？"

"你问这干什么？"

"如果有多余的，给二愣子家一点，让他家过个年。"

"有一担多。自家够吃了，给他家几斗也行，他家够可怜的。"

早饭后，三姑嘱咐二小舀二斗麦子，装在袋子里，自己给二愣子送到家里去。二小给三姑备好鞍子，麦子放到驮子上，三姑赶着驴出了村。十里的路程，半个时辰就到了二愣子的家。二愣子也在清扫屋子，此刻正在院子里和婆姨收拾晾晒好的被褥，看见三姑来了，二愣子赶紧放下手里的活。

　　"你怎么来啦？你家里收拾好了吗？"

　　"收拾好了。我家的麦子有多余的，给你几斗麦子过年。"

　　"我正愁没有粮食过年，那我就收下了。你想得真周到。"

　　"看你说的，我们经常一起赶牲口，相互帮衬是应该的。你遇到灾难，我能不管吗？"

　　二愣子赶紧卸下麦子，给驴饮水、喂料，嘱咐婆姨给三姑倒水。二愣子的婆姨赶紧把三姑引进婆婆的屋里，给她倒了一碗水。婆姨又打开一个小瓷坛，从里面舀一碗酒枣给三姑吃。

　　"三姑，我家二愣子遇上你，真是他的福气。你看，我们村里好多人家的粮食被日本人烧了，我向谁借粮食？我实在开不了口。你想着我家的难处，真是个好心人。以后你有什么需要帮衬的，就找我家二愣子出力，他有的是力气。"

　　"你见外了，谁家没有三灾五难。我们出外赶牲口，驮子上，驮子下，还不是二愣子帮我吗？"

　　三姑坐了一会儿，顺便又去村里看了一趟姑姑，傍晚赶着驴回家了。

　　晚上，三儿子又踏进二愣子家的门。三儿子满屋子看了一遍，看到屋里干干净净的，想开口说话又咽了回去。他想到要过年了，再提入伙的事，二愣子一定不答应。三儿子掏出旱烟袋抽烟。二愣子知道三儿子的来意，就主动告诉三儿子，入伙的事跟爹说了，他想跟你了解情况。听二愣子如此说，三儿子出门进了二愣子爹的屋子。看到三儿子进屋，二愣子的爹知道他的来意。三儿子坐在炕沿上，满屋子看了一遍，烧黑的屋子经过粉刷，白生生的，他不由得骂了一声"狗日的日本人"。

　　"最近没有看到你们的人有什么动静，年前不会有什么动静吧？"二愣子的爹问。

　　"不一定。趁日本人不注意的时候动静一下，让他们措手不及。"

　　"你想让二愣子入伙，你们的人可靠吗？"

　　"人都很可靠。不可靠的人，我们不吸收。我们打击日本人，时间一般在晚上，只是趁他们不防备的时候袭击一下。我们没有像样的武器，不敢和日本人硬碰硬，大多使用地雷和手榴弹。我们一般预先设埋伏，来无踪，去无影，

没有多大的危险。"

二愣子的娘说："只是担心有的人嘴不牢，向外人透露消息。这样二愣子就有危险。"

"谁向外人透露了消息，我们要惩罚谁，让他付出生命代价。上次向日本人透露消息的人，已经被我们处决了。"

"哦。这对团伙里的人倒是个约束。既然这样，如果二愣子愿意参加，能保证他的安全，我们也不反对。狗日的日本人，没有人打他，他会一直祸害下去。"二愣子的爹说。

"叔叔，你放心，我不会把自家人的性命不当回事。只是平时你们要提高警惕性，怕日本人像上次那样来村里搞突然袭击。不过，警备队里有我们的人，会给我们传递消息。另外，你的院子里要设有方便逃跑的地方，一旦出现特殊情况，二愣子能跑出村。"

"这不难。你去听听二愣子的想法。"

二愣子听说爹娘同意他入伙，十分高兴。三儿子问二愣子的婆姨："你的意见呢？"

"你一定要保证我家二愣子的安全，不能出事，能做到这一点，我就答应。"

"保证不会出事。万一有危险，我护着他，你一百个放心。不过，二愣子不能向外人说我们团伙里的事。"

二愣子依旧赶着驴驮炭贩粮食，路上遇到三姑，他没有向她提起入伙的事，他怕三姑为他操心。三姑看见二愣子喜气洋洋的样子，催问二愣子有什么好事。二愣子笑而不答，三姑也就没去追问。三姑问二愣子，过年有没有新衣服。二愣子说没有，只给婆姨做一身新衣服，自己今年就将就了。听二愣子这么说，三姑心里酸酸的。庄稼人，一年到头不穿新衣服，只在过年的时候才穿一身新衣服。二愣子过年都穿不上新衣服，过的什么日子。这都怨那群可恨的日本人。

三姑说："我给你买一身布料，带回去让婆姨给你做。"

"不用。明年过年再做，再说你也不宽裕。"

"没事。"

眼看到了日本人的碉堡底下，二愣子抬头看了一眼，自家窑洞被烧的情景立刻浮现在眼前，他真想扬起鞭子，一鞭子把它抽垮。他心里暗下决心，一定要报仇。

路过县城，三姑在布店买了两块布料，一块是给男人二小的，一块是给二愣子的。三姑把布料递给二愣子，二愣子死活不要，以至三姑动了气。三姑说，如果你不要这块布，今后我不再和你相伴跑生意。二愣子一脸苦相，只好怯生生接过布料。二愣子说，以后日子好过了，我也给你买一块布。三姑呵呵笑了，说这才是我喜欢的男人。

二十二

二愣子回到家里，天已经黑了。晚饭后，火红红的，炕热乎乎的，二愣子坐在炕沿上一边抽烟，一边看着婆姨做针线，心里甜滋滋的。身边有个婆姨朝夕相伴，过了多年光棍生活的二愣子十分惬意。二愣子正陶醉在温馨的氛围里，享受着温馨，三儿子进了。三儿子把二愣子叫到门外，悄悄说："明天晚上我们有行动，你做好准备，和我们一起去，任务是炸掉县城附近日本人的那座碉堡。你头一次执行任务，不要害怕，你只在远处帮助我们就可以了。明晚的任务，不要跟你婆姨细说。"

第二天天黑，二愣子跟着三儿子出发了。二愣子临走的时候，婆姨嘱咐他多长个心眼。二愣子嗯了一声。三儿子和二愣子顺着那条通往县城的长长的山沟走，沟里黑黢黢的，遇不到一个人，只有喜欢夜游的黄鼠狼偶尔从眼前跑过。他们走了一个时辰，又爬上一个山坡，来到一块高地，那里有十几个人在等着他们。夜色里，二愣子看不清这些人的面目，听话音，没有一个是他认识的人。二愣子跟着他们，默默摸着夜路。没多久，他们到了一个山顶上。一行人停下脚步，三儿子给他们逐个分配任务。

三儿子把人分成四组，一组到半山腰的碉堡附近安放炸药，一组在后面拿着手榴弹掩护，一组在山上做警戒，一组到山下吸引日本人。二愣子和其他三个人安排在山上做警戒，防备突发情况出现，负责通风报信。

夜幕中，碉堡上的探照灯像魔鬼的眼睛，四处搜索，在夜空中划出一道道亮光。碉堡顶上荷枪实弹的日本哨兵，不时转动着身子，监视着周围的情况。碉堡周围的几棵枣树，静静地伫立着，仿佛等待着什么。寒冷的空气紧紧包裹着死尸一般的碉堡。负责安放炸弹的几个人，悄悄猫着腰来到半山腰探照灯照不着的阴暗处，把系着绳子的黑色球形炸药包一点一点往下放。一会儿工夫，炸药包悄悄落在碉堡一侧。这时，山下有人在铁桶里放起了鞭炮。啪啪的鞭炮声惊动日本人，日本人马上向山下开枪。趁着日本人向山下开枪之机，山上的人点燃了导火线。导火线闪着微弱的亮光，不断向下延伸，眼看就到碉堡了，山上的人心里暗暗高兴。不巧，碉堡上的一个日本人发现了导火索的亮光,吃惊地大声喊叫。这让山上的人骤然紧张起来。碉堡里的日本人听见喊叫,有人出来看究竟,也发现了导火索,马上向导火索冲去。三儿子看见大事不妙,急忙向鬼子扔了一颗手榴弹。只听见一声巨响,日本人被炸飞了。幸亏导火索没有被炸灭,还在闪着亮光。碉堡里又有人冲出来,想灭掉导火索。这时,导火索距离炸药包已经很近了。有个日本人愣了一下,冲向导火索。三儿子又扔了一颗手榴弹。随着手榴弹的爆炸,炸药包爆炸了,碉堡也跟着开了花。

三儿子跟大伙说:"快跑!"

二愣子跟着大家一口气跑到山顶,山下又响起了机枪声,估计是县城里的日本人发现了情况,派兵来支援。三儿子一伙兴奋地议论了一会儿,各自回村去了。

春节过后不到五天,三姑就喊着要去跑生意,二小说你急什么,才休息了几天,天下的钱是挣不完的。再说,日本人的碉堡被炸没多久,担心不安全。三姑心里想的是多挣点钱,修建两孔新窑洞,因为他们现在住的窑洞是爹留下的旧窑洞,少说也有一百年了。二小理解三姑的苦心,知道三姑是个特别爱家的女人,所以很爱惜三姑。二小不答应,三姑只好再等几天,她明白二小在疼她。过了正月初十,三姑看见二小成天在地里忙乎,说我不能再闲着了,每天闲得心慌眼跳,好像丢了什么一样,不知道如何是好。二小看见三姑闲得慌,就说你出去动弹,地里的活我做。听二小这么说,三姑顿时来了精神,马上料理家里该做的事,免得开始跑外后没时间顾家里的事。

刚过年,生意清淡,不好做。三姑想,还是先驮炭,有些人家年前准备的炭快烧完了。她脱下过年的新衣服,换上年前的旧衣服。二小拿出一串鞭炮,噼噼啪啪放起来。鞭炮声停,三姑"啪""啪"连甩两个响鞭,赶着驴出村。

隔壁二婶从厕所里伸出半个身子,说:"出去小心点!"

三姑说:"好。"

立春已经半个多月了,仍然没有一丝春意,依旧寒气逼人,清晨寒冷刺骨,人们还得穿着厚厚的棉衣。三姑穿着年前的旧衣服,有一种说不出的舒适感,仿佛老友重逢一般惬意。三姑想起了年前送给二愣子的那块布,不知道他的婆姨给他做了没有。她估计二愣子早几天就开始跑活了,因为他的粮食烧没了,今年他的日子不好过,他得更加勤快些,也许今天就可以见到他。三姑一路走,一路想心思,不知不觉到了沟岔。三姑想听到二愣子的歌声或者鞭响,而沟里静悄悄的,什么动静都没有。三姑有点失望,木愣愣地走着,心想今天看不到他了。三姑拐过一个弯,突然看见一头驴站在路边,走近一看,是二愣子的驴。三姑四处寻找二愣子，那也看不见他的影子。三姑心里忐忑不安，心想不会出什么事吧？三姑大声喊："二愣子——"

没有人应声，只有三姑自己的回音。

"二愣子——"三姑又喊了一声。

依然只有三姑自己的回音。三姑的心平静了，她猜想二愣子一定在附近，说不定在哪个僻静处拉屎。

三姑站在驴跟前，耐心地等着。她看见两头牲口站在一起，相互亲昵地蹭着身子，像久别重逢的情侣。

一会儿，二愣子从雨水冲刷出的一个土缝里钻出来，两只手提着裤子。看见二愣子这副样子，三姑骂道："该死的，以为你钻到土里去了。"

"你叫魂吗？叫得人心里慌慌的。"

"我怕我儿子的魂丢了，人也丢了。"

二人哈哈大笑。

二愣子看着一个月没见的三姑，看见她的脸色比年前滋润一点，心想女人还是待在家里好。二愣子摸了一下三姑的手，有点凉。他想到自己的婆姨坐在家里的热炕上做针线，而三姑已经在寒冷中跑外了，真难为她了。

三姑看见二愣子盯着自己看，有点不好意思，说："我没有你婆姨嫩吧？"

"不。是看你赶牲口辛苦。"

"习惯了，不觉得辛苦。"

三姑看见二愣子也换上了旧衣服，就问："你婆姨给你做新衣服了吗？"

"做了。你给的那块布，很合身。"

"哪天穿着我看看。"

"好的。我婆姨说你的心真好。"

"好心换好心，图你对我好。"

"人心都是肉长的，你有什么难处，尽管说，二愣子不会辜负人。"

二人到了日本人的碉堡底下，看见原先令人恐怖的碉堡，现在变成一堆黄土，里面还夹杂着一些破砖。二愣子高兴地说："日本人像屌一样竖起的东西，终于蔫了。它要再竖起来，还得蔫下去。"

三姑想起日本人糟蹋她的事，牙根咬得咯咯响，真想拿一把刀子把日本人下身的那件东西割下来，然后喂狗吃。

二愣子看见三姑满脸怒气，知道她十分痛恨日本人。他也想起日本人火烧他家窑洞的情景，想对三姑说，这碉堡是他们炸掉的，但话到嘴边咽下去了。

他曾经保证要保密，任何情况下不能泄密，同时也怕三姑为自己担心。

二十三

三姑和二愣子驮了几回炭，又想去三岔口倒贩粮食。这段时间，日本人没有什么动静，似乎比较安全。二愣子对三姑说，日本人在，没有安全的时候，我们跑来跑去，是用命来换钱。三姑说，在家里待着还不是遭殃吗？索性到处跑。

二月的天气，渐渐暖和了。阳光和煦，偶尔刮点小风，人们依然穿着棉衣。几天前三姑和二愣子约定，一起多跑几趟生意，可好几天看不见二愣子的影子。三姑又想又急，不知道他家里有事，还是舍不得离开婆姨。孤零零一个人跑了几趟生意，三姑心里有点郁闷。又等了几天，三姑终于听到了二愣子的鞭声，不由一阵惊喜。

二愣子远远看见了三姑，喊："三姑——"

三姑不回头，也不应声，顾自己走路。

二愣子快步赶上来，又喊："三姑——"

三姑好像没听见喊声，依旧顾自己走路。二愣子问："怎么啦？"

三姑还是不言语。二愣子上前堵住了三姑，看见三姑一脸不高兴，二愣子莫名其妙，不知如何是好。三姑赌气，继续往前走。二愣子又问："怎么啦？"

"有了贴身肚兜，忘了隔身棉袄。"

"原来是这样。肚兜暖心，棉袄暖身，我哪样都离不开。"

"还不是肚兜亲？你早忘记了棉袄。"

"那你今天就做肚兜，暖暖我的心。"

"不。"

二愣子解释："家里的水窖没水了，我和爹花了几天工夫掏水窖里的泥。"

三姑一听，脸上露出了笑意。三姑抬头看二愣子，看见二愣子穿着一身新衣服，整整齐齐，很精神。三姑问："你穿着这么新的衣服，不像是去跑活，倒像是去娶亲。"

"你不是要看我的婆姨给我做的新衣服吗？今天特意穿来给你看。"

三姑想起来了。她先看二愣子衣服的样子，对襟衫，直筒裤，穿着很合身。再撩起衣服看针线，看到针线细密而匀称，称赞二愣子婆姨的针线活。她对二愣子说："你真是找到个好婆姨，把你出落得精精神神。"

二愣子乐得嘿嘿笑。

三姑和二愣子带着本钱去三岔口买粮食。他们出了那条山沟，在河里饮了牲口，踏上去三岔口的公路。他们边走边说，很快就到了强盗湾附近。前几次路过此地没有发生什么大事，现在路经此地，二人还是提心吊胆，不敢掉以轻心。

"今天不会有事吧？"三姑问。

"没事也要当有事。虽说已经过了年关，但是世道乱哄哄的，天知道什么时候会出事。"二愣子说。

"也是。留心点。"三姑说。

二愣子吆喝了一声牲口，牲口的脚步加快了。二人边走边抬头看着山上，生怕有什么动静。周围非常寂静，除了牲口的铃声，再听不到什么。三姑捏紧了手里的鞭子。二愣子嘴里小声哼着小曲，故作镇静。他们到了强盗湾的地段，还没有出现什么动静，三姑放心了，心想今天不会有什么事了。

忽然，山上传来了歌声。随着歌声，走下三个人来。三姑想，可能是过路人。二愣子却警惕起来，因为三个人的身后藏着棍子。二愣子低声说："不好，注意！"

这时，三姑也发现了来人身后的棍子。牲口继续往前走，三姑和二愣子也跟着走。来人下了坡，站在公路上，对三姑和二愣子说："不认识我们吗？留钱走人。"

二愣子站住了，紧握着手里的棍子。来人看见五大三粗的二愣子手里握着棍子，也警惕起来。

二愣子壮着胆子说："是你们爹娘养的，就上来。"

三人互相使个眼色，一齐向二愣子走来。二愣子稳稳地站在原地不动，手里紧握着棍子。眼看三人走近了，二愣子抡起棍子，向一个家伙的腿部扫去。这个家伙躲闪不及，腿上挨了一棍，立刻坐在地上哭爹喊娘。另外两个看到自己的弟兄吃亏，都抡起棍子，一齐向二愣子打来。三姑怕二愣子吃亏，扬起鞭子，向一个家伙的头上扫去。只听"啪"的一声，那家伙的耳朵立刻血淋淋的，只见他转着圈子，捂着耳朵号啕大哭。第三个看到架势不好，拔腿就跑。

"狗日的婆姨，老子饶不了你！"被打伤耳朵的家伙声嘶力竭地喊。

二愣子招呼一声三姑："走！"

三姑招呼一声牲口："哒——"

两头看热闹的牲口得到主人的命令，扬起蹄子，摇荡着串铃，叮叮当当继

续赶路。

"狗日的，三个小子就想打劫我们，看错了人。狗眼不识金镶玉。"二愣子对三姑说。

"他们上次吃了亏，还敢打劫我们，这次吃大亏，怨不得我们。"三姑说。

后晌，三姑和二愣子赶到了三岔口。他们没有急于去旅店，先去集市上买了两百多斤小米，然后赶着牲口进了旅店。

店掌柜看见三姑来住店，十分殷勤地帮着三姑卸驮子。卸下三姑驴的驮子，又帮着二愣子卸驮子。店掌柜一边帮着卸驮子，一边说："你们两个真是勤快人，刚开春就出来做生意，这还愁日子过不好吗？年后，我的店里没有几个人，空荡荡的。今天只有你们两个住店。"

"快点做两大碗面条，我们饿了。"二愣子说。

"好的。我先给三姑打盆洗脸水。"

店掌柜给三姑打来一盆热水，说声洗把脸，就去捅火做饭。二愣子从水窖里吊了一桶水，先给两头牲口饮水，然后把牲口拉入牲口圈，添上干草。看见三姑洗完了脸，二愣子也打了一盆水，洗起脸来。

一会儿工夫，店掌柜喊一声"吃饭"，就端出两大碗面条，一盆菜。

"三姑，过个年，你好像更年轻了。"店掌柜讨好端着饭碗的三姑。

"越年轻越受罪。像你这么大年纪，就不用东奔西跑受罪了，只需坐在店里收钱。我是苦命人。"

"你这么如花似玉的女人不坐在家里，偏要出来跑，自己找罪受。你看这世道，不安生。"

"是的。我们在强盗湾几乎被抢。"

"唉！刚过年就抢人，什么世道！"

二愣子眨眼工夫吃完一大碗面，说："再来一大碗。"

店掌柜又端来一大碗面，二愣子一会儿就吞进肚子里。二愣子用手摸一把嘴唇，说："来一碗面汤。"

店掌柜端来一碗面汤，说后生家多吃点好，吃完早点睡觉。二愣子抬头看看天，已经日落西山。晚饭后，几个人在院子里说了一会儿闲话，店掌柜就关了大门。店掌柜说，这年月不平安，早睡早安生。

二十四

等到店掌柜睡觉了，二愣子就走进三姑的屋里。三姑说时分不早了，明天还要赶路，早点睡觉吧。三姑突然想到被她打伤的土匪，不禁为明天回家担忧。

"我们两次打伤那几个家伙，明天会怎么样？"三姑说。

"不好说。他们不会善罢甘休，我们应该时刻做好对付他们的准备。"

"他们会不会追到这里来报复？"

"难说。我们做好准备就是了。我把鞭子和棍子放在炕边，你安心睡吧。"

半夜刚过，着三姑进入甜蜜的梦乡。隔壁房里店掌柜鼾声如雷，圈里传出牲口沙沙的咀嚼声。朦胧中，二愣子听到院子里有脚步声，一个激灵，顿时清醒了。他怕惊动隔壁的三姑，没有喊叫，伸手去抓炕边的棍子。

二愣子穿好衣服，蹑手蹑脚走到窗户边，撩起窗帘往外看。不看则已，看后让二愣子吃了一惊，他看见院子里竖着十几个黑糊糊的影子。二愣子仔细看，辨不清到底是什么人。二愣子回到炕边，轻轻敲着墙壁。三姑听到响声，知道门外有情况，立刻穿好衣服，走到窗户前。

二愣子站在窗户前观察院子里的动静。院子里的人鬼鬼祟祟，逐个屋子往里瞧，看里面有没有人。店掌柜的门外守着两个人。有两个人到了三姑的窗户外，三姑在屋里静静地看着两个人的动静。二愣子想，他们人多势众，难以对付，不如瞅准机会再动手。三姑心里很镇静，事已至此，无非大打一场。

"出来，屋里的人！"院子里有人喊。

睡梦中，店掌柜听到一声大喊，猛地从被窝里爬起来，不知道发生了什么事。他赶紧穿上衣服，到窗户边往外瞅，看见院子里站着一群人。

"出来！"

店掌柜想，什么人敢在我的店里这么妄为，这里是我的地盘，除非是日本人，或者是警备队。院子的周围还有自己的本家和邻居，只要他吆喝一声，他们都会起来帮忙。店掌柜打开门，提着马灯走到院子里，仔细一看，站着的不是日本人，也不是警备队，而是一群拿着棍棒的陌生人。店掌柜心里有底了。

"你们要怎么样？"店掌柜有意提高了嗓音。

"我们要找两个人，一男一女。"

"找他们干什么？"

"报仇。"

"我店里没有一男一女，你们到别处去找。"

"老不死，别护着他们，我们知道他们就住在你这里。这事与你无关，别拦着我们，我们只找他们算账。"

二愣子和三姑知道来人是谁。

店掌柜的邻居听见院子里有动静，有人起来看究竟。他们发现有人在闹事，赶紧叫醒人们，拿着棍棒，堵住了院子的大门。

二愣子想，看来躲是躲不过去了，不如自己出去跟他们较量，让三姑待在屋里。二愣子开门走到院子里，不想三姑看见二愣子走到院子里，她也出门跟在二愣子身后。院子里的人看不清他们的面目，问："你们是谁？"

"我们是你们要找的人。"

三姑话音刚落，就从二愣子身后闪出来，扬起鞭子噼噼啪啪向那伙人抽去。突如其来的鞭打，让那群人来不及举棍棒就挨了鞭子。有人哭喊起来，想往大门外逃。早已等在大门外的邻居，举起棍子痛打逃跑的人。里外夹击，那群人乱作一团。店掌柜看到打得过瘾了，就喊："放他们一条生路，让他们滚。"

听店掌柜一喊，众人停了手。

来袭击的人抱头鼠窜。

第二天，为了避免冲突，三姑和二愣子只好绕道河对岸回家。

三姑到县城卖了粮食回到村，已是黄昏。二小下地回来，正在忙着做饭。听到驴的铃声，二小知道三姑回村了，便对儿子说，赶紧帮你娘卸驮子，牵驴饮水。儿子一蹦一跳跑出门，去接娘。

三姑进了院子，把驴交给儿子，自己进了屋。

"这回顺利吧？"二小一边和面一边问三姑。

三姑一屁股坐在炕沿上，说："几乎丢了命。"

二小一愣，瞅着三姑问："遇到什么？"

"半夜土匪带着一帮人到旅店报仇，幸好有人帮忙，这才打跑了这些家伙。不然，我俩就糟了。"

"我说你不听，还是不用赶着毛驴到处跑了，挣钱事小，人命事大。别人不赶毛驴不也一样过日子吗？"

三姑不吭声，自己打了一盆热水洗脸。

二愣子卖了粮食回家，已到点灯时分。他的爹帮着卸驮子，饮驴。婆姨早已做好饭，只等二愣子回家。二愣子进屋坐在炕沿上，婆姨给他端来一碗小米稀饭。婆姨看见二愣子疲倦的样子，说我给你扫一下身上的灰尘。二愣子走出门，婆姨手里拿着一把笤帚，从上到下从前到后呼哧呼哧给二愣子扫衣服。笤帚刷着衣服，二愣子身子酥酥的，麻麻的，有一种难以言传的舒服感。扫完衣服，婆姨又嘱咐二愣子快去洗个脸。

二愣子刚洗完脸，三儿子进门了。三儿子坐在炕沿上，从口袋里掏出烟袋，装上一锅烟，慢腾腾地吸着。二愣子知道三儿子有事，也拿起烟袋抽烟。婆姨也知道三儿子来一定有事。三儿子只和他们两口子拉闲话，不谈要说的事。其实，三儿子心里的事还没有考虑成熟，现在不能说出口。他来二愣子家，主要是来串门，另外也想和二愣子商量他想做的事。在县城附近，还有一座碉堡，三儿子在琢磨能否把它炸掉。这座碉堡坐落在半山腰，周围地势比较平缓，上次投放炸药炸碉堡的方法这里无法采用，这让三儿子头疼。他想和二愣子一起去侦察一下，然后确定具体办法。

"近两天你出去吗？"三儿子问。

"出去。"

"我也想去县城逛逛，我们一起走。"

"好的。"

三儿子撂下一句话出了门，婆姨知道他去县城一定有事，不免为二愣子担心。她对二愣子说："三儿子来找你，一定有事。你的事我不想管，但一定要注意安全。你人老实，不机灵，遇事多想想，不要楞往前面走。"

"我心里有数。你放心。"

二愣子想跟婆姨讲昨天晚上旅店被围的事，话到嘴边停住了。他想，男人家心里还是要藏得住事，免得婆姨提心吊胆。跟着三儿子出去做事，肯定有风险，自己的风险自己承担。

二十五

"啪！""啪！"

第二天，二愣子赶着驴，和三儿子一起出了村。路上，三儿子对二愣子说："县城日本鬼子的那座碉堡，我们想把它炸掉，可是难度很大。今天，我俩去好好侦察一下，看看有没有下手的好办法。这段时间，日本人特别嚣张，它们火烧了牛庄不说，还活埋了李家塔几十个人，恨死人了。"

"我知道。既然入了伙，我什么都不怕。我们从小一起长大，你知道我的脾气。"

"我当然知道你，不然就不会带你来。你有驴做掩护，今天的侦察任务主要靠你来完成，人多了怕坏事。你敢去吗？"

"敢。驴怎么给我做掩护？"

"我会告诉你的。只是你要胆大心细，见机行事，不能让日本人看出破绽。否则，侦察计划失败，你也完蛋了。不过，你不要太担心，我会在暗处帮助你。"

说话之间，三儿子和二愣子到了县城，直奔日本人的碉堡。这座碉堡位于半山坡，它可以俯视整个县城，是日本人在县城的最重要的碉堡，里面有日本人的大量弹药，有重兵把守。碉堡设置复杂，上面是明堡，下面是暗堡，暗堡后面是弹药库。平时，日本人看守很严，碉堡附近杜绝任何中国人通过。距离碉堡五十米处，拉着一道两米高的严密的铁丝网，把碉堡紧紧包裹在里面，铜墙铁壁一般。

二人赶着驴，爬上一个小山坡。这里与日本人的碉堡隔着一道沟，可以清楚地看到碉堡的样子和站岗的哨兵，但看不清楚碉堡周围的小设施和障碍物，因为高而密的铁丝网里面有一堵墙，墙挡住了他们的视线。

二愣子说："我们往近走一点，可以看清楚。"

"不行。很危险。听说有一个人赶着牛到附近耕地，牛和人都被打死了。我们不能冒这个险。"

"看不清楚地形，无法下手。"

"那也不能乱来。"

"怎么办？"

三儿子对着碉堡望了一阵子，说："主要弄清楚碉堡旁边的那棵枣树与碉堡的距离。"

"站在这里看不清楚。"二愣子有点着急。

对面碉堡上的日本人走来走去，没有在意远处的三儿子和二愣子。

三儿子说："你赶着牲口往上走一点，兴许就看清楚了。我先下山，不然，两个人站在这里很危险。"

"好。"

三儿子下了山坡。二愣子赶着驴沿着路往山上走，碉堡上的日本人并不在意，依然走来走去。

二愣子边走边看着周围的地形，不一会儿，看到前面出现了一条小岔路，小路延伸过去，经过碉堡附近。二愣子想赶着驴过去，马上又停住了脚步。他想，一旦敌人发现了自己，一定会开枪，那时不是驴死，就是人亡。他犹豫了。二愣子想起婆姨的话，遇事多想一想。突然，二愣子举起鞭子，对着驴的屁股，使劲抽了一鞭子。驴突然遭到鞭打，扬起蹄子，飞一样沿着小路跑去。二愣子举着鞭子，追赶上去。二愣子一边追驴，一边注意着碉堡旁边的那棵枣树。眼看追上驴，二愣子扬起鞭子，又抽了一鞭子，驴跑得更快了。二愣子过了日本人的碉堡，前面是个下坡路，哨兵突然举枪向二愣子射击。

一直躲在山坡下暗暗观察的三儿子，看到架势不好，立即跑上山坡，大声向二愣子喊："快跑！二愣子。"

哨兵听到三儿子的喊声，转身向三儿子射击。三儿子急忙躲起来，手举在头顶上，不停地挥舞着衫子，敌人的子弹嗖嗖地飞过来。

二愣子趁此机会，赶着驴飞快地跑下山坡。眼看要逃出日本人的视线，不巧驴的后腿挨了一枪，趔趄一下，摔倒了，沿着一个斜坡滚下去。二愣子也就地一滚，滚下坡去，躲过了日本人的子弹。

三儿子看见二愣子跑出了危险区，赶紧下山去找二愣子。

二愣子看见驴滚下坡，翻了几个滚，稳住了，卧在斜坡上。它赶紧跑下去，牵着缰绳，往起拽。驴挣扎了几下站起来，后腿上不停地滴着血。二愣子顾不上看驴的伤口，拉着驴赶紧跑。

不一会儿，三儿子跑来了，上气不接下气。

"没事吧？"三儿子问。

"没事。只是驴腿上挨了一枪。"

"赶紧走！别让他们追上。"

二人匆匆赶到街道上，挑了个僻静街巷，匆匆离开县城。

傍晚，二愣子回到家。看见丈夫回家了，婆姨赶紧接过驴的缰绳，牵着驴去饮水。婆姨对二愣子说："你到底回来了，今天我的眼皮一直在跳，担心你出什么事。回来就好，不然我的眼皮不知道跳到什么时候。"

婆姨给驴饮完水，又拿起笤帚扫驴的身子。驴耷拉着耳朵，乖乖地站着。她从头部扫起，一帚一帚，驴不时摇摇脑袋，晃晃耳朵，似乎舒服极了。当她梳到驴屁股的时候，突然停住了扫帚，"哎呀"尖叫一声。听见叫声，坐在台阶上抽烟的二愣子说："没事，是被日本人子弹打的，子弹已经抠出来了。"

婆姨看着伤口，心疼地说："哑巴牲口，不会说话，其实多疼啊！要是人，早哭天喊地了。"

婆姨看见伤口刚结痂，只好叹口气，避开伤口，继续给驴扫身子。

听见二愣子两口子的对话，在屋里抽烟的爹也开门出来，走到驴跟前，看驴的伤口，问二愣子："怎么回事？"

"日本人的枪打的。"二愣子闷闷地说。

二愣子的娘也跟着出门，看见驴的伤口，又听说是日本人的枪打的，禁不住骂起来："挨千刀的，祸害人，祸害牲口，什么时候把他们斩尽杀绝？他们不得好死！"

二愣子的娘用手抹着眼泪，二愣子的爹叹了口气。二愣子的婆姨安慰婆婆说："他们丧尽天良，总有一天会死的，等着吧。"

二愣子吧嗒吧嗒抽着旱烟，想说出实情，又没有吱声，他怕爹娘和婆姨为自己担心。

二愣子在家休息了几天，每天精心喂养驴，每天给驴洗伤口，想让驴的伤口早点痊愈。其间，三儿子来看过驴的伤口，还给驴拿来几升黑豆料，嘱咐二愣子好好喂养。

没过几天，驴的伤口好了。二愣子问了一声三儿子，这几天有没有事情，三儿子说暂时没有。其实，三儿子一直在考虑如何炸掉日本人的那座碉堡。那天，据二愣子观察的结果，碉堡跟前的那棵枣树，距离碉堡足有一丈远，如果炸药距离碉堡远，就不会炸掉碉堡，三儿子正为此事发愁。二愣子想，既然最近没什么事，那就出去跑几趟生意，挣点钱。他把想法告诉婆姨，婆姨说你总不能老在家待着，还是出去。二愣子找出放了好几天的鞍子和口袋，拍去上面的灰尘，准备再去三岔口倒贩粮食。

二愣子赶着驴刚出村，马上想起了三姑，不知道她近来怎么样。二愣子又一想，她还能做什么，不就是赶牲口吗？兴许今天还能碰到她。一想到三姑，二愣子精神百倍，用鞭杆捅了一下驴的屁股。不一会儿，二愣子便到了三姑会出现的沟岔。二愣子扬起鞭子，"啪！""啪！"甩了两声，拉开嗓子唱起来：

"前半晌想你吃不下饭，后半夜想你睡不着觉；

有心把你看几回，哎哟哟，不凑巧。"

说也巧，三姑正走在离岔口不远的地方，听到二愣子的鞭声和嗓音，顿时高兴不已，毕竟好多天没有看见二愣子了。三姑举起鞭子，也"啪！啪"甩了两声。

听到三姑的鞭声，二愣子呵呵一笑。又拉开嗓子：

"昨日里开门桃花开，今日里出门你就来。

山疙瘩瘩瞭见你的影，忍饥挨饿也开怀。"

三姑听见二愣子的歌声，笑了笑，骂道："你娘的，你不用吃饭，成天去瞭吧。"

三姑嘴上骂，心里很舒坦。多日不见二愣子，自己一人出去驮东西，孤孤单单，危险且不说，连个说话的人都没有。心里有什么话，只能跟驴说，驴只能用"嘟嘟"的响鼻回应。现在又听见二愣子的声音，她喜出望外，也情不自禁地拉开嗓子：

　　"疙蛋（院子外的场地）上等来瘩疙疙上瞭，日出日落看不见你；

　　捶你的胸来拧你的脸，哎哟哟，不解气。"

　　二愣子听见三姑的回音，在驴屁股上拍了一掌，说："快点走！"

　　驴会意，四只蹄子哒哒哒地小跑起来，二愣子也跑起来。

　　听见身后的跑步声，三姑停下脚步，回头看见二愣子呼呼喘气。三姑笑呵呵地说："你们两个一个德性，驴跑得比人还快，到底图个什么？"

　　二愣子赶上来，笑着说："驴图个骚气，我图个伴儿。"

　　"哼！你想得美，三姑可不是下贱女人。"三姑变了脸。

　　"三姑的人性好，十里八村的人都知道，二愣子更清楚。"二愣子嗨嗨笑着。

　　"这还差不多。"三姑痴情地瞅着二愣子，轻轻抽了二愣子一鞭子，"死鬼！"

　　"今天去哪儿？"二愣子问。

　　"三岔口。"

　　"正好。我也去。再往县城贩一趟粮食，听说最近县城麦子的价钱涨了。"

　　"是的。所以我去三岔口。"

　　说话之间，已经到了强盗湾。二人头皮有点紧，毕竟他们在这里经历过几次麻烦，好在这次没有发生什么事，他们平安通过了。

二十六

　　第二天，二人赶着牲口返县城，两个驮子沉甸甸的，都是麦子。二愣子心里算计，如果卖得好，每人可以赚一成的钱。他跟三姑讲了。三姑却跟他说，别想得美，说不定连本钱都丢了，这年月，做什么事都没有保证。三姑嘴上这么说，心里却在盘算，如果能赚几个钱，就给丈夫和孩子买几双洋袜子，让他们也时髦一下。

　　"给你婆姨买一块洋布。"三姑说。

　　"嗯。如果赚了钱。"

二愣子想想婆姨在家也挺操劳，自己平时对她的衣着却不大在意，心里有点歉意。

"还是你们女人家细心。听你的。"

"你家有贤妻，外有贤妹，满足吧！"

"满足。"

走了一会儿，到了一处浅滩。每次路过这里，他们都要给牲口饮水。二愣子对三姑说："让牲口歇一会儿。"

"好。"

他们给牲口卸了驮子，牵着各自的牲口到河边饮水。

"你的牲口长膘了。"三姑说。

"能不长膘吗？它受过伤，休息了好多天，又精心喂养着。"二愣子说。

"怎么受伤？"

"日本人的子弹。"

"多危险！"

"是的。"

"人没事？"

"没事。"

饮水后，他们赶着牲口继续赶路。不久，到了强盗湾，两人头皮又紧起来。

"今天不会有事吧？"三姑说。

"天知道。有事没事都得过去，你握紧鞭子。"

他们边走边抬头看着山上，心里七上八下，毕竟这里经常出现一出又一出令人胆战心寒的事。如果是来的时候遇到事，他们不太担心，无非抢几个钱去。回来就不同了，如果被抢，他们的货没了，工夫也白费了。

突然，三姑发现前面有一个人在晃动，立刻警惕起来。仔细一看，不是强盗，而是一个老太太，她吊起的一颗心放下来了。

"前面有个老太太。"三姑说。

"她不关我们的事，注意点。"二愣子说。

三姑瞥了一眼河对岸，阳光下的山野静悄悄的，河水在山脚下静静地流着，唯有驴踏踏的脚步声有节奏地敲打着，仿佛山野里的鼓点。

二愣子像一只机警的猎犬，一会儿竖着耳朵谛听，一会儿翘首山上，手里的鞭子握得紧紧的，时刻准备迎击山上跑下来的强盗。

眼看强盗湾要过去了，二人都松了一口气。二人正在暗暗高兴的时候，三姑发现前面的老太太坐在地上。三姑以为她走路累了，坐下来休息一会儿，也没在意。等他们走到老太太跟前时，看见她半躺在地上，脸色煞白。三姑停下脚步，俯下身子，问："怎么了，老人家？"

老太太好半天才慢慢地说："病了。"

"要紧吗？"三姑问。

"走不动路了。"老太太说着躺在了地上。

三姑看看二愣子，说："怎么办？"

二愣子看看天，又看看山上，知道这里还在强盗湾边缘，并不安全。二愣子左右为难，最后只好问："你说呢？"

"救一救她，很可怜的，谁都有个三灾五难。"

"好吧。把驮子卸下来，你看着，我把她送回家去。"

"不。我送她。"

"这一带不安全，你一个女人家，我不放心。"

"不怕。我去好，一旦她的病严重了，女人好照应。"

"也好。"

"你的家在哪里？"三姑问。

"不远，山上，二三里地。"老太太艰难地说。

二愣子抬头看看山上，这里与强盗经常下山的地方很近，他为三姑担心。

"这一带的村子不安全，万一遇到他们，怎么办？你知道，我们得罪过他们。"

"我知道。可是——"

听见二愣子和三姑的对话，老太太吱声了："我自己爬回去，不用你们送了。"

"你路都不能走，怎么回去？"三姑说，"还是我送你回去。"

二愣子帮着三姑卸下驮子，又扶着老太太骑上三姑的驴。二愣子嘱咐三姑："早去早回，我在这里等着你。万一遇到什么，甩个响鞭，或捎个口信。"

"没事的，别想那么多。我是去做善事，不是去抢人。"

二愣子看着三姑赶着驴，沿着山坡爬上去。他听见三姑不停地嘱咐老太太："抓紧鞍子。"

直到看不见三姑，二愣子也卸下自己那头驴的驮子，让驴休息一会儿。驴啃着路边的野草，二愣子坐在地上，从怀里掏出烟袋，吧嗒吧嗒地抽烟。

本来驴走了半天的路，很累了，现在又要驮着一个人走上坡路，因而走起来很吃力。老太太坐在驴背上，摇摇晃晃，三姑紧贴着驴的身子，手贴在老太太的腿上，小心呵护着，生怕她从驴背上掉下来。老太太半合着眼，看起来很难受的样子。好在距离老太太的村子不远，爬上一个大坡，过了一个墹子，就到了村口。

这时候，三姑蓦然想起二愣子的话，真要遇到那些强盗怎么办？如果二愣子在身边还有个伴，现在自己孤身一人，遇到一两个可以对付，遇到人多了，那就对付不了了。她心里想，这个村子千万别是强盗窝。

驴入了村，老太太指指一个土墙围着的院子，有气无力对三姑说："这就是我的家。"

驴好像听懂了老太太的话，顺着老太太指引的路，走进老太太家的院子。村里有人看见老太太骑着毛驴回家，说："好神气的老太太！谁这么抬举她，让她像神仙一样。"

驴进了院子，三姑把老太太从驴背上抱下来，老太太软得像一团稀面，顺势跌坐在地上。

"她怎么啦？"村子里的人问。

"病了。"三姑说，"我看见她可怜，把她送回来。"

三姑向村人解释，生怕自己说不清楚，招来什么麻烦。

"赶紧叫她的儿子回来，看样子病得不轻。"旁边有人说。

立刻，有腿快的人跑出院子，一边跑，一边喊："癞子！癞子！你妈病了！你妈病了！"

二十七

二愣子在山下的路边等着三姑，等了很久不见三姑下山。二愣子有点着急，心想该不会出什么事吧。他想上山去看看，可驮子没有人看管，只好继续等待。他早就听人们说，这一带的人人性不好，有些人不务正业，只靠偷人抢人过日子。三姑上山，如果真的落在以前被她打过的人手里，就不可能全身而返，即便回来，也会缺胳膊少腿。想到这里，二愣子十分担心，后悔没有拦住三姑。

眼看太阳快落山了，二愣子一锅接一锅抽着旱烟，坐不是，站不是，走不得，留不得，如热锅上的蚂蚁。正在二愣子百般无奈之时，听见山头上传来啪啪两声清脆的鞭声。二愣子的驴听见鞭声，嗷嗷叫了两声。山上的驴也嗷嗷叫了两声。二愣子高兴得哈哈笑起来，自言自语道："龟孙子，你终于回来了。"

一袋烟工夫，三姑下山了。二愣子看见三姑跟在驴屁股后面，大声说："我以为你回不来了。"

"我的命大，不会轻易死去。"三姑一脸愠色。

看到三姑的脸色不好，二愣子问："遇到麻烦了吗？"

三姑摇摇头，不愿意说。二愣子着急，说："有什么，你说出来。"

三姑沉吟了一会儿，才说："好。我说。"

"我赶着驴爬上山顶，看见了一个村子，老太太说这就是她的村子。进村到了她家的院子，我将老太太抱下来，她瘫坐在地上，像一团稀面，村里人立刻去喊她的儿子。过了很久，儿子回来了。儿子看看躺在炕上病歪歪的娘，再看看我，立刻瞪起了眼睛。你知道这人是谁？"

"是被你打了的强盗？"

"正是。我用鞭子打伤了他的耳朵，他岂能不认识我？仇人相见，分外眼红，何况又在他的家里。我大吃一惊，赶紧跑出门，从院子里的驴鞍里抽出鞭子，准备应战。我知道，跑是跑不掉的，只有应战这一招。那男人也跑到院子里，顺手抄起一把明晃晃的铁锹，向我砍来。旁边有几个男人也拿着家伙为他助战。我不愿意伤害他们，所以我只能躲躲闪闪。院子不大，他们那么多人，如果躲闪不及，我就会被打着。无奈之下，我扬鞭打倒了一个家伙，那家伙躺在地上哭爹喊娘。没想到更激怒了那个男人，他招呼更多的人来对付我。我想，我有天大的本事，也会死在这里。"

三姑止住话，用袖子擦着泪水汪汪的眼睛。

二愣子看到三姑如此伤心，劝道："别说了。人回来就好。"

"我要说。正在危急的时候，老太太听见院子里有动静，问怎么回事，有人说你儿子和几个人在打那个女人。老太太强坐起来，嘴里喃喃说，造孽！是这个女人救了我，不然我会死在路上。听到老太太的话，有人出门告诉那个男人，她是你娘的救命恩人，你怎么能好赖不分！听到这话，那个男人叫大家住手。他回到屋里问娘，她真是你的救命恩人吗？娘说是。那个男人不停地摸着自己的耳朵，看样子既恨又悔。我看到他犹豫了好一阵子，才向我道歉，让我吃饭后再走。我好不容易得到了他的宽恕，哪有心思吃饭，保一条命回来就不错了。我赶紧赶着驴回来了。临走，我给他撂下了一句话：你不是一个男人，欺负一个女人；你是个男子汉，去打日本人。"

三姑啜泣不止。看到一向很坚强的三姑伤心不已，二愣子上前抚摸着三姑的背。三姑没有止泣，反而像受了委屈的小姑娘，嘤嘤哭起来。哭了一会儿，

77

三姑破涕为笑，说："没什么，不就是一场误会吗？"

"是的。你还是好好的。刚才我一直为你担忧。"

这趟让三姑伤心的生意，到县城后却卖了比较好的价钱。三姑回到家里，两个孩子立刻围过来，大儿子牵驴饮水，小儿子抱着三姑的腿。丈夫从屋里拿出一把笤帚，"呼哧呼哧"为三姑扫身上的灰尘。三姑服服帖帖享受着家人的温暖，心里像灌了蜜。

"这趟生意还顺利吧？"二小问。

"顺利。跑了多少次了，熟门熟路，会出什么岔子。你就在家里好好照顾孩子和那十几亩地，我的事你不用多操心。"

"一家人，不操心也得操心，嘴上不操心，心里操心。操心不操心，由不得你，也由不得我。"

"你也学会链子嘴了！蛮好听的。爱操心，你就操心。饭熟了吗？"

"面和好了，就等擀面。你洗一把脸，面很快就下锅。"

大儿子给驴饮了水，又把驴牵到院外的场子上休息，顺便拿了一筐草给驴吃。三姑疼爱地说："我的大儿子已经是一个大人了，什么事都会做，过几年就是一条高高大大的大汉子。"

"过几年，我跟着你赶驴跑生意。"大儿子说。

"好。这样我就有一个帮手了。人们说，儿子不吃十年闲饭，的确是这样。"

一会儿，二小端来一大碗热气腾腾的面条，三姑狼吞虎咽，几口吞下肚子。

晚上，三姑躺在二小的怀里，心里有说不出的舒服。她想起白天在匪首院子里的那场恶斗，心有余悸。想到这里，她紧紧地搂着二小。

"怎么啦？"二小问。

"我恨那个狗日的！"

"谁？"

"土匪头子。"

"出去多加小心，那伙人惹不得。"

三姑把二小搂得更紧了。

二愣子回到家，爹早守候在门外，接过驴的缰绳，卸驮子，给驴饮水，喂草。婆姨走出门，手里握着一把笤帚，给二愣子扫身上的灰尘。二愣子的娘嘱咐婆姨："早点给他做饭，饿了一整天了。"

"饭马上就好。"婆姨给丈夫扫了身子，马上转身回屋做饭。

二愣子坐在院子门前的台阶上休息，掏出旱烟吧嗒吧嗒地抽着。爹照应完牲口，也坐在台阶上抽烟。爹问儿子："今天贩麦子，价钱怎么样？"

"不错。"

爹看见儿子闷闷地抽烟，有点心不在焉，又问："路上不顺利吗？听说最近警备队到处抓人，人心惶惶。你们遇到他们了吗？"

"没有。可总有一些意想不到的事情发生，也怪她多管闲事。"

"什么事？"爹问。

"我和三姑走到强盗湾，遇到一个生病的老太太，三姑出于好心，送她回家。没想到老太太是被三姑打伤耳朵的土匪的娘，结果三姑被围在院子里遭打，幸亏老太太发话搭救了三姑，不然今天她会死在强盗手里。"

"哦。这年头，做善事也不得好报。"爹摇摇头，使劲在台阶上磕着烟灰，"你出门在外，不要多管闲事，管好自己就行了。"

"嗯。"

二愣子想起三姑哭泣的样子，心里不是滋味。又想到三姑一个女人家，她的胆量超过男人，吃苦胜过男人，心里暗暗佩服。

听见婆姨开门的声音，二愣子赶紧磕掉烟锅里的烟灰，准备吃饭。只见婆姨手里端着一海碗热腾腾的面条，递了过来："尝尝咸淡。"

"不管咸淡，一样进肚子。"

"在家和外面不同，要吃个香甜。"婆姨说。

晚上睡在炕上，二愣子憋不住心里的话，对婆姨说："三姑今天险些回不到家。"

"为什么？"婆姨惊了一下。

"他救了土匪生病的娘，把她送回家，没想到遭到土匪的打，要不是土匪娘阻止，三姑别想活着回家。"

"好危险！你怎不懂得帮助她？"

"当时我在山下看守货，她独自去的，我拦不住她。"

"吃一堑长一智，以后你要护着她。一个女人家出外跑生意，不容易。"

二愣子"嗯"了一声，从后面紧紧抱住婆姨，婆姨伸手紧紧抱着二愣子的腿，亲热起来。

二十八

上次侦察日本人的碉堡回来，三儿子苦思冥想，找不到炸碉堡的良策，来找二愣子商量。二人来到村外地里，坐在地塄上，悄悄地说话。最让三儿子头疼的问题是如何安放炸药。从山上安放炸药最好，可日本人防护很严，根本无法接近枣树。如果从山下接近那颗枣树，而枣树下是高高的悬崖，很难把炸药弄上去。三儿子左思右想，最后觉得只有从山下把炸药弄到枣树上一种办法，然而此法难度很大。听了三儿子的话，二愣子陷入沉思。良久，二愣子在鞋帮上磕掉烟灰，说道："我有一个办法，你看可行不可行。"

"什么办法？"

"上下结合的办法。"

"仔细讲。"

"你记得小时候你的那个绝技吗？"

"当然。"三儿子想起来了。

"你射箭射得很准，不妨趁着夜色来行事——"

三儿子得到提示，渐渐沉思起来。一会儿，他点头："你的话有道理，兴许此计可行。"

"到时候就看你的了。"二愣子看到三儿子采纳了自己的建议，很兴奋。

过了几天，二愣子和三姑又去三岔口买粮食往县城贩卖。这次很顺利，沿途没有遇到任何麻烦。他们到县城卖了粮食，买了点零碎东西，怀里揣着钱，高高兴兴地往回走。他们沿着河畔，边走边说着闲话。

"牲口渴了，我们下河给牲口饮点水，然后到金花店里歇会儿脚。"二愣子说。

"好。好久没有去她那里了，我想跟她说会儿话。"

二人赶着驴下了河滩，两头驴低着头，贪婪地喝着水。三姑说："这两头牲口渴死了，要是人，早喊叫起来了。"

"这就是哑巴牲口的苦楚，有话没法说。"二愣子说。

"现在，我们人活得又怎么样？你看我们过的什么日子。日本人，警备队，土匪，谁不欺负咱们。这日子不知道什么时候是个头。"

"总有个头，慢慢熬着吧。"

二人正有一句没一句聊着天，突然听到头上传来叽里咕噜的日本腔。两人抬头一看，公路上正走过一队日本人。日本人走在前面，警备队跟在日本人的屁股后面。听见警备队里有人向日本人嘀咕了几句，一队警备队向河滩走来。二愣子心里一急，心想不好，赶紧低低地对三姑说："我们沿着河边往上游走，别让他们认出我们。"

二人使劲拽起正在低头喝水的驴头，牵着驴缰，赶紧往河上游走。警备队看到二人突然扭头走了，心生疑惑，立刻有人大喊：“你们是谁？站住！别走！”

二人没管警备队的喊叫，继续往上游走。这时，有两个警备队员追上来，截住了他们的去路，喝令他们停下来。看到两个警备队员用枪逼着，二人只好停下脚步。后面的警备队追上来，把二人围在中间。二愣子向这伙人扫了一眼，一眼就看到了四痞子，心想麻烦大了。

四痞子走上前来，拨开众人，阴阳怪气地说：“这是哪里的两个宝贝，见了我们警备队，不打个招呼就想走，能那么容易吗？”

二人谁也不吱声，因为他们都认出了四痞子，怕惹麻烦

四痞子仔细一看，“嘿嘿”冷笑了一声：“真是冤家路窄！今天你俩落在我的手里，还想顺顺利利地走吗？”

三姑和二愣子都捏紧了手里的鞭子，与其坐以待毙，不如拼命一搏。他们知道，上次三姑鞭打四痞子，让四痞子在县城丢尽了脸，他一定会报复。现在他们人多势众，只有一搏。四痞子一会儿看看二愣子，一会儿看看三姑，一脸淫笑，心里在琢磨着什么。

“既然今天我们有缘相见，就应该有个了断。按理说，你们不仁，我也不义。现在我四痞子也是有头有脸的人物，不想让人说三道四，让人们觉得我四痞子没个人样，所以我不难为你们，这个女人打了我，让我丢尽了面子，今天我偏偏要放过你，我要让人们知道我四痞子的人道。这个男人得跟我走一趟，过几天我会放你出来。不过——”四痞子一脸阴笑。

“你说话算数？”二愣子瞪着四痞子。

“当然。我四痞子的话是有分量的，你问问弟兄们。”

警备队里有人附和着。

“那好。我跟你走，你放三姑走。”二愣子转向三姑，“你赶着我的牲口走，回去跟我家里说一声，我不信他四痞子能吃了我。”

“不。我留下，你走。祸是我惹得，我承担，不连累你。我不信他四痞子能活吞了我。”

“不行。你回家，我跟他走。我要让乡亲们看看四痞子是如何对待一个与他无冤无仇的人。我不怕！”

看到二愣子这样说，四痞子说：“你倒像个男人。那就跟我走。”又对三姑说，“你的仇，我会记着。咱们一个一个地算。”

三姑扬起鞭子要抽四痞子，被警备队的人拦住了。警备队里有人说：“女人家，你应该知道好歹，我们这么多人，你打得过我们吗？”

　　三姑想想，这人的话也对，我这样做不仅救不了二愣子，还得搭上我。如果两个人都被他们抓走，连个通风报信的人也没有，更不必说搭救了。

　　"我走！"三姑牵着两头牲口，头也不回，恨恨地走了。

　　三姑走进金花家的客店，一进大门就嘤嘤哭泣起来。听见哭声，金花赶紧走出门，看见院子里站着两头驴，三姑哭泣不止。

　　"出什么事了，三姑？"金花一脸惊讶。

　　"二愣子被四痞子抓走了。"

　　"什么时候？"

　　"刚才。我们在河滩给牲口饮水，他们不问青红皂白，就把二愣子抓走了。"

　　"这该死的四痞子！天打五雷轰！来，你先进屋，我们慢慢想办法。"

　　三姑把两头牲口牵进圈里，添了点草，进了金花的屋。

　　"四痞子抓人总有个原因，到底为什么？"金花问。

　　"上次在县城卖粮食，四痞子想抢钱，被我打了，今天他来报复。"

　　"这东西狗仗人势，为非作歹，不得好死。现在急也没用，天快黑了，你今天回不去了，就在我这里住一夜，明天回去给二愣子家报个信，然后再想办法。"

　　三姑点头。

二十九

　　第二天，天未亮，三姑就从炕上爬起来，和金花打个招呼，赶着两头牲口回家了。二小看见三姑赶着两头驴走进院子，觉得蹊跷，问："二愣子呢？"

　　"被四痞子抓走了。"

　　"为什么？"二小一脸吃惊。

　　"报复。"

　　"哦。上次他挨打，今天就来报复，真是一条恶狗，乱咬人。赶紧给二愣子家报信。我去。"

　　"走快点。"

　　"好。"

　　二小拿了一把羊铲，匆匆出门。

　　二小走得急，几袋烟的工夫，就赶到了二愣子家。二小把二愣子被抓的事一说，二愣子娘和婆姨就哭起来。哭声惊动了左邻右舍，不少人聚集到二愣子家，有人安慰二愣子的娘，有人出主意，最后还是决定拿钱去说情。三儿子说，我有认识的人，我去找人，你们先准备钱。三儿子说完，转身去找说情的人。

有人说，四痞子这家伙心很黑，钱少了，他根本不会搭理，所以钱要凑足。二愣子的娘哭着说，我们家能有几个钱，二愣子的命怕是救不了。二愣子的爹说，我们家还有一群羊，先卖几只凑点钱。二愣子的娘这才止住哭声，叫他赶紧去卖羊。二愣子的堂弟说，我手头还有点钱，先救急。二愣子的婆姨看到有钱救二愣子了，也不哭了。人们聊着闲话，等三儿子的回话。

三儿子去找邻村的狗蛋，他听说狗蛋的一个亲戚在警备队里做事。三儿子把救二愣子的事说了，狗蛋满口应承。中午，三儿子顶着烈日赶回村子，跟二愣子的爹要了钱，急匆匆出了村，和狗蛋一起去县城找人。

三儿子和狗蛋找到狗蛋的亲戚，把钱递上去，恳求在四痞子面前说情，狗蛋的亲戚说问题不大，因为谁都知道四痞子是个爱财如命的人。听他这么一说，三儿子长舒一口气。三儿子和那人约定，天黑等他的回话。

三儿子和狗蛋在街上胡乱逛了几个时辰，天黑后到警备队门外等回话。不久，狗蛋的亲戚走出警备队的大门，把二人拉到一个墙角，说："这事不好办，四痞子死活不收钱。他说过去我四痞子见钱眼开，这次我不收一分钱，递上的钱再多也不管用。我不要钱，只要命。"

听了狗蛋亲戚的话，三儿子的心凉了半截。四痞子是个心狠手辣的人，他要真狠下心来，二愣子的命就没了。三儿子问："他是不是嫌钱少？"

"看样子不是。你们知道，一个堂堂警备队长被打得屁滚尿流，丢尽了脸，脸面不是钱能买回来的。你们还是回去吧。"

三儿子满怀希望而来，现在浇了一头冷水，不知如何是好。如果空手回去，实在无法向二愣子的爹交代。

过了两天，二小向人打听二愣子家搭救二愣子的事，知道没办成。他问三姑："这事怎么办？"

三姑说："这事与我有关，当时我若不打四痞子，也许不会发生今天的事，我不能坐视不管。"

二小说："怎么帮二愣子？"

三姑说："只有送钱这一招。"

二小想，二愣子家送钱不管用，我们送钱也不会管用。既然三姑这么说，不妨试试，不行再说。二小拿着钱，找人一起去送钱说情。

二小和说情人一起走进警备队，找到四痞子，说明来意，递上钱。四痞子

看一眼钱，问："你是谁？"

"我是三姑的男人。"

"哼！你也敢来说情！你的婆姨让我丢人现眼，为什么她不来说情？钱我一文不收，我只要人。"

"要人？"二小不解。

"是。要人。要三姑。"四痞子狠狠地说。

"你也要把她关起来？"

"不。我要她的身子，要她陪我睡一夜。"

"不。不……"二小看见话不投机，赶紧扭身走出警备队。

二愣子被四痞子抓到警备队后，关在水牢里。水牢是日本人用来折磨中国人的牢房。每个牢房里灌了三尺深的水，被关押的人坐不得，躺不得，只能站着。腿泡在水里，冰凉冰凉，几天下来，小则生病，大则死在牢里。到了晚上，只给关押的人两根木棍，搁在距离水面半尺高的地方，供人睡觉。二愣子被关了两天，就有些吃不消，嘴里不停地骂四痞子：狗杂种！

晚上，四痞子来牢房看二愣子。四痞子嘴里叼着旱烟袋，对二愣子说："二愣子，这里的滋味好受吧。要不是我照顾你，你还享不到这福，你真有福气！"

"呸！"二愣子冲四痞子吐了一口唾沫，唾沫刚好落在四痞子的鼻子上。

四痞子用手抹去唾沫，也不生气，"嘿嘿"一笑，说："你的爹托人送钱给我，想赎你出去，老子没要，就要你的小命。三姑的男人拿着钱来找我，也想赎你出去，老子也没要，老子就要你的小命。你就等着死吧。让你的那个相好三姑来给你收尸。"

"老子不怕死，进来了就没想出去，只怕你狗日的也不得好死。我死了，有人来收尸；你死了，谁来给你收尸？你那连路都走不动的老娘能来给你收尸吗？"

"我也不怕死，我早就该死了，这点我知道。至于死后会怎么样，我不在乎，我只在乎活着。"

四痞子在牢门上磕去烟灰，收起烟袋，别在腰间。临走的时候，他回过头来，对二愣子说："我告诉三姑的男人，要赎你出去也可以，那得让三姑跟我睡一夜，等老子享受够了三姑，再放你出去。你看这主意怎么样？"

"呸！"

"你这没有人性的狗杂种！你还想糟蹋三姑，做梦！你告诉三姑，要死我一人死，不连累她。她不会让你糟蹋。"

"呵呵！等着瞧吧。"四痞子哼着小曲出去了。

二小回到家，一屁股坐在炕沿上，一句话不说。正在做饭的三姑问："怎么样？"

"不怎么样。钱不管用。"

"什么管用？"

"人。"

"人？"

"谁？"

"你。"

"我？"

"是。"

"我？"

"是。"

"那我就去。"

"你去？"

"是。"

"为什么？"

"为了救人。"

二小不吱声，从腰里掏出旱烟袋，闷闷地抽烟。他考虑到三姑出外赶牲口，很不容易，多亏二愣子的帮助，所以自己愿意掏钱搭救他。现在搭上钱不行，还得搭上自己的女人，这让他心里憋闷。这事让村里人知道，羞辱死他，他今后怎么做人？二小也是堂堂五尺汉子，平常只有他说别人闲话的份儿，哪有别人说他的闲话。他知道三姑和二愣子互帮互助的情分，现在二愣子在危难之时，不去搭救不近人情。思量再三，二小说："你自己看着办。"

"我知道怎么办，大不过去死。说该死，我已经死过几回了。你不用怕，也不用你管，我自有办法。"

三十

第二天，三姑穿上过年才穿的新衣服，梳洗打扮，像要出嫁的新娘。二小嬉皮笑脸地说："你就差涂脂抹粉了，要嫁给谁？"

"嫁给四痞子！"

二小的脸马上阴沉下来，像霜打了的茄子，蔫蔫的。他心里想，你跟谁不

85

行，非要跟那个杂种。他从警备队回来，没敢把四痞子要她陪睡的事说出来，他怕三姑兴起，杀了四痞子，惹来大麻烦。

三姑精心打扮一番，在镜子前照了一遍又一遍，看到自己打扮起来很有几分姿色，不觉一阵高兴。看着镜子里的三姑如此妖艳，三姑恨自己平时不好好打扮自己，让自己枉做一回女人。三姑打扮得心满意足，出门骑上驴，啪啪两声，哼着小曲出村。

隔壁二婶看见三姑打扮得花枝招展，对二小努努嘴，笑着说："二小你小心，三姑今天出去要嫁人，明天就不是你的婆姨了。"

听到二婶的话，二小的脸蓦地热起来。一会儿，他才意识到，二婶是开玩笑，她并不知道实情。

三姑骑着驴，心里却心疼驴。她可以看着驴驮着一百多斤重的驮子走几十里路，却不忍心自己骑着驴。刚出村，三姑就跳下驴背，跟在驴屁股后面走。快到县城，三姑看到路边有几朵好看的花，顺手摘下来插在头上。有人看见三姑头上戴着花，嘻嘻窃笑。三姑不理路人的窃笑，一抬腿，骑在驴背上，直奔警备队。

到了警备队门口，三姑也不下驴，直愣愣往里走。把守大门的哨兵横着枪拦住了三姑："你是谁？"

"你娘！"

三姑扬起鞭子，啪的一声，哨兵的枪掉在地上。哨兵捂着受伤的手，又跳又喊，哭叫起来："日你娘，疼死我了！"

听见门口吵闹，院子里有人跑出来，看到三姑骑在驴背上，旁若无人。有人想去阻拦，看看三姑手里的鞭子，站着不敢动。有人认出三姑正是鞭打四痞子的女人，直往旁边闪，生怕自己挨鞭子。

听见院子里的吵闹声，四痞子走出窑洞，看见院子里站着不少弟兄，问："什么事？吵吵闹闹的。"

有人指指驴背上的三姑："她。"

四痞子看到骑在驴背上的三姑，爱恨交加。恨的是她那条厉害的鞭子，不仅让他吃了皮肉之苦，还让他丢人现眼；爱的是她头戴鲜花，打扮得花枝招展，迷煞人。今天，她终于自己送上门来，那就好好消受一番，既解恨，又解渴。

"下来吧。你像出嫁的女人一样，还要人搀扶你下来吗？"四痞子阴阳怪气地说。

"你不搀扶，老娘就不下来，马上掉头走。"三姑恶狠狠地说。

四瘸子看看众人，看看三姑，狠不下心，可想到晚上要受用她，只好硬着头皮走上前去，用手扶着三姑的腿。三姑一个鹞子翻身，跳下驴背，顺手击了四瘸子一掌。

　　四瘸子一个趔趄，喊："你想干什么？"

　　"干什么？老娘想杀人！"

　　"你疯了！这是哪里？是警备队！"

　　三姑把驴缰扔给四瘸子，说："给老娘去喂牲口。"

　　四瘸子醒悟过来，嘿嘿笑起来。

　　四瘸子招呼手下人，给驴喂草，给三姑准备好吃的，好好招待。立刻有人替三姑牵驴饮水，有人把三姑引到屋里，端茶递水。

　　三姑美美地吃了一顿警备队的臊子面，抹抹嘴，抬头一看，日落西山。她本想请求四瘸子去看看二愣子，又怕看到二愣子被折磨的惨相后心酸，心想明天再说。

　　已到点灯时分，一个小喽啰走进三姑的屋里，笑着对三姑说："队长吩咐，叫你到他屋里去。"

　　"好。老娘正等得急。"

　　听到三姑这么说，小喽啰呵呵笑着。

　　"你笑什么？"

　　"三姑，你老人家真敢说话，不害臊。"

　　"老娘是过来人，什么事情不懂。"

　　三姑手里提着鞭子走出门，院子里的警备队个个眼睁睁地看着三姑。三姑没有理会人们的眼神，直挺挺走进四瘸子的窑洞。

　　四瘸子看见三姑走进屋，连忙给三姑倒了一碗水。刚才四瘸子叫人上街买了些杏子、干果和点心，摆满了一桌子。三姑看到这么多好吃的东西，心想老娘从没吃过这么多好吃的东西，一会儿一定要好好吃。四瘸子给三姑让座，三姑也不客气，一屁股坐在炕上，盘起两条腿。四瘸子递上杏子，三姑一手推开，说："四瘸子，咱们先说正事，然后再吃，好不好？"

　　"当然好。"四瘸子满脸堆笑。

　　"你跟我家二小说了，说你要我三姑的人，然后放二愣子出去，说话算数吗？"

　　"我四瘸子说话，就像秤砣落地，是有分量的。今天晚上你陪我，明天一早就放人。如果不放人，我做你的孙子，你再用鞭子抽我一顿。"

　　三姑瞪了四瘸子一眼，说："如果你说话不算数，小心老娘的鞭子！"

　　四痞子把杏子递给三姑，三姑毫不客气，一个接一个吃起来。看见三姑开心地吃着杏子，四痞子喜滋滋的。他掏出旱烟袋，点上烟，一边抽烟，一边看着三姑开心地吃着。

　　"上次在粮食市场上的事，是我的不对，我挨你的鞭子，应该。你原谅我吧。虽说我四痞子聪明，可有时候也很糊涂，过去的事就让它过去，行吗？"

　　"你做的恶事太多，哪一件能让人原谅？你好好想一想。"

　　"是。我会想的。"

　　院子里的警备队看见三姑进了四痞子的屋，什么事都不想去做了，个个像着了魔似的，眼睛直勾勾地盯着四痞子的窗户。有人想凑近窗户听二人在聊什么，又怕四痞子臭骂，只好站在四痞子屋子旁边的窑洞下偷听。三更时分，四痞子有些急不可耐。四痞子看看窗户，说："天不早了。"

　　"三姑是个女人，但说话算数。如果你不兑现自己的话，三姑饶不了你。"

　　"好。好。"四痞子连连点头，"我不明白，二愣子是你什么人，值得你这样做？"

　　"那是我的事，不用你管。"

　　四痞子知道三姑的厉害，害怕三姑在灭灯后暗害他，出门安排他的弟兄们在不远处守候，只要听到屋里有异常的声音，就立刻进门解救他。弟兄们巴不得这个既苦又美的差事，个个乐呵呵的。四痞子进屋跟三姑说："今晚对我俩来说是良辰美景，你情我愿，你不能加害于我。"

　　"你仁我义，你不仁，我不义。"

　　"好。一言为定。灭灯。"

　　四痞子脱掉鞋子上了炕，看见三姑坐在炕沿上不动，就催促三姑快点脱衣服。三姑说："你就想快活，你想我心里的滋味吗？既然我答应了你，就让你快活一回，不许你动我的上身。"

　　"好。我答应。"

　　三姑摘下自己头上的毛巾，蒙住了自己的脸。

　　看到四痞子的屋里灭了灯，院子里的那帮弟兄个个急不可耐，一个个悄悄溜到四痞子的窗户下，屏气凝神，静听屋里的动静，直听得口水直流。从三更到五更，四痞子整整折腾了一夜，他的弟兄们也在窗户下整整辛苦了一夜。

三十一

日上三竿，四痦子才爬起身来。三姑早已梳洗得干干净净，看见四痦子起来了，说："放人。"

四痦子揉揉眼睛，说："好。放人。昨晚你让我的魂都丢了。"

"放你娘的屁！赶紧放人！"

四痦子吆喝一声，有人进屋，四痦子说："放人。"

"好。队长，昨晚你太厉害了，搅乱了乾坤！"

"老子光棍几十年，好不容易高兴一次，不痛快能行吗？"

三姑离开警备队，上街找人给二愣子家捎话，让二愣子家来接人。二愣子是由三儿子和村里的几个年轻人用担架抬回家的。

三姑回到家，天已黑了。二小问："二愣子怎么样？"

"人没死，可脱了一层皮，脸白得像一张纸，受罪了。"

"人没事就好。出来了吗？"

"出来了。"

二小叹一口气，说："这世道，不成世道。"

三姑想起在水牢里看到二愣子的情景，心里隐隐作痛。早上，三姑给二愣子家捎话后，又回到警备队，找到四痦子，说："我要见二愣子。"

"叫她到水牢里看个够。"四痦子吩咐手下的人。

三姑跟着四痦子手下人来到水牢，只见阴森森的一间房子里，挖了一个地窖，地窖里灌满了水。虽是热天，水牢里却阴气逼人。她看见二愣子靠着墙站在水里，连二愣子的脸都看不清楚，只看见一个模模糊糊的人影。三姑一阵心酸，低低哭泣。

"二愣子，有人看你来了。"

二愣子抬头，看见来人是三姑，心里酸溜溜的，说："你来做什么？"

"我来救你。一会儿你可以出去了，我已经给你家捎话了。"

听了三姑的话，二愣子似信非信，十分惊奇，三姑靠什么本事把自己救出去呢？他想，三姑一定是花钱买通了四痦子，不然黑心的四痦子怎会放他出去。也罢，只要自己能出去就好，出去再跟四痦子算账。

"上来，我拉你。"三姑向二愣子伸出一只手。

二愣子拽住三姑的手，想爬上来，可他坐了半个月的牢，浑身没有一点力气，三姑哪能拽得动他。看到三姑拽不动二愣子，带三姑来的人搭了一把手，才把二愣子拉出水面。看着下身水淋淋的二愣子，三姑号啕大哭。

二愣子还没有回村，他的娘就站在院子外等着。当她看到村子对面的山坡上走下几个抬着担架的人，顿时嚎起来。听见娘的嚎声，二愣子的婆姨也跑出院外。婆姨看着对面的山坡，不停地抹着眼泪。二愣子的爹随后也跑到院外看着，一声不吱，嘴里不停地吸着烟。看见抬担架的人走近了，二愣子的娘和婆姨赶紧跑过去。二人跑到二愣子的担架前，担架停住了。

"娘，别哭！我没事。"二愣子挣扎着说。

听见二愣子能说话，二人止住了哭声。看见二愣子的脸白纸一般，二人又嘤嘤哭起来。

"愣子，让你受罪了。"娘哭着说。

二愣子被抬回屋里，马上来了很多邻居看望，院子里的人进进出出，川流不息。有的人来时拿着家里好吃的东西，二愣子的身边放了一大堆东西，二愣子道谢不绝。二愣子的娘招呼三儿子和其他几个抬担架的人吃饭。吃完饭，三儿子说明天再来看二愣子，就告辞了。

二愣子的左邻右舍走了，二愣子的娘赶紧端来做好的饭，婆姨扶着二愣子坐起来吃饭。半个月来，二愣子总算吃了一顿饱饭。在水牢里，每天只给他吃小米稀饭，一点干东西也不给他吃，肠子被清洗得空空的，五尺高的汉子没有一点力气。若是再坐半个月牢，二愣子必死无疑。

"在里面给你吃什么东西？"婆姨问。

"还可以。"二愣子为了不让婆姨难过，含糊其辞。

三姑在家调养了几天心情。五月端午，村里有人杀了猪，三姑买了二斤猪肉，先打发二小提着猪肉，驮着一斗麦子，给二愣子送去，随后又蒸了几锅馒头做礼物，穿上一身新衣服，亲自上门看望二愣子。看到三姑来看二愣子，婆姨拉着三姑的手，千恩万谢，说："还是你有本事，救了我家二愣子，你的恩德，我们全家人牢记在心，以后你有什么要帮衬的事，跟二愣子说。"

"二愣子帮了我不少忙，我不救他谁救他，这是应该的。让他在家好好养几天。"

"我们家拿着钱赎人，四痞子都不放，你是怎么让四痞子放人的？"

"不用问了，人回来就行了。"

三姑赎人的事，除了男人二小和警备队里的人，没有任何人知道。自此以后，周围的人都知道三姑是个很有能耐的女人，谁都敬她几分。

三姑回到家，二婶来串门。二婶看见三姑穿着一身新衣服，很惊奇："在家里穿这么新的衣服，有什么喜事？"

"没什么喜事。去看了一下二愣子，刚回来，还没来得及换衣服。"

"听说二愣子是你救出来的。他家用钱都赎不出来，你用了什么招数救他？"

"我有我的招数，没有招数怎能救出人。"

"听说四痞子是个光棍，见了女人就走不动路，你准是让他着迷了。"

二婶神神秘秘地笑着，想从三姑的脸上看出究竟来。

"我和他不是一路人，没有必要迷他。再说，我是迷人的狐狸精吗？"

"别生气，二婶只是随便问问，莫往心里去。"

二婶说声家里有事，匆匆离开三姑家。

二愣子在家休息了十几天，身体恢复了。一天晚上，三儿子来到二愣子家，叫二愣子出去说话。上次三儿子和二愣子去县城侦察碉堡后，三儿子一直在琢磨如何炸掉它。他和别人商量过几次，办法初步成熟，只因一时找不到炸药，只好搁着。现在炸药找到了，炸药包也做好了，二愣子的身体也好了，他想再听听二愣子的想法。三儿子和二愣子在村子外的地塄上一直坐到夜深，才各自回家。

几天之后，三儿子带着二愣子一帮人，悄悄来到县城。白天，他们把带来的东西藏在一个熟人家里，告诉主人晚上就拿走。几个人找到一阴凉处，随便捡了几个石子做棋子玩下方（下方：类似围棋的一种游戏）。

一直玩到天黑。

三十二

夜幕笼罩着县城，家家都点上了灯。街道上的店铺只有少数开着门，偶尔有人从街道上走过。城外的河水在山脚下静静地流淌，源源不断地把清清的河水送入三十里外的黄河，仿佛这是它每天应尽的职责。夜静之时，河水本想静静地流淌，半山碉堡上那鬼火一样的探照灯，闪来闪去，把它搅得心烦意乱，它厌烦极了。

三儿子几个人来到河边，各自洗了一把脸，然后分成两拨，悄悄来到碉堡底下。三儿子低声嘱咐了几句，几个人各就各位，开始行动。

三儿子和二愣子趁着夜色悄悄爬上一个小坡，其余的人留在山下。这个小坡距离碉堡最近，可以清晰地看到碉堡的影子，也可以模模糊糊看到碉堡旁那棵枣树的影子。碉堡附近一百米的范围，日本人不让种庄稼，杂草丛生。三儿子看到遍地荒草，心里高兴，因为荒草可以为他做掩护。他悄悄跟二愣子说，

你留在这里，掩护好自己，我的个子小，几尺高的荒草正好做掩护。

碉堡上的探照灯像魔鬼的眼睛，来来回回，扫视着坡上的山地。在灯光的扫射之下，任何活物都可能原形毕露。三儿子穿着一身黑衣服，隐没在荒草中，时动时静，慢慢往前爬着。探照灯在他的头上闪来闪去，就连二愣子都看不出他的身影。几袋烟的工夫过去了，三儿子终于爬到距离那棵枣树三四丈远的地方。他从腰间摸出一张弓，一支箭，箭上系着一根细绳子。他半躺着身子，张弓搭箭，使劲射出去。很不凑巧，嘣的一声，他听到了小小的沉闷的响声，知道箭射到了树干上。

碉堡上的哨兵听到微微的声响，向树这边走来。哨兵低头看看树，没有发现什么，就来回走起来。三儿子躺在草丛里，密切注意着哨兵的举动。等哨兵走到碉堡的另一头，他赶紧张弓搭箭，又射出一箭。这支箭很争气，穿过枣树的枝叶缝隙，飞下枣树边的悬崖。三儿子在草丛里静静地躺着，等待对面二愣子的信号。隔了一袋烟的工夫，三儿子听到二愣子那边"咕"、"咕"两声轻轻的鸟叫声。他知道，箭射到了悬崖下，悬崖下的人已经捡到了箭和箭尾系着的绳子。三儿子将绳子的一头紧紧握在手里，然后小心翼翼地往回爬，敌人毫无察觉。

过了很久，三儿子才爬到二愣子身边，两人一前一后，慢慢溜下山去。碉堡悬崖底下的几个人，紧贴着崖壁，把炸药包系在绳子上，准备往上拉。三儿子低低问了一声："系牢靠了吗？"

"牢靠了。"有人回答。

趁着浓黑的夜色，利用那棵枣树做支点，他们把炸药包一寸一寸拉上去。枣树恰好在碉堡外壕沟的边上，炸药包吊上去之后，慢慢落下来，恰好落在碉堡外的壕沟里。然后，他们点着引线，引线"咝咝"冒着火星。碉堡上的哨兵看不见悬崖上的引线，直到引线燃烧到枣树枝，哨兵才发现引线的火花，急忙大声喊起来。

引线点燃后，三儿子一伙撤走了，他们躲到附近的土壁后面看动静。他们看见碉堡上的敌人乱作一团，情急之下，竟然有个日本人对着引线开枪，不承想引线燃烧得更快了。看见燃烧的引线快烧完了，三儿子一伙按照预定的方向撒开腿跑了。他们只跑出两百多米远，就听到"轰"的一声巨响。他们回头一看，看见天空出现一团火花。

一会儿，他们又听到一声巨响，估计是碉堡里的弹药爆炸了。几个人拼命跑着，头也不回。

鸡叫三遍，三儿子和二愣子才回到家里，蒙头睡到日上三竿。

三姑独自驮了几回炭，又要独自去三岔口。二小劝她，趁着天热，在家好好休息几天。三姑一想，自己独自去三岔口，真有点心虚，一旦遇到危险，自己一个人难对付。最近没有见到二愣子，不知道他恢复得怎么样，三姑想找个机会去看看他。

黄昏，二小从地里回来，对三姑说："你听说了吗？县城日本人的碉堡被炸飞了，不知道是什么人炸的。"

"呵呵！他们也有挨炸的时候，是该教训一下他们。"三姑心里十分高兴，"你估计是谁炸的？"

"说不准。这一带没有大部队，听说只有游击队，可能是游击队炸的。"

"不管是谁炸的，总算为人们出了一口气。"三姑给二小端上一碗稀饭，递上一条玉米面窝窝，"趁现在闲着，明天我想去看看我姑姑，跟她说说话。"

"去吧。亲戚不走不亲，越走越亲。古人留下的话是有道理的。"

"我去就待一天，早上去，晚上就回来。"

三姑说着端出和面盆，舀了两碗白面，倒进水发面。

"顺便去看看二愣子，不知道这阵子他怎么样。"二小说。

"会去的。"

一大早，三姑提着蒸好的一篮子馒头去看姑姑。三姑的姑姑住在山顶，二愣子住在山腰，三姑要去姑姑家，必须经过二愣子家门口。三姑从对面山上下来，正在院子外面端着碗吃饭的二愣子看见了。二愣子等着三姑走上坡来，招呼她到家里吃便饭。三姑说是来看姑姑的，就在这里小坐一会儿。三姑挑了一块干净的大石头坐下来，二愣子和其他几个在这里吃饭的人跟三姑闲聊起来。

"我们村里传说日本人的碉堡被炸飞了，你们知道是谁炸的吗？"

"不知道。"二愣子说。

别人也说不知道。

有人说："三姑你真厉害，能把二愣子从黑心肝四痞子手里救出来，真不简单。"

"那是二愣子的命好。"三姑说。

"四痞子的这口气，老子咽不下去，有机会，我要剥他的皮。"二愣子脸色铁青，狠狠地说。

三姑看一眼二愣子，没有吱声。他知道二愣子心里的仇恨。她劝道："你不要太莽撞，小心再吃亏。你一个人，他们那么多人，手里又有枪，你敌不过他们。"

三姑一席话，不仅没有消减二愣子的恨，反而点燃了他心中的怒火，他决心要报仇。三姑走后，二愣子想了一整天，想不出报仇的好办法。婆姨看到他老是低着头抽闷烟，知道他有心事。她劝二愣子，君子报仇，十年不晚，单枪匹马，怎敌得人家的枪弹。恶人必有恶报，他不会死在你手里，说不定会死在别人手里。

婆姨的一番话点亮了二愣子的心，他想，自己一人没有报仇的力量，何不借助团伙的力量？他立刻去找三儿子。

三十三

自三姑走出警备队的院子之后，四痞子就有点郁闷。一夜销魂，让他眼前总闪现着三姑的影子，挥之不去，不招自来。尤其是夜深人静之时，他躺在炕上辗转反侧，不能入眠。他骂自己没出息，竟被一个野女人弄得神魂颠倒。最近日本人的碉堡被炸，四痞子被日本人骂得狗血喷头，心里很冤屈。他心里想，狗日的鬼子，人家炸你的碉堡，这与我有什么关系，又不是我叫他们来炸的，我四痞子什么时候受过这样的气？他转念一想，拿人家的手软，吃人家的嘴软，谁让自己吃这碗饭，忍着点吧。日本人让他抓炸碉堡的人，四痞子心中没数，也不能随便乱抓人。他带着警备队出去过几次，次次空手而归，因此成天在警备队里酗酒解闷。

二愣子去找三儿子商量报仇的事，三儿子心里一惊，说现在不行，日本人的碉堡被炸，正在到处抓人。现在去找四痞子算账，说不定正好撞到枪口上，得从长计议。二愣子心里有点不高兴，说我为了你们舍生忘死，帮着炸了日本人的碉堡，现在替我报仇，也是为大家报仇，心里想不通。三儿子说，四痞子这家伙迟早要收拾他，现在不是时机。二愣子孤掌难鸣，只好怏怏而归。

三儿子拒绝了二愣子的报仇要求，同时也提醒了他，何不趁着四痞子忙着四处抓人的机会，教训一下他？三儿子找了一个同伙，让他向警备队里的熟人打听消息。几天之后，同伙终于打听到了消息。三儿子找到二愣子，把他拉到村外的地里，拍了拍二愣子的肩膀，高兴地说："有办法了。"

"什么办法？"

三儿子悄悄跟二愣子讲了自己的想法，二愣子说："能行。"

清早，二愣子从圈里拉出驴，饮水，喂料，备鞍子，嘴里吹着口哨。婆姨说，出去驮炭，又不是去娶婆姨，值得那么高兴吗？二愣子说，会有高兴事的，高兴事到来之前，我先高兴一下，有什么不行。婆姨说，看把你美的，比你生了儿子还高兴。二愣子上前摸摸婆姨鼓鼓的肚子说，一样的高兴。

"啪"！"啪！"

二愣子甩了两个响鞭，哼着小曲出了村。

到了沟岔，二愣子猛然想起三姑，想起三姑那甜甜的笑，那俊俏的脸蛋，呵呵一笑，不知道今天她去不去驮炭。

"啪！""啪！"

二愣子不管三姑听见听不见，使劲甩了两鞭，接着扯开嗓子：

"山疙瘩瘩的太阳红艳艳，白天黑夜看不见你的脸；

有心到你窗前瞅一下你，哎哟哟，窗纸会挡住我的眼。"

"啪！""啪！"

二愣子听到了沟里的鞭声，也听到了沟里三姑的歌声：

"狗尾巴摇来摇去摇三回，不用张口也知道你的心；

有心掐断你的毛尾巴，哎哟哟，你摇尾巴我高兴。"

"啪！"二愣子拍了一掌驴屁股，说："走快点，撵上前面的那个婆姨。"

驴"哒哒哒"地小跑起来。

二愣子快步追赶驴，三姑早已站在路边等待二愣子。她远远看见经历了一场劫难的二愣子，恢复得不错，走起路来依然铿锵有力。二愣子还没有走到身边，三姑早已露出了灿烂的笑脸。二愣子走到三姑身边，看见三姑上身的花格子布衫很好看，就伸手摸了一摸，说："你打扮一下，像一朵花一样，俊俏得很。"

"能比得上你的婆姨吗？"三姑笑着说。

"比得上。牡丹与荷花，都很美。只是我的婆姨嫩一点。"

"家花没有野花香吧？"

"是的。她没有你的野性，你是一匹母狼。"

三姑捶了二愣子一拳："那我把你吞进肚子里。"

二人一阵哈哈大笑。

二人去县城附近的煤窑上驮炭，返回途中，有一个人上前拦住了二愣子。二愣子把来人拉到路边，问："你知道我是谁？"

"看你的长相就知道你是谁。我是来传话的人，我的亲戚在警备队里，下午传消息给我，明天——"来人压低了声音。

来人走了，三姑问二愣子："你和谁说话，那么神秘？"

"以后告诉你，你等着听好消息。"

三姑意识到二愣子隐藏着什么秘密，嘱咐他不要胡乱行事，小心再吃亏。她知道，二愣子被四痞子关了半个月，吃了不少苦头，他一定不会善罢甘休，必定会想办法报仇雪恨。

三姑说："你一个人敌不过四痞子，报仇要找准机会，乱来只能伤害自己。如果需要我帮助，你言语一声。"

"知道。我有办法。"

不知不觉，二人走到金花旅店门外，三姑说，我们进去喝点水。二愣子说好。二人赶着牲口走进金花的旅店。金花正在忙着洗被褥，看见二人进来，忙停下手中的活，招呼他们。

"什么风把你们刮来的？好久没有看见你俩了。"

"我们进来喝口水，大热的天，渴死了。"三姑说。

金花进屋，端出两大碗水来，说："水有的是，尽管喝。"

三人说了一会儿话，三姑起身告辞，抬头一看，"起哟"一声。

"你怎么啦？"金花问。

三姑指指天，担心地说："要下雨！"

金花抬头一看，说："你们走不了了，马上就会下雨。"

天要下雨，二愣子有点担心，不过明天早上回去也不晚。

说话之间，风骤起，接着"哗哗"下起雨来。雨停后，天已黑了。二愣子看见雨停了，要回家。金花劝道："路还是泥乎乎的，不能走，会闪了牲口的腿，就在这里住一夜。今晚店里人少，你俩好好亲热一下。"

金花呵呵笑起来。三姑瞪了金花一眼，说："你总往邪里想，不正经。二愣子，你的衣服脏了，一会儿脱下来，我给你洗一下。"

二愣子说："那就辛苦你了。"

金花笑着说："三姑多会体贴人，恐怕二愣子的婆姨都比不上。日久生情，一点不错。二愣子干脆把你的婆姨休了，让三姑服侍你。"

三姑说："出门在外，应该相互照顾，人家二愣子也有照顾我的时候。如果你眼红，让二愣子照顾你一回，怎么样？"

金花说："我不夺你嘴里的食，让二愣子照顾你吧。"

二愣子听着两个女人说笑，乐得直笑。

雨后的店里，十分凉快，也十分安静。三人说了一会儿闲话，看看天色不早了，金花劝他俩痛痛快快洗个澡，说我这里水多，不像你们山上缺水。三姑和二愣子洗了痛快澡，三姑把二愣子脱下的衣服洗了，晾在院子里的绳子上。

金花关了大门，对着三姑的屋大声说："一个人睡觉，不嫌孤单。"

"谁像你，夜夜离不开你家男人。"三姑说。

屋里屋外笑成一片。

天刚亮，二愣子叫醒三姑，要趁凉快早点走。三姑哼哼唧唧，说我的身子还没有歇好，再睡一会儿。二愣子只好答应，

二愣子回到家，还不到中午。婆姨说，三儿子已经找你好几回了，有要紧事情。二愣子说，知道了。说完，二愣子去找三儿子。二人坐在村外的地里说了好久的话。

下午，二愣子跟婆姨说，我有事，要出去，半夜回来。婆姨说，小心点。二愣子点头。

黄昏时刻，三儿子和二愣子来到离村二十里的一个小山上，那里已经有三四个人等着他们。那几个人说，地形我们已经看过了，你们再看看。

"东西呢？"三儿子问。

"在那棵树下。"有人指指附近的一棵大柳树。

三儿子和那几个人一起看了看地形，隐藏在庄稼地里，等待天黑。

三十四

三儿子一伙在地里一直等到三更天，才听见山下的沟里有了动静。三儿子带着两个人溜到地头看动静，看见灰暗的沟里晃动着一串黑影子，脚步声听得很清晰。三儿子知道等待的人来了。这段时间，县城里的碉堡被炸，日本人不敢在夜里出动，只敢在白天出来。沟里的这伙人，他猜想一定是倒霉的警备队。他想狠狠教训一下四瘩子，无奈天黑，只看见人影子，看不清人的面目，不知道四瘩子在前头，还是在后头，或者中间。三儿子略一思索，对身边的两个人小声吩咐几句，三人拉开距离，把手中的手榴弹扔向沟里。

听见一阵轰响，三儿子一伙飞也似的跑向山顶。一会儿，他们翻过山顶，转过一个弯，跑得无影无踪。

两天以后，三儿子派人到警备队里打听消息。他把消息告诉二愣子，说炸死三个警备队员，四瘩子的腿被炸伤了，整天躺在炕上嗷嗷叫。二愣子回家悄悄告诉婆姨，四瘩子遭报应了，被炸伤了腿，天天哭爹喊娘。婆姨心想，恶人恶报，真应验了。二愣子把四瘩子炸伤腿的事告诉三姑，三姑说活该。三姑问他是不是参加了地下活动，二愣子呵呵一笑，点了一下头。

三姑和二愣子又打算跑一趟三岔口，贩一次粮食。天气炎热，为了避暑，他们早早就从家起身，打算在午前到达三岔口。二小总在三姑面前唠叨，说这

段时间很乱，出去很危险，不如在家待着做饭，他上地回来也可以吃一口现成饭。三姑说，你知道我喜欢在外跑，在家待得时间长了憋气。三姑只怕日本人找麻烦，因与四痞子有一夜之交，估计四痞子不会为难她。至于土匪，三姑也不担心，上次救了他娘的命，他感恩还来不及。三姑想，是祸躲不过，听天由命。二小没奈何，只好随三姑的意。

快到强盗湾，二愣子又握紧了手里的鞭子，准备应付不测。他提醒三姑注意。三姑并不紧张，她想土匪还要抢我，那就不是人。二愣子记起上次三姑救母的事情，松了一口气。二愣子也想，按照常理推测，土匪不会再为难三姑了，因为土匪多讲义气。不过，如果遇到另外的土匪就难说了。

二愣子说："怕遇到别的土匪。"

三姑说："他是匪首，别人不敢做对不起他的事，我们迈开大步放心走。"

眼看就要走出强盗湾，突然山上跑下几个人来，挡住了去路。三姑和二愣子一惊，立刻握紧了手里的鞭子。

来人把手中的棍子一横，说："留下买路钱，我们不伤人。"

三姑一看，几人里面没有匪首，心想这次又遇到麻烦了，只好以硬碰硬。

"想要钱，可以。你们问问我的鞭子答应不答应。"三姑说。

"给不给钱，问问我们手中的棍子。"土匪说。

一个土匪使了个眼色，几个土匪哗啦一声，围住了三姑。三姑赶紧举起鞭子。二愣子看到架势不好，一下子冲到三姑身后，准备一起对付土匪。

"别打，住手！"山上突然有人喊。

几人都向山上望去，只见一个大汉站在坡上，手里提着一根棍子。三姑一眼认出，他就是匪首。

听见大汉的喊声，几个土匪都收起了架势，对大汉喊着："这是个肥缺，为什么不吃？"

"你娘的屁！老子说不吃就不吃。放人！"

大汉跑下坡来，对三姑作揖道歉。大汉说："上次你救了我娘，我知道你是个有良心的婆姨。我不知道内情，误打了你，实在对不起。你走后，我娘把我狠狠骂了一顿，叫我不要做伤天害理的事。我手下的这伙人，他们不认识你，冒犯了你，我向你道歉。"

"向三姑赔不是！"大汉对他的同伙喊着。

几个同伙一起前来向三姑道歉。三姑说免了，你们做点什么事不好，为什么要打劫？大汉无言以对。大汉看见二愣子威风凛凛，也和二愣子打了个招呼。

"你们有本事，就去对付日本人和警备队，不要为难我们这些过路人。"三姑又说。

"是的。我娘临走的时候也这么跟我说。"

"你娘走了吗？"三姑问。

"是的，上个月。她还交代我好好感谢你。"

"你应该听老人家的话。"三姑叹了口气。

"前几天，日本人从我们村里抓走几个人，我要是跑得慢，也被他们抓走了。狗日的，我要好好整治一下他们。他们经常有军车路过这里，有装弹药的，有装大米的，我们要劫几次，让他们知道我们的厉害。"

"这才是正事。不过，一定要小心。"二愣子说。

"我们自有办法，大哥放心。"大汉说。

离开强盗湾，三姑和二愣子十分高兴，虚惊之后的愉悦让二人哈哈大笑起来。

到了一处浅滩，二愣子说，天热得很，让牲口喝点水，我们也凉快一下。三姑说好。

二人把驴拉到河边，卸下鞍子，让驴浸在河水里。驴喝足了水，站在河水里一动不动，享受清凉。二愣子脱掉上身的衣服，也泡在水里。河水凉凉的，浸润着二愣子的身子，三姑看得眼馋，也钻进水里。

"你像水里的一面镜子，晃得人睁不开眼。"

"那是你心里有鬼，净往邪里想，不能不看吗？"

"不能。"

"那你就仔细看。"

"只看不过瘾。"

"还想做什么？"

"我愿做而你不愿做的事。"

"死鬼！"

三姑使劲捶了二愣子一拳，二愣子身子一摇，几乎倒在河水里。

二愣子用手指指河边的一片小树林，说："过一会儿，我们到那里乘凉。"

在河里凉快了一阵子，二愣子拉着三姑进了小树林。小树林里芳草萋萋，花香鸟语，蜂蝶飞舞，二人躺在草地上歇息。一会儿，小树林里传出愉快的笑声。河水里的驴听出是自己主人的声音，也不理会，依旧在水里享受清凉。

中午，他们赶到了三岔口。下午，他们在市场上买好了粮食，回到旅店住宿。

三岔口的夜晚比较凉快，因为三条沟在这里交汇，两条沟里的河水带着清凉从这里流过。三姑和二愣子吃完晚饭，坐在旅店的院子里和客人闲聊，天南海北，十分爽快。二更天，三姑和二愣子要进屋睡觉，因为明天要早起赶路。

"三姑，今晚你要跟二愣子睡觉吗？"一个络腮胡子说。

"你眼红吗？"三姑说。

"怎不眼红，你的脸蛋那么俊，谁不想摸摸。"

"你也想摸？"

"当然想。"

"只怕你的东西不争气。"

院子里的人哄堂大笑，络腮胡子脸红得像一块烧红的铁。

"要不你试试？"有人撺掇络腮胡子。

"试试就试试。"络腮胡子一把将三姑抱起来，扛在肩上，往屋里走。

三姑看见他来真的，使劲在络腮胡子的背上咬了一口。络腮胡子哎哟一声，将三姑放在地上，嘴里嘟囔："二愣子，还是你有福气，看来我得拜你为师。"

院子里又是一阵哄笑。

三更天，三姑和二愣子各自回屋睡觉。其他人看见三姑走了，没了兴趣，也一个个伸着懒腰回屋睡觉。络腮胡子不甘心，还在院子里坐着，他要等三姑的屋里灭灯后偷偷摸进去。

三姑的屋里刚灭灯，络腮胡子就蹑手蹑脚走到三姑屋子的窗台下，侧耳倾听。店老板出门倒水，看见络腮胡子在三姑门外鬼鬼祟祟，大声说："你不是没有婆姨，想了，回家抱你婆姨。"

"老不死的，你不能小声点吗？"络腮胡子骂。

店老板板着脸说："你不要干见不得人的事，三姑是我的客人。"

络腮胡子骂骂咧咧走进自己的屋。

三姑听见门外有店老板的话，心里热乎乎的，放心睡去。二愣子却不放心，直到夜深才迷迷糊糊睡去。

三十五

四更天，店老板睡得正香，听见大门上有敲门声，他急忙起身提着马灯去开门。门外站着几个人，声称要住店。店老板打开大门，给他们安排了一个屋子，几个人和衣躺下，呼噜入睡。

不到半个时辰，又有人敲大门，敲得震山响。店老板又提着马灯去开门。店老板打开门一看，吃了一惊，赶紧后退半步，说："半夜三更，你们要干什么？"

"你不认识我们的这身皮吗？"来人说。

"当然认识。警备队。"

"你不认识老子是谁吗？"

"不认识。"店老板摇摇头。

"你这么大年纪，有眼不识泰山，白活！老子是四痞子！"

"知道了。警备队长。我这里都是做生意的客人，没有什么好查的。"

"那也要查。"

四痞子带几个人走进院子，大声喊："屋里的人都出来，让我看看。"

屋里的人睡眼惺忪，揉着眼睛，相继走出屋子。四痞子拿着手电筒，一边照着客人的脸，一边盘问，要每个人都说出自己的身份。突然，四痞子在人群里发现了二愣子，他赶紧后退一步，说："赶牲口的小子，又在这里看见你了。站一边去！"

二愣子站着不动，两眼冒火，手里紧握着鞭子，恨上次没有炸死这只恶狼。

"想报仇吗？"四痞子端起枪来。

二愣子不说话。三姑站在四痞子面前，用身子挡住了二愣子，说："你不要伤害人，否则，我饶不了你。"

毕竟有一夜之欢，四痞子说："我也是在执行公务，没办法。你没事，你不用管别人。"

当问到四更天进来的几个客人时，四痞子瞪大了眼睛，要带着他们走。几个人再三申辩，四痞子毫不理睬，一定要带走。这时，房顶上有人大喊："四痞子，你放人，我们井水不犯河水。如果你一定要带走人，你就别想出这个院子，这里就是你的死地。"

听见屋顶上的话音，二愣子吃了一惊。

天已蒙蒙亮，四痞子举目屋顶，隐隐约约看见屋顶上的人手里拿着东西，高举在头顶上。四痞子思忖，屋顶上的人只要手一松，院子里的人就会完蛋。自己三十多岁了，还没有娶婆姨，不能断子绝孙。他知道，刚才盘问的这几个人一定有问题，一旦放过他们，说不定又惹出什么乱子来。想到自己的命比什

么都要紧，还是先放他们一码。

"我们各走各的路，你们要是不讲信用，老子的枪也不是好惹的。"四痞子带着人走出院子。

原来，房顶上的那几个人，是趁四痞子敲门之际，从屋里跑出来，溜上屋顶的，其余几个来不及跑，只好留在院子里。屋顶上的几个人，其中对四痞子喊话的人就是三儿子，二愣子听出了他的口音。

四痞子走后，三儿子没有招呼二愣子，和几个同来的人一起走了。

天亮了，三姑和二愣子赶着驴赶紧离开三岔口这个是非之地，他们怕白天这里发生更大的事情。他们赶到县城，已到午后，在集市上卖了粮食，又急着往家走。

近几天，二愣子没有急着出去跑生意，在家里帮着爹做地里的活。几天没有看到三儿子，二愣子知道他们这次出去一定要做活，不知道到底做什么。在三岔口四痞子认出了他，他怕四痞子又找自己的麻烦，暂时不想出去。婆姨也一个劲地劝他暂时不要出去，小心为是。

过了几天，三儿子回家了。二愣子急忙找到三儿子，问他们去做什么。三儿子悄悄告诉二愣子，他们那天去那个旅店休息，是看到天要下雨，临时找个休息的地方，不承想恰好撞见四痞子搜查。他们据此推测，日本人一定有什么大的动静，这才让警备队出来搜查，排除危险。本来，他们是要炸日本人的另外一个据点，却临时改变了主意。那天早晨离开那个旅店后，他们埋伏在离三岔口十里远的公路边的山上，看有没有日本人的军车通过。很巧，天刚黑，日本人的军车就到了，他们扔了手榴弹，结果没炸着，让这辆军车溜走了。过了半个时辰，又来了一辆军车，这次他们炸着了，军车上装的是弹药。

"真过瘾！"二愣子说，"怎不叫我呢？"

"因为你在跑生意。这次我找的是三岔口附近的几个人，没有带我们这面的人去。"

"那天晚上，我在院子里听到你在房顶上说话。"二愣子说。

"我也知道你在院子里，因为三姑出来为你说话。他真是个有胆量的女人，我们男人都比不上。"

"她是个难得的女人。"

"还有一件事没告诉你，我们那天没有炸掉的那辆军车，到了强盗湾，被炸掉了，不知道是什么人干的。"

"会是谁？"

"不知道。"

日本人派四痞子出去排除危险，没有起到丝毫作用。一辆军车被炸毁，四痞子被日本人叫去，骂了一通不说，还被吊在门框上毒打了一顿。四痞子被打得皮开肉绽，整天躺在炕上哎哟哟。

三姑也在家待了一段时间。二小知道日本人军车被炸的事，加之那天晚上四痞子看见了三姑，他怕三姑受牵连，劝三姑待在家里。三姑说，我一个女人家，他们能把我怎么样，我只是一个赶牲口的女人，又不是游击队，我怕什么。二小劝了一遍又一遍，又想着天气很热，三姑就留在家里。

六月，二愣子的婆姨生了个儿子，二愣子喜得贵子，心里甜滋滋的。二愣子的娘更是高兴得不得了，她跟二愣子爹商量，孙子过满月时，多请点人，热闹些。二愣子的爹也这样想，自己的头一个孙子，又是一个续香火的小子，应该隆重些。三十多岁的二愣子，晚来得子，十分感激他的婆姨。晚上，他喜欢躺在婆姨的身边，看着婆姨掏出硕大的奶子，安详地喂奶。也喜欢看着胎毛未退的儿子闭着眼睛，贪婪地吮吸着奶头。他心里在谋划，要种好庄稼，多挣点钱，将来给儿子修两孔窑洞。儿子满月这天，二愣子请了村里家族的人和亲戚朋友来祝贺，酒席办得热热闹闹，村里人好不羡慕。有人对二愣子说，你办的满月喜事比你娶婆姨还要热闹，晚上你要好好亲你的婆姨。二愣子笑着说，如果我晚上不亲我婆姨，哪会生个儿子。还有人说，你应该每天晚上吃你婆姨的奶，让你的婆姨抱着两个儿子睡觉。二愣子笑着说，你这人不晓事理，你说反了，应该让婆姨吃我的奶。

二愣子的儿子满月时，三姑也来了。三姑送了一斗米，两块布，一块是二愣子的儿子的礼物，一块送给二愣子的婆姨做件衣裳。三姑对二愣子的婆姨说，二愣子真有福气，第一胎就是个小子，以后他做事更有心劲了。婆姨说，我家二愣子什么都好，就是不爱听我的话，总往外面跑。你说今天杀人，明天放火，多危险。万一他有个三长两短，不就苦了我们娘俩，婆姨说着唏嘘起来。三姑摸摸孩子的脑袋说，他这样做还不是为了你的秃小子吗？男人总得出外面走动，地里能种出庄稼来，刨不出金子来，里里外外都得顾及。婆姨破涕为笑，说你说的有道理，随他去吧。

三十六

六月六，发大水，人们都希望这一天能下大雨，希望有个好收成。二小看到今年地里的庄稼苗长得不错，就对三姑说，我们杀只羊祭祀一下，一来祈求好收成，二来给你祈福，保佑你出入平安。三姑说，你看管用就祭祀。二小向村里的人买了一只山羊，请人杀了。午时，二小把羊肉和其他祭品摆上香案，拜天地，祭鬼神，暗中给三姑许愿，保她出入平安。三姑也在祭台前拈了香，口里念念有词。两个儿子在一旁看着，眼巴巴地盯着桌子上的祭品。

祭祀之后，剩下不少肉，三姑让二小给姑姑和同村的二愣子每家送去一块肉。二愣子接下二小送来的羊肉，包了一顿羊肉饺子吃。二愣子婆姨拿出一块布，送给二小，二小推辞不过，只好收下。

四痞子被日本人暴打之后，怨气冲天。每天三件事，一是喊身子疼，二是喝酒，三是骂娘。四痞子不敢在日本人面前骂人，但在警备队的院子里，谁也敢骂。他骂日本人狼心狗肺，他一心效劳，却落得如此结果。他骂日本人是狗熊，自己没本事，却把责任都推在他身上，恨不得宰了日本人。警备队副队长小诸葛劝他忍着点，日本人总有倒霉的那一天。四痞子说你娘的屁，日本人倒霉了我们会有好日子过吗？小诸葛嘿嘿一笑说，这是说不准的事。

小诸葛看见四痞子心情不好，晚上从街上找了两个野女人，关在警备队院子里，供四痞子快活。过了几天，四痞子玩腻了，对小诸葛说，老子怎么不能娶个婆姨呢？四痞子心里想过，自己作恶多端，将来恐怕不得好死，一旦自己死了，断了香火，他爹会在地底下骂他。他想到了年迈的娘，他的娘经常在他面前念叨，让他不要做恶事，一来她老眉老眼，在人面前抬不起头，经常遭人骂；二来四痞子应该娶个婆姨，到她咽气的时候，家里能添个一男半女。

四痞子在警备队调养了十来天，又被日本人赶出去杀人放火，四痞子背地里狠狠地骂：老子将来不得好死，到了阴曹地府也要拉你们几个日本人垫背。小诸葛劝道，已经上了贼船，就一竿子插到底，如果放下屠刀，日本人会先割了你的脑袋。四痞子想，在警备队他可以吃香的喝辣的，如果洗手不干，回家就得喝西北风。虽说在警备队有时会受气，可毕竟潇洒的时候多，再说现在他觉得自己是一个威风八面的人物，走在大街上谁都不敢小看自己。

一天，四痞子带着警备队跟着一小队日本人出发，要去北山的一个村子扫荡。快到煤窑的时候，远远看见三姑和二愣子赶着牲口走来，两头驴背上都驮着炭，驴走起来摇摇摆摆，步子十分沉重。看见日本人和警备队，三姑心里有点担心，心想不要出什么事。三姑赶着驴路过警备队身边，一眼看见队伍中间的四痞子，她装作没看见，想赶紧走过去。没想到四痞子走出队伍，用枪拦住了三姑。

"你想干什么？我们两清了，我不欠你的了。"三姑横眉冷对。

四痞子看看三姑，看看二愣子，顿时醋劲大发，说："你有相好的，就不愿意理我。太绝情了！"

"我和你有什么情？你是你，我是我，我愿意跟谁好就跟谁好，你管得着吗？"

"呵呵！臭婊子，你当自己是个人物，我四痞子要你怎样你就得怎样，信吗？"

"你娘的狗屁！小心老娘的鞭子。"

三姑向四痞子扬起了鞭子，眼看就要抽出去，二愣子上前压住了三姑的胳膊，吓得四痞子倒退几步，躲到一个警备队员的身后。

路边出现围观的人，人们都屏住气，谁也不敢说话，都为三姑捏着一把冷汗。

警备队的队员一下子围住了三姑，二愣子不知如何是好。三姑面无惧色，声色俱厉地对警备队说："你们欺负一个女人家算什么本事，有本事和祸害老百姓的日本人拼去。你们要和一个女人过不去，今天老娘豁出去了，看看谁是软蛋。"

三姑说着，又扬起了鞭子。围观的人都退得远远的，站在远处看着这场龙虎斗。

二愣子看到警备队人多势众，吃亏的一定是三姑，再次压住了三姑的鞭子。

走在前面的日本人看到警备队在对付一个女人，很不高兴，对着四痞子咕噜几声。四痞子耷拉下脑袋，招呼警备队继续往前走。临走的时候，四痞子给三姑甩下几句话："臭婊子，你等着！老子总有一天要收拾你，你等着！"

看着警备队走远了，二愣子招呼三姑赶紧走，免得再生枝节。二愣子抽了一鞭子三姑的驴，驴哒哒往前走，三姑也跟上来。

远处路边观看的人窃窃私语，他们不知道三姑是哪里的神仙，敢跟黑心黑肺的四痞子斗。

回家的路上，三姑又骂了一通四痞子，二愣子劝她不要惹他，四痞子是条疯狗，随时都会咬人。三姑回家，把四痞子招惹的事情跟二小说了一遍，二小也劝三姑别惹他，说四痞子是条恶狼，招惹不得。三姑责怪自己，怎么会遇到这样的恶鬼。

夜晚，山村一片宁静，鸡不叫，狗不咬，人们沉浸在甜蜜的梦乡中。三姑和二小在被窝里说话，一直到三更天才入睡。四更天，三姑突然在梦中大喊起来，惊醒了正在熟睡的二小。二小赶紧摇醒了三姑，说："安心睡觉，莫怕。"

二小继续睡觉，三姑却怎么也睡不着。刚才梦中的情景令她十分惊心。她梦见四痞子带着一班人马到她家来迎亲，四痞子披红挂绿，从轿子里下来，自己穿着一身新衣服，由二小扶着走出门，送上轿。突然，自己扭身往回跑，大喊着："我不去！我不去！"回想刚才的梦，三姑默默流着泪，很久才入睡。

四痞子领着日本人跑了一整天，跑了几个村子，非打即杀。一更天，他回到警备队，疲惫不堪，吃了点饭就倒头睡着了。天快亮，四痞子梦见自己把三姑娶回家里，他披红挂绿和三姑拜天地，村子里好多人来看热闹。他牵着三姑的手，把三姑领入洞房，没等三姑脱去鞋，就把三姑抱到炕上，解开三姑的衣服与三姑痛快。他从梦中醒来，原来是南柯一梦，不禁叹息几声。

原来，在扫荡归来的路上，小诸葛跟四痞子聊起了三姑，他问四痞子是不是喜欢三姑。四痞子说光棍一条，哪有不喜欢女人的，何况三姑这样有几分野性的俊女人。四痞子反问，你能帮我把她弄到手吗？小诸葛嗨嗨一笑说，天无绝人之路，容我好好想一想。

小诸葛也是无赖一个，没有什么本事，却有一颗狮子般凶残的心。他脑袋长得很大，所以人们给他的绰号是"大头狮子"，警备队的一帮弟兄不甚怕四痞子，却很怕大头狮子。过去，他很厌恶人们给他起了这样一个绰号，自从进了警备队后，他对自己的这个绰号却很欣赏。他会出坏主意，因此警备队的弟兄们又给他起了一个绰号，叫"穿地蛇"。他喜欢看《三国演义》，自称小诸葛。平时弟兄们只敢叫他小诸葛，却不敢叫他大头狮子和穿地蛇，只敢背地里叫着泄恨。

四痞子找来小诸葛，让他为自己解梦。小诸葛听了，高兴地说："队长将喜事临门，我来为你谋划。"

四痞子满心欢喜。

三十七

二愣子和三姑照常驮炭贩粮食，出入平安。眼看到了秋天，地里的庄稼开始成熟，有的已经现出淡黄色。今年风调雨顺，两家的庄稼都长得很好，二愣子说起地里的庄稼，眉飞色舞，说今年多种了二亩糜子，准备明年好好给儿子过头一个生日。三姑也说，今年粮食多了，准备明年春天盖三孔新窑洞，早点给儿子准备娶婆姨的房子。世道哄哄乱，二愣子和三姑却踌躇满志，都在憧憬未来的好日子。

前一段时间，四痞子成天带着日本人祸害老百姓，无暇他顾。这一段时间消闲了，晚上他经常和弟兄们上街喝酒逛窑子取乐，回到警备队的窑洞里，还是觉得空荡荡的。特别是回到家里看老娘，娘一面骂他不是个好人，祸害老百姓，一面骂他不成器，娶不到一个婆姨，光棍一条，将来会断子绝孙。这时候，四痞子羞愧难当，只好耷拉着脑袋离开家。

一天，三姑贩粮食回到村里，刚到村口，就有人跟三姑说，你家出事了，快回家看看。三姑问什么事，村里人说你家二小被警备队抓走了。三姑一听，吃了一惊，心想二小一心种庄稼，也不惹是生非，凭什么抓他。三姑大怒，甩了一鞭子，骂道："狗日的！"

三姑赶着驴急匆匆回到家里，看见公公和婆婆在给两个孩子做饭。婆婆一边和面，一边掉眼泪。看见三姑回来了，婆婆泣不成声。三姑看见公公坐在炕沿上抽闷烟，两个孩子静静地坐在板凳上，一声不吭。

"你们别难过，明天我去找狗日的四痞子。如果他不放人，我跟他拼命，鱼死网破。"

晚上，公公和婆婆回去了，三姑伴着两个孩子躺在炕上，辗转反侧，不能安寝。她先琢磨四痞子为什么要抓二小。四痞子跟二小无冤无仇，二小也没有跟着游击队做什么事，只不过为了救二愣子拿钱求过他，难道因此就要被抓吗？不可能。三姑思来想去，认为还是自己得罪了四痞子，他才抓二小雪恨。二小的爹年纪大了，上地干不得重活，只能干点轻活。二小不在家，家里的二十多亩地就没人照料，这是断她家的生计。

三姑琢磨搭救二小的办法。让她还像上次搭救二愣子一样，三姑绝不会这样做，因为他对四痞子的仇太深了。拿钱去赎二小，也许四痞子会见钱眼开，因为他对二小没有仇恨。万一四痞子不收钱，怎么办？三姑想不出好办法，只有临机处置。

第二天一大早，三姑把钱裹在一块布里，揣在怀中。把两个孩子托给孩子的爷爷和奶奶，自己赶着驴去县城。

晌午，三姑到了警备队门口，连招呼都不打，就赶着驴进门，结果被守门的警备队用枪拦住了。三姑不理睬，扬起鞭子打在警备队握枪的手上，"叮当"一声，枪掉在了地上。三姑趁机进了警备队的院子。

听见门口有人哭喊，屋子里的人都跑到院子看究竟，四痞子也跟着跑出来。四痞子一眼瞧见站在院子中央的三姑，就知道怎么回事了，他对三姑的脾性太熟悉了。

"你打算怎么来救你的男人？"四痞子单刀直入。

"我男人跟你前世无怨，今世无仇，你为什么要抓他？"

"嘿嘿！"四痞子冷笑一声，"他跟着游击队跟日本人作对，这罪是轻是

重，我想你能掂量出来。”

“放你娘的屁！我的男人是什么人，我知道。他连地里的庄稼都照顾不过来，哪有闲工夫做别的事。”

“我有证据在手。”

“你拿出证据我看看！”

“到时候自然会拿出来的，恐怕到那时一切都来不及了。你还是识相一点，早点回家去。”

“你要钱？我给。”三姑从怀里掏出一个布包，扔给四痞子。

四痞子一闪身，布包落在地上。三姑心里没了底，心想钱不管用，只有拼命了。

“我四痞子是喜欢钱，可今日四痞子非往日四痞子，我是有点身份的人。俗话说，君子爱财，取之有道。我不能收取你的不义之财。”

小诸葛也附和着：“我们队长不是平常人，他喜欢什么，你清楚，何不投其所好？”

四痞子嘿嘿笑着。

听了小诸葛的话，三姑嚼出了其中的味道，不由怒火中烧。三姑强咽了一口唾沫，忍住了，心想能文最好不武，免得坏事。

“嫌钱少吗？不够我回家再拿。”三姑说。

“你给的钱不少。”四痞子说。

“你的钱再多也不管用。”小诸葛阴阳怪气地说。

三姑看看四痞子，再看看小诸葛，说：“你们想要什么？直说。”

“要你这团活脱脱的肉。”小诸葛说。

三姑一听，怒火万丈，忍无可忍，扬起鞭子，先抽四痞子，再抽小诸葛。两鞭子下去，两个男人躺在地上打滚。看到两个队长挨打，其他警备队员手里拿着枪，把三姑紧紧围在垓心。

两天之后，二愣子听到了二小被警备队抓走的消息。二愣子跟婆姨说起此事，婆姨说我们得想办法救二小，滴水之恩当涌泉相报，不然对不起三姑。二愣子觉得自己的婆姨明白事理，心里很舒畅，说我会想办法。对于四痞子这样的黑心人，二愣子也难想办法，思来想去，觉得只有托人拿钱赎二小。由于自己以前跟四痞子有积怨，不便出面，便找了个熟人去说情。

四痞子看到又有人拿钱来说情，架子拉得更大了。说情人把钱放在四痞子的炕上，四痞子只看了一眼，说：“我四痞子不是见钱眼开的人，二小的事要公事公办，况且日本人也知道抓二小的原因，我不能私自放了二小。”

二小被抓，三姑和二愣子都无计可施，看来二小凶多吉少。

二小被抓，其实是小诸葛给四痦子出的鬼点子，目的是以二小跟日本人做对为理由，置二小于死地，然后夺取三姑。这一点，三姑从四痦子屡次调戏她的恶行中隐隐约约感觉到了他的险恶用心。

二愣子无奈，去找三儿子。三儿子左思右想，也无计可施，搭救二小的事陷入绝境。二愣子把三儿子搭救无策的情况告诉三姑，三姑一筹莫展。上次鞭打四痦子被赶出警备队后，三姑含怒回到家里。她可以泄一时之愤，到底寡不敌众，一条鞭子敌不过许多杆枪。三姑回到家与公公婆婆商量办法，结果也是没有办法。

二小被关水牢，遭了几次毒打，兼之成天咒骂四痦子，怒火烧身，几天下来，元气大伤。四痦子不把二小提交日本人，毕竟他没有真凭实据，只是想让二小经受不住折磨，死在牢里。至于三姑，虽然鞭打了四痦子，四痦子也不愿意伤害她，毕竟他想得到三姑。三姑无奈，再次到警备队要人，结果被拒之门外。一气之下，三姑抱来一捆玉米秆，放一把大火，火烧警备队大门。日本人听说此事，把三姑抓起来，先毒打一顿，然后要枪毙。四痦子着急，赶紧从中斡旋，总算让三姑逃过一劫。三姑被打得遍体鳞伤，公公婆婆托人用驴把三姑驮回家。三姑回家，一家人抱头痛哭，认定二小必死无疑。

二愣子不甘心，再次找三儿子商量搭救二小的事，三儿子说只有往警备队扔几颗手榴弹，趁乱营救二小。二愣子同意冒一次险，一起和三儿子商量了营救办法。

三十八

一天，三儿子打听到警备队要外出，就找了几个人，想趁警备队院子里人少之机，营救二小。半夜，他们在警备队墙外往院子里扔了炸弹。听到爆炸声，他们正准备翻墙进去营救，结果日本人赶来了，他们只好逃之夭夭。

四痦子回到警备队，听说挨炸的事，心想一定与二小有关。二小关在水牢里，四痦子从来没有瞅过一眼，他要二小被慢慢折磨而死。这次，四痦子进水牢里看二小，看见二小面无血色，奄奄一息，认为二小很快就会死去。他把二小的情况跟小诸葛说了，让他给自己拿主意。小诸葛去看了一眼二小，回来要求四痦子马上放人，四痦子不解，问为什么？小诸葛对四痦子说，你听我慢慢道来。

"二小现在气息奄奄，活不了几天。如果让二小死在牢里，三姑必定怨恨你，你不仅得不到三姑，反而会被三姑暗害。现在放二小出去，说不定三姑还会感激你，日后二小死了，三姑就是你的了。只是你要这样跟三姑说——"小诸葛打住了话。

"怎么说？"四痞子问。

小诸葛去厕所撒尿，好久不回来。四痞子心里焦急。过了很久，小诸葛才进屋。四痞子说："你痛快点说，事成之后，有你的好处。"

小诸葛讲了笼络三姑的策略，四痞子点头称是。

第二天，四痞子带着一队人马来到三姑的村里。看到警备队进村，人们都吓得躲起来，唯有三姑一家不躲，三姑一家已经豁出去了，横竖是一死。四痞子亲自登门，告诉三姑好消息，说她可以去警备队接二小回家。

"黄鼠狼给鸡拜年，没安好心。"三姑说。

三姑一家不相信四痞子的话，认为他在欺骗，四痞子就编造了一通话："二小被抓，是有人告发了他，说他跟游击队有瓜葛。二小跟日本人作对的事，我们一直瞒着日本人。我们乡里乡亲的，低头不见抬头见，不让日本人知道也是为了保护二小，何况二小是你三姑的男人，我们又有一面之交，我会有意害他吗？我们毕竟喝着一条河的水，日本人是外人，打折胳膊往里拐，谁愿意得罪人？现在我们查明，二小是被人诬告，放他回家。"

四痞子的一通话，三姑一家将信将疑。既然四痞子让去接人，三姑当然要去接。四痞子走的时候，给三姑扔下一些钱，说："给二小补补身子。"

"不要你的臭钱，你的钱不干净，老娘有钱。"三姑把钱扔给四痞子。

四痞子嘿嘿一笑，也没去捡钱，临转身时留下一句话："记得明天去接人。"

三姑在警备队看到二小的样子，泣不成声。她叫村里的人用担架把气息奄奄的二小抬回家。爹娘看见二小的样子，抱着二小痛哭一场。

二愣子听说二小回家了，提着二斤羊肉来看二小，看到二小被折磨成这个样子，二愣子想起自己蹲水牢的滋味，不禁洒了几滴眼泪。三姑摸着二小蜡黄的脸，也陪着二愣子落泪。

二愣子说："此人不除，老百姓没有宁日。"

二愣子回村后找三儿子，说要除掉恶魔四痞子。三儿子说，我何尝不想除掉他，我们没有枪，又无法接近他。二愣子想起上次报仇，只炸伤了四痞子的腿，没过几天，他依然活蹦乱跳，到处害人。二愣子哀叹一声，恨无上天之路。三儿子看见二愣子恨彻骨髓的样子，就对他说，我们从长计议，争取弄到一杆枪，这样就可以远距离射击他。

秋末的天气晴空万里，虽有几分凉意，人的身子感觉非常舒坦。二愣子帮助爹收割完地里的庄稼，依旧赶牲口。他好久没有看见三姑，知道三姑还在家里侍候二小。一个人赶着驴进进出出，有点孤单，他很希望能听到三姑驴的悦耳铃铛声。二小最近如何，他没有工夫去看，也没有从别人口里得到二小的消息。

放二小回家之后，四痞子经常暗中派人打探二小的消息，打探消息回来的人总是说，人还没有死。这让四痞子很纳闷，难道三姑有回天之术？他责问小诸葛，你说二小半月之内必死无疑，他娘的，到现在二十天了，他还活得好好的，你的什么屁主意，还不如让他死在牢里，老子现在就可以拿着彩礼去提亲了。小诸葛也很奇怪，二小怎么如此经折腾。老道失算，面对四痞子的责骂，他羞愧难当，只推说再等几天，必有结果。

四痞子知道三儿子是地下游击队，但总拿他没办法，而且还遭到他的袭击。上次被炸伤腿，他怀疑是三儿子干的，因此怀恨在心。最近二小不死的消息让他很恼火，他决心找三儿子解恨。

月黑天高，四痞子带着他的警备队悄悄埋伏在三儿子村子对面的山上，等待天亮，抓获三儿子。这次，他们吸取上次的教训，没有先打枪威吓，而是一部分人守在山上监视，一部分人悄悄进村抓捕。三儿子的爹有个习惯，每天总是天不亮就从炕上爬起来，不是清扫院子，就是挎着筐子出去拾粪。今天早晨，他扫完院子，正提着粪筐准备出去，无意间往对面山上瞅了一眼，发现有人头晃动。他立刻叫醒正在酣睡的三儿子，说有情况。三儿子一咕噜滚下炕来，鞋子都没有穿，撒腿就跑。没想到警备队已经堵住了他家的大门，三儿子从二门跑了。

三儿子的院子是四合院，不仅有大门，还有二门和三门。二门在院子的另一头，是个小夹门。三门是从院子通到屋顶的一个小楼道。先人设置的三道门，帮了三儿子的大忙。

四痞子气急不过，把三儿子家的门窗砸得稀巴烂，恨恨而归。

不久，四痞子得到消息，二小没有死，活过来了。四痞子火冒三丈，当着警备队百十号人的面，臭骂小诸葛。小诸葛忍气吞声，不敢言语。

说到二小起死回生，一是他的命大，二是他的运气好。本来，他在水牢里泡得全身浮肿，面如土色，毫无生的希望。三姑的爹看到女婿被折磨成这样子，死马当作活马医，抱着试试的侥幸心找到当地的一位村医，十几服中药灌下去，救了二小一命。

二小康复了，三姑又赶着牲口跑生意。

二愣子和三姑进进出出跑了一段时间生意，顺顺当当。一日，二愣子和三姑又去三岔口贩粮食，二人在市场上买好了粮食，赶着驴进了旅店。店老板看见二人进店，先帮着卸粮食，接着给牲口饮水，然后把牲口拉进圈里吃草，随后又给二人倒了两海碗开水。二愣子说："店老儿，你这么热情，是看我的面子，还是看三姑的面子？"

"当然是看三姑的面子。两条腿的男人满院子都是，女人就三姑一个，我能不优待吗？"

"你老儿见色眼开，难怪你的店里男多女少。"

"要不是三姑经常来，我的店里还不会有这么多客人，这是借三姑的光。"

店老板几句话，说得三姑心里甜滋滋的，绽开的笑脸花一般灿烂。三姑喝了一口水，说："店老板不愧是开店的，能说会道，说得我心里好舒服。"

听见三姑如此夸他，店老板乐呵呵的，嘴都合不拢，马上给三姑端来一盆洗脸水。

"二愣子，你小子自己倒水洗脸。"

吃晚饭的时候，店老板悄悄给三姑的面碗里多放了几块羊肉，多撒了一些芝麻，三姑吃着香喷喷的。睡觉前店老板给三姑换了新被褥，说："一个女人家，跑了几十里路，一定很累，休息好。"

晚上，二愣子从褡裢里拿出一块花布，递给三姑，说："给你的。"

"为什么？"

"我困难时你送我布，我送你东西不是应该的吗？"

三姑笑着收下了。

三十九

夜里，二愣子给三姑讲故事解闷，一直讲到夜半，三姑还想继续听下去。二愣子感觉时候不早了，便回屋睡觉。

第二天一大早，三姑和二愣子赶着牲口往县城走。刚走了一半路程，远远地看见一队人马迎面走来。

"不好了，又遇到日本人了。"三姑说。

"能躲就躲吧。"二愣子环顾四周，寻找可以躲避的地方。

他们看见附近有几户人家，赶紧把驴赶进去，卸下驮子，钻进屋里。主人听说日本人来了，很担心，不时到院子里往远处瞅着。看到日本人走近了，主人赶紧跑回屋里。直到日本人路过门口，向远处走去，三姑和二愣子才出来，赶着牲口赶紧往县城走。

"又躲过一场麻烦，真遇到了，不知道出什么事。"二愣子感叹。

"是的。他们不走，我们就不得安宁，但愿五雷轰顶，击毙这伙狗日的。"

二人边说边走，不知不觉走了五里地。正在二人以为平安无事的时候，拐弯处又出现一队人马。二愣子看到他们穿的黑皮，就知道是警备队。二愣子四下里看看，想找个躲避的地方，而附近根本没有藏身之处。无奈，二人只好硬着头皮往前走。没走几步，就和警备队相遇了。

"嘿嘿！冤家路窄！"

三姑一听话音，不禁火从心起，恶狠狠地盯着警备队里的一个人。二愣子心里咯噔一下，心想又遇到麻烦了。

说话的人走出队伍，走到他们跟前，看看两头驴，看看两个人，说："你们的胆子倒不小，不见棺材不掉泪！"

"你娘的屄，老娘什么时候怕过死！今天你还要难为老娘，老娘废了你！"

"今天不难为你，给你留个面子。来日方长，还怕我们没有再见面的时候吗？"

"畜生，快走！"三姑对着驴屁股抽了一鞭子，头也不回往前走，二愣子也跟上来。

说话的人就是四痞子。他看着二人向县城走去，瞪着眼，朝他们吐了一口唾沫。

三姑和二愣子走了一阵，庆幸遇到麻烦而没有麻烦。二愣子说，今天不知道刮什么风，怎会这么顺。三姑说，这两群狗日的，还会有善心吗？你看黑皮恶狠狠的样子，我真想一鞭子抽死他。

警备队走后，有人在山上喊："二愣子！"

听见有人喊，二愣子往山上望去，只见一个人跑下山来，这人是三儿子。三儿子跑到二愣子跟前，问："你们看见日本人和警备队了吗？"

"看见了。日本人在前，警备队在后，过去不久。"二愣子说。

"我们来晚了，没有看见。他们出去就会回来，我给他们山药蛋吃，让他们吃个够。"

三儿子又跑上山去。二愣子对三姑说："今天日本人和警备队不会空着肚子回家了，三儿子要用山药蛋招待他们。"

二愣子回到家，十分兴奋，因为他期盼三儿子给他带来振奋人心的好消息。婆姨听到院子里的铃铛声，知道男人回来了，赶紧抱着儿子走出门。婆姨看到二愣子高兴的样子，问遇到什么好事了。二愣子说没有好事怎会高兴，等三儿子回来再告诉你。婆姨佯装生气，心想对自己的老婆都神神秘秘，今晚离我远点。二愣子看见婆姨不高兴，笑着说晚上告诉你消息。

儿子向二愣子伸出小手打招呼，二愣子对儿子说："等一会儿，爹把驴的驮子卸了，让你骑驴玩。"

卸了驮子，二愣子从婆姨怀里接过儿子，亲了一下儿子的脸蛋，对婆姨说让咱儿子骑驴玩。婆姨点头。二愣子把儿子放在驴背上，儿子高兴得嘎嘎笑，二愣子呵呵笑，婆姨在一边哈哈笑。二愣子对婆姨说："龙生龙，凤生凤，老鼠生儿爱打洞，他是我二愣子的儿子。"

婆姨笑着说："跟你赶牲口有什么好，风吹雨打，我要让我的儿子念书识字，当个教书先生。"

一家人说笑了好一会儿，儿子骑在驴背上不肯下来。二愣子说，驴累了，让它休息。你是我的儿子，驴也是我的儿子，我都亲。二愣子把儿子抱下驴背，儿子哭着还要骑驴，婆姨哄了好一阵子，儿子才不哭了。

吃完晚饭，二愣子坐在炕沿上抽烟，婆姨站在锅台前洗涮碗筷。婆姨边洗涮边说："自日本人烧房子后，你忙乎了快一年，挣了多少钱？"

"你拿出来数一数就知道了。"

婆姨洗完碗筷，把手擦干净，蹲在锅台下。二愣子看了一眼婆姨，问："你在找吗？"

"嗯。"

一阵子，婆姨还没有抬起头来。二愣子又看了婆姨一眼，问："难找吗？"

"不难。也得一阵子。"

过了一会儿，婆姨抬起了头，接着站起来，手里端着一个瓷罐子。

二愣子家放钱的罐子，原先放在屋里装粮食的大瓮里，婆姨想到世道不宁，挣几个钱不容易，还是把钱放在隐蔽的地方好。二愣子也这么想。婆姨整整想了两天，找不到一个比较理想的地方。藏在野地里，怕找不到；藏在院子里，怕被人发现；藏在屋里，怕被日本人搜出来。最后心一横，决定把钱藏在屋里。藏哪呢？婆姨在屋里转了半天，终于找到一个地方：锅台旁边靠着炕的柴禾洞里。婆姨在洞里向下挖了一个小洞，上面盖着一块石板，石板上面放了一层土，一层草渣，遮住了石板。因此刚才她费了点功夫才拿出瓷罐子。

婆姨把钱倒在炕上，哗啦啦一阵响，一片银光耀眼。二愣子转过头，看着婆姨半截身子趴在炕上，一个个细数着，心里十分满足。婆姨数完钱，把钱放进罐子里。她直起身子，看着二愣子，说钱不少，不够修房子，但能买几亩好地。二愣子嘿嘿一笑，在炕沿上磕掉烟灰，舒坦地躺在炕上，四脚朝天。

　　三姑一回到家，就高兴地对二小说："今天晚上那些狗日的可要遭殃了。"

　　"为什么？"

　　"有人给他们准备好了山药蛋。"

　　"嗯？"

　　"手榴弹。"

　　二人一起笑了。

　　二小给三姑端来一盆洗脸水，三姑痛痛快快洗了一下头发，拿起桃木梳子梳理着头发。看着梳洗后的三姑，脸蛋嫩嫩的，头发黑黑的，二小心生怜爱之意。二小平时不觉得三姑有什么特别，今天看见三姑特别俊，原来自己身边一直开着一朵艳丽的鲜花。

　　"你比那些年轻女人还好看。"

　　"看把你美的，你有那么好看的女人吗？"

　　"怎没有？我的女人是百里挑一的女人。"

　　三姑摸摸自己的长辫子，心里美滋滋的。

　　二小给三姑端来一大碗面，三姑才放下手中的梳子，大口吃着面条。赶牲口不比在家，总是早上出门时吃了饭，晚上回家才吃第二顿饭，肚子空了，全靠心劲支撑身体。看着三姑狼吞虎咽的样子，二小心里隐隐作痛。

　　油灯下，三姑做针线活。二小说："累了就歇着，不用家里家外赶着做活，等闲下来再做也不迟。"

　　"两头都得顾，不然，你们父子几人穿什么。"

　　"那也不要太累。人是肉做的，不是铁打的。"

　　"去给驴添草，不要亏着它。"

　　二小出去给驴添草回来，三姑已经收拾好针线，摊开被褥，准备睡觉。二小说我们先睡，一会儿再起来给驴添草，说完上炕钻进被窝里。三姑躺在二小身边，温暖而舒坦。三姑突然想起了钱，问："我家的钱还藏在驴圈里吗？"

　　"没有。转移了。你怎突然想起钱？"

　　"我想，如果我们攒够了钱，明年就修窑洞，早点给孩子们准备。不然，等到我们老了，就力不从心了。再说世道乱，万一我们有个三长两短，孩子们

就得受罪。"

"你说的是。你挣的钱，我心里有数，差不多了。如果明年风调雨顺，我们就修，家里的粮食够修建时吃。"

"那就准备修。"三姑又问，"钱藏牢了吗？"

"藏在锅台底下。安全吗？"

"行。不过，你分几处藏，不然一旦被日本人发现就全没了。"

"你说得对，还是我的婆姨聪明。"

二小搂住了三姑，三姑在二小温暖的怀里快乐地哼哼着。

四十

一天，三姑和二愣子又结伴去驮炭，走到县城附近，一个人上前拦住二愣子。二愣子一看，此人是上次给他传递过消息的在警备队混日子的那个人。二愣子知道，此人找他必有好事。二愣子赶紧喝住驴，停下脚步。来人把二愣子拉到路边的僻静处，向二愣子耳语几句，二愣子点头。来人走后，三姑询问二愣子，那人跟你说了什么，二愣子说是好事，你听了一定高兴。三姑追问，二愣子佯装神秘，说明天你来了，一定跟你说。三姑佯装生气，上前使劲捶了二愣子一拳。

二愣子回到村里，卸下驮子，饭没有吃，就去找三儿子。三儿子正蹲在门口端着碗吃饭，看见二愣子来了，抬头问："今天怎回来得这么早？"

"刚回来。有事找你。"

三儿子站起来，把碗放在窗台上，拉着二愣子走到夹门外，悄悄地问："有什么事？"

二愣子低低地跟三儿子耳语几句，三儿子一脸兴奋，说："你先回去吃饭，一会儿我去找你。"

二愣子刚吃完饭，装好一袋烟，准备吸几口，三儿子走进门来。二人抽了几袋烟，说了几句闲话，就一起出了门。二人照例走到村外的地里说了很久的话，才各自回家。

第二天，二愣子赶着驴，和三儿子一起出了村。二人走到沟底岔，二愣子"啪啪"两个响鞭，引来沟里长长的回音。随后，二人听到不远处也穿来"啪啪"两声脆响，回音飘荡，传向远处。

"是谁？"三儿子问。

"三姑。"

"呵呵，原来是你俩的暗号。妙！"

一会儿，二人赶上了三姑。三姑向三儿子打了声招呼，说："你来，必定有好事。"

三儿子笑笑，不置可否。

"看不上我三姑？"

"不是。有我俩就够了，不想连累你。"

"你以为我三姑是累赘吗？"

"不是。一个女人家，不想拖累你。"

听了三儿子的话，三姑负气抽了一鞭子驴，独自先走了。

见此情景，二愣子赶紧追上去，拉住了三姑的衣袖，说："别生气，三儿子是好意。你想参与，就一起去。"

三姑白了一眼二愣子，说："你也瞧不起我。"

"哪里话。你去很好，多一个人，多一份力。"

三姑化怒为喜，说："别小瞧人就好。"

黄昏，二愣子和三姑把驴赶进金花的店里，说声照顾好牲口，我们一会儿就回来，就一起走出旅店。天黑后，二人在枣树林和三儿子相聚。

"怎么样？"二愣子问。

"我躲到暗处，看见他经过这里。不过，不是两个人，而是三个人，有点难对付。"

三人低低密议了一阵子，各自蹲在树影后面悄悄等待。

二更天，一阵低沉的歌声断断续续传入枣树林：

"山洞洞里的狐狸蜷缩着身，千山万岭数你精；妹妹你今天现了身，哥哥领你去仙境。哎哟哟，哥哥领你去仙境。"

"狗日的！"二愣子低低地骂。

来人一路唱来，高高低低的脚步声由远而近传来，脚步声和歌声填满了枣树林，辨不清人影和树影。一声闷响，二愣子的棍子扫向走在前面的影子。"哎哟"一声，影子应声而倒。"咔咔"两声，后面的两个影子拉响了枪栓。没等到两个影子举起抢来，三姑和三儿子的两根棍子横扫过去，枪杆掉地，二人栽倒在斜坡，咕噜噜顺着斜坡滚将起来。三人围着头一个黑影，乱棍横飞，打得黑影杀猪般嘶叫。一通毒打，黑影渐渐没了声气。二愣子和三姑收起棍子要走，三儿子低低地说，摸一杆枪再走。三人搜索另外的两个人影，发现他们躺在地上，哭爹喊娘，哀号不止，想必是伤了筋骨，不能动弹。三人在地上摸来摸去，摸到一杆枪。听见枣树林里的号叫，远处传来了脚步声。三儿子低低

说了一声走，三人悄悄溜出枣树林。

二愣子和三姑悄悄回到金花的旅店，三儿子独自背着枪回家去了。

第二天，县城里的人奔走相告，说四痞子相亲归来，被枣树林里的恶鬼打得半死不活，性命难保。日本人的军医说，四痞子的性命只有上帝才能决定。

半个月后，警备队里传出消息，说四痞子活过来了，但是这辈子别想再碰女人，因为他下身的那件宝贝被废了。四痞子躺在炕上，成天起来骂娘，说他们不如几棍子把我打死，让我阴不阴，阳不阳，不如一个没有蛋子的太监。

村子里总是那么宁静，除非谁家有婚丧喜事，或谁家的婆媳吵架。到了夜晚，更是宁静，尤其是初冬的夜晚。天冷了，夜里狗不咬，猫不叫，除非谁家的鸡被黄鼠狼叼走了，狗听见鸡惨烈的叫声，才会乱咬一通。

四更天，黄鼠狼跑进三儿子家的院子里，"咕咕咕"，学着鸡叫了几声，接着就是扒开鸡窝的声音，随后就是鸡的惨叫声。三儿子从门后拿了一根棍子，出门打黄鼠狼，黄鼠狼叼着鸡，轻松翻过院墙跑了。三儿子骂了一声狗日的，畜生也欺负人，让人连个觉都睡不好，便回到屋里，想继续好梦，无奈怎么也睡不着。他摸摸身边的婆姨，睡得像死猪一样沉。两个孩子睡在一个被窝里，一会儿咂巴嘴，一会儿说梦话。

三儿子睡不着，不停地咂巴着眼睛，胡思乱想。让他百思不解的是强盗湾那次袭击。那天，他从二愣子口里得知日本人和警备队同时出发的消息后，赶紧做好伏击的准备。黄昏时候，警备队扫荡之后，扛着枪往回走。在三岔口和强盗湾之间，遭到了三儿子一伙的袭击。他们把一颗颗山药蛋般大小的手榴弹扔向公路上的警备队，炸得警备队鸡飞狗跳。三儿子一伙扔了手榴弹后，从小路跑上山，溜之大吉。

警备队被炸不久，随后日本人也从后面赶来。看见警备队被炸的狼狈样子，日本人不屑一顾，骂警备队是废物，只看了一眼就扬长而去，丢下七零八落的警备队不管。四痞子看见日本小队长那副得意的样子，对着撒手不管的日本人的后影，狠狠地吐了一口唾沫，骂了一声狗日的。

日本人走到强盗湾，天色已暗，他们庆幸自己没有走在前面，不然挨炸的就是他们，而不是警备队。正在他们得意之时，从公路上面的山上扔下一串手榴弹，轰轰的响声传了十几里远。日本人抬头往山上看，什么也看不清楚，只好往山上胡乱打枪，然后收拾残兵败将匆匆逃往县城。

日本人被炸的事，不是三儿子一伙干的，事后三儿子向人打听，不得而知。三儿子为这场袭击高兴。三儿子睡不着觉，心里琢磨这场袭击究竟是谁干的。

四更天，三儿子困了，迷迷糊糊正要入睡，听见大门上有响声。他仔细听，不像黄鼠狼的声音，再说大门紧闭，黄鼠狼只能翻墙而入。他赶紧穿好衣服，从门后拿了一根棍子，悄悄开门出来。他悄悄走到大门边，从门缝往外看，看见几个黑影。三儿子心想：糟了！

三儿子赶紧从大门溜到二门，从门缝往外看，也看见几个黑影。无奈，他只好溜到三门。他从门缝往外瞧，没有人影。他轻轻拉开门闩，溜出门，飞也似的跑向村外。

天蒙蒙亮，三儿子家的大门被撞开了，一伙人涌进院子里抓人，三儿子早已跑得无影无踪。这伙人是警备队，小诸葛发现三儿子又跑了，气急败坏，砸烂了几口装粮食的大瓮，愤愤地走了。

四十一

四痞子之所以骂娘，是因为裤裆里的两个蛋子被人打坏子。他整整骂了十天，到了第十一天的早上，他恢复了理智，不再骂娘了。看到四痞子不骂娘，警备队里的弟兄们觉得很奇怪，就跑到四痞子的屋里看究竟。只见四痞子盘腿坐在炕上，嘴里叼着旱烟袋，眯缝着眼，在吧嗒吧嗒抽烟。小诸葛进来，看见四痞子这副样子，知道他恢复理智了，就给他倒了一碗水。

"你娘的，大清早，老子喝什么水？你没看到老子裤裆里的那两个蛋子还像两个大鸭蛋吗？疼死老子了，疼得老子连路都不能走。喝多了水，那两个蛋子不是涨得更大吗？"

"没有缩小吗？"小诸葛问。

"缩你娘个屁，你看看。"

四痞子说着，拉开裤子，露出裤裆里两个圆圆的铮铮亮的紫茄子一般的蛋子。四痞子轻轻拨弄了一下蛋子，脸皱了一下，喊疼。众人看见四痞子的伤真的不轻，都很同情。有一个人说："痞子哥，听说热水可以消肿，我给你打一盆水来，你把那两个蛋子泡在里面，让它们两个慢慢享受热水浴，怎么样？"

"你娘的，老子现在都疼得不得了，泡在热水里不是更疼吗？"

"刚开始疼，慢慢就不疼了，你不妨试一试。"

"你想害死老子吗？现在老子都够痛苦了，还想让老子死，你安的什么心？"

"我不想害死你，是在救你。你不想试，那就算了，何必老子长老子短的。"

听这小子这么一说，四痦子火冒三丈，立刻要下炕揍人。不承想，他刚移动身子，就"哎哟"一声，又坐了下去，脸皱得像个烂核桃。打不着人，四痦子抓起炕上的笤帚，向那个家伙的裤裆狠狠砸去，果真砸中了那人的鸡杆子。那人猝不及防，马上双手捂着鸡杆子骂："狗日的痦子，你好心当作驴肝肺，你的那两个蛋子会彻底烂掉。"

听到那人如此恶毒的骂，四痦子更火了，又要下炕打人。这时，小诸葛上前阻止四痦子，说："小兄弟也是一片好心，并不想害死你，你就饶了他吧。"

四痦子把两个蛋子轻轻装进裤裆，系好裤子，喝了小诸葛给他端来的那碗水。

经小诸葛一劝，四痦子也觉得自己太过分了，恰好有个台阶下，就不自主地摸了一下裤裆。

看见四痦子痛苦的样子，小诸葛动了恻隐之心，说："痦子，你不能就这么苦熬着，应该想办法治一下。"

"怎么治？裤裆里的东西，人家怎么治。这不成心让我丢人吗？"

"伤了就要看，丢人事小，蛋子真废了，事就大了。"

四痦子眼睛一眨巴，觉得小诸葛的话有道理。如果蛋子真废了，这辈子怎么做人，那还不如一头撞到石头上死了算了。

"你说怎么办？"四痦子问。

小诸葛低头沉吟一会儿，抬起头说："我给你找个中医，开几服药吃下去，兴许管用。你看怎么样？"

"事到如今，只有这样。你去找中医开药。"

看见四痦子接受了自己的主意，小诸葛喜洋洋的，说："我现在给你去开药，你耐心等一会儿，我一会儿就回来了。"

"去吧。老子有耐心，已经等了半个月了。不过，你快去快回。"

小诸葛出了四痦子的门，径直向街道的一家药铺走去，他知道那里有一位很好的坐堂医生。

小诸葛到了药铺，把四痦子的情况向中医说了一下。中医犹豫了一下，不想给四痦子开药，但看到来人不是别人，而是小诸葛，不敢拒绝。于是说，最好见一下本人，号一下脉，看看还有没有其他毛病，并且要看一看那两个蛋子的情况，这样下药才好一点。小诸葛说，还这么麻烦，先开一服药吃了看看。中医坚持说不行，害死人我要吃官司的，还是去看一看好。中医一再坚持要看，小诸葛无奈，只好领着中医来到警备队。

中医踏进四痞子的门，小诸葛向四痞子介绍："这是我给你请来的中医，他说要亲自给你号脉检查，这样可靠一点。"

"你这是让老子丢人现眼，不是跟你说了，开药来就可以了吗？"

"你是病人，还是听医生的话好，医生就像爹娘一样，有什么不可让他知道的呢？医生不明白你的病情，怎么给你看病，看出问题来，人家要吃官司。"

四痞子觉得小诸葛的话有一定的道理，早点看好了，自己活蹦乱跳的，又可以到窑子找女人玩。无奈之下，四痞子只好说，随你们的便。

中医叫小诸葛搬来一张炕桌，要给四痞子号脉。一会儿，小诸葛搬来一张旧炕桌，放在炕上。中医让四痞子把手臂放在炕桌上，然后三个指头搭在四痞子的手腕上，闭着双眼，慢慢号脉。号了右手，又号左手，号完脉，中医睁开眼睛。

"脉象怎么样？"小诸葛问。

"脉象沉而弱，肾阴虚，火旺，加之纵欲过度，阳器不壮，或时举时痿，或举而不坚，挺而不力。对吗？"

"狗日的，你说老子不行，信不信老子一枪崩了你！"

四痞子一说，吓得中医跳下炕，躲到小诸葛的身后，怯生生地看着四痞子，生怕四痞子掏出枪来。中医知道四痞子不是好惹的人，后悔自己实话实说。

"痞子，人家医生是实话实说，并不是有意臭你，你就饶了他吧。"

四痞子火气一动，裤裆里的蛋子就疼。他咬了一下牙，稍微镇静了一下。其实，中医说的都是实话，切中了四痞子的要害，四痞子心里也知道，但当着小诸葛的面说这样的话，四痞子觉得隐私泄露，很丢人，因此大发雷霆。四痞子被打之前，夜夜泡在窑子里，伤了自家的身子。渐渐，四痞子在窑子里抱着女人的时候，觉得力不从心，但依然夜夜狂欢。自从伤了两个蛋子，鸡杆子从来没有挺举过，因此四痞子觉得自己彻底完蛋了。

"好吧。看在小诸葛的面子上，我饶了你，你得认真给我看，出了差错饶不了你。如果你在里面下了毒药，我到了阴曹地府也要找你算账。"

"我哪敢做这种缺德的事，即便你饶了我，我的先人也饶不了我。我家几代行医，靠的就是好医德。其他人会害你，我不会害你，我会守医德。"

"既然如此，你开药，先吃几服药看看。"

中医说："不急，我还得看看你的那两个蛋子，不然下药不准，没有效果。"

"你这不是让我出丑吗？男人的蛋子，哪能随便让人看。不给看！"

"不给看，我就不给你开药，随便开药，岂不坏了我的名声？"

"老子不给你看，哪怕死了也不让你看！"

中医心想，你也配有廉耻之心，世界上就不会有廉耻之人了。中医拎起药箱要走，小诸葛赶紧一把拉住，说："莫生气，莫生气。痞子会给你看的，只是一下子想不通，我来劝一劝。"

中医收住脚步，站在屋子中央，看小诸葛如何劝说。

小诸葛坐到炕楞上，凑到四痞子跟前，和颜悦色，说："痞子哥，人家中医是为了你好才看那两个蛋子，要是别人，谁愿意看你裤裆里的东西。你的蛋子又不是女人裤裆的那朵花，你就让他看一看。"

经小诸葛一说，四痞子笑了。一笑之后，还是坚持不让看。看四痞子很坚决的样子，小诸葛开始转眼珠。转了几圈眼珠，小诸葛开了口："痞子哥，我可要说难听的话了，不过是一片好意，没有一点歹意。裤裆里的蛋子，本是丑东西，常人谁愿意看？如果不是人家中医的心好，哪愿意看你那两个紫茄子一样的东西。如果一直紫下去，你只能是一个废人，甚至有性命危险。"

四痞子一听，瞪起了眼珠，骂道："你以为你的那两个蛋子好看吗？如果老子不是被人打伤，老子的蛋子比你的蛋子好看多了。窑子里的那些女人，个个都喜欢摸我的蛋子，她们喜欢摸你的蛋子吗？"

"女人喜欢摸你的蛋子，说明你的蛋子好看，中医看看有什么？"

"那倒是。只是——有点难为情。"

"干脆点，还是个男人吗？"

四痞子解开裤子，从裤裆里掏出两个蛋子。中医看了一眼，果真是两个紫茄子。

中医坐在炕桌旁，给四痞子开了药，把单子里的药一一念给四痞子听，念完后，说："里面没有一味毒药，有小诸葛作证。"

中医把药方给了小诸葛，说："你快去我的药店拿药，他的病拖不起。"

看到中医很费心，四痞子没有再说什么，也催小诸葛赶紧去抓药。四痞子附着小诸葛的耳朵悄悄说："你让别的中医看看药方子，看看里面有没有下毒药，这样我才放心。"

当日，县城里的人都知道，四痞子裤裆里的两个蛋子变成了两个紫茄子。

四十二

趁天黑暴打了四痞子，二愣子回到家，跟婆姨说："今天总算出了一口恶气，心里好痛快。"

"痛快什么？"婆姨问。

"趁天黑，我和三儿子三姑痛打了四痞子，不知道打死那个狗日的没有？"

"你们不怕他知道是你们干的吗？"

"怎能让他知道，天黑，他看不清楚人，我们没有出声，估计他不知道是我们干的。县里恨他的人太多，岂止我们几个。你放心好了。"

吃完饭，二愣子走到爹娘的屋里，坐在炕楞上抽烟。娘看见二愣子高兴的样子，问："今天生意好吗？"

二愣子说："不错。除此之外，我们几个痛打了四痞子，可能被打死了。"

听二愣子一说，他的娘担心了，说如果四痞子没有死，会不会知道是你们打的？二愣子说，你不用担心，四痞子干的坏事多，得罪的人千千万万，何止我们几个人。想打死他的人不在少数，他怎么知道是我们几个人干的。母亲觉得二愣子说的有理，也就不太担心了。这时候二愣子的爹开口了，人说四痞子的鼻子比狗还灵，你们小心点。听二愣子的爹这么说，娘又担心了，说怎么办？

二愣子的爹想了一下，说："最近二愣子不要出去跑了，在家待一阵子，避一避风头再说。"

"你爹说的有道理，你最近不要出去了，就在家帮你爹放羊，省得我为你操心。"

二愣子本想多跑几趟生意，多挣点钱，想想爹娘的话，认为有道理。常言说，不怕一万，单怕万一，那就安心在家待一段日子。二愣子突然想到了三姑，他担心三姑一人出去有危险。第二天，二愣子早早赶到三姑家里，把爹娘的话跟三姑讲了一遍。二小听了，劝告三姑也在家待一段时间，免得出事。三姑说不怕，今生和四痞子是仇人，到头一定有个你死我活，躲是躲不过去。二愣子劝说了好久，三姑才同意暂时不出去。二愣子高兴地离开三姑家。

晌午，二愣子拿着放羊铲，赶着羊群出了村。今天，二愣子想到远处的山上去放羊，那里的草坡好，羊可以吃到好草。从村里到那个山坡，要翻越两架山，十里路，放羊人很少到那么远的地方去放羊，除非近处没草吃。放羊有个讲究，不能到太远的地方去，因为当天要返回来，羊走路多了，会疲劳，会掉膘。怕山上没有水，临走的时候，二愣子特意让羊喝足了水，自己也带了一瓶水。二愣子领着羊，进了一道沟，羊边走边啃着路边的草。看着羊吃草，怕耽误了时间，二愣子喊了一声，吆喝羊儿快点赶路。

不到半个时辰，二愣子出了沟，爬上一座小山。二愣子看了一眼远处连绵起伏的群山，心里有一种说不出的舒坦。他好久没有来这里放羊了，好久没有看见这里的山了，看着周围的小山感到格外亲切。二愣子看到了三姑村子的那座山，不由自主地拉开了嗓子：

"阳坡坡暖来阴坡坡凉，

日头初出就把你想；

有心拧一把你的脸，

哎哟哟，树梢梢把我的手儿挡。"

歌声翻山越岭，传出去很远很远。羊儿听见二愣子的歌声，都竖起耳朵往远处看，不知道远处发生了什么。

二愣子领着羊又翻过一座山，终于到了草儿丰茂之处。这里是一座石头山，人们叫后山，山上有一层薄薄的土，不能长庄稼，只能长草。附近没有村子，只有一户人家。由于野狼经常出没，所以人们很少来这里放羊，这里的草长得格外好。看着羊儿大口大口吃草，二愣子放下羊铲，坐在地上看羊吃草。

日头西斜，二愣子看见个个羊的肚子吃得鼓鼓的，心里十分高兴，心想这一趟远路跑得很值得。二愣子赶着羊群慢慢悠悠往回走，不知不觉翻过了一座山，眼看再翻一座山就到家了。二愣子在后，羊群在前，一起往山下走。突然，二愣子看见前面的羊站着不动了，羊耳朵直愣愣竖着。凭感觉，二愣子知道前面一定有情况。他仔细往下看，并没有发现什么。正在他放下心来的时候，隐隐看见一个土塄下蹲着一匹狼。二愣子的头皮猛然一紧，头发直往起竖，看见惊恐不安的羊群，二愣子的心却定下来了。二愣子想，吃人不吐骨头的四痞子和日本人老子都不怕，还怕你一匹狼吗？

二愣子赶紧把羊赶拢，几十只羊十分听话，紧紧靠在一起，个个战战兢兢。二愣子走到羊群的前面，眼睛盯着狼，和狼对峙着。狼看到分散的羊缩在一起，没法下口，就干脆走出土塄，蹲在二愣子不远处。二愣子想，眼看天黑了，再僵持下去，没有好结果，还是先下手为强。想到这里，二愣子从地上铲起一块土块，朝狼使劲摔去。机灵的狼只挪动了一下身子，躲过土块，照样蹲在地上不动。二愣子又铲起一块土块，向狼使劲摔去，狼故伎重演。二愣子看见不起作用，想扑向狼，使劲揍它一下，又怕狼趁机叼走羊，一时陷入两难境地。

正在二愣子一筹莫展的时候，发现身后的羊群骚动起来。他回头一看，吃了一惊，发现羊群后面也蹲着一匹狼，对着羊群虎视眈眈。这时，二愣子才明白过来，为什么前面的那只狼那么安然，原来是迷惑他，让后面的那只狼趁机下手。二愣子给自己壮胆，老子不怕你们，别想从我这里叼走一只羊。下定决心之后，二愣子胆子更壮了，可无计可施。他想了一下，必须先赶走一只狼，或者把它们赶在一处，这才好对付。想到这里，他向前面的一只狼扑去。那只狼只往远处跑了一点，就站着不动了。

二愣子还想去追这只狼，不想身后出现了骚乱。他扭头一看，身后的那只狼向羊群扑去，叼住了一只羊的脖子。二愣子立刻冲向那只狼，不想身前的那只狼有了可乘之机，也扑向羊群，同样叼住了一只羊的脖子。

二愣子举着羊铲，向一只狼砍去，这只狼抛下羊，躲到远处看着他。他又向另一只狼追去，想从狼口里夺下羊，结果夺下了这匹狼口里的羊，另外一只羊却被另一只狼叼走了。无可奈何，二愣子只好护着这只羊，眼睁睁看着那只羊眼被狼叼走。最后，二愣子只好把被狼咬死的羊扛到肩上，赶着羊群回家。

掌灯时分已到，还不见二愣子回家，家里人有点着急。二愣子的娘催促二愣子的爹，叫他出去接一下二愣子，看看会不会发生什么事。二愣子的爹二话没说，手里拿着一杆鞭子去接二愣子。二愣子的爹刚出村，听见羊的叫声，喊了一声："二愣子！"

二愣子应声了，父亲放心了。

"今天运气不好，遇上了狼，叼走一只羊，咬死一只羊。"

二愣子的爹看见二愣子肩上扛着一只羊，骂了一声该死的狼，就和二愣子一起回家了。

二愣子的母亲听说狼吃了羊，说："人没事就好，要是我，吓死了。"

二愣子说："没什么可怕的，无非吃两只羊，狼比禽兽不如的四痞子和日本人好多了。"

二愣子吃完饭，拿出杀羊刀，在磨刀石上霍霍磨刀，刀磨得飞快。磨好刀，点上灯，二愣子开始剥那只死羊。婆姨抱着孩子站在二愣子跟前，看着二愣子先刨开羊皮，一点点剥下皮来，然后开膛豁肚，掏出五脏六腑，最后把肉一刀一刀割下来，只剩下一副干巴巴的骨架。不到半个时辰，羊就收拾好了。

晚上躺在炕上，二愣子想起了三姑。

四十三

三儿子总以为打死了四痞子，心里十分高兴。不过，三儿子不放心，托人到警备队打听四痞子的消息。几天之后，三儿子得到准确的消息，说四痞子没有死，只是受了重伤。三儿子捶胸顿足，悔恨不已，心想怎么就没有除了这个害！他咬着牙根对自己说，四痞子迟早要死在我手里。

小诸葛给四痞子抓回药，跟四痞子说，找别的中医验证了，说药里没有毒药，方子开得不错。四痞子这才放心了。小诸葛亲自用砂锅给四痞子熬药，药熬了三道，小诸葛把药掺和在一起，端给四痞子喝。四痞子看见小诸葛如此尽心，笑着说："你对老子够孝顺的，恐怕你爹得病，你也不会这么孝敬，算是老子的好弟兄。"

四痞子吃了几服中药，裤裆里的蛋子不疼了，脸上显出了笑容。小诸葛日日到四痞子的屋里看几回，问长问短，像四痞子的孙子。看到药效不错，四痞子又催小诸葛去找中医开药，小诸葛自然很乐意。

中医看到小诸葛又来求药方，心里不愿意开方子，但又不敢拒绝小诸葛，只好开了几味平平淡淡的药。中医心里想，像四痞子这样的人还不如早点死去，免得他祸害人。作为普通人，中医想让四痞子赶快死；作为一个治病救人的医生，他不愿意在药里给他下毒，这样做有悖医德。过了几天，四痞子的蛋子居然日渐好转，紫色消退了。四痞子心里很高兴，夸中医真有两下子。

四痞子的蛋子好转了，开始琢磨是谁对他下的毒手。他找来小诸葛，一起琢磨害他的人。

"你说是谁给我下的毒手？"四痞子问。

"有点难猜？"

"为什么？"

"因为我们得罪的人太多，你说谁不想害我们？"

"你娘的，你倒替别人说话。我们做了什么伤天害理的事？不就是跟着日本人做点事吗？我们是为了混口饭吃，不得已才得罪了一些人。主要是日本人在干坏事，我们也没有做什么。"

对于四痞子提出的问题，其实小诸葛早就做过推测，因为得不出准确的结论，所以他没有跟四痞子谈起此事。

看见小诸葛不想开口，四痞子开了口："会不会是六儿村里的人，因为六儿是我们警备队抓来的？"

"不可能。六儿死了很久了，也没看到他们村里的人有什么动静。他们要害你，早下手了，会等这么久吗？"

"那是谁？"

"说不准。"

四痦子一一列举了一大串可疑的名字，小诸葛都一一否定了。四痦子看见小诸葛如此态度，一肚子不高兴，说："难道是我打伤自己的吗？"

"当然不是。"

"那是谁？会不会是三姑？"

"不可能。三姑一个女人家，她怎么敢黑天半夜对你下毒手，她还想多跑生意挣钱。"

"不是还有两个人陪她吗？"

"那两个人是谁？"小诸葛停了一下，略加思考，"你和二愣子有过矛盾，但仇恨不深，不至于对你下毒手。还有另外一个人，那个人又是谁呢？这个人对你无冤无仇，他会冒险参与这样的事吗？当然，如果这个人是三姑的男人，那就另当别论了。"

"你认为不是三姑的男人吗？"

"不是。他们知道你手里有枪，不会不顾忌。再说三姑的男人刚捡到一条命，他不愿意死在你的枪下。"

"也是。那就不是三姑一伙人了。"

"会不会是虎头帮的人？"

小诸葛吃不准。不过，他说："虎头帮的人倒是很有势力，他们人多势众，什么事不敢干呢？有可能。现在你不是一般的人，对你有怨恨的普通人不敢轻易下手，除非是不怕死的人。"

说起虎头帮，县里的人无人不知。因为为头的人叫虎子，所以人们叫他们虎头帮。虎子弟兄六人，又纠结了附近的一些人，形成一帮人。日本人来之前，他们就是一股很有势力的帮派，无人敢惹他们。他们独霸一方，横行乡里，可遇到不平之事，他们会拔刀相助。日本人来之后，他们看到日本人屠杀百姓，四痦子带领的警备队为虎作伥，十分气愤。于是他们收敛了自己的气焰，不再横行妄为，但也不敢跟日本人和警备队对着干，因为他们的人少，手里又没枪。前一阵子，四痦子带着警备队去抓虎子的叔叔，说他通共，与日本人为敌。眼看自己的叔叔要被带走，虎子带着自己的一帮人与警备队的人对峙。警备队开枪打死了虎子的一个弟兄，把虎子的叔叔抓走了。虎头帮势单力薄，奈何不得，眼睁睁看着人被抓走。虎子当时扬言，绝不放过四痦子。虎子

的叔叔被抓走之后杀掉了，这让虎子更加气愤。

四痞子认定是虎子一帮人下的毒手，决心借助日本人的势力，铲除虎子帮，报仇雪恨。

"狗日的虎子，老子和你是死对头，一定要和你拼个你死我活。小诸葛，你给我瞅个机会，我们好好收拾他。"

"好的。不然，我们不会安生。"

小诸葛嘴上应付四痞子，心里却在打小算盘。他想，机会可以给四痞子找，但到时候他绝不出面，因为他看到四痞子吃了亏，他可不愿意像四痞子一样吃大亏，他知道虎头帮不是好惹的，如果真得罪了他们，哪天一不留神，就会成为他们的刀下鬼。

过了十几天，四痞子裤裆里的蛋子不疼了，渐渐变成杏黄色。这段时间，四痞子每天早上起来的头一件事，就是看他的那两个宝贝。他以为自己要废了，没想到中医的几服药救了他，他心里十分感激中医。四痞子叫来小诸葛，说："你上街买几色礼物，今天我要去看中医，表示感谢。"

小诸葛说好，立刻上街买礼物。

四痞子不敢自己出门，身边带着几个弟兄，登门拜访中医。四痞子走在街上，人们很吃惊，都以为他要死了，不承想他又活过来了。有人悄悄地骂："四痞子怎么就不死呢！"

四痞子看到人们异样的目光，乐呵呵地笑一笑，算是和人们打招呼。

看见威势赫赫的四痞子带着几个人进门，中医吃了一惊，心想是不是得罪了四痞子，上门问罪。当他看到四痞子手里的几色礼物和一张笑脸，知道是怎么回事。

四痞子把礼物放在桌子上，对中医说："你的药方子真管用，几服药就解决问题，现在蛋子好了。我以为自己要废了，是个活死人，没有料到你妙手回春，救了我一命。这几色礼物表示一点心意，不然你会说我四痞子没有人性。以后你有什么为难之事，跟我说一声，我给你做主。"

看见四痞子活蹦乱跳的，中医心里很后悔，悔不该治好他的病。

四痞子走了，中医心里留下一片阴影。他想，如果人们知道是自己治好了四痞子的病，不知道有多少人会指着自己的后脑勺骂。那时，自己将无地自容。

四痞子回到警备队，心里高兴，吩咐小诸葛："今天上街买十几斤肉，给弟兄们改善一下伙食。"

小诸葛说："弟兄们好多天都没有没有闻到腥味，是该让弟兄们解馋。再买一些酒，让大家祝贺你康复，也是你对大家的一点心意。"

"你的主意好，照你的意思办，让弟兄们快乐一番。"

"好。"

四痞子和弟兄们美餐一顿，晚上躺在炕上，四痞子琢磨，何不去窑子试试自己的那个家伙？

四十四

二愣子杀了羊，把羊肉分送给几家邻居，还剩下一些肉，二愣子想拿几斤给三姑吃，又不好意思跟婆姨说。婆姨倒开口说："这么多羊肉，我们自家吃不完，你拿几斤给三姑送去，也是我们的一份情意。过去我们遭难时，人家三姑送粮食给我们吃，我们不能无情无义。"

"听你的话，给她几斤，明天上午我送去。"

太阳刚出山，二愣子就把肉装在一只篮子里，去给三姑送肉。半个时辰，二愣子就赶到了三姑的村子里。

二愣子踏进三姑的院子，二小正在给驴喂料，三姑坐在院子里的板凳上纳鞋底。看见二愣子进门，两人赶紧给他让座。相互寒暄之后，二愣子说："给你们带几斤羊肉来。"

二小接过二愣子手里的肉，说来串门，拿什么东西。

"你家杀了羊？"三姑问。

"说来话长。"二愣子说。

三姑疑惑不解，说："出了什么事？"

"倒霉事。"

"什么事？"

"昨天出去放羊，天黑回家时，遇上了两只狼。两只狼一前一后，前后夹击，叼走了一只羊，咬死了一只羊。我把咬死的这只羊杀了，拿几斤给你们吃，肉很新鲜。这只羊的膘不错，肉会好吃。"

"没有伤着你吧？"

"没有。我手里拿着羊铲，再说狼是冲着羊来的，不是冲我来的，我不会有危险。"

"回屋里坐。今早上就在这里吃饭。"三姑说。

"今天晌午还要出去放羊，我要早点回去。"

"不行。吃了饭再回去。就着羊肉，我俩一起喝点酒。这年月，连喝几口

酒的福气都没有。"二小说。

"二小说了，你就坐着和他喝几口。"

二愣子有点为难，虽然他可以喝几口，只是逢年过节才喝，平时滴酒不沾。三姑发话了，二愣子不好拒绝。

"我去炖羊肉。你们先聊。"三姑说。

三姑蹲下身子捅火灶，灶里的火猛然一喷，火苗喷出火口，火烧得旺旺的。三姑将羊肉放到盆里，洗了两遍，然后切成小块，放进锅里炖着。闻着羊肉的香味，两个儿子站在火灶边，伸长脖子使劲闻着锅边冒出来的香气。

"三儿子说，四痞子依然活着，只是那两个蛋子被我们打坏了。"二愣子说。

"当时天黑，看不清楚，只是棍子乱飞，不知道打了谁，也不知道打到哪里。没有打死他，便宜了这个狗东西。"三姑说。

"是你们打的吗？三姑没有跟我说。"二小问。

三姑呵呵笑了，说："怕你多操心，才没有告诉你。"

"没有打死那狗日的，他还要祸害人，你们要提防着他。"二小说。

"是的。我们会小心的。已经过去一段时间了，狗日的可能又能活动了。不过，他未必知道打他的人是我们，他得罪的人太多了，哪个不想打死他？"二愣子说。

"担心他会怀疑你们，最近还是不要出去了，过一段时间再说。"二小说。

"行。三姑也别出去。"二愣子说。

三姑炖好了肉，切好肉，放在碗里，端在炕上。三姑拿出过年剩下的半瓶酒，倒入一只锡壶里，又把锡壶放到热水里热了一下，让二人喝热酒。

两个孩子坐在炕边，大口吃着羊肉。三姑和两个喜欢的男人一起端杯喝酒。酒过两巡，二小对二愣子说："我家三姑是个女人家，出门在外，全靠你的帮助，我很感激你。患难出朋友，你是我和三姑的忠实朋友，日后你们在一起，遇到什么难事，你帮着点三姑。三姑脾性不好，遇事沉不住气，你要多劝她。三姑安全，我们全家就幸福。一旦三姑有事，我们这一家人就没有好日子过。"

"你家三姑是个难得的好女人。别人家的婆姨在家做家务，三姑日晒雨淋，拖着困乏的身子挣钱，真不容易。如果我有这样的女人，我也会疼她。"

"我的婆姨是不错，别的我不怕，就怕她惹祸。她人样长得好，野男人看了肯定喜欢。那个光棍四痞子，我恨死他了。"

"你不用多操心，只要我二愣子在，你的三姑就不会有危险。如果有事，我是个男人，我会担着。"

几个人正在吃肉喝酒，突然听到院子外面乱哄哄的，有人在大喊。几个人吃了一惊，一齐跑出院子外面看究竟。他们看见村子里的人拖儿带女乱跑，有人看见二小一家不动静，赶紧劝他们："日本人离村只有二里路，还不快跑！"

二小一听，大吃一惊，赶紧对三姑说："你带着孩子先跑，我进屋把东西收拾一下，随后就来。"二小转头看见二愣子站着不动，"你也一起跑吧。好汉不吃眼前亏。"

二愣子说："我不能跟你们跑，我要回村子里去，把消息告诉村里的人，免得吃亏。"

"也好。这里离你们村不远，如果日本人要去，一会儿就赶到了。"

二愣子抄近路往回跑。

二小回到屋里，把酒壶藏在炕洞里，把剩下的羊肉拿一块布包起来，拿在手里赶紧往出跑。

二小跑出院子，刚上一个坡，看见隔壁的二婶手里拉着孙子，扭扭捏捏往山上走。

"二婶，走快点，日本人一会儿就来了。"

"我哪能走得快，不像你们腰腿好，跑得快。你把我的孙子带着快点跑。"

"好的。你也跑快点。"

二婶哪里能跑快。在村子里，二婶有两样引以为自豪，一样是她的一双巧手，她绣的花无人可比；另一样是二婶有一双无人可比的小脚。二婶的那双小脚，据说在小姑娘的时候，母亲就给她缠了脚，到十几岁，就是一双人见人爱的小脚。二伯娶二婶的时候，二婶刚下轿子，村里人就看到了她那双美丽的小脚，都说二伯娶了个好女人。从此以后，二婶走到哪里，人们都会注视她的那双小脚。二婶的脚比别的女人的脚小一寸，站在地上亭亭玉立，走起路来袅袅婷婷，十分好看。村子里的人没有谁不喜欢二婶的小脚，也没有谁不喜欢看她走路的姿势。不过，二婶的小脚也有两个难处，一个是上坡，她走不快；一个是下坡，她更走不快，而且下坡的时候必须斜着身子走，就像海边的螃蟹横着走。

二小一家爬上山，在山背后躲起来。和他们在一起的还有两家人。他们派出两个人悄悄爬在山顶上，往远处看着日本人的动静。有两个女人心神不定，

131

三姑问为什么，她们说家里没有安顿好。三姑说，到这时候还顾什么家，能保住自家的性命就不错了。过了一会儿，在山顶上瞭望的人说，有一队日本人进村了，其中有两个人骑着两匹高头大马。听到报信，大家都紧张起来。他们担心日本人看见村子里没有人，会放火烧房子。三姑说，随他们的便，保住命就行。

日本人在村子里转了一圈儿，没有看到一个人影，掉头离开了村子。村外的人看见日本人走了，等了一会儿，便纷纷回到村里。人们回到家里，看看家里的坛坛罐罐依然如故，都呵呵笑了，庆幸躲过一劫。

二愣子离开三姑的村子，赶紧往回跑，只用了几袋烟的工夫，二愣子就跑到村口。二愣子看见三儿子和几个人坐着闲聊，一副很悠闲的样子，赶紧说："日本人到塬头了，很可能到我们村来，我们赶紧躲起来，免得到时候跑不及。"

听到二愣子带来的消息，大家吃了一惊，赶紧通知村里的人快点跑。三儿子把二愣子拉到一边，跟二愣子耳语了几句，朝村外走去。

四十五

估计日本人要来村里，三儿子和二愣子跑出村外，走到一个坍塌废弃的羊圈里。三儿子用手拨开一层干草，下面露出几颗炸弹和一杆枪。三儿子把炸弹放在手里，掂了一掂，沉甸甸的。他捡了几颗炸弹，递在二愣子的手里，说："拿着，一会儿有用。"

二愣子接过炸弹，揣在怀里，手里拿着两颗。三儿子也揣着炸弹，扛着枪，跟着二愣子一起走出羊圈。

二愣子问："我们去哪儿？"

三儿子说："我估计塬头村里的人跑了，日本人去也是白跑一趟，有可能到我们村里来。我们不能看见他们祸害我们而得不到报应。今天，我俩替村子里的人报仇，让日本人不得好死。我俩先翻过那座山，到山顶上去等着，日本人回去少不了走那座山下的那道沟。"

"好主意！"

二愣子跟着三儿子向对面的山跑去。

日本人从塬头撤走之后，径直朝二愣子的村子走来，途中路过一个村子也不停脚。他们走到村子对面的山顶上，往村子里一看，静悄悄的，只有鸡犬之声，没有人声。日本队长觉得很奇怪，问身边的小诸葛："村子里的人呢？"

小诸葛说："村子里的人怕皇军，听到皇军来的消息，就像兔子一样跑了。"

"谁透露的消息？"队长问。

"皇军大白天出动，沿途村子又多，一传十，十传百，没有不知道的。"

日本队长气得踢了小诸葛一脚，骂他是废物。小诸葛心里骂道，你们失算，与老子有什么关系，你才是废物。当初老子劝你们白天别出动，晚上出动，可以打个措手不及。你们仗着自己的威势，不把这些怕死的老百姓放在眼里，他们打不过你们，还不会跑吗？

小诸葛想看日本人的笑话，故意朝着村子喊："怕死的中国人，你们都出来，日本人不打你们。"

村里依旧只有鸡叫狗咬，没有人声。日本队长确信村里的人都逃走了，摇摇头。小诸葛向日本队长建议，到村子里放火烧一通，要不白来了。日本队长摇头，说小诸葛的心大大的坏，坏得无可救药。小诸葛热脸贴了个冷屁股，一脸晦气，心想心肠最坏的是你们日本人。

日本队长看见小诸葛心里不高兴，用手拍了一下小诸葛的肩膀，说："你不了解日本人，我们看不见人血，不过瘾。火没有血刺激。"

小诸葛问："那我们就这样回去吗？"

日本队长说："当然不会。"

小诸葛想不出日本队长还有什么高招，只顾不停地挠头。日本人队长看着小诸葛，一脸鄙视，说："你自作聪明，你没有上过军校，不懂打仗，更不懂日本人的心。"

小诸葛心里想，他妈的，真是狗眼看人低。老子是没有上过什么狗屁军校，可老子能把《三国演义》背得下来，你能吗？《三国演义》里面打仗的技巧，不如你们的狗屁军事书吗？你会使用空城计吗？你会草船借箭吗？你会祭东风吗？你不懂，老子懂。如果老子是个军官，也能指挥千军万马。

小诸葛还在心里抒发怨恨，日本队长大刀一指，大喊："开枪！"

日本人立刻举起枪，向着村子里的窑洞，向着村里看得见的鸡猪狗牛，不停地疯狂扫射。扫射一通之后，日本队长笑呵呵地看着小诸葛，让他明白日本军人的心。

三儿子和二愣子翻过那座山，坐在山坡的一个隐蔽处观察着日本人。他们看见日本队长骑着枣红色的高头大马在前面领头，身后跟着日本人和警备队。看见日本人爬上山头，朝他们的村子方向走去，三儿子知道他们的村子又要遭祸害了。三儿子对二愣子说，我们没有好办法，只有在这里等他们回去。日本

人走出他们的视野，两人坐着无聊，就闲聊起来。

三儿子说："我们中国人真窝囊，这么多人，被小日本打得到处跑，有家不能回。我真想离开这里，到别处去。"

"到哪里不一样，到处都是日本人的天下。"

"你不知道，天下很大。过了我们县的那条河就是另外一个天地。"

"你说黄河那面吗？"

"是的。"

"听说我们村里的四鬼就在那里，还是个连长。不过，人家四鬼认识几个字，比我强。他去可以，你认识字，我去混不出来。"

河那面，其实就是陕北。二愣子的村子距离黄河也就二十里路，过了黄河就是陕北。然而人们对陕北的情况并不了解，只知道那面有朱德、毛泽东。二愣子斗大的字不认识一个，所以对外面的世界一无所知。三儿子比二愣子强许多，三儿子的爷爷是秀才，三儿子的爹让三儿子读过两年冬学，认识的字不少。所谓冬学，就是穷人家的孩子读不起书，到冬天农闲时，到教书先生那里认几个字。

三儿子说："听说日本人没有过黄河，那面比较安宁，真想去那里过几天安宁日子。你看，我们成天提心吊胆的，朝不保夕，不知道哪天就被日本人杀了。"

二愣子说："有家里人，哪里也去不了。再说，我们想去，家里人也不会让去。金窝银窝不如自己的狗窝，还是安安心心在家呆着吧。何况日本人总有走的那一天，不可能永远待下去。"

两个人正在闲聊，突然听到枪响，一阵枪响之后，归于沉寂。三儿子和二愣子知道，这是日本人向村里开枪了，不知道有没有被伤害的人。他们走的时候，村里人得到了消息，都往村外跑，估计没有伤害的人。他们估计，日本人胡乱折腾一番后，后晌就会回去，决定在这里死等。

日本人扫射一通之后，扫兴往回返。这次出动，两次扑空，日本队长嘴上洒脱，心里很怨恨。在路过一个小村子时，日本队长对他的部下说："烧！"

几个日本人抱来一捆柴禾，放到窑洞的窗户底下，放火烧起来。看见窜天的火焰，日本队长高兴得哈哈大笑，他的士兵也跟着哈哈大笑。看见日本人大笑，小诸葛心里又不平衡了，他暗暗骂日本队长，你也就有烧杀的本事，还有什么能耐！要不是中国人窝囊，你小子早上西天了。

三儿子和二愣子看到附近村子烟焰冲天，知道日本人又在放火，不知道又是哪家遭殃。日本人烧了几孔窑洞，抓了几只鸡，摇摇摆摆往回走。他们从山上走到一条沟里，沿着山沟往回走。日本队长提醒他的人马走快点，这里不安全。小诸葛心里想，你的这句话还差不多，要是我，就在山上打埋伏，保准让你有来无回。小诸葛心里这么想，身子马上抖起来。他想，如果真的有埋伏，我就死定了。小诸葛想到这里，悄悄让他的人马和日本人拉开一点距离，免得到时一起死。因为小诸葛吃过被伏击的亏，所以提醒自己要保持警惕，至于狗日的日本人，他管不了那么多。日本人死伤，那是他们无能。

三儿子和二愣子早选好了地形，一直趴在地上等日本人经过。他们看到日本队长骑着大马，走在队伍的中间，警备队走在日本人的后面。三儿子端起枪，朝日本军官开了一枪，日本军官应声而倒。他们又从怀里掏出炸弹，放在地边。二愣子问三儿子，我们往哪里扔炸弹？是日本人，还是警备队？三儿子说，当然是日本人，我们的炸弹不多，必须集中火力。

两个人一齐把炸弹扔向沟里的日本人，然后逃之夭夭，跑到附近三姑的村子里。

四十六

三儿子和二愣子用炸弹炸了日本人，跑到三姑村子里后，天已黑了。二愣子想到三姑家里吃一顿饭，然后再回家。三儿子说可以，不过不必现在就去，先在村口等一会儿，怕日本人杀回马枪，黑夜闯进村子。二愣子觉得三儿子的话有道理，因为这里距袭击点比较近，日本人要来也很快。他们坐在一个隐蔽处，饿着肚子等待。等了半个时辰，不见日本人的影子，估计不会来了，就走到三姑的大门外。

三姑家的大门紧关着，二愣子敲了几声，听见院子里有人出来："谁？"

二愣子低低地说："二愣子。"

来开门的是二小，知道门外的人是二愣子，赶紧开了门。看见二愣子身后还有一个人，二小问，还有谁？二愣子说，三儿子。三人一起进了屋，三姑正在灯下做针线活，两个孩子已经钻进了被窝。看见二愣子和三儿子突然进门，三姑很意外，问日本人是不是还在你们村里。

"不在了，后晌走了。"二愣子说。

"你们从哪里来？"三姑问。

"从对面山上。我们还没有吃饭，饿得很，你们给我们弄点东西吃，吃完我们就回家。"

二小赶紧从罐子里挖出两碗面，倒入盆里，和面给二人做吃的。

三姑说："天快黑的时候，听到沟里有一阵响声，不知道发生了什么事？"

二愣子说："日本人往回走，在沟里遭到了袭击，不知道有没有死伤。"

三儿子坐在炕沿上不吱声。三姑明白发生了什么事，因为以前二愣子曾悄悄告诉她，他也参加了地下活动。三姑估计，沟里发生的袭击，就是他们干的。

"炸得好，炸死一大片才好。上午，他们来我们村，人们知道了，都跑到村外去，日本人扑了个空。随后，他们又去你们村，不知道你们村有没有死伤。"

三儿子说："估计没有死伤。是二愣子回村报信，才免了灾难。不然，不知道会死多少人。"

三姑说："白天好说，可以看见日本人来。如果是晚上，万一日本人悄悄进村，把各家各户的院门堵住了，就没有活路了。"

三儿子说："晚上也得注意，不然会吃亏。"

说话工夫，二小擀好了面，煮面下锅。一会儿，二小捞了两大碗面，二人狼吞虎咽，填饱了肚子。二愣子和三儿子抹一把嘴，说一声吃好了，我们回家去。二小问他们，为什么不看看把日本人炸得怎样？其实，两人很想去看看炸的情况，可天黑，怕碰上日本人，想想还是明天再看。二小劝他们不妨在这里住一夜，明天早上去看看。二人坚持要走，说离开家的时候没有跟家里人说，怕家里人着急。二小只好让他们早点回家。二人摸黑往家走。

二人走后，二小问三姑，二愣子和三儿子是不是参加了地下活动。三姑告诉二小，他们是为了咱们好，你在外面千万不要跟人讲，否则，传出去他们二人会吃亏。二小跟三姑说，这点道理我明白。他们相信咱们，咱们也要保护他们。狗日的日本人，没有人打他们，他们不会自己走。

二愣子和三儿子回家之前，村里乱哄哄的，传言他们二人被日本人打死了，因为从晌午到天黑，村里人一直没有看到他们的身影。三儿子的爹急了，找到二愣子的爹问究竟。二愣子的爹也着急，二愣子的娘哭哭啼啼，说剩下两个儿子，一个阵亡了，一个被日本人打死了，这辈子还有什么活头。二愣子的婆姨也一个劲抹眼泪。村里人看见两家人可怜，自动组织起来，打着灯笼四处找人。几伙人找了半夜，不见两个人的影子。活不见人，死不见尸，村里人也跟着着急。

日本人走后，逃往村外的人回来，看见家家户户的门窗上打出一个个窟窿，屋里的家具和大瓮也被打烂。三儿子家的牛被打死了，三儿子的爹蹲在家门外的台阶上，一声不吭，既心疼牛，又为三儿子着急。

正在村里人着急的时候，三儿子和二愣子回到村里，一村人高兴不已，都来到二愣子家问情况。三儿子对大家说，我们两个还年轻，还想活几十年，哪能这么快就去见阎王。二愣子的母亲喜极而泣，说总算捡回一个儿子了。三儿子的爹看见儿子回来了，忘记了牛死带来的悲伤，乐呵呵的。三儿子问起村里人的情况，人们说大家都安然无恙，没有一个人伤着，二愣子给大家做了件好事。二愣子说，日本人回去的时候，在路上遭炸了，不知道炸得怎么样。人们说，这伙狗日的偷鸡不成反蚀把米，他们的命该如此。以后，如果我们组织力量，和他们对抗，他们只有死路一条。

第二天天不亮，三儿子和二愣子就出了村，去看昨天袭击的战果。他们翻过山，下到那条沟里，看见有几摊血迹，还看见一匹死马。二人高兴不已，因为他们推想，炸死了军马，日本军官也死了。另外还看见几具士兵的尸体。回到村里，他们把炸死日本人的消息告诉村里人，村里人欢呼雀跃。

高兴之余，有人问三儿子，到底是谁炸的日本人？三儿子摇头。

晚上，二愣子睡在炕上，还在为自己的胜利战果高兴。他把婆姨搂在怀里，高兴地说："真可惜那匹战马了，枣红色，特别高大，足有一人高，比咱家的驴强多了。要是把它拉到咱家，干什么活不行。"

"看把你美的，那是日本人的，能让你随便使吗？"

"有能让我随便使的？"

"什么？"

"我的婆姨。"

二愣子说着，把婆姨紧紧压在身下，婆姨嘎嘎笑着，说你就随便使吧。

夫妻二人痛快一番后，婆姨问二愣子，到底是谁炸死日本人。二愣子说，这你都猜不出来，不就是我和三儿子吗？婆姨拍了一下二愣子的胸脯说，我家二愣子有出息了。

第二天，三儿子找到二愣子，一起到了村外的地里，坐在地塄上说话。三儿子说，我们的炸弹用光了，得去取，两个人去不方便，我一人去。你到县城打听一下日本人的情况，那天我们到底炸死了多少日本人，我们心里有个数。顺便了解一下四痞子的情况。

二愣子说："正好我家没有炭烧了，顺便驮点炭回来。"

三儿子说："不行。最好你自己去，如果赶着牲口去，万一遇到什么情况，你舍不得牲口，反而会连累你。日本人刚吃亏，他们不会白吃亏，怕他们伺机报复。"

二愣子觉得三儿子的话有道理，于是独自从小路前往县城。到了县城之后，他听见人们议论纷纷，说日本队长被炸死了，还炸死几个士兵，日本人生气极了。为了证实人们的议论，二愣子悄悄找到警备队里的熟人，打听情况。熟人说，那天日本人出去，本是要抢粮食杀人的，结果空手而归，返途中遇到袭击，不单炸死了四五个日本士兵，还炸死了日本队长，小诸葛的腿也被炸伤了。

二愣子回到村里，把了解到的情况告诉三儿子，三儿子高兴异常，夸奖二愣子是个很好的游击战士。

四十七

四痞子看见自己裤裆里的两个蛋子恢复了米黄色，晚上睡在炕上躁动不安。他想到了三姑，想再尝尝三姑的滋味，但三姑远在天边，够不着。每当想起与三姑共眠的那个美妙的夜晚，他总是兴奋不已。三姑这么俊俏的女人让他尝了，他觉得是人间最美的享受，尽管三姑是被迫的。他想，如果有机会，老子还要尝她的味道，现在只能去窑子试试自己的家伙。

说到城里的窑子，过去只有一家，日本人来了之后，又开了一家。新开的这家窑子专供日本人进出，不许中国人出入，这让嫖客们十分气愤。这家窑子挑选了城里最好看的女人，日日关在里面，不让出门，时刻准备为日本人享用。

四痞子带着两个小弟兄出了警备队的大门，直奔窑子。过去逛窑子，四痞子无所顾忌，现在却害怕了，害怕有人暗算他，因此三人手里都带着枪。

城里的窑子在一个深巷里。掌灯时分，四痞子在前，两个小弟兄在后，晃晃悠悠走进一个高墙大院。四痞子抬头一看，楼上的红灯高高挂着，静悄悄的。他想，现在来得正是时候，人不多。窑子是个四合院，楼下的房子是接待客人和日常吃饭居住的地方，楼上是专门接客的房间，楼上楼下的楼道里都挂着一盏盏红灯笼，院子里呈现着喜庆浪漫的气氛。

四痞子走到老鸨的屋子，向老鸨打个招呼："我来了，一点红有空吗？"

看见四痞子进屋，老鸨愣了一下。老鸨最近没有出大门，只在院里待着，不知道四痞子的情况如何。前一段时间，老鸨听说四痞子的两个蛋子被人打坏了，心想活该。四痞子在进警备队之前，从来没有进过窑子，自从进了警备队，经常来窑子玩女人。每次来窑子，四痞子总是要挑他喜欢的女人，稍不顺意就发脾气。有几次，他喜欢的一点红被别人占着，四痞子不分青红皂白，把一点红夺到自己怀里，还毒打了占了一点红的人。由于四痞子的横行霸道，老鸨失去了几个好客人，这让老鸨痛苦不已。四痞子不来窑子的这段时间，失去的几个客人又回来了，老鸨的生意也红火起来。此刻看见四痞子又来了，知道他的蛋子好了，可以玩女人了。

老鸨心里不高兴，怕四痞子又影响自己的生意，可四痞子毕竟也是一个客人，而且有权势，不敢得罪他，所以只好笑脸相迎。

"好久不见你来，这么长时间也不来照顾一下我的生意，真是一个无情之人。我把窑子里最好的女人给你玩，你还有什么不满足。"

"哪里的话。前一阵子忙，没有时间来，不是不想照顾你的生意。"

"是不是看不起我的院子，到日本人的窑子玩去啦？"

"不是。日本人的窑子我也进不去，只让他们自己的人玩。他妈的，狗日的日本人真不是东西。"

"恐怕不是吧。听说你的那个——"

"呵呵。你别取笑了。我裤裆里的那个东西是有点小毛病，不过现在好了。不信，你瞧瞧。"

四痞子心里明白，他的两个蛋子出毛病，城里的人一定都知道，更是瞒不住老鸨。老鸨不知道玩过多少男人，所以四痞子也不避讳，真的拉开裤子，掏出两个蛋子让老鸨看。

老鸨低头看了一下四痞子的两个蛋子，又用手轻轻摸了一下，说："哎哟哟，你的两个小东西真可爱，送给我做个礼物吧。"

"你想得美，老子还靠这两个小宝贝吃饭，送给了你，我吃什么。"

"你有腰里的那把枪，还愁没有饭吃吗？"

"枪能找饭吃，可代替不了我的两个小宝贝。"

看见四痞子和老鸨在唠叨，两个小弟兄等得不耐烦，老向老鸨瞪眼。老鸨看见四痞子兴致好，也不理睬两个小家伙的眼神，只顾和四痞子调情。

老鸨说："痞子，听说日本人的院子里有个三点香，红得很，日本人为她总打架。你知道吗？"

"听说了，据说长得细皮嫩肉，很招人。你说，什么叫三点香？"

老鸨瞥了一眼四痞子，送去一个鄙夷的眼神，说："亏你还是个男人，什么都不知道，连一条狗都不如。"

四痞子干笑几声，说："别的我知道，就不知道三点香是什么意思。"

"想让老娘给你解释吗？"

"是。"

"美得你！自己去琢磨吧。"

四痞子转头问身边的两个小弟兄："你们知道吗？"

两个小弟兄摇头。

"还是麻烦你老人家解释一下，让我们开一下眼界。"

"解释可以，拿钱来。"

老鸨伸出了一只手，跟四痞子要钱，四痞子从腰里摸出一块银圆放在老鸨手里。

"这还差不多。要你的两个小弟兄听吗？"

四痞子看着两个小弟兄，笑了笑，说："你老人家让他们也开开眼界，这一块银圆也有他俩的份儿。"

老鸨收了银圆，笑逐颜开，她清了一下嗓子，说："老娘只解释'香'字的意思。'香'字有几层意思，老娘只解释其中一层意思。你们的鼻子都好使吗？"

听老鸨问，三人你看看我，我看看你，莫名其妙。四痞子说："你卖什么关子，跟老子直说。"

老鸨伸出一只手，递在四痞子的鼻子底下，说："你闻闻，有什么味道？"

四痞子仔细闻了两下，说："只闻见胭脂味。"

老鸨又把手伸给两个小弟兄闻，两人都闻了一下，一齐摇头说："队长说得对，只有胭脂味。"

老鸨朝着三个男人狠狠吐了一口唾沫，说："亏你们都是人，还不如狗。一起死去吧！难道没有别的味道吗？"

三个男人面面相觑，羞愧难当。看见三个男人无地自容的样子，老鸨开了口："三岁的孩子有奶香味，老娘就没有别的味道吗？"

"有，一股臊味。"四痞子说。

老鸨骂道："呸！一条疯狗，乱咬人。"老鸨转而哈哈大笑，"一头笨叫驴，回家拉磨去吧。"

四痞子不愿意跟老鸨磨嘴皮，挑了几个女人，让弟兄们各自快活。

四十八

四痞子在窑子里意兴阑珊，躺在炕上过烟瘾，突然听见屋外有吵闹声。老鸨听见吵闹声，赶紧跑出门，怕有人打搅她的生意。一个小弟兄跑上楼，冲进四痞子的屋，大声说："队长，不好了，虎子带着一帮人来了，就在楼下。"

不听则已，一听虎子来了，四痞子吃了一惊。他想，是不是虎子知道自己没死，要来结果自己的性命？顿时，四痞子惊出了一身冷汗。上次被人打得遍体鳞伤，险些丢了性命，今天恐怕凶多吉少。四痞子赶紧穿上衣服，跳下炕，手里握着手枪，和小弟兄一齐走出门。

四痞子没有急于下楼，而是先探出身子往楼下看，看见他的另一个小弟兄被虎子的一帮人围在中间，正在相互争执。四痞子手里有枪，不怕赤手空拳的虎头帮。四痞子和小弟兄走下楼去，看见老鸨站在旁边，正在劝解。

四痞子大声说："谁在这里撒野？为什么事争吵？"

虎子看见说话的人是四痞子，也吃了一惊。虎子镇静下来，摆出不甘示弱的架势，其他几个人也围上前来。

四痞子的小弟兄说："一点红刚腾出身子，我们点了她，虎子一伙人硬说他们在先，他们要占一点红。你说有这道理吗？"

四痞子看看瞪着眼的虎子，问："是这么回事吗？"

虎子说："我们在先，你们在后。如果是你们在先，你们早占了，还轮到我们去争吗？"

看见痛恨已久的虎子毫不让步，四痞子握紧了手枪，心想上次你几乎要了老子的命，今天老子要掏出你的五脏六腑。四痞子的一个小弟兄怕四痞子吃亏，溜出大门去警备队搬救兵。

"你让还是不让？"四痞子对虎子说。

"不让！"虎子说。

"铁了心了，是吗？"

"是的。"

虎子看见四痞子只有两个人，如果四痞子要动枪，马上就把他打翻在地，报仇雪恨。四痞子看见虎子虎视眈眈，毫不示软，也想报暗算之仇。四痞子看到自己人少势弱，知道小弟兄去搬救兵，因此不急于动手，想等到救兵一到，就收拾虎子。

两队人马相持不下，老鸨上前劝解："你们都是我的客人，你们来这里照顾我的生意，我感谢你们。你们不要在这里打架，影响我的生意，我全靠这个院子养家糊口。再说，大家都是熟人，低头不见抬头见，为了一个女人伤了和气，何苦呢？"

其实，老鸨并不知道二人之间的恩恩怨怨。

妓女们听到两伙人在争吵，都跑出门来看热闹。看见两个有势力的人在争

斗，妓女们觉得很好玩，都想看一场精彩的龙虎斗。

老鸨看到劝解无济于事，只好任由他们争斗。老鸨招呼楼下的妓女都上楼去，免得在争斗中误伤。突然，虎子发现四痞子少了一个人，马上意识到是去搬救兵。如果救兵一到，吃亏的肯定是自己，所以他悄悄捏了旁边一个弟兄的手，几个弟兄一齐动手，将四痞子和他的弟兄打倒在地，猛揍一顿，夺走了他们手中的枪，然后跑出院子。

虎子和弟兄们跑到街上，躲在一个角落，欣赏夺来的枪。你摸摸枪，我摸摸枪，都说是好枪，个个脸上露着喜色。一个弟兄说："手里有枪，腰杆硬，可以跟四痞子一见高低，不用再受他的窝囊气。"

一个弟兄说："枪太少，敌不过他们，不如再劫几支枪。枪多了，我们就不怕他们了。"

虎子认为这是个好主意，建议躲在暗处观察，如果警备队有人来救四痞子，就可以再劫几支枪。弟兄们认为这是个好主意，一起跟着虎子摸到窑子附近躲起来。一会儿，果然看见警备队的人来了，个个手里拿着枪。虎子看见来人很多，寡不敌众，不容易得手，躲在暗处一动不动。等警备队的人过去了，有的弟兄埋怨虎子不动手。

虎子说："他们人多，我们人少，弄不好会伤了弟兄们，性命要紧。"

一个弟兄说："不怕，他们有枪，我们也有枪，谁怕谁。"

虎子说："不行。我们得从长计议，留得青山在，不愁没柴烧，日后有机会跟他们拼。"

趁四痞子和警备队的人没有回来，虎子带着弟兄们溜之大吉。

四十九

四痞子逛窑子被困，小弟兄回去搬救兵，当十几个警备队员赶到窑子的时候，只见四痞子被老鸨和几个妓女扶着，坐在一条板凳上喘息，那个小弟兄躺在地上一动不动，虎子一帮人早已跑得无影无踪。看见四痞子无大碍，警备队的人把他背在背上，背回警备队的院子。四痞子回到自己的屋里，火气冲天，骂警备队的人是一伙无用的东西，迟迟不去，让他挨了打。警备队的人个个敛声屏气，谁都不敢言语。四痞子的腰上背上腿上，到处是伤痕，被打得青一块，紫一块。

有个警备队员给四痞子打来一盆热水，让四痞子洗脸，四痞子气得把水泼到这个队员身上，连声骂："老子挨打的时候你到哪里去了，现在才来献殷

142

勤，这不是成心气老子吗？"

端水的队员哭丧着脸走出屋子，出门后悄悄地骂："你这样的混蛋，打死才好，省得你到处祸害人。"

四痞子刚躺在炕上休息，还没有闭上眼睛，就听到院子里一片吵闹声。他估计是跟着日本人出去扫荡的警备队回来了，就不愿意起来，依旧闭着眼养神。不想，一个队员推门进屋，对四痞子说："不好了，小诸葛和几个弟兄被打伤了，是被人抬回来的。"

四痞子不相信自己的耳朵，谁敢打小诸葛，那不是吃了豹子胆吗？再说，小诸葛手里的枪是干什么用的。四痞子强忍着疼痛爬起来，穿上衣服出去看究竟。四痞子走到院子里，人们已经把小诸葛抬到他的屋里。四痞子瘸着腿，一拐一拐走到小诸葛的屋子里，看见小诸葛的腿血淋淋的，脸上也有一处伤，红红的伤口还在出血。

"怎么了，你？"

"被人炸伤了。"小诸葛咬着牙，有气无力。

"谁炸的？"

"不知道。"

"日本人呢？"

"也挨炸了，还死了几个人，队长也被炸死了。"

大家大吃一惊，不寒而栗，不相信会出这么大的事。

四痞子骂道："谁吃了豹子胆，敢炸皇军，还炸死了几个人。他妈的日本人也是窝囊废，熊成这个样子。"

四痞子赶紧叫人给小诸葛清洗伤口，给他端水洗脸，给他端碗吃饭。小诸葛抬头，无意间看到四痞子的脸上也有伤。问："队长，你不是在家里吗？怎么脸上也有伤？"

"管你自己，不用管我。我们明天再说，你今晚好好休息。"四痞子说完，回屋去睡觉。

第二天早上吃饭后，四痞子走到小诸葛屋里，小诸葛伸着一条腿，直挺挺地躺在炕上，动弹不得。四痞子问小诸葛是不是疼得很厉害，小诸葛说，疼得很，昨晚从腿里挖出几块弹片。四痞子又去看了其他几个受伤的弟兄，也都伤得不轻。四痞子看完这几个弟兄后，又来到小诸葛的屋里，坐在炕沿上，掏出烟袋抽烟。

四痞子说："这次出去怎么这么倒霉，一无所获不说，还搭上几条人命，狗屁日本队长一点本事都没有。"

小诸葛说:"他还瞧不起我,说我没有上过军校,不懂打仗。他妈的,老子没上过军校是真,可老子把《三国演义》读得滚瓜烂熟,也懂得一点打仗之道。回来的时候路过那条小沟,小沟很窄,窄得连屁股都转不过来。我抬头一看,很不妙,于是跟咱们的弟兄们悄悄说,跟日本人拉开点距离。你知道我为什么这么说?"

四痞子摇头。

小诸葛说:"我怕中埋伏。《三国演义》里这样的故事多得数不过来。弟兄们听了我的话,跟走在前面的日本人保持了一定的距离。如果我们的人紧跟在日本人的屁股后面,不知道要死多少人。几个队员只炸伤点皮肉,真是万幸。"

四痞子问:"你怎么知道会有埋伏?"

小诸葛说:"我不像你那么粗心。上次你的腿被炸伤,就是在一个很窄的沟里。那次之后,每到窄沟里,我就会提高警惕。再说,地形窄处设伏,也是古人的用兵之道。这次遇到的地形和你上次被炸的地形差不多。"

四痞子说:"你比我细心。"

小诸葛继续说:"当时我提醒那个已经变成死鬼的日本队长,要注意,快点走,他根本不把我放在眼里,还在耻笑我怕死,不像个军人。他妈的,他是个军人,见鬼去了,我这个怕死鬼还活着。"

四痞子问:"你估计这是谁干的?"

小诸葛说:"我知道是谁干的,早把他抓住了。和我们作对的人那么多,能知道是谁干的吗?不过,一般人不会有炸弹,有炸弹的人,一定是那伙地下游击队。"

四痞子点头,认为小诸葛的分析有道理。

小诸葛盯着四痞子的脸问:"你怎么也会受伤?"

四痞子说:"我的运气不好,昨天晚上带两个弟兄逛窑子,不巧遇上虎子的一帮人,为了一点红互相争执起来。他们人多势众,把我们打了,还抢走了我们的枪。他们的胆子太大了,这不是和游击队的那帮人一样吗?我非收拾他们不可。"

"原来如此。他们越来越厉害了,该让他们吃点苦头。"小诸葛说。

四痞子休息了几天,又活蹦乱跳的。一天晚饭后,四痞子来到小诸葛的屋里,想找小诸葛商讨讨伐虎头帮的事。小诸葛已经可以下地走走了,看见四痞子进屋,知道他的来意。小诸葛问:"你想什么时候出动,带多少人马?"

四痞子说:"我想早点出动,早点收拾他们,不然我心里堵得慌。至于人马，带二十多个，是他们的两倍人马。"

小诸葛又问："什么时候去？"

四痞子说："明天晚上，趁他们熟睡的时候，打个措手不及。"

小诸葛说："你长进了，去吧。我不能陪你去，你一定要小心，他们手里也有枪。"

四痞子说："知道。"

二更时分，四痞子带着二十多个人从县城悄悄出发，神不知鬼不觉。他们走了半个时辰的路，赶到了虎子的村口，停下脚来。四痞子吩咐手下的人，叫虎子先睡一会儿，等他睡熟了再下手。弟兄们只好蹲在村口僻静的地方，耐心等待。

毒打四痞子之后，虎子一帮人知道惹了大祸，四痞子一定会找他们算账，因此格外小心。尤其是晚上，他们怕四痞子突然袭击，几个人都不在自己家里睡，而是寄居在别人家里。虎子要求他的弟兄，有什么消息一定要互相转告，免得吃亏。四痞子来的这天晚上，几个人在一起玩了一会儿纸牌，各自睡觉去了。

半夜时分，四痞子带着人马悄悄摸到虎子家的大门外，把院子团团围住。四痞子叫人去敲门，敲了好半天，才见虎子的爹披着衣服出来开门。

"半夜三更，谁来敲门？"虎子的爹说。

"虎子的朋友。"

"哪个朋友？"

"县城里的朋友。"

虎子的爹打开门，看见黑乎乎的几十个人，吓了一跳，立刻要关门。他那里关得住，四痞子的人一脚踢开门，一拥而进，冲进屋里。屋里黑洞洞的，四痞子让虎子的爹点亮灯，灯下一看，没有虎子，只有虎子的娘。

四痞子问："虎子上哪里去啦？"

虎子的爹说："串亲戚去了。"

四痞子哪里相信他的话，立刻从弟兄手中拿过一杆枪，朝着虎子的爹大腿上使劲砸了一下，虎子爹马上跌倒在地。虎子的爹破口大骂："四痞子，你不是人，不得好死！"

四痞子又连砸几下，叫他说出虎子在哪里，虎子的爹死也不说。四痞子又问虎子的娘，虎子的娘也说去串亲戚了。看到问不出究竟来，四痞子又用枪托砸了虎子娘几下子，砸得虎子娘哭天喊地。四痞子还嫌不过瘾，又从门背后拿起一把镢头，砸碎了几口大瓮，大瓮里的粮食哗哗往外流，流得遍地是粮食。

临出门，四痞子叫人把门窗砸得稀巴烂。然后，四痞子带着人马，在村里挨门挨户四处搜查虎子。

五十

为了躲避风头，三姑在家待了一段时间，每天料理家务之余，坐在院子里做鞋。家里几个人要穿鞋，三姑平时跑外没有时间做，现在待在家里，赶着做鞋。偶尔，隔壁二婶过来串门，和她家长里短，说古道今，不然她会闷死。丈夫二小早出晚归，忙地里的活。这阵子，三姑给家里每人做了一双新鞋，又特意给自己做了一双绣花鞋。三姑把绣花鞋拿出来让二婶看，二婶夸她绣得好。二婶看见三姑瞅着自己做的绣花鞋现出喜滋滋的样子，似乎看出了三姑内心的秘密，说："你经常在外面跑，穿着绣花鞋怪可惜的。"

三姑说："家里家外都可以穿。鞋是做来穿的，管他家里家外，穿着图个高兴。不然，每天跟在驴屁股后面，也不舒心。"

二婶笑一笑说："未必吧。都是过来人，我能看得出来，你在外面一定有相好的男人，对不对？"

三姑说："谁没有三个薄的两个厚的，如果这也算相好的，那多得很。你在年轻的时候，屁股后面不是也有一帮男人吗？"

二婶说："你说对了。我年轻的时候，有两样东西吸引着男人，一是我的一双巧手，一是我的一双小脚。那些男人，经常借故看我绣的花，来我家一坐就是老半天，赶都赶不走。屋里被他们的烟熏得云遮雾罩，炕楞都磨薄了二寸，炕上的席子两个月就换一块。哎，想起来，那也是风风光光的日子。现在，家里来串门的人少了，人家不愿意看咱这张老脸。风水轮流转，现在轮到你们风光了，身边有三个薄的两个厚的，也不奇怪。"

三姑呵呵一笑："那些东西不能当饭吃，还是要实实在在过日子。"

"话虽这么说，哪个女人不想自己身边经常跟着几个人，不然活着有什么味道。"

"年轻的时候，你的相好多吗？"

"说不上多，也说不上少。女人就喜欢男人爱着自己，那也是一份福。"

"也许是吧。"

"二愣子经常跟你在一起，你们之间就没有一点故事？"

"能有什么故事，也就是在一起赶牲口。"

"总有空闲的时候。再说，做那事也就一会儿工夫。依我看，你跟二愣子有猫腻，能吃到口的食就吃，过后就没有了。"

经二婶一说，三姑顿时想起二愣子来了。这么多天了，三姑没有和二愣子在一起待着，尽管这期间见过一两次面，她突然想和二愣子在一起说话。再说，这么多天一直待在家里，有点闷，她想出去透透气。

晚上二小下地回家，三姑告诉二小，想出去跑活挣一点钱。二小问三姑，你觉得现在风险不大吗？三姑说我也不知道，总不能老在家待着。二小说，哪天我去问问二愣子，看他出去不出去，你一个人出去，我不放心，一定要有个伴才行。三姑说好。

这段时间，二愣子也在家里待着。家里没有炭烧，烧水做饭用柴禾当炭烧，婆姨说实在麻烦，因此二愣子打算出去跑一跑。二愣子跟爹商量，爹说你自己看着办，这年月在哪都不安全。恰好，二小来家，说三姑想出去跑，问二愣子出去不出去，二愣子说出去。二小把二愣子的意思告诉三姑，三姑十分高兴，决定明天就出去。

第二天天刚亮，三姑就起来洗脸吃饭，收拾东西。她让二小给驴多喂点料，说这么长时间没有走路，担心驴力气衰了。二小给驴喂了料，又忙着收拾鞍子口袋。一切收拾停当，三姑甩了一个响鞭，赶着驴兴致勃勃地走出村。

二愣子也早早起来，婆姨给他做好了饭，吃了满满两大碗面。这两大碗面要支撑二愣子一天的身体，兴许到天黑才能吃到东西。想到三姑今天也要出去，今天可以看到三姑的俊脸蛋，二愣子心里暖洋洋的。赶着驴刚出村，二愣子就拉开了嗓子。到了沟岔，二愣子的嗓子更亮了。

远远听见二愣子的亮嗓子，三姑心里一阵兴奋。她不明白，不见二愣子心里还不怎么想，现在快要见面了，反而迫不及待。多少天都忍过去了，这一会儿却很难忍。三姑的心里咚咚跳，就像要出嫁的姑娘。

"啪！""啪！"

三姑接连听到两声清脆的鞭声，知道二愣子就要到了。

"啪！""啪！"

三姑也连甩两鞭，算是跟二愣子打招呼。

三姑听到了二愣子驴身上那熟悉的铃声，感到格外亲切。这熟悉的铃声，她一直听了将近两年的时间。每次听到这熟悉的铃声，心里就暖洋洋的，就像被二愣子那暖烘烘的身子拥抱着一样。三姑的驴听见身后熟悉的铃声，也摇头摆尾，止步不前。

三姑问驴："你知道谁来了吗？"

驴看着三姑，点点头。

三姑说："你喜欢它吗？"

驴又看着三姑，朝着三姑喷了一个响鼻。

三姑哈哈笑了，说："你也喜欢你的驴伙伴，真是和人一样的性情。"

驴点头。

看见驴这么乖，三姑摸着驴的头，把嘴巴凑到驴的脸上，亲了一口。

二愣子到了三姑身边，看见三姑站着不动，问："你站着干什么？"

"我一边等你，一边跟我的驴说悄悄话。"

二愣子问："说什么好听的话？"

三姑说："不能告诉你，这是我俩的秘密。"

二愣子说："你和一头驴能有什么秘密。"

三姑说："你不懂，其实你也懂。我们赶紧赶路吧。"

两头驴一前一后，欢快地往前走。两个人边走边闲聊。二愣子看见三姑在家待了一阵子，脸色比以前好看了。他又看见三姑脚上穿着一双崭新的绣花鞋，衣服也干干净净，他的眼里露出喜爱的神情。三姑看见二愣子的衣服利利索索，人显得比光棍时精干多了。三姑心里想，男人还是离不开女人的修饰，没有女人的男人不成其为男人，有女人的男人才会成为真正的男人。三姑心里羡慕二愣子找到了一个好女人，羡慕像个男人的二愣子。

今天二人相约去县城附近的煤窑驮炭，因为近来二人一直待在家里，家里的炭都烧完了。到了河边，看见那河清水，二人还是抑制不住内心的喜悦，赶紧跑到河边，痛痛快快地洗了把脸，给驴饮饱了水，然后继续赶路。他们装好炭，急匆匆往回走，怕在路上碰到四痞子一伙人。上次暴打四痞子后，二人心里有点虚，想早点回到家里。

当二人走到县城附近的时候，恰好看见警备队的人远远而来。二愣子怕惹出事来，劝三姑赶紧躲到路边人家的院子里。三姑不想惹麻烦，就把驴赶进人家院子里，随后二愣子也把驴赶进院子，把大门关得紧紧的。二愣子从大门缝里往外瞧，看见打头的还是四痞子，依然是一副耀武扬威的样子。二愣子心想，这样的恶人为什么不早死！眼看四痞子就要经过门口，二愣子赶紧叫三姑躲到屋里，自己也跟着走进屋。

警备队经过大门口时，四痞子的眼睛滴溜溜地转，似乎满世界都是可疑的人。待警备队走后，二愣子和三姑才走出院子。走了不多久，二愣子看见虎子站在半山腰，指着警备队的人骂："狗日的四痞子，老子和你没完，小心你的脑袋！"

五十一

那夜四瘌子带人砸虎子家的大瓮和门窗的时候，虎子听见吵闹声，赶紧从炕上爬起来，喊醒正在熟睡的几个弟兄，带着上次从四瘌子那里抢来的枪，一起跑到山顶上躲避，他知道四瘌子来报复了。听见自家院子里噼噼啪啪的响声，虎子知道四瘌子找不到他，在砸东西泄恨。虎子骂道："老子家的东西本来就不多，你还让老子活吗？"

虎子的弟兄们要冲下山去，虎子拦住，说我们只有两支枪，他们有几十支枪，我们不是他们的对手。再说，枪里只有几发子弹，打不了几下。我们不急，等他们往回走的时候，趁其不备，偷偷放几枪。

弟兄们觉得虎子的话有道理，就在山上等着，知道四瘌子带着人下山出了村，虎子和弟兄们趁黑悄悄溜下去，在离四瘌子不远的山坡上放枪。只听见"啪啪啪"几声枪响，虎子一伙人逃之夭夭。四瘌子发现虎子在朝自己人开枪，举枪还击，无奈天黑，连个人影都看不见，只好胡乱开了一通枪。

黑暗中，四瘌子查看情况，发现两人身上中弹，但无生命危险。

报仇不成反遭报仇，这让四瘌子十分生气，回到警备队后直骂娘。看见四瘌子不顺气，小诸葛向四瘌子询问情况。问清楚情况后，小诸葛嘲笑四瘌子没有安排好袭击策略。小诸葛告诉四瘌子，应该在突袭虎子家的同时，安排一部分到村里搜查，这样虎子就跑不掉了。即便虎子跑了，也知道他的去向，我们的人也不会受伤。

四瘌子悔恨不已，说自己考虑不周全，骂小诸葛事前没有做好参谋，你他妈只是个事后诸葛亮。

小诸葛躺在炕上养了十多天，渐渐好转。在养伤期间，他每天捧着《三国演义》苦读，时而叫好，时而感叹，每次战斗的谋略都熟记在心。有时候，还把故事讲给弟兄们听，一起品味其中的奥妙。只有四瘌子却不屑一顾，他瞧不起小诸葛的装腔作势，自作聪明，说指挥经验是不断总结出来的，不是狗屁书上能教给你的。四瘌子还说，此一时，彼一时，情况千变万化，哪有什么条条框框。小诸葛说四瘌子不可理喻，朽木不可雕也。弟兄们看见二人互不服气，觉得很好玩。

自日本队长被炸死后，日本人缩居县城，不敢四处"扫荡"。四瘌子待在警备队里，无所事事，觉得很无聊。四瘌子向日本人提议，出去跑一跑，说不定会有收获。日本人嘲笑四瘌子是武夫一个，不懂策略，要懂得能伸能屈，伸

屈有道。四痞子碰了一鼻子灰，扫兴而回。回到警备队，跟小诸葛说，日本人是缩头乌龟，没有出息。

百无聊赖之际，四痞子只好喝酒取乐。酒喝腻了，晚上躺在炕上，一会儿想起三姑的身子，一会儿想起一点红的身子，一会儿又想起老鸨的身子，辗转反侧，不能入眠。最近没有碰见三姑，他很想在出去的路上碰见她，别说和她睡觉，哪怕看她一眼心里也舒服。至于一点红，虽说抬腿就可以见到她，可以搂着她睡觉，可自从和老鸨缠绵了一回，突然对一点红失去了兴趣，甚至觉得她索然无味，因为她没有老鸨的风情。四痞子也想到了日本窑子里的三点香，不知道到底有多香，很想尝试一下。

一天晚饭后，四痞子走到小诸葛屋里，跟小诸葛说，你的腿也好了，今晚我们去日本窑子消遣一下。小诸葛早听说三点香，而且偶然见过一面，的确非同一般，于是二人带了几个弟兄，提着枪，来到日本人管制的窑子门口。四痞子看见窑子门口站着两个日本士兵，知道是看守窑子大门的。四痞子上前跟日本士兵打招呼，说要进去玩一玩。日本士兵马上将枪一横，挡住了四痞子，说中国人是猪，不许进去。

四痞子一听，说你妈的蛋，你们日本人是狗，狗才胡乱交配。日本士兵不懂中国话，不知道四痞子骂什么。四痞子不甘心，问日本士兵，你不知道我是谁吗？日本士兵摇头。四痞子火了，说狗日的日本人，你们才是猪，连老子都不认识，白活！

小诸葛上前劝四痞子，说不让进去就算了，我们还是回去吧。四痞子骂骂咧咧离开窑子门口，说我们去找一点红。

四痞子和小诸葛带着几个人进了老鸨的窑子。老鸨坐在屋里正在悠闲地嗑南瓜子，屋里飘着一股香喷喷的瓜子味。看见四痞子和小诸葛进来，连忙说："好久没有看见你俩的影子，在忙什么？"

四痞子说："忙个屁，还不是给日本人提裤子当炮灰。近来，日本人像缩头乌龟，窝在县城不敢出去，怕那伙地下游击队炸掉他们裤裆里的蛋子。"

老鸨说："你胆大妄为，小心你自家裤裆里的蛋子。"

老鸨的话触到了四痞子的痛处，四痞子干笑一声说："老子的蛋子是铁蛋子，炸不烂，你知道的。"

老鸨说："脱下裤子，老娘看看是肉蛋子，还是铁蛋子。"

小诸葛看见两人打情骂俏，很不耐烦。此刻他心里想的是如何早点见到一点红，把她搂在怀里。小诸葛怕四痞子抢去一点红，说你们先聊，我上楼看看。小诸葛上楼看到一点红正坐在梳妆镜前描眉刷鬓，马上口水直流。他怕四痦子点一点红，这样就没有他的份儿，于是小诸葛走下楼，问四痦子："你要谁？"

四痦子说："当然要一点红。"

老鸨听见四痦子要点一点红，马上露出不悦的神色，将一把瓜子皮朝着四痦子摔去。四痦子知道老鸨不高兴，想起老鸨的风情，马上改口："你点一点红，我啃老南瓜。"

老鸨呵呵一笑，说："这还差不多，老娘会伺候得你服服帖帖，让你乐而忘返。"

"瓜是老的香，你有多大能耐，让老子开开眼界。"

"先去把你的臭身子洗干净，再上老娘的床。否则，你闻都别想闻。"

四痦子只好去洗身子。一会儿回转来，不见老鸨的影子，猜想她一定上楼去了。四痦子上了楼，推开门一看，看见老鸨坐在镜子前打扮，只给他留下一个绿色的背影。四痦子也不问候，上前从后面搂住老鸨的腰。

"要死吗，痦子？没看见老娘在干什么？"

四痦子不管老鸨的骂，将老鸨转过身来，一把提将起来，看见老鸨穿着一身绿色旗袍，脸上巧施粉黛，像一枝带雨春兰。老鸨开颜一笑，四痦子魂不附体，一把将老鸨抱起来，飞旋几圈，然后甩在炕上。

四痦子哪里会想到，虎子一帮人正在小巷里等着他。虎子一帮人与四痦子交恶已久，自从那次打了四痦子，他们更加仇恨四痦子，还想找机会揍他。他们知道四痦子有逛窑子的习惯，因此一直在窑子附近守候。

五十二

三姑驮炭回家后，把路途遇到四痦子的事告诉二小，说四痦子还活得好好的，还是那么耀武扬威，如果不是我们躲起来，遇到他还不知道会发生什么事。二小说，如果不安全就不要跑了，就在家安安心心待着，免得担惊受怕。三姑说，倒也没有那么可怕，注意点就是了。

二愣子回到家，也把遇到四痦子的事告诉婆姨，婆姨说家里有炭烧了，过一阵子再出去跑。四痦子是一条疯狗，随时都会咬人。再说你们打了他，又炸了日本人，他能不怀疑你们吗？二愣子说，那倒不一定，恨四痦子的人很多，恨日本人的人更多，谁不想收拾他们。再说，我们打四痦子，炸日本人，没有留下蛛丝马迹，他们不一定会怀疑我们。我们总得过日子，总得出外面做点事情，出去时多加小心就是了。婆姨说，你是个男人，你自己掂量事情的轻重，

我一个女人家的话不算数。

二愣子和三姑一起驮了几回炭，家里不缺炭烧了，找他们买炭的人也渐渐少了。三姑跟二愣子说，我们还是去三岔口倒贩几次粮食，可以挣几个钱。其实，二愣子也这么想，卖炭挣不了几个钱，还是倒卖粮食挣钱多，于是二人相约去一趟三岔口。

早上，三姑先到了沟岔，没有看见二愣子下来，也没有听到二愣子的歌声，就吆喝一声驴，停住脚步等二愣子。一年多来发生在身边的一件件事情，让天生胆子大的三姑也有点不知所措，她越来越离不开二愣子。有二愣子在身边，她心里就踏实；二愣子不在身边，就觉得心虚。家里有二小，家外有二愣子，三姑心里觉得很充实。等了一会儿，身后传来了二愣子的歌声，三姑笑了。

二愣子到了三姑身边，三姑笑着说："看把你乐的，村里村外都能听到你的嗓子，你哪来的那么多好心情。"

二愣子说："庄稼人，没有什么可乐的，就是唱几句高兴一下，不然成天担惊受怕的，这日子还有什么过头。"

二愣子发现三姑身上穿着一件花衣服，眼前一片灿烂。过去，二愣子很少看见三姑穿花衣服，他想三姑怕跑外脏了衣服，所以多穿深色衣服。今天身上穿着一件花衣服，真像一朵化一样，十分新鲜。二愣子摸了一把三姑的身子，呵呵笑了。看见二愣子笑，三姑问："你笑什么？"

"笑你穿着花衣服，真好看，像一朵花似的，爱死人。"

"你就会说好听的话，都两个孩子的女人了，已经是一朵残花，没有那么新鲜了。如果你真爱这朵花，那就送给你。"

二愣子笑了："哈哈，你是二小的炕上花，我哪能抢夺别人的花。我能把这朵花摘下来，放到鼻子底下闻一闻就满足了。"

"如果你把我看作一朵花，你什么时候想闻就来闻，二小不会怨恨你，我也乐得让人欣赏一下。一个女人家，不求什么，就求有个人心里想着她，疼她，这就满足了。"

听了三姑掏心置腹的话，二愣子深受感动，凑到三姑身边，拍了一下三姑的屁股，亲昵地说："没想到这么俊悄的女人，有我的半爿屁股，真有福气。"

三姑咯咯笑了，说："你只有看的份儿，别有非分之想，我是我家二小的，谁也别想抢走。"

说话之间，二人出了那道长沟，来到河边的公路上。二人依旧下河洗脸，饮驴，然后回到公路上继续赶路。到了强盗湾，二愣子抬头往山上看。三姑问："你看什么？"

"没看什么，习惯。"

"不用害怕了，强盗都成我们的朋友了。"

"是啊。全是你的功劳，不然每次路过这里，总是提心吊胆的，像惊弓之鸟。"

"你说那帮人会不会还在抢别人呢？"三姑问。

"难说。也许他们改邪归正了。"

"但愿他们正正经经做人，不要做伤天害理的事。"

过了强盗湾，没有走多远，三姑无意间抬头一看，看见对面山上走下一队人来，肩上背着枪。三姑赶紧让二愣子看。二愣子抬头一看，吃了一惊，他从来没有看见穿土色衣服的队伍，不知道是谁的队伍。二愣子急忙跟三姑说："快点躲起来！"

二人赶紧把驴牵到一片玉米地里，他们蹲在玉米地里，一动不动，死死盯着这队人走下山来，穿过公路，蹚过河，向对面山上走去。直到看不见这队人的影子，三姑和二愣子才牵着驴走出玉米地，继续赶路。

三姑问："到底是谁的队伍？从来没有见过这样的穿戴。"

二愣子说："不知道。兴许是八路军，听人说他们就穿土色的衣服。"

三姑又问："会不会打仗？"

二愣子说："有可能，不然他们不会来这里。我们赶紧赶路，免得遇上开火。"

二人一起吆喝驴，加快了脚步。下午，他们到了三岔口，买好了货，走进旅店住宿。

店老板看见久违的三姑又来了，十分高兴，问长问短，忙着给三姑端茶递水，倒水洗脸，像接待贵客。看见店老板如此热情，三姑心里很高兴，也不客气，坐在板凳上心安理得地享受店老板的招待。

"三姑，近来忙什么，很久没有看到你来这里了。"店老板问。

"不忙，闲着呢。局势不稳当，不敢出来跑，在家待着。"三姑说。

"现在也不安全，一个女人家，可要注意。"

"是的。有二愣子陪伴我。没有他陪伴，我一人不敢出来。"

店老板看见二愣子正在端着碗大口喝水，对二愣子说："你要保护好三姑，千万不能出什么事。"

二愣子说："你放心，有我在，三姑就没有危险。"

153

旁边坐着另一个客人，听见二愣子这么说，插嘴道："别吹牛，如今的世道，谁都不敢保证不出事。你们听说没有，最近区上成立了武装，组织了穷人的队伍。"

三姑说："我们在路上看到一队人，扛着枪，穿着土黄衣服，是不是区上的武装？"

"不知道。也许是吧。"

几人聊了一通，眼看日落西山，三姑对店老板说："大叔，你给我们弄几碗面，我们饿了。"

店老板答应一声，赶紧去和面做饭。一会儿工夫，店老板端来两海碗面条，三姑和二愣子狼吞虎咽，几口下去，碗底朝天。

晚上，月色下，和风送爽，客人们在院子里谈天说地，一直聊到二更天。三姑走进自己的屋里准备睡觉。三姑前脚进门，二愣子后脚跟进来，嘿嘿地笑着。看见二愣子这副样子，三姑明白二愣子的心思，故意问："你进来干什么？赶紧回你的屋睡觉去，明天还要早起赶路。"

二愣子说："赶路是明天的事，早着呢。"

"走了一天路，不嫌累，还想做什么？"

"想说话解乏。"

"说话能解乏吗？今天我们说了一天话，你早不乏了。"

二愣子依旧嘿嘿地笑着。三姑转了一下腰，说："如果你有力气，给我揉揉腰，我的腰很酸，估计是扭了腰。"

二愣子说："我有的是力气，只怕你喊疼。"

三姑说："我不是泥捏的女人，一捏就碎。不过，你不能使蛮力。"

二愣子说："好。你说怎捏我怎捏。"

三姑躺在炕上，感觉腰酸酸的。二愣子站在地上，两手按着三姑的腰，按着，捏着，揉着，敲着。三姑初时感到腰上有点痒，后来感到腰上有一股莫名的舒服，感觉二愣子的手法真好。

三姑说："你的手法真好，是不是在家总给你婆姨揉腰？"

二愣子说："是的。婆姨总喜欢我给她揉腰，所以积累了经验。"

三姑说："你婆姨真有福气，要是有人天天给我揉腰，美死我了。"

二愣子说："这不难，如果你喜欢，我经常给你揉。"

三姑说："你婆姨会眼红。"

二愣子说："不会的。谁没有腰酸背疼的时候，捏一捏舒服，何苦受罪。"

三姑初时跟二愣子搭话，渐渐话少了，最后二愣子听到了她的鼾声。二愣子知道三姑睡着了，叹口气，回屋睡觉去了。

五十三

那夜，四痞子和小诸葛从窑子出来，兴尽而归，几个人说说笑笑，穿行在小巷里。虎子在巷子里等候四痞子多时了，他们看见四痞子进了窑子，认为有了下手机会。虎子的人埋伏在小巷的尽头，只等四痞子出来。四痞子一伙人走出小巷，虎子一伙人手里拿着棒子，正要下手，突然看见四痞子的人多，而且手里都拿着枪，自觉不是四痞子的对手，赶紧隐藏起来。

虎子一伙人眼看着四痞子从眼前走过，渐渐远去，个个悔恨不迭。虎子对弟兄们说，我们的安全第一，留得青山在，不怕没柴烧，以后有的是机会。尽管话如此说，毕竟心里留着遗憾。

四痞子回到警备队，余兴未尽，走进小诸葛的屋里聊天。小诸葛尝到了一点红的美味，也很兴奋，两人一起聊着两个女人。

"队长，今夜你怎舍得扔下一点红，去啃那颗老南瓜？"小诸葛问。

"你以为老南瓜不好吃吗？错！"四痞子说。

听四痞子这么说，小诸葛很惊奇，他以为嫩的总比老的好，从没听说老的比嫩的好。

"真那么香甜吗？"小诸葛问。

"当然。过去我们吃枣子，是囫囵吞枣，不知道味道有多美。人家老鸨教我细品慢咽，就像啃老南瓜，要含在嘴里慢慢品味道，那才有滋有味。"四痞子说。

"这还有讲究？"

"当然。各有各的门道，就像你品《三国演义》，不是要细嚼慢咽才有味道吗？"

小诸葛点头称是，说："古人有余音绕梁三日不绝的话，你小子嚼出了一点味道。"

二人聊了一会儿女人，又回到正题上来，说起日本人的事。近来，县城里的日本人窝起来，不敢出去，偶有出去，也是晃一下就回来。四痞子觉得老待在警备队里很无聊，想跟着日本人出去，趁机捞点钱，这样喝酒嫖女人就不愁钱了。小诸葛更是觉得自己大材小用，没有施展才能的机会。二人商量一番，决定一起去向日本人建议，出去扫荡几次，杀一杀地下游击队的威风。

第二天，四瘊子带着小诸葛踏进日本人的大门，找到日本大队长，说明来意。

大队长思忖一阵，觉得他们的建议有道理，要求他们做好出动的准备，随时都可能出去。得到日本大队长的认可，二人高高兴兴回到警备队，吩咐手下的人做好准备。手下的人在警备队的院子里待腻了，也想出去乘机捞点好处，个个十分高兴。

到底去哪儿扫荡，得由日本人决定，四瘊子只能提供信息，供日本人参考。四瘊子得到消息，区里成立了地方武装，专门对付县城的日本人。最近，区武装在三岔口一带活动很频繁，既招兵买马，又宣传百姓，大有吃掉日本人之势。四瘊子把这个情况汇报日本人，日本大队长深感沉重，再不能坐以待毙，否则很快就会被区武装吃掉。日本人决定到三岔口附近扫荡一次，杀一杀老百姓的气焰。

得到日本人要去三岔口附近扫荡的消息，四瘊子很高兴，小诸葛却有点郁闷。他在想，区武装的势力在三岔口附近，贸然前去，恐怕凶多吉少。区武装到底有多大的势力，有多少人马，装备如何，日本人并不了解。他跟四瘊子说，知己知彼百战不殆，这次去恐怕没有多大的把握。四瘊子却不以为然，说日本人的力量大，还怕刚刚成立的乌合之众吗？小诸葛喃喃自语：大意失荆州。

不过，小诸葛跟四瘊子讲，你应该派人去了解情况，找好袭击点，不能盲目前去。四瘊子说马上就派人去了解，如果收集到情报，马上告诉日本大队长。

两天后，四瘊子把收集到的情报告诉日本大队长，日本大队长看到情报，十分高兴，大大夸奖四瘊子的忠心。听到日本人的夸奖，四瘊子颇为自豪，觉得自己有能耐。站在旁边的小诸葛则不以为然，心想没有我的建议，你还不是跟着日本人的屁股转。

第二天，日本人在前，警备队在后，浩浩荡荡出了县城，向三岔口方向进发。进发的目的地是一个叫作李家庄的村子，这个村子不大，只有几十号人，位于一个小山下，依山傍河。四瘊子得到情报，说这个村子最近有十个人参加了区武装，是很典型的与日本人对抗的村子，因此日本人决定重点打击。一个时辰之后，日本人的队伍到了李家庄附近，停下脚步。四瘊子说，如果不赶快走，村里人知道了，都跑光。日本大队长说，你不懂军事，要观察好地形，能进去也能出得来。四瘊子点头。

日本大队长观察好了地形，大刀一挥，人马立刻向村子进发。他们渡过河，穿过一片枣树林，开进了村子。村民看见日本人进村，四散逃跑，日本人岂能让他们逃走。日本人四处围堵，大部分村民被日本人堵住，赶回村子。日本人先要村民说出参加区武装的家属，结果没人肯说，日本人开枪打死了两个人。村民战战兢兢，但谁也不愿意开口，日本队长怒不可遏，要机枪扫射。小诸葛上前对村民说，你们说出来，受害的是少数人，不然全村人都要遭殃。村民不理小诸葛的话，依然不开口。日本队长命令开枪扫射，结果死了几十人。

三姑和二愣子从三岔口回来，路过李家庄对面的公路，听见村里枪声大作，知道是日本人在屠杀，吃了一惊。二愣子跟三姑说，赶紧躲起来。二人立即赶着驴，跑进附近的一片小树林里，悄悄观察着河对面村子里的情况。

三姑说："李家庄的人惨了，不知道死了多少人。"

二愣子说："狗日的日本人，怎没有人好好收拾他们，让他们到处祸害人。"

二人正在仔细观察，突然，三姑看见李家庄的山顶上有人影在移动。三姑指着对面的山顶，让二愣子看。二愣子一看，果真如此，问三姑："那是什么人？你能看清楚吗？"

三姑摇头。

一会儿，他们看见山顶的人影猫着腰，溜下山顶，到了半山腰。接着，听见枪声响了，他们向山下的日本人开枪。山下村子里的日本人发现自己受到攻击，向山上冲去。半山怪石嶙峋，上面的人以此为掩护，使得日本人冲了几次都无果。看到冲不上山去，日本人只好离开村子，且战且退，向河边撤退。半山的人追下山来，一直追到河边。日本人仓皇逃到河对岸，双方对攻起来。一会儿，日本人且战且退，逃走了。追下山来的人看到追不上日本人，放弃了攻击，转到村子里去了。

一场激烈的战斗，将三姑和二愣子看得心惊胆战。日本人过河之后，匆匆往县城方向跑去。看见日本人走了，三姑和二愣子才走出小树林。河对面和日本人交火的到底是什么人，二人并不知道。三姑问："河对面的人，会不会是我们昨天看到的人？"

二愣子说："看不清楚他们穿的衣服，不知道是什么人。"

山上下来追击的人到了村子里，村子里安定了一会儿。过了一会儿，他们听到村子里传来隐隐约约的哭声。他们估计，一定是人们为死伤的人哭泣，不觉心里一阵隐痛。

"我们回家吧。"三姑说。

"不行。恐怕日本人还没走远，一旦和他们相遇就麻烦了，再等一会儿。"二愣子说。

"那就等一会儿。"三姑说。

二人拉着驴到了河边，在河里让驴喝足了水，各自洗了一把脸，然后回到路边坐着。二愣子一边掏出烟袋抽烟，一边和三姑一起看着河对面村子里的动静。半个时辰过去了，二愣子和三姑估计日本人走远了，这才往回走。

五十四

三姑和二愣子赶着驴，在公路上缓缓前行，那场激烈的战斗让他们兴奋不已，成为他们整整一路的话题。当他们赶着驴走到金花的旅店附近，已经日落西山，县城的集市早已收市，他们只好走进金花旅店，打算住一夜，明天再去县城卖粮食。

进了金花旅店，二人看见金花头上搭着一块羊肚子毛巾，手里拿着一把大扫帚，正在扫院子。金花抬头看见二人进来，好不高兴，连忙放下手里的扫帚，帮着他们卸驮子。

"好久不见了，什么风把你们刮来啦？"金花笑着说。

"在家窝了一段时间，最近才出来跑生意，所以没机会来看你。趁着天黑，来住一夜，看看你，和你说说话。"三姑说。

金花瞅了一眼二愣子，笑嘻嘻地说："恐怕是你有了相好的人，忘记你的金花妹妹了，所以顾不得来看你妹妹。"

"哪里话，还是咱们姐妹们亲。跟男人亲，只亲一阵子，跟姐妹亲亲一辈子。"三姑说着，看了二愣子一眼，咯咯笑起来。

"你说这样的话要得罪人，小心人家以后不理你，让你干着急。到时候你只有哭鼻子的份儿。"金花说。

二愣子说："你们像两只母鸭子，到一起就嘎嘎叫，赶紧给我们做饭吃，饿死我们了。"二愣子拍了金花一巴掌。

金花帮着卸下驮子，连忙喊丈夫："孩子他爹，快给三姑做饭。"

听到金花的喊声，丈夫问："想吃什么？"

"干捞面，再加点熬菜。"二愣子说。

金花看到二人跑了一天路，很辛苦，赶紧给他们倒了两大碗开水喝。二人坐在院子里的板凳上，大口喝着水。

一会儿工夫，金花的丈夫端来两大碗豆面面条，面条上压着一层炖菜。二愣子把盐醋葱辣子几样调料放进去，张开大口使劲吞咽，嘴巴吧嗒吧嗒响。看见二愣子吃得这副样子，金花说："二愣子，吃慢点，没人和你抢。"

二愣子停下筷子，把碗放在膝盖上，说："由不得自己。早上我们在三岔口吃了饭，整整一天水米未沾，还走了六十里路，嘴巴能不大响吗？我们赶牲口的人习惯了，如果是平常人，早支持不住了。"

"也是。你们风吹日晒，够辛苦的了。好好吃，多吃几碗。"金花说。

金花刚说完，三姑已经把一碗面咽下肚子，对金花丈夫大声说："掌柜的，再给我捞一碗面。"

金花刚说完，二愣子的一碗面也咽下肚子，也对金花丈夫说："给我也捞一碗。"

二愣子接连吃了三大碗豆面面条，少说也有两斤面。吃完面，二愣子又对金花丈夫说："掌柜的，再来一碗面汤。"

四碗东西下肚，二愣子伸伸腰，说："好痛快！终于填饱了肚子。"

旅店里还住着几位客人，人们坐在院里闲聊。有人提起今天日本人出动的事，说看到他们耀武扬威地出去，龟孙子一样回来，有的负了伤，身上粘着血，不知道在哪吃了败仗。

刚才肚子饿，二愣子顾不上提这件事，现在肚子饱了，就把他和三姑看到的情形跟大家讲了。大家一听，都十分高兴。

一个老头说："他娘的，终于有人出来收拾他们了。自日本人来，这恐怕是我们的武装第一次收拾他们，以后日本人有对手了。"

金花的丈夫说："日本人看来是要长期待下去，他们坟墓一样的炮楼，炸了修，修了炸，再修再炸，不甘心。今天可让他们尝到一点苦头了，真痛快！"

人们一直聊到二更天，金花抬头看看月亮，说："时候不早了，三姑和二愣子睡觉吧。你们累了一整天，身子乏，早点歇息。"

大家各自上了一通厕所，回到屋里灭灯睡觉。

二愣子从厕所出来，去牲口棚给两头驴添了几筛子草，准备睡觉。金花把院子里的东西收拾回家，关了大门，也准备睡觉。

二愣子问："我睡哪个屋？"

金花笑着说："没有给你安排屋子，你自己找屋睡。"

金花说着，对三姑挤眉弄眼，看三姑有什么反应。三姑心知其意，笑着说："二愣子，人家金花让你陪她睡一夜，不要辜负了人家好心。"

虽说走了一天路，身子有点乏，一顿饱饭之后，二愣子精神依旧。看见三姑进屋，二愣子也想跟着三姑进屋，身后传来金花的话："别缠人家了，快睡

吧。"

二愣子呵呵一笑，跨进三姑的屋。三姑铺好被褥，正想脱衣服，看见二愣子进来，说："店里人多眼杂，免得人们说闲话，早点回去睡吧。"

二愣子走出三姑的屋，走进金花的屋，看见金花在铺被褥。金花回头看见二愣子进屋，说："你真要陪我睡觉？美得你！下辈子吧。"

金花咯咯笑着。突然听见敲门声，赶紧让二愣子去开大门。二愣子打开大门一看，门外站着两个人，一个背上背着一把三弦。

二愣子问："要住宿吗？"

一个人说："他是盲人，被日本人打伤了，我把他背到这里，实在背不动了，让他住在店里吧。"

二愣子说："行。"

二愣子把盲人拉进金花屋里，看见盲人裤上有血迹，连忙问："腿受伤了吗？"

盲人说："是的。狗日的日本人用枪托砸我的腿。"

金花说："为什么？"

盲人说："那些畜生，会跟我们讲为什么吗？他们看见我碍眼，不问青红皂白，砸了几枪托。看见我流血，他们狂笑。"

二愣子骂了一句："狗日的！"

听见金花屋里来人，三姑穿好衣服，走进金花的屋，看见盲人裤子上有血迹。三姑问清楚原由，骂道："一群猪狗不如的畜生！"

二愣子让盲人脱下裤子，用白布条给他包扎好伤口。三姑拿着盲人脱下来的裤子到门外去洗。二愣子吩咐盲人早点睡觉，盲人说："我住店，没有钱，我给你们说一关书，算是住店钱。"

金花说："我不要你的钱，你早点休息。"

盲人说："我能行，一条腿伤了，另一条是好的，不妨事。"

二愣子和三姑劝阻，盲人不依，执意要说书。二愣子只好把三弦和檀板递给盲人，盲人把檀板绑在腿上，试一试檀板，调一调弦，拉开嗓子说书。三姑流着泪听了一关书，回屋爬在炕上呜呜哭起来。看见三姑伤心，二愣子进屋安慰三姑，三姑爬在二愣子身上哭了一通。

屋外蟋蟀叫，夜风吹，二愣子毫无睡意。

五十五

　　第二天，三姑和二愣子赶着毛驴去县城卖了粮食，回到金花店里，让盲人骑着毛驴，将他送回家。三姑给了盲人一块银圆。在回家的路上，说起盲人的遭遇，三姑气愤不已，声称如果自己有机会，一定参加自己的队伍，拿枪跟鬼子拼。二愣子理解三姑的心情，夸三姑是个有血性的女人。二人泄一通气愤，又提起日本人落败而逃的事，不禁高兴起来。

　　三姑说："日本人耀武扬威，杀人跟杀鸡一样，今天让他们吃苦头了，可惜让他们逃走了。"

　　二愣子说："日本人的武器好，不然跑不了。依我看，日本人吃苦头还在后头，迟早会吃大苦头。"

　　三姑说："打日本人是男人的事，可惜我不是个男人。"

　　二愣子笑着说："你想变男人，很容易。"

　　三姑不解，说："瞎说！你能让我变成男人吗？"

　　二愣子说："能。"

　　三姑说："瞎说！"

　　二愣子说："你想变男人，可以女扮男装，古代的花木兰就是如此。"

　　三姑说："花木兰真有血性，令人羡慕。话说回来，我想去，我家二小不会答应，还是赶牲口挣钱吧。"

　　二愣子说："你家二小是根拴驴的桩子，你就是那头驴，你跑不了。"

　　三姑抽了二愣子一鞭子，说："你才是驴。"

　　二愣子摸着腿喊疼，三姑上前拧一把二愣子的大腿，说："越疼越好，谁让你嘴贱。"

　　二愣子摸着腿蹲下身子，三姑揪着二愣子的头发，生生将他拽起来，然后笑得前仰后合，眼泪直流。

　　二愣子回到家里，晚上把婆姨搂在怀里。婆姨说你跑了一天，不累吗？二愣子说哪有不累的，身子不是铁打的，不过该做的事还是要做。婆姨躺在二愣子怀里，软软的，不时摩挲着二愣子的胸脯。二愣子兴起，把婆姨紧紧搂在怀里。

　　二愣子跟婆姨说："我给你讲昨天路上发生的事，要不要听？"

　　婆姨问："什么事？"

　　二愣子说："打仗的事。我和三姑亲眼看见打仗，激烈得很，惊心动魄。"婆姨一听，说："多危险！如果碰到子弹，你们就完蛋了。"

161

二愣子说:"我们躲起来了,我们不会找子弹吃。"

婆姨说:"外面局势不安全,暂时不要出去了。"

二愣子找到三儿子,二人一起来到村外的地里聊起来。二愣子告诉三儿子,说他看见区武装和日本人打仗了。三儿子问结果如何,二愣子说日本人败了,大概死了人。三儿子听说区里成立了武装,十分兴奋,心想我们也有自己的队伍了,狗日的日本人不能那么耀武扬威了。二愣子说区武装不错,还有点本事,他们占据了高点,打得日本人落荒而逃。

二愣子看见三儿子不说话,沉思起来,不知道他心里想什么。过了一会儿,三儿子说:"我想参加区武装,痛痛快快去打仗。"

二愣子说:"这当然好,你家里人同意吗?"

三儿子说:"我回去试着跟他们说说。"

二愣子说:"我这个岁数,恐怕过了当兵的年龄,估计人家不会要了。你才二十多岁,一定会要你。我只能跟着大家小打小闹。"

三儿子心急,马上起身回家,要跟家里人说参加区武装的事。三儿子先跟婆姨说:"区里有了自己的武装,能跟日本人较量,我也想去参加。你的意思如何?"

婆姨说:"你是一家之主,你自己决定。你走了,我们几口子怎么办?你的爹也老了,怎么办?如果你能活着回来,倒也没有什么,万一你死了,以后我的日子怎么过?"

三儿子说:"我去跟爹娘说,看看他们的意思。"

婆姨说:"好。"

三儿子走进爹娘的屋,看见爹坐在炕楞上抽烟,娘在做针线活,就坐在炕楞上。爹对三儿子说:"下午我们去锄那块玉米地,草长高了。"

三儿子说:"我有句话想跟你们说。"

三儿子爹说:"什么话?"

三儿子说:"区上成立了武装,和日本人打了一仗,把日本人打败了。我们有了自己的队伍,以后不怕日本人了。我也想去参加区武装,你们的意思如何?"

三儿子爹突然从嘴里拿出烟袋,停在半空中,沉吟起来。三儿子娘也突然停下手里的活,看着三儿子,说:"去打仗是好事,你应该知道,打仗会死人,三愣子不是阵亡了吗?你们弟兄二人,万一少了一个,我心里不好受。"

三儿子问爹:"你的意思?"

三儿子爹说:"按理说,去打日本人是好事,像你娘刚才说的,打仗会死人。你跟你的婆姨商量了吗?"

三儿子说："刚才跟她说过了。她让我自己拿主意。我跟你们商量一下，恐怕区里也会到我们这里来征兵，我们弟兄二人，免不了要去一个。到时候真是这样，我去，让老二留在家里照顾你们。"

三儿子爹说："那就照你的意思办。"

三儿子的娘忧心忡忡，说："谁我都舍不得让去，都是自己身上掉下来的肉。如果真要去一个，我只能舍一保一了。"

三姑回到家里，也把区武装跟日本人打仗的事告诉二小，二小听后笑了，说："没想到日本人也有这一天，以后他们没有好日子过了。"

三姑说："看打仗很过瘾，我要是个男人，也去打日本人。"

二小说："女人哪会打仗，你去不了。"

三姑没有搭理二小的话，心里盘算着什么。

五十六

从李家庄溃逃后，四痦子捂着自己的左耳回到警备队。一进警备队的大门，四痦子立刻叫人包扎伤口。一会儿，伤口包扎好了，四痦子躺在炕上骂娘。伙夫给他端来一碗白面，四痦子脖子挺得直直的，说老子能吃下去吗？疼死老子了。在伙夫的劝说下，勉强吃了一碗面条。

小诸葛的运气很好，身上没有擦破一点皮。小诸葛走进四痦子的屋，看见四痦子痛苦的样子，问："疼得厉害吗？"

"像刀子割一样疼，火烧火燎的，不知道老子上辈子造了什么孽，这辈子才受这样的罪。"

"你不要怪天怪地，不要怪神怪鬼，也不要怪自己的前身后世，说到底，还是怪我们考虑不周。"

"你的话我不想听，我们什么地方考虑不周？"四痦子火了。

"你听我慢慢道来。我们的不周之处，其一，当初我们派人出去收集情报，只注意了解参加区武装的人，对区武装的情况了解甚少，譬如他们的人员多少，装备如何，活动范围在哪里。其二，日本大队长，只举着望远镜看了一会儿，就以为进得去，出得来，不会有什么危险。其实，村子后面的石崖，看起来是悬崖峭壁，而石壁后面有一条小路，他没有看见。区武装正是从那条小路下来的。两个失误，我们能不吃亏吗？"

"你他妈就是事后诸葛亮，为什么不早说？如果早说，老子的耳朵会这么疼吗？日本人会死十几个人吗？我们的弟兄会死三个人吗？你的话，是屁话。"

四痞子骂了一通小诸葛，出了一口气，似乎耳朵也不太疼了，喊着要喝水。小诸葛也不计较四痞子的臭骂，他毕竟受伤了，心里有怨气。小诸葛把伙夫端来的开水递在四痞子手里，又慢吞吞地说："吃一堑长一智，以后我们要吸取教训，遇事多琢磨。"

四痞子不吱声，只顾喝水抽烟。现在，四痞子担心的是日本大队长会不会怪罪他。如果真要怪罪他，他怕自己要受责骂，日后日本人不再信任他。想到这里，四痞子问小诸葛："日本人会不会把责任推在我们身上，说我们提供的情报不周全？"

小诸葛沉吟一会儿，不置可否。他认为日本人也有过失，那个日本大队长喜怒无常，强词夺理，不会自认失误。

小诸葛没有回答四痞子的问题，四痞子心里忐忑不安，不知如何是好。四痞子对小诸葛说："你叫人拿点酒来，我俩喝几盅，心里很烦。"

小诸葛马上叫来伙夫，让他拿一壶酒，一碟花生米，再炒一个土豆丝。一会儿，几样东西端到屋里，四痞子和小诸葛喝酒言事。

四痞子说："看来，我们不能小看区武装，原来以为他们是一帮刚凑合起来的人，估计武器也不太好，更不必说训练了。现在，不能小瞧他们了。吃了亏，才知道亏不好吃。"

小诸葛说："还是那句老话，知己知彼，百战百不殆。我们吃亏吃在对对方不太了解上。再说，也可能区武装有人放哨，看见我们从河对岸的公路上过来，所以打了伏击。"

四痞子说："你的话不无道理。现在我担心的是日本人的责怪。如果日本人怪罪我们，我们如何应对。应对不好，恐怕我们吃罪不起。"

小诸葛说："不知道他们以什么理由怪罪我们，无非说我们提供的情报不周全，导致区武装突然袭击。至于指挥上的问题，都是日本人指挥的，我们没有任何责任。说到死伤，虽说他们死的人多，我们也死了人，死多死少怪不得我们。"

四痞子说："如此说来，我们也没有多大责任，这就看大队长的心情如何。如果明天叫我去，你也跟着一起去，你帮衬我。"

小诸葛一口应承。二人一直喝到三更天才去睡觉。

第二天，四痞子正在吃早饭，日本人来警备队找他，要他早饭后到日本宪兵司令部去。四痞子惴惴不安，胡乱吃了几口饭，带着二诸葛，匆匆赶去会见日本人。路上，四痞子问小诸葛，会不会出现昨天晚上我们分析的情况。小诸葛说，你不要担心，有我在你身边，有事我们一起承担。一会儿工夫，二人踏进日本宪兵司令部的大门，走进大队长的房间。

日本大队长正坐在地上闭目打坐，听见有人进来，也不睁开眼睛看看，一副进入禅界的样子。四痞子和小诸葛乖乖站立一旁，不敢吱声。过了一袋烟的工夫，还不见大队长睁眼，四痞子心里七上八下，拿眼睛看一眼小诸葛，意思在问大队长是什么意思。小诸葛不理会四痞子，自顾垂手呆立，一副死猪不怕开水浇的样子。良久，大队长才睁开眼睛，扫了二人一眼，起身坐在太师椅上，端起一杯茶，呷了两口。

四痞子想让大队长早点开口，谈完事情早点离开这里，偏偏大队长一言不发，这让四痞子心里直发毛。四痞子心里暗暗骂道：狗日的，你有什么屁，快点放，你把老子当狗看吗？

过了一会儿，大队长才正眼看看四痞子，算是跟他打招呼。一会儿，翻译进来了。大队长跟翻译咕嘟了几句，翻译对四痞子说："队长对这次扫荡很不满意，认为损失太大，心里很沉重，刚才坐在地上，在为昨天牺牲的日本士兵祈祷。"

又过了一会儿，大队长又跟翻译咕嘟几句，翻译对四痞子说："大队长承认自己有责任，认为你们也有不可推卸的责任，问是不是你们警备队走漏了消息。"

小诸葛心里一阵高兴，觉得自己昨天晚上对大队长的分析是正确的，不由一阵得意。不过，他没料到大队长会提到走漏消息这一招。四痞子却不然，他在担心后面将会发生什么。

其实，并不是警备队走漏了消息，而是日本人路过强盗湾的时候，强盗湾的人看见了，赶紧跑去区武装那里报告了消息。

大队长又跟翻译咕嘟，翻译对四痞子说："大队长问你们昨天晚上反省了吗？"

四痞子说："我和小诸葛一直反省到天亮，到现在都没有合眼。我们知道自己的情报有不周全的地方，下次一定改正，争取为皇军立功。"

大队长又跟翻译咕嘟，翻译对四痞子说："大队长说，你知道自己有过失，应该自掌嘴巴，以示警诫。问你能做到吗？"

四痞子看看大队长，看看小诸葛，不知如何是好。四痞子心里想，老子跟着你们出生入死，耳朵挂花，几乎脑袋开花，还要老子自罚，以为老子是三岁的孩子，任由你责罚吗？四痞子不愿意自罚，迟迟不动手。

大队长看看小诸葛，示意小诸葛给四痞子掌嘴。小诸葛看看四痞子，哪下得了手，让他自掌嘴巴还差不多。四痞子狠狠瞪了小诸葛一眼，心想你打了老子，老子日你家祖宗八代。

看见两个中国人都不愿意动手，大队长离开太师椅，走到四痞子跟前。

翻译看到架势不好，对四痞子说："你再不动手，队长就要动手，你是傻子吗？"

四痞子看见大队长一脸阴沉，知道躲不过去，只好抬手自掌嘴巴。"啪啪"两声过后，四痞子胆怯地看着大队长。大队长依然一脸阴沉，一副很不满意的样子，两眼直勾勾地盯着四痞子。看见四痞子只扇了两下，不愿意再扇下去，大队长抬起手，"啪啪"两声，朝着四痞子挂花的左耳扇去。顿时，四痞子挂花的左耳鲜血直流，包扎伤口的白纱布掉落在地。

四痞子捂着耳朵，大声号叫，痛苦不已。看见四痞子这副样子，大队长哈哈大笑，笑声震动屋宇。

四痞子和小诸葛一脸丧气离开司令部。回警备队的路上，四痞子一直捂着耳朵，哭兮兮的，直骂大队长不得好死，这次老子挂花，下次你狗日的阵亡。小诸葛心里也不好受，他觉得大队长毒打四痞子，也是不给自己脸面。他认为老子们为你们卖命，没有功劳也有苦劳，何至于此！小诸葛安慰一番四痞子，说我们从长计议，不要跟他一般见识。

五十七

四痞子回到警备队，哭丧着脸，有的弟兄看见四痞子的左耳流着血，感到不对劲儿，四痞子一定遭日本大队长打了，否则出去的时候还好好的，回来的时候怎么就成这样子。有个弟兄看见四痞子的耳朵流血不止，上前问："队长，你的耳朵为什么老流血？"

四痞子没好气，说："你娘的屄，你去问日本大队长就知道了，还不是狗日的打成这样子？"

弟兄把四痞子的话跟大伙讲了，大伙都围在四痞子身边，你一言，我一语，骂日本人不是好东西，凭什么对队长下这样的毒手。我们为他们出生入死，他们倒打起自己人来了，有本事去和区武装打去。当时，有几个弟兄摘下自己的帽子，仍在地上，踩了几脚，说老子们不给他干了，回家去。几个人立刻走出警备队的大门，回家去了。

看到弟兄们对自己这么关心，四痞子心里很感动，劝大家不要走，不然自己会成为光杆司令。他说你们不看日本人的面子，看我四痞子的面子，求要走的弟兄留下继续干。

四痞子回到屋里，把帽子扔到炕上，手枪扔在桌子上，一屁股坐到炕上，嘴里还在骂日本人。小诸葛知道四痞子心里不会平静，怕四痞子的情绪影响了整个警备队的士气，因此走进屋来继续安慰四痞子。

小诸葛先叫来队医给四痞子包扎伤口，包扎时四痞子疼得哇哇叫，骂队医的手太重。包扎好伤口，小诸葛又叫人给四痞子端水来，然后跟四痞子说："估计这几天日本人不会有什么动静，你就在家好好休息几天，等到伤好了，我们再跟区武装干，看谁赢得了谁。"

　　四痞子说："你小子说话轻巧，老子心里沉甸甸的，哪有心思跟着日本人干。他们拿我不当人，打成这个样子，我有什么脸见弟兄们。他不是打我四痞子的脸，而是打我们警备队的脸。我四痞子在人前是个人物，在狗日的日本人面前就是孙子，老子不愿意当孙子！"

　　四痞子越说越生气，把半碗水一下子泼到地上，说："老子不干了！"

　　看见四痞子耍脾气，小诸葛心里有点着急，怕四痞子真的不干了。小诸葛不得不劝说四痞子。

　　小诸葛说："你挨打，心里有气；我没有挨打，心里也有气；弟兄们心里的气更大。我为你抱不平，弟兄们也在为你抱不平。大丈夫能伸能屈，今天你出错惩罚你，明天你立功了，他会奖赏你。你走了，这么多弟兄哪里去？你把弟兄们带好了，立了功，得了奖，弟兄们会感激你。弟兄们是看着你的面子才在这里干，否则都走了，希望你三思。"

　　听了小诸葛的一番吹捧，四痞子的心里好受一点了。四痞子掏心置腹，对小诸葛说："看在弟兄们的面子上，看在你小诸葛的面子上，我继续干下去，而我心里的这口恶气怎么也消不掉。你跟日本人讲，我身子不好，家里老娘也有病，我要回家看看老娘。这几天，你照顾着弟兄们，我回一趟家。"

　　小诸葛明知道四痞子是在耍脾气，想到他心里有气，就说："你回家好好住两天，警备队不用你操心。"

　　小诸葛叫来伙夫，让他上街买二斤肉，再从厨房装二十斤白面，然后叫两个弟兄拿着这两样东西，送四痞子回家看老母。

　　跨进自家的院门，四痞子看见老母坐在院子里晒太阳。老母看见四痞子回来，脸上露出了笑容。她看见四痞子身后跟着两个人，起身招呼他们进屋，并倒水给他们喝。喝完水，四痞子说："你们回去吧。我在家待两天就回去了。"

　　送走两个警备队，四痞子回到院子里，和老母一起坐在院子里晒太阳。老母埋怨四痞子不回家，把她忘得一干二净，说哪天自己死了，谁都不知道。突然，老母看见四痞子的耳朵包着纱布，问："你的耳朵怎么啦？"

　　四痞子说："挂花了。那天跟区武装交火，擦伤了。"

　　看见儿子说得这么轻巧，老母说："多危险！如果子弹稍微偏一点打到头上，你的命就没了。你还是赶紧离开警备队，回到家里守着我，我看着你为我

养老送终，将来去了地底下也好跟你爹交代。"

老母说着，嘤嘤哭起来，一双老手不停地抹着眼泪。

四痞子安慰娘："你不用为我担心，我没事的。我的手下有几十号弟兄，他们会护着我，再说我的命大，不会死的。"

老母说："你的弟兄会护你，子弹不会护你。你死了，谁为我送终？"

四痞子说："你不用担心，我一定会看着你跟爹到地底下见面。"

老母破涕为笑，说："你能做到这点就好。不过，你还是离开那个警备队，那是千人指万人骂的地方。你在那里干坏事，我不知道遭到村里多少人的冷眼，人们都不愿意搭理我，我活着有什么意思。"

四痞子说："关他们屁事，你好好活着，不用理他们。"

四痞子问娘："水窖里还有水吗？"

娘说："有。"

四痞子问："你能吊上水来吗？"

娘说："现在哪有力气吊水，连半桶水也吊不起来，又不敢去求人，怕遭冷眼，只好用一只小罐子吊水吃。"

娘这么说，四痞子心里有点过意不去，他哪里知道娘的日子过得这么难。四痞子回到屋里，把家里的坛坛罐罐翻了一遍，只看见一丁点儿小米，一丁点儿豆面，别的粮食都没有。他问娘："你没有吃的东西，为什么不跟我说？"

娘说："我到哪里去找你，我去警备队跟你说吗？我才不去那千人指万人骂的地方，宁可饿死在家里。"

娘说着，老泪纵横。

四痞子回家，头一天平安无事。第二天晚上，母子二人刚刚睡觉，听见院子里有动静。四痞子立刻从枕边拿起手枪，跳下炕去，躲在门后。自从回家后，四痞子吸取了以前屡遭袭击的教训，时刻保持着高度警惕，手枪时刻不离身。四痞子从门缝往外看，看见院子里有几个黑影在晃动，他不敢冲出去，怕外面的人手里有枪。四痞子跟娘说，你躲到锅台下面，我来对付他们。

双方僵持了很久，四痞子不敢出去，院子里的人不敢进屋。院子里的人知道四痞子有手枪。其实院子里的人手里也有枪，他们不敢开枪，怕枪声惊动了不远处炮楼里的日本人。四痞子看见外面人多，也不敢开枪，怕乱枪向他射来。双方僵持了好几袋烟的工夫，未见分晓。院子里的人只好跳出墙外，另做打算。

四痞子看见院子里的人跳出墙外，心里一下子放松了。他先让娘上炕睡觉，说我在地下守着，你不用怕。四痞子不敢上炕，更不敢睡觉，手里握着手枪，不时瞧一瞧院子里的动静，心想熬到天亮就好说了。

天快亮了，四痞子困得实在不行，就靠着墙打盹儿，不知不觉睡着了。这时，外面的人悄悄进入院子，偷偷摸到窗户底下，窥探里面的动静。听到里面没有动静，又仔细寻找四痞子所在的位置。天没亮，屋里黑洞洞的，什么也看不见。这时，窗户底下的人往窗户上扔了一粒小石子，啪的一声，惊醒了睡着的四痞子。四痞子一动身子，外面的人发现了四痞子站在门背后，马上向门背后开了两枪，然后跳出墙外。

四痞子腿上挨了一枪，立刻一阵剧痛。他忍着痛，举枪还击，外面的人早已不见踪影。

天不亮，四痞子不敢出门，也不敢点灯，赶紧跟娘说："给我一块布。"

娘递给四痞子一块布，四痞子胡乱包扎住伤口，等待天亮。

五十八

自从亲眼看了那场真枪实弹的交火后，三姑脑子里总浮现着交火的场面，特别是没事的时候。她第一次看见日本人狼狈溃逃的样子，这与他们在村里烧杀抢掠时不可一世的样子截然不同。她感觉区武装打得太过瘾了，如果自己也是区武装的一员，一定要狠狠揍日本人，报仇雪恨。她知道，自己这么大年龄的女人，人家不可能要，如果能像二愣子那样参加地下游击队，打击日本人的嚣张气焰，也能过过瘾。

最近，区武装不断扩大自己的势力，在这一带到处征兵。三姑瞒着二小，试着去问了一下，人家说你的年龄大了，打仗跑不动，还是做点力所能及的事。三姑听二愣子说，三儿子报名参加了区武装，已经到了部队上。三姑羡慕不已，心想自己是个男人就好了。

区武装到二愣子村里征兵，二愣子跃跃欲试，无奈家里人不同意，再说区武装考虑到二愣子已经有一个弟弟阵亡，不能再让他参加部队。二愣子想得开，觉得自己不能扛枪打仗，能跟着游击队打击日本人也行。

三姑和二愣子照常赶着驴跑外做生意。一天，路途中二愣子跟三姑说起三儿子参加区武装的那股高兴劲，说三儿子比他娶媳妇的那天都高兴，神气得很，我看着都眼馋。三姑说二愣子你怎不参加，二愣子说我去问了，人家考虑到我家的情况，不让我去。三姑说我也问了，人家也不要。二愣子告诉三姑，如果你愿意，以后跟着我们干，三姑一口应承。

一天，二愣子和三姑到县城附近的煤窑驮炭，走到县城附近，迎面看见一队人走来。三姑说我们赶快躲起来，免得跟他们相遇。二愣子看看四周，没有躲藏的地方，心里着急。三姑也看看四周，的确没有躲藏之处。二人只好硬着头皮走。那队人走近了，三姑看见是警备队的人，心想别遇到四痞子那条狗，否则又会有麻烦，不巧的是四痞子就在其中。

四痞子回家那个晚上，被人打伤了腿，流了不少血，天亮之后，四痞子的娘看到地上有一摊血，一下子晕过去，再也没有醒来。四痞子腿受了伤，娘去世，埋葬了娘，又回到警备队。养了一段时间伤，他又能到处跑动了。那天晚上用枪打他的人到底是谁，四痞子曾经找小诸葛探讨，认为是虎子一帮人干的。这次，四痞子的分析是对的，的确是虎头帮干的。虎头帮自从上次在窑子附近袭击四痞子没有得手之后，一直在寻找报复的机会。他们从警备队的人嘴里得到消息，说四痞子回家看老母，就拿着从四痞子手里抢来的枪，夜袭四痞子。

四痞子看见三姑，眼前一亮，正要上前调戏三姑，看见三姑跟前站着二愣子。二愣子怒视着四痞子，四痞子收敛了动作，只涎着脸跟三姑说："俊婆姨，今天又看见你了，哪天你再来我们警备队，我好好招待你，怎么样？"

三姑说："你娘的狗屁，老娘再也不会去那狗窝，那是狗待的地方，不是人待的地方。"

四痞子说："我那里有好酒好肉，保你吃个够，不比你日晒雨淋好吗？"

三姑说："你做梦！如果你想女人，把你老娘从地里挖出来，让她去陪你。"

三姑的话激怒了四痞子，四痞子动手掏手枪。眼看就要动手，二愣子一把把三姑拉到自己身后，挡住了三姑。二愣子对四痞子说："你不要欺人太甚，想想你的腿为什么被人打伤，还是给自己积点阴德。"

二愣子的话击中了四痞子的痛处，四痞子突然想起了自己多次被人暗害的情景，收敛了气焰。他边走边对三姑说："俊婆姨，老子经常想着你，有空儿你就来，老子会好好招待你。"

三姑朝着四痞子的背影，狠狠唾一口唾沫，骂道："让你老娘去陪你！"

三姑和二愣子待四痞子离开后，继续赶路。二人走了不远，在路边一户人家的门外，被几个人堵住。二愣子一看，不是别人，是虎子一帮人，心里很高兴。二愣子心想，刚才如果和四痞子冲突起来，说不定虎子会出手相助。

虎子问："刚才四痞子为什么拦住你们？"

二愣子说："他调戏三姑。"

虎子骂："狗东西！那天晚上我们知道他回家了，到他家收拾他，结果只打伤了腿。他的狗命迟早要丢在我们手里。"

二愣子问："你们和他有仇吗？"

虎子说："是的。他抓走了我叔叔，并且杀了他，还砸了我的家，扬言要杀我，我和他仇深似海。"

二愣子说："他无辜把我关进牢里，几乎死在牢里，要不是三姑搭救，我必死无疑。后来，他又把三姑的丈夫抓进牢里，也几乎死在牢里。他还一心想着霸占三姑，我们跟他也是仇深似海，如果有机会，我们也会收拾他。"

虎子说："狗日的得罪人太多，他没有好下场。以后你们有什么事，言语一声，我们共同对付狗日的。"

二愣子和三姑离开虎子，前往煤窑。在煤窑的炭场上，遇到了曾和二愣子一起炸碉堡的同伙。二愣子跟同伙打了个招呼，问："最近有什么活动？"

同伙说："如果有活动，一定告诉你，你耐心等着。"

有一天，二愣子和三姑去三岔口贩粮食，走到强盗湾的时候，看到山上走下几个人来。二愣子一时不知如何是好，立刻握紧了手里的鞭子。三姑说："你怕什么？"

二愣子说："这几个人不认识，能不提防吗？"

过了一会儿，山上又走下几个人来，打头的是三姑认识的那个强盗头目。看见三姑和二愣子，强盗头目打了个招呼，问："你们去三岔口吗？"

三姑说："是的。我们经常跑三岔口，那里的粮食便宜点，好挣钱。你们现在干什么？"

强盗头目说："还是在家种地。不过，最近区里成立了武装，经常在这一带活动，有时候我们给他们提供一点情况，帮助打日本人。上次区武装打日本人，就是我们的人把情况报告区武装，这才打了一个漂亮仗。"

三姑说："看见你这么有出息，真高兴。"

强盗头目说："今天你们要小心，四痞子带人去抓人，弄不好会遇到你们。不过，我们的人把消息报告区武装了。"

三姑和二愣子离开强盗湾，加快脚步赶路，怕在路上遇到四痞子。三姑跟二愣子说："也不必过于害怕，是祸躲不过，是福自然来。我们和他的怨恨不是一天两天，我们跟他见面也不是一次两次。"

二愣子说："我主要怕你受到伤害，你一个女人家。"

三姑说："你不要婆婆妈妈，我是见过世面的女人，我什么都不怕，不要为我操心。"

二人沿着公路，边走边看，想看到像上次袭击日本人那样令人激动的场面。

快到三岔口了，他们没有看见什么，三姑心里有点失望。二愣子说好事哪能次次让你遇见，以后会遇到的。

午后，二人来到三岔口集市，买好了粮食，依旧走进那家客店。店老板看见三姑，眼睛笑得眯成一条缝，说："只要你三姑来，我店里的客人总比平时多，以后你就成天住在我店里，不收你一分钱。"

三姑说："你不收钱我也住不起，我天天要跑生意挣钱，闲着谁给钱。"

二人大笑一通。

五十九

三姑和二愣子在店里住了一夜，第二天早早起身往回返。走了两个时辰，三姑抬头看看天，红日当空，天气渐渐热起来。走到那处水流平缓的河边，二人又卸下驮子，让驴到河边饮水，他们钻进河里。河水清澈如镜，水流柔软如丝，清凉浸透身心。这里靠着石崖，旁边又有小树林遮蔽，是嬉戏的佳处。

三姑怕倒在水里，让二愣子拉着自己的手。河水缓缓流动，摩挲着三姑的肌肤，像有人在用手轻轻地抚摸，十分惬意。趁二愣子不备，三姑用手激起水花，向二愣子的脸上冲去。二愣子用手摸一把脸，笑着说："真凉快！"

二愣子趁三姑不备，将三姑一把抱起来，三姑吓得哇哇乱叫，用手不断拍打着二愣子的肩膀。二愣子怕吓坏三姑，将三姑轻轻放下来。三姑揪着二愣子胸前的肌肉，使劲拧了一把。

嬉戏一会儿，二人上岸，走进河边的小树林，坐在林荫里歇息。几只野鸟在树枝上不停地欢唱着，蝴蝶在草丛里飞来飞去，蚂蚁在地上窜来窜去。

三姑抬头看着树上鸣叫的黄鹂，说："你听它们的叫声多好听，多快活，哪像我们这么苦。"

二愣子低头看着地上的蚂蚁，说："我们是地上的蚂蚁，成天跑来跑去，哪天少得了跑六七十里路。我们是苦命人。"

三姑看着空中飞舞的一对蝴蝶，说："你看它们成双成对，形影不离，多甜蜜。"

二愣子看着双飞的蝴蝶，说："那只公的是我，那只母的是你。"

三姑拧了一把二愣子的胳膊，说："我做蝴蝶，你做人，让你看红双眼。"

他们躺在草地上，看着树林里的景致，说笑着，嬉闹着，享受着路途难得的轻松和快乐。两头驴喝足了水，也走进小树林，在二人身边啃着青草。

半个时辰后，二人从草地上起来，穿好衣服，赶着驴继续赶路。后晌，他们赶到县城，集市已近尾市，他们担心今天粮食卖不出去，还得在县城住一夜。不想快收市的时候，他们的粮食被一个大主户买走。他们装好钱，匆匆往回走。抬头看看天色，已经日落西山。三姑说，今天我们回不了家了，不妨在县城住一夜。二愣子说，县城住宿不安全，我们还是赶到金花那里住。三姑说好。

天擦黑，二人走进金花的旅店。金花已经收拾好了锅灶，以为今天不会有客人来了，不想看见二人走进店来。金花笑着说："你们总是成双作对进出我的客店，从没看见你们两人单进单出，世上的人谁有你们两人亲热。"

三姑说："看你说的什么话，乱哄哄的年月，我一个女人家出门在外，有一个男人陪着，有什么不好。要是你，敢吗？"

金花说："那倒是。有个男人常在身边，做什么都方便。白天陪着跑生意，晚上陪着你睡觉，多甜蜜！"

三姑看见金花口无遮拦，上前捶了金花一拳，金花咯咯笑起来。

吃完饭，几个人坐在院子里闲聊。三姑说起昨天遇到四痞子的事情，也说起遇到虎子的事情，还说起遇到强盗湾的人的事情。三姑说，听强盗湾的人说，昨天警备队又出发了，又是到三岔口方向，不知道情况如何。

金花说："听说他们是去抓人的，日本人没有出动，只有警备队前去。结果走漏了风声，被抓的人跑了，空手而归。回来的时候，走到强盗湾，遭到了区武装的袭击，死了几个人。听说小诸葛受伤了，回来时被人抬着。"

三姑和二愣子听了，一阵欢喜。三姑说："昨天我就想看一场好戏，结果没有看到，今天却听到了这个好消息，真过瘾。要是把四痞子打死了，该有多好！"

二愣子回到村里的第二天，有人来找他，说有活动。二愣子想，这次我一定要让三姑参加。二愣子找到三姑，要三姑参加这次活动，三姑爽快答应了。

这次活动的目的是营救一个当地的抗日知名人士。原来这位人士因为娘重病，回家探望老母，结果被人告密，日本人把他抓起来，准备秘密杀害。地下游击队得到准确情报，日本人要在一个晚上秘密处决，地点在县城的河滩。

二愣子和三姑依旧赶着驴进城，他们先到县城附近的煤窑驮炭，然后赶着牲口将炭放到金花的旅店。天擦黑，二人进入县城，和其他营救的人秘密会合，准备天黑之后动手。参加这次营救的人比较多，为了分散目标，将人们先分成几个小组，在相距不远的地方分散隐蔽起来。有人在日本宪兵队和警备队的附近蹲守，一旦发现情况，立即通知营救。

为了照顾三姑，二愣子要求和三姑分在一个小组。二愣子来时只带着一根扁担，三姑来时带着她的那杆铁鞭子。参加营救的人，每人得到两颗炸弹。二愣子和三姑把炸弹揣在怀里，沉甸甸的。三姑问二愣子："这东西怎么使用？"

二愣子说："很简单，把炸弹上的线拉断，扔出去就响了。"

173

三姑说："原来跟小孩子放鞭炮那么简单。不知道日本人和警备队押送的人多不多？"

二愣子说："据情报说，也就二十多人，他们也怕人多暴露目标，实际有多少人就不清楚了。你紧张吗？"

三姑说："我不紧张。我们经历的危险很多，我们又有这么多人，我怕什么。我只担心营救不能成功。"

二愣子说："能不能成功，很难说，我们尽力而为。"

二愣子和三姑隐蔽在河滩的一处土堆后面，附近还有一些隐蔽的人。彼此相距不远，能够迅速传递消息，相互接应。二愣子和三姑从天黑等到半夜，也没有得到任何消息。他们等得心急，怀疑日本人会不会在今晚采取行动。二愣子跟三姑说，不管日本人会不会行动，我们都要等下去，直到天亮。日本人是很狡猾的，他们不会轻易让人知道他们的行动时间。

半夜已过，天一片漆黑，河滩静悄悄的，听不见鸡叫狗咬，也听不见人声鸟语，只能听到不远处的流水声。二愣子和三姑蹲在地上，不时抬头望一望县城里的房子，期盼目标早点出现。夜更深了，他们有点困，二愣子捏一把三姑的身子，悄悄问："困吗？"

三姑说："有点困。"

二愣子摸一摸三姑的脸，悄悄地问："还困吗？"

三姑说："不困。"

三姑紧靠着二愣子，等着目标出现。四更天，二愣子和三姑得到前面的人传来的消息，说目标出现了。三姑一个激灵，立刻准备行动。

为了不惊动城里的日本人和警备队，营救小组决定尽量不使用枪和炸弹，因为一旦听见枪响，县城里的日本人就会很快赶来，不仅难以救到人，营救小组的安全也没有保障。

日本人和警备队很快就出现了，警备队押着人，日本人跟在后面负责警戒。当日本人和警备队走到河滩边上，突然在远处出现一堆火，日本人和警备队的目光一齐投向远处。趁日本人和警备队转移注意力的时候，营救人员一跃而起，冲向敌人。日本人和警备队只有二十多人，而营救人员是他们的两倍，两个人对付一个人，每人手里都拿着扁担。突如其来的袭击使押送的人猝不及防，双方马上进入肉搏，扁担与枪的格斗声噼噼啪啪，十分清脆。

借着微弱的夜光，三姑看到日本人的刺刀很厉害，自己人被刺倒了几个，她扬起铁鞭，向敌人甩去。三姑听见敌人被打得哇哇叫，鞭子飞舞得更快了，如闪电霹雳，一个个敌人应声而倒。

一阵肉搏，营救人员把抗日名士夺在手里，急忙跑向河边，把他放入一只早已准备好的木箱里，顺着河水，漂向下游。这边双方还在肉搏，有人喊一声"跑"，营救人员立即撤离，并且把身上的炸弹一齐扔向日本人和警备队。

六十

日本人和警备队接连遭到打击，警备队士气低落，日本大队长怒火万丈，决心狠狠打击区武装。日本大队长要四痞子收集准确情报，一旦得到有价值的情报，立即出击。四痞子不敢怠慢，立即派出几路人出去刺探区武装的情况。几天之后，四痞子向日本大队长汇报情况，说区武装最近正在三岔口一带训练，人员增加了不少，大都是刚入伍的新兵，武器很差。日本大队长听了四痞子的汇报，让四痞子的人不要垂头丧气，要振作起来，打一个漂亮仗。

四痞子回到警备队，把日本大队长的话跟小诸葛讲了，小诸葛很兴奋。上次负伤后，经过一阵子的休息，小诸葛的腿伤好了，决心跟区武装决一死战。不过，小诸葛跟四痞子说，这次一定要日本大队长参考我们的意见，不能让他们一意孤行，他们不了解中国人的情况。四痞子说，你把目前的情况分析一下，我去跟日本人讲。

小诸葛说："依我之见，区武装不堪一击。"

四痞子说："上次吃亏的是我们，不是他们，如何解释？"

小诸葛说："我们吃亏的主要原因，一是日本人太自信，总以为自己了不起，不把任何人放在眼里；二是我们的情报不全面，不准确。如果日本人不轻敌，我们不会吃亏。"

四痞子说："依你之见，应该怎么办？"

小诸葛说："既然区武装成立不久，武器也不好，又是一帮乌合之众，断定他们的指挥官也不行。我们不妨略施小计，让他们上当受骗，没有不败之理。"

四痞子说："你以为他们是一群傻子，会轻易上你的当？"

小诸葛说："你听我慢慢道来。区武装刚刚成立，打了几个好仗，会以为自己了不起，还想扩大战果，扩大影响，必定稍有机会，就会出击。我们应该抓住他们急于表现自己的心理，引诱他们出击。"

四痞子说："你想诱敌，他们未必会入你的圈套。再说，有好多人给他们报信，我们的一举一动，他们都会了解，很难让他们中计。"

小诸葛说："日本人自以为了不起，所以他们总喜欢白天出动，而白天出动容易暴露行踪，岂有不败之理。我们改用晚上出动，神不知鬼不觉，设好埋伏，然后用少数人引诱他们，他们必中圈套。"

对于小诸葛的分析，四痞子觉得很有道理，于是把诱敌的策略报告日本大队长，大队长竖起大拇指夸奖四痞子，说我们伺机出动，你听候命令。四痞子回到警备队把情况告诉小诸葛，小诸葛得意万分。

区武装的确在三岔口一带训练队伍，他们并没有忽略周围的情况，不仅派人在周围监视，还号召老百姓提供情报。只要有好消息，区武装就会出动。三儿子参加区武装后，由于他的聪明能干，当了连长。

四痞子在警备队里待得无聊，天黑又去逛窑子。四痞子带着几个弟兄走进窑子，老鸨看见很久未见面的四痞子又来了，心里十分高兴，赶紧给四痞子让座倒水。老鸨问："最近忙什么，也不来看看老娘，是不是找到年轻女人啦？"

四痞子说："最近忙，连女人的味都没有闻到，更不必说碰女人了，快把老子憋死了。"

老鸨咯咯笑着，说："没有把你的那两个蛋子憋坏了吧？"

四痞子说："那倒不至于，一点红在吗？"

老鸨说："问她干什么？"

四痞子说："今晚我想找她玩。"

老鸨的脸马上拉下来，盯了四痞子一眼，说："你嫌弃老娘了，是吗？以后你别进老娘的院子。"

四痞子看见老鸨生气，胆虚了。凑到老鸨跟前，摸着老鸨的肩膀说："我不过随便问一问，我的心思还在你身上。"

老鸨马上笑了，抬手摸着四痞子的手说："只要你想着我，我不会亏待你。日后我还指望你维护我的院子，你要撒手不管，我找谁去。"

四痞子被老鸨一番抬举，乐颠颠地说："我先去洗个身子。"

老鸨高兴了，心想这家伙渐渐懂得规矩了，这是自己言传身教的结果。四痞子洗完身子，走上楼，老鸨已经坐在屋子里，屋里香烟缭绕，桌子上摆了一盘干果点心。四痞子看见满盘吃的东西，捡了一块点心放到嘴里，说："老娘你越来越会心疼人了，我做你的干儿子吧。"

老鸨说："你就死心塌地地伺候老娘吧，别儿子长儿子短的。"

二人调笑一番之后，老鸨扑到四痞子怀里，四痞子抚摸了一会儿老鸨肥实的老肉，将老鸨抱上床。

四痞子正在跟老鸨狂欢，警备队来人叫他赶紧回警备队，日本大队长叫他去商讨出动事宜。四痞子赶紧穿好衣服，回到警备队。

日本人决定，这次的袭击对象是区武装，袭击地点定在三岔口一带。一部分日本人和警备队夜间出发，天亮前赶到袭击地点；一部分日本人白天出发，引诱区武装上钩。小诸葛还建议，可以事先放风出去，说日本人要去三岔口剿灭区武装。日本大队长竖起大拇指，小诸葛又是一阵得意。

暗夜沉沉，日本人和警备队悄悄从县城出发，沿着山边小路，直奔三岔口附近的一个高地。二更天出发，拂晓前到达目的地，然后隐蔽在一片树林里。天亮后，县城又有一队日本人沿着公路，浩浩荡荡向三岔口进发。

区武装很快就得到情报，说日本人向三岔口方向走来。区武装立刻集合队伍，准备伏击。日本人的队伍走了两个时辰，过了强盗湾，来到距离三岔口二十里的地方，人困马乏。看见河水清清，日本人纷纷跑到河边去饮马洗手洗脸。看见日本人如此松散，而且已经进入伏击圈，区武装从河两边的山上往下开枪射击。顿时，日本人乱作一团，沿着河边，向三岔口方向逃跑。

区武装看见日本人不向别处逃，而是向区武装的势力范围逃跑，以为日本人吓昏了头，像没头苍蝇胡乱逃窜。区武装认为自己的兵力是日本人的几倍之多，于是指挥员下令，冲下山去，截断日本人的归路，围歼河边所有的日本人。区武装如猛虎下山，冲下山去，乘胜追击。逃散的日本人头也不回，一直沿着河边，向三岔口方向狂奔。

区武装看见日本人进入死胡同，心想他们必定全军覆没，因此穷追不舍。区武装大约追了十里路，看见日本人跑得精疲力竭，更坚定了歼灭信心。区武装将日本人追到一个岔路口，日本人拐进一条小山沟，往山沟里逃窜，区武装也跟着冲进去。

突然，山沟两面的山顶上枪声大作，机枪疯狂地向山沟里的区武装扫射。区武装看见架势不好，立刻止住脚步。正在区武装愣怔之际，刚才往里逃窜的日本人突然掉过头来，向区武装冲过来。突如其来的变化，让区武装摸不着头脑，顿时乱了阵脚。山上的人看见山沟里的区武装乱了方寸，立即冲下山来。

这时，区武装意识到自己中了埋伏，立即撤退，但为时已晚。区武装只好拼命突围，结果只有一小部分冲出重围，死伤大半。

日本大队长和四痞子一伙冲下山来，看见横七竖八的区武装尸体，哈哈大笑。

六十一

为了有效打击敌人，区武装派富有地下活动经验的三儿子回家继续坚持底下活动，并且为区武装提供情报。三儿子回到村里，跟二愣子讲了区武装惨败的情况，二愣子非常痛心，不明白怎么会出现这样的情况。三儿子说，打仗要讲究策略，善于识别对手的计谋，否则就会吃败仗。三儿子说当时区武装指挥不听他的话，贪功心切，因此导致惨败，是非常深刻的教训。不过区武装刚刚成立，没有打仗经验，吃败仗也难免。二愣子说，你回来，我们有了主心骨，好好跟日本人斗。三儿子说，我们要发展力量，让更多的人投入斗争，这样才能更好地打击日本人。

三姑听说三儿子回来了，也很高兴。听二愣子说区武装打仗失败，三姑很遗憾，说怎么会让日本人得逞。二愣子说打仗不可能常胜，总有失败的时候，我们中国人多，不怕狗日的日本人，要和他们斗到底。

三姑和二愣子依旧赶着驴东奔西跑，驮炭贩粮食。三儿子吩咐他们，要借此给区武装传递情报。一天，二愣子和三姑去三岔口贩粮食，三儿子也跟着去了。到了三岔口，三儿子领着二人找到区武装的联络人员，相互认识了一下。三姑结识了区武装的人，心里很高兴，觉得自己也是一名斗争战士，十分自豪。回到家里，三姑把见到区武装的情形跟二小讲了，二小也为此高兴，说我的婆姨有出息，胜过一个男人。三姑听了，乐滋滋的，说你的婆姨比你强。夫妻调笑一番，二小嘱咐三姑凡事要小心，不要莽撞，要学会保护自己。三姑说，区武装打仗死了那么多人，我死了也没什么，只要死得值得就行。

一天，二愣子和三姑又到县城附近的煤窑驮炭，走到县城不远的地方，碰见虎子一帮人。虎子看见二人又去驮炭，站在坡上喊："歇一会儿脚，婆姨。"

听见喊声，三姑和二愣子停住脚步，说："你们下来聊一会儿。"

虎子一帮人走下坡来，来到二人跟前，一起坐在路边的土坎上聊天。虎子说："你们两个真胆大，不怕日本人和四痞子吗？"

三姑说："怕有什么用，在自己家里他们都要找上门，门里门外一个样，干脆和他们硬碰硬，看谁是狗熊。"

虎子夸奖三姑："你真是个烈性女人，我们男人在你面前都矮一截。"

三姑说："这是出于无奈，人总得活着，活着就要吃饭穿衣，吃饭穿衣就得做事，做事就要敢做，不然活着有什么意思。"

虎子说："听说区武装吃了败仗，真可惜！"

二愣子说："胜败乃兵家常事，不奇怪，以后少打败仗就行。"

虎子说："虽然我们在家里，也要和这些狗日的斗，要和他们斗到底。可惜我的手里只有两杆枪，子弹也用光了，配不上用场。不然，要打死狗日的一大片，让他们尝尽苦头。"

二愣子说："如果你真想和他们斗，我给你找子弹。"

虎子很惊讶，问："你真能找到子弹吗？"

二愣子说："能。下次来给你带一些。"

虎子高兴得一蹦三尺高，一把拉住二愣子的手，说："你下次一定带来，我和伙伴们感谢你。"虎子有点怀疑，"你真有办法弄来子弹吗？"

二愣子说："问题不大。如果没把握，我不会答应。"

二愣子回到村里，找到三儿子，跟他说起虎子有枪没有子弹的事，问能不能给虎子一些子弹。三儿子说可以，我回来的时候带了一些，另外还可以跟区武装要一些。二愣子听了很高兴，说你赶紧弄来，我赶紧送给他们，我们又增加了一股力量。

过了几天，二愣子和三姑带着几十发子弹，又去驮炭。他们找到虎子，悄悄把子弹交给虎子，虎子十分感激。二愣子还给虎子带来几颗炸弹。虎子说："这下子我们可以跟日本人和四瘊子对抗了，让他们也尝尝子弹的味道。"

虎子要二愣子和三姑去家里坐一坐，二愣子说，我们要赶紧赶路去驮炭，日后可以相互联系，共同打击敌人。

二愣子和三姑跟着三儿子袭击日本人，也给区武装送了几次情报，跟区武装的情报人员很熟悉。这段时间，日本人极为嚣张。他们以为挫败了区武装，可以肆意妄为，屠杀了很多无辜的老百姓。眼看着日本人祸害老百姓，三姑和二愣子心里很着急，可找不到下手的机会。尽管三儿子带着他们几次偷袭日本人，只是小打小闹，压制不住日本人的嚣张气焰。为此，区武装经过一段时间的休整补充，准备狠狠打击日本人。

虎子得到二愣子的子弹和炸弹后，跟他的弟兄们商量如何报仇的事。大伙觉得真枪实弹和四瘊子较量不占优势，不如趁他们出去扫荡的时候再下手。一天，四瘊子带着警备队随同日本人出去扫荡，虎子知道后，告诉弟兄们，今天我们去蹲守，在他们返回的时候偷袭。天擦黑的时候，当日本人和警备队走到一条小沟里的时候，遭到了虎头帮的袭击，死了七八个人。

二愣子和三姑遇到虎子，虎子把他们的袭击经过和战果告诉二人，二人又把这个消息告诉三儿子，三儿子夸奖虎子是条汉子。三儿子又从区武装要了一些子弹和炸弹，送给虎子。从此，虎头帮跟二愣子和三姑结下深厚友谊。

一次，三姑和二愣子又去三岔口贩粮食，顺便给区武装送情报。在路过强盗湾的时候，遇到了强盗头目，几个人一起坐在路边休息闲聊。三姑和二愣子问起这伙人最近的情况，他们叹息手中没有武器，无法打击日本人。他们要三姑帮他们弄一些枪弹。强盗头目说他们住在公路边的山上，容易察觉日本人的动静，如果有了武器，看到了日本人的动静，可以报告区武装，也可以自己动手。听了他们的要求，三姑和二愣子在给区武装送情报的时候提到了此事，区武装答应给他们两支枪和一些子弹炸弹。

三姑返回途中，遇到强盗头目，告诉了此事，强盗头目一脸高兴，问：

"什么时候可以得到枪弹？"

三姑说："下次来时我们一起去取，我带着武器路上不安全。"

后来，三姑带着强盗湾的人得到枪弹，区武装吩咐强盗湾的人由三儿子统一指挥，以便节约弹药，有力打击日本人。打击日本人，最困难的是缺乏武器弹药。为了解决这个难题，三儿子请人自制弹药，不仅可以为自己提供炸药，还为区武装提供补给。

有一次，四痞子得到情报，有一批共产党人要从陕北过河，开赴东部前线。日本人立即出动人马，到黄河岸边堵截，企图一举歼灭。区武装要求三儿子的人马配合区武装共同对付日本人。三儿子组织二愣子三姑虎头帮和强盗帮，一起参加了这次行动。在日本人前往黄河边的途中，三儿子带领的人在几处设点阻击日本人，拖延了日本人到达的时间。等日本人到达黄河岸边的时候，陕北的共产党人早已渡过黄河，在区武装的护送下顺利转移。为此，三儿子受到上级的嘉奖，二愣子和三姑一伙人也立了功。

六十二

区武装遭到伏击惨败，四痞子不可一世。日本大队长嘉奖了四痞子和小诸葛，警备队的人因此得到好处，更新了衣服和装备。四痞子为了炫耀自己，特意让日本人骑着高头大马在前面开路，后面跟着着警备队，雄赳赳，气昂昂，从县城的一头走到另一头，引得县城的人一片惊讶和耻笑。

四痞子还让警备队的人大吃三天，欢庆胜利。警备队的人由于取得胜利，人人喜笑颜开，白天吃喝玩乐，晚上逛窑子，快乐无比。这是四痞子来到警备队最风光的日子。他看见弟兄们玩得开开心心，现出一副胜利将军的气派，和弟兄们喝酒打牌，玩得不亦乐乎。警备队的院子里充满欢声笑语。

最得意的还是小诸葛。由于他向日本大队长提出了诱敌的计策，所以得到了日本大队长的特别嘉奖，奖给他一把崭新的盒子枪。小诸葛回到警备队，向大家炫耀，所有警备队的人都摸了一遍这把新枪，人人羡慕不已。

小诸葛跟大家说："以后你们要学会用脑子打仗，也可以得到奖赏，这把枪不是我用手换来的，而是用我的脑子换来的。平时，你们讽刺我看《三国演义》，讽刺我纸上谈兵，现在你们领教了我的本事。别说你们这些人，就是日本大队长也得让我三分。至于见了阎王的日本队长，他比我差得远，难怪他早早见了阎王。日后大家听我的话，会让大家有吃有喝，不愁婆姨不愁钱。"

四痞子和弟兄们玩了几天之后，觉得心里空虚，日本人一直按兵不动，致使他们没有出去消遣的机会。无聊之际，四痞子又想起去逛窑子。一天晚上，四痞子带着几个弟兄来到窑子。进门看见老鸨坐在迎客室里，无所事事，正坐在椅子上嗑南瓜子，南瓜子皮唾了一大盘。

"近来生意不好吗？"四痞子问。

"你不来照顾生意，能好吗？"老鸨一脸不高兴，"你的弟兄们都知道来照顾我的生意，反而看不到你的影子。"

"这不是来了吗？先让弟兄们快乐，然后我再来快乐。"四痞子说。

"你什么时候把弟兄们放在前面，真是太阳从西边出来了。"老鸨撇了一下嘴，一脸鄙夷。

"仗是弟兄们打赢的，所以让弟兄们先玩，这是应该的。"四痞子现出一派高风亮节的姿态。

老鸨哈哈大笑，说："四痞子长进真大，懂得心疼人了。如果你这么会心疼人，你的老娘现在还在家里待着。"

"我回家是孝敬老娘，不想害了老娘，真是对不起她老人家。这也是老天要她的命，不是我有意害她，你们误解我了，我是一个孝子。"

"你来就好，也算你还想着我对你的好处。赶紧去洗身子，老娘好好伺候你。"老鸨说。

本来，四痞子很久没有玩一点红了，今晚想找一点红玩玩，不想老鸨先堵住了他的嘴。四痞子只好先去洗身子，洗完身子，回到迎客室，没有看见老鸨，知道她一定上楼了。四痞子上了楼，并没有去找老鸨，而是到处找一点红。老鸨在屋里焚香打扮，只等四痞子进来，可等了很久，不见四痞子的人影，心里十分生气。老鸨撩起门帘，看见四痞子在找人。老鸨不问青红皂白，出门一把把四痞子拉进门，说："你别吃着碗里，想着锅里，有老娘就够你伺候的了。"

四痞子也怕得罪老鸨，只好跟老鸨上床戏耍。跟老鸨戏耍时，四痞子心里还想着一点红。从老鸨的屋子出来，四痞子又钻进一点红的屋子，和一点红一直玩到天亮。

过了几天，四痞子又跟着日本人出去扫荡，这次他挑了有几个财主的村子，打算顺便捞点钱财。出县城之后，他随着队伍往北走，走到煤窑附近，看见三姑和二愣子赶着驴来驮炭，眼前又是一亮。四痞子看见三姑穿着一件花衣服，脚上还穿着一双花鞋，俏丽惹人。看到三姑这副样子，四痞子垂涎欲滴，又想起和三姑销魂的那个夜晚。他见识过老鸨的老练，也见识过一点红的缠绵，总觉得他们谁都没有三姑这么勾魂摄魄。有时候，他会在夜晚睡不着的时候想起三姑的样子，甚至在睡梦中也会出现三姑的身影。他不知道自己为什么这么迷恋三姑。

四痞子走到三姑跟前，说："俊婆姨，怎么又碰见你了，是不是我俩有缘分？"

三姑盯一眼四痞子："你的缘分对象是母猪，你不配和人有缘。"

三姑一句呛人的话，让四痞子一时说不出话。四痞子并不甘心，他又死皮赖脸地跟三姑说："你何用成天日晒雨淋，我把你接到警备队好好待着，让你吃不愁，穿不愁，日日享福。"

"做你娘的春秋大梦，老娘跟你无话可说。滚！"三姑瞪着眼骂。

四痞子看见话不投机，小诸葛又来催他快点走，只好恋恋不舍地离开三姑。走了几步后，四痞子又回头看三姑。三姑看到四痞子这副德性，朝着四痞子狠狠吐了一口唾沫。二愣子一直恶狠狠地盯着四痞子，注视着他的一言一行。

晚上回到警备队，小诸葛问四痞子："你怎总迷着那个婆姨，她是俊一点，但值得你失魂落魄吗？"

四痞子说："情人眼里出西施，我就喜欢她的样子。如果你跟她睡一觉，也会失魂落魄。"

小诸葛说："难道她能比得过一点红？"

四痞子说："她们是两路货，不一样，一点红没法和三姑比。"

小诸葛问："你能得到她吗？她是一匹烈性野马，不好驾驭。你指望她给你生儿育女，难。"

四痞子说："你给我出个主意，怎么才能把她弄到手。"

小诸葛说："容我想一想，明天告诉你。"

四痞子说："要快，我心急。"

第二天，小诸葛找到四痞子，说："这颗瓜难成熟，不如强扭下来。"

"强扭的瓜会甜吗？"四痞子心里不踏实。

"只能这样。生米做成熟饭，由不得她。你不妨试试。"小诸葛说。

四痞子无计可施，连聪明的小诸葛也没有良策，四痞子心里想，也只有采用这样的下策了。

小诸葛又说："队长，这事你不要出面，让我出面办。你出面会碍事，以后你照我的意思办就行了。"

"那你早点行动。"四痞子说。

第二天，小诸葛带着警备队的十几个人，来到三姑的村里，直奔三姑家。三姑这天没有出去，正坐在院子里做针线活，抬头看见小诸葛带着人闯进门来，知道事情不妙，小诸葛一定是来找自己的麻烦。她心里很镇静，她见惯了四痞子和小诸葛的嘴脸。

"闯进我家的院子，有什么事？"三姑问。

"无事不登三宝殿。今天有事相请，你收拾一下，跟着我们走。以后你不用在这个破院子里忙乎，你要享福了。"小诸葛说。

"你娘的！你和四痞子一路货色，都是狼心狗肺。老娘不怕你们，你们要怎样？"三姑怒骂。

"你不要恶语伤人，这对你没有什么好处。现在，我只是请你跟我们走，我们不会打你骂你，你乖乖跟我们走，否则对你不利。"小诸葛说。

三姑心里不明白，小诸葛为什么突然上门带她走，难道他们知道自己参加袭击日本人的事了吗？如果真是这样，没什么可怕的，死就死，不遗憾。

三姑问："你们为什么抓我走？说清楚。"

小诸葛说："不为什么，你跟着走就是了，你去了就知道了。"

三姑说："不行。你说不出理由，老娘不走！"

小诸葛说："我们给皇军办事，从来不要什么狗屁理由，我的这把手枪就是理由。"

小诸葛说着掏出日本人奖给他的那把新手枪，在三姑面前晃了一下。

"说不出理由，老娘不走！"三姑瞪着小诸葛。

小诸葛喊："绑起来！拉着走！"

一伙警备队走上前，将三姑五花大绑，强行拉出村子。村子里的人看了，个个目瞪口呆。

六十三

警备队得知三儿子从区武装回到村里，趁着夜色到村里抓三儿子，结果泥鳅一样的三儿子又跑了。四痞子气急败坏，砸了三儿子家的大瓮和门窗。四痞子觉得回去不好向日本人交账，知道二愣子也住在这个村，就围住了二愣子家的院子，要抓二愣子去顶罪。四痞子多次看见二愣子护着三姑，恨死他了，所以想置二愣子于死地。二愣子知道自己逃不过这一劫，也不畏惧。他破口大骂，把四痞子的祖宗三代骂得体无完肤。

看见儿子要被抓走，二愣子的娘哭得死去活来。她说："二愣子，上次你被这个魔鬼折磨得死去活来，今天再去，你还会活着出来吗？你走了，我们一家怎么活？"

二愣子说："你们不要怕，横竖是一死，你们好好照顾我的儿子，让他长大成人。"

听二愣子这么一说，他的娘哭得更厉害了。

二愣子对婆姨说："你照顾好咱的儿子，儿子长大了，你去找个好人家，不要苦自己。"

婆姨呜呜哭着，以至哭到没有声气。

全村的人看着警备队带着二愣子爬上对面的山坡，翻过山口，不见了人影，个个敛声屏气，死一般沉寂。

四痞子回到警备队，把二愣子打入牢里。这次，他一定要让二愣子竖着进来，横着出去。看到眼前的二愣子，四痞子想到经常跟二愣子结伴而行的三姑，妒火中烧。三姑的男人没有被他害死，他已痛恨不已，他绝不会让二愣子再活着出去。他知道，即便上次害死了二小，三姑没了男人，也不会嫁给他这样的人。现在小诸葛将三姑抓到警备队，如果三姑顺从自己，自然没事；如果执意不从，就让她和二愣子一起去见阎王。

二愣子被抓走之后，他的爹卖了几只羊，换成银洋，带着银洋去警备队找四痞子说情。二愣子的爹把钱递给四痞子，求他放人。四痞子骂道，我抓了你的人，还会放人吗？你老不死的，早点拿着钱滚。四痞子把装银洋的袋子狠狠扔在地上，二愣子的爹被赶出警备队。二愣子的爹来到街上，思想再三，没有好办法，真想在墙上撞死。二愣子的爹回到家，二愣子的娘和婆姨问情况，二愣子的爹一声不吭，呜呜哭起来。

三儿子知道二愣子被抓，也来安慰二愣子一家，说他会想办法营救二愣子。

二小在家里急得团团转，自己上次被抓进去，九死一生，如今三姑也被抓进去，死生难测。他情愿自己去代替三姑坐牢，而四痞子会答应吗？二小把两个孩子安顿给爹娘，带着钱进了县城。二小走到警备队门口，浑身就起鸡皮疙瘩，他想起了自己在水牢里所受的苦。他想到三姑此刻也在受苦，不禁潸然泪下，蹲在警备队门口呜呜哭起来。二小哭了半天，用袖子抹干泪水，进去找四痞子。二小跟四痞子讲，自己代替三姑坐牢。四痞子骂道：你娘的屁！你十个二小也抵不上一个三姑，别做梦了。二小再三求情，并且从怀里掏出一包银洋，递给四痞子。四痞子伸出一只手，将银洋打落在地。

小诸葛见状，把四痞子拉到门外，贴耳小语。贼心不死的四痞子听了，喜上眉梢，点头称是。

小诸葛转过身来，对二小说："你是个聪明人，现在三姑已无生路。不过，也不是没有一线希望，如果你愿意让妻，兴许可以饶三姑一命。能保住三姑的性命，对你来说不是一件好事吗？"

"做梦！"二小说。

二小怎能做出这种伤天害理的事。他捡起四痞子打落在地上的银洋，灰心丧气地走出警备队。二小回到家里，把二诸葛的话跟爹娘讲了，爹娘骂了一通四痞子不是人的话，也不好做出决断。二小在家闷了两天，又来到警备队找四痞子。四痞子问：你想好了吗？二小说，为了救三姑一命，我愿意答应你的要求。四痞子听了二小的话，顿时高兴得哈哈大笑。四痞子吩咐手下的人拿酒，他要和二小喝几盅。二小说，我不喝酒，你把话转给三姑，然后耷拉着脑袋离开警备队。

"三姑，你要走好运了。"四痞子走进牢里，对三姑说。

"你娘的屄！你会有什么好心。老娘进来就没想活着出去，要杀要剐由你，老娘不怕！"

"其实，你要活着出去很容易，你只要说一句话就可以出去。"四痞子一脸淫笑。

三姑不理四痞子。四痞子以为三姑默认了，就俯下身子对三姑说："你家二小同意把你让给我，多好的主意！你看怎么样？"

三姑一听，吃了一惊。接着，她明白是怎么回事了。三姑说："我就是嫁给瞎子哑子聋子傻子，就是守寡，也不会嫁给你。你死了贼心。"

四痞子一听，知道三姑王八吃秤砣——铁了心，多说也无用，就对三姑说："那我就成全你，你和二愣子到阴曹地府相见吧。"

"老娘不怕！"三姑朝四痞子吐了一口唾沫。

四痞子叫来小诸葛，说："你认为你出的主意好，又失算了，三姑不答应。你枉有小诸葛的虚名。"

小诸葛一脸难堪，说："只好成全他们了。"

二小回到家，痛哭一场，实在没有救三姑的好办法。他期望三姑能够同意让妻，嫁给四痞子，为自己捡回一条命。他又责备自己怎么能做出让妻的荒唐决定，万一三姑为了保全他和孩子，答应了四痞子，怎么办？他越想越悔恨，悔恨至极，拿起一把菜刀。大孩子看见爹这副可怕的样子，问："你要做什么？"

"不用你管！"

二小说着，把手放在炕楞上，举起菜刀，"嚓"的一声，剁掉了左手小指的一节指头。顿时小指鲜血直流，二小看着血一滴一滴滴落在地上。

两个孩子看见爹剁掉了指头，立刻跑出门去找爷爷奶奶。一会儿，两个孩子带着爷爷奶奶进了屋。看见二小血淋淋的指头，娘哭着问："你这是为什么？"

二小含泪不语。在爹一再追问下，二小才说出了实情。爹听了，沉默不语。一会儿，爹说："包扎一下指头。"

过了两天，二小又来到警备队，问四痞子："三姑答应了吗？"

"没有。茅坑里的石头——又臭又硬。"

"我替三姑坐牢。"

"不行。你等着收尸。"

"三姑有什么罪？"

"跟日本人作对的罪。死罪！"

"你们祸害无辜老百姓，不得好死！"

二小说着，一头向四痞子撞去，四痞子没有提防，被二小撞了个脸朝天。四痞子慌忙从地上爬起来，拔出手枪向二小开枪，结果被旁边的一个警备队拦住了。二小被四痞子踢了几脚，赶出警备队。

三儿子找了几个人，一起商量营救二愣子的办法。他们仔细察看了警备队周围的地形和防卫，一致认为不好下手。特别是二愣子和三姑被抓后，警备队院子里里外外防备更严了，根本无法接近。三儿子也曾托人说情，四痞子不领情。三儿子苦苦思索，无计可施。

强盗湾的人听说三姑被抓，想营救三姑。他们准备了一些银洋，托人送给四痞子。四痞子把钱收下了，但告诉来人，人我不放。这惹怒了强盗湾的人，他们扬言，四痞子敬酒不吃吃罚酒，要和四痞子见高低。四痞子也知道这伙人的厉害，心里有几分胆怯，可仗着日本人做后台，也扬言要和强盗湾的人见高低。

强盗湾的人，早已改邪归正，不再打劫，而且成了抗击日本人的力量。匪首记住了娘临终的话，含泪向娘做了保证，要做个正正经经的人。三儿子琢磨不透的那次日本人在强盗湾被炸的事件，其实就是强盗湾的人干的。他们知道自己的棍棒敌不过日本人的枪弹，就向附近的游击队要了十几颗手榴弹，袭击了日本人。

四痞子把二愣子和三姑跟日本人作对的事报告日本人，日本队长手一扬："杀！"

二愣子和三姑以莫须有的罪名要被斩首，公告一出，轰动县城。

六十四

有人从县城回村，把二愣子要被砍头的消息告诉了二愣子的家人，一家人痛苦不已。二愣子的娘哭到昏厥，有人掐了她的人中，才回过气来。知道无力回天，清醒后的娘要二愣子的爹给准备一口棺材。二愣子的爹让二愣子用自己的那口棺材，这口棺材好，已经做好二十年了。二愣子的婆姨哭哭啼啼，向人借了几丈布，给二愣子缝老衣。

二小也知道了三姑要被处死的消息，痛哭一通之后，赶紧去找岳父商量。岳父是个练武的人，性格刚强，他没有掉眼泪，而是告诉二小，要救自己的女儿，哪怕搭上这条老命。岳父要二小在家看管好自己的两个孩子，二小也要去救三姑。岳父想，万一两个人都死了，谁来养活两个孩子。二小坚持要去救三姑，岳父无奈，只好同意。二小把两个孩子托付给爹娘。

三儿子知道二愣子要被杀头的消息，找到自己的同伙，商量如何营救二愣子。三儿子从同伙的人口中了解到，强盗湾的人想营救三姑，三姑的爹想营救三姑，虎子的人也想营救三姑。三儿子想，有这么多的人想营救这两个人，何不联合起来，这样成功的可能性大一点，于是三儿子找来几方的人一起商量营救的办法。

一天早晨，四痞子来到牢里。看到二愣子蹲在牢房的墙角里，冷得瑟瑟发抖。四痞子嬉皮笑脸，问："二愣子，这里比家里舒服吧？"

"你娘的，如果舒服，你怎不在这里蹲着。"

"你想蹲也蹲不了几天了。今天来想让你高兴一下，也算是我四痞子的慈悲，带你和三姑见一面，彼此说说知心话。"

二愣子盯了一眼四痞子，说："你也有发慈悲的时候？除非日头从西边出来。"

听了四痞子的话，二愣子心里真想与三姑见一面。他和三姑被抓进来之后，关在两个牢房里，彼此没有见过面。他和三姑的命运如何，从刚才四痞子的话里他已听得清清楚楚。和三姑交往一场，二愣子有一肚子话想说。

四痞子离开二愣子的牢房，又走进三姑的牢房。看见四痞子进来，三姑把头扭向墙角。四痞子涎着脸，大声说："三姑，向你报喜，你可以和二愣子见一面。这是我四痞子向日本人求的情。我是一个讲情分的人，毕竟我们有一夜之情。一夜情，百日恩，希望你能体谅我的这份恩。"

四痞子话里的弦外之音，三姑已经明白了几分。三姑转过头来，狠狠地盯着四痞子。

"你给老娘准备好好酒好菜，老娘自会去见。"

"好的。四痞子这点良心还是有的。"

"你有良心，就不会把我们抓进来，我们犯了什么法？"

"犯不犯法，我说了算。你这个婆姨敬酒不吃吃罚酒，怨不得我，我已经仁至义尽了。如果你有什么火，你冲着我发，我四痞子能承受得了。"

"对你这样的畜生发火，不值得。我会到阴曹地府跟阎王讲，阎王会让你死后上刀山，下火海。"

"老子只管现在，管不了将来。现在是我让你死，你就得死。将来阎王怎么处置我，老子不怕。"

四痞子冲着三姑笑笑，吹着口哨离开牢房。

黄昏，四痞子打开二愣子的牢房，有人端进几碟菜来，还有一壶酒，都摆在地上。一会儿，又有人押着三姑走进来。

二愣子看看三姑，三姑看看二愣子。彼此都明白未来的日子不多了，应该珍惜眼前的时间。

"你瘦了。你更精神了。"三姑说。

"你瘦了，你更俊了。"二愣子说。

二人看着对方，眼里闪着亮光。随后，二人相视而笑。

"既然他们送来好吃的，我们就放开肚子吃，吃他个一干二净。"二愣子说。

"是的。平时我们还吃不到这么好的东西。"

二人拿起筷子，你一口，我一口，大口吃起来。

"这菜真好吃！"二愣子说。

"好吃。"三姑说。

二愣子端起酒壶，递给三姑，说："你先喝。"

"我不喝酒，你知道。"

"喝吧。"

"好。"

三姑喝了一口，皱了一下眉头，说："三岔口的集市真热闹，还想去几回。"

"我也想去。"

"三岔口的店老板人性好。"

"金花的人性也好。"

"我喜欢那条河，春天水清清的，夏天水凉凉的，秋天水静静的，冬天水温温的，真想再把手伸进河里，摸摸水。"

"我也喜欢。我还想和你一起在河里痛痛快快戏耍。"

三姑笑了，笑得甜甜的。

三姑说："我舍不得我的那头驴，它的眼睛，它的耳朵，总在我眼前晃动。它的叫声，总在我耳边回响。当然，我也舍不得你的那头驴，它们是多好的伙伴！"

二愣子说："我也喜欢它们。它们跟着咱俩东奔西跑，风里来雨里去，吃了不少苦，从来不吭一声，难为它们了。可怜的哑巴牲口，以后不知道它们会怎么样。"

"我舍不得两个儿子。"

"我也舍不得儿子。"

"这一年你挣了多少钱？"

"婆姨说不够修窑洞，够买几亩好地。你呢？"

"我够修窑洞了，准备明年修。"

"二小是个好男人。"

"你婆姨是个好女人。"

"希望他们再找个好人。"

"嗯。"

"狗日的日本人！"

"狗日的四痞子！"

"日本人不灭，我不瞑目。"

"四痞子不死，我不瞑目。"

"老天有眼，这条恶棍活不长。"

"小诸葛阴险，千刀万剐。"

"遇到你，我很欢喜。"

"遇到你，我也很欢喜。"

"这辈子欢喜，下辈子结好缘。"

"嗯。"

"一会儿就分手了。你会想我吗？"

"会。"

三姑依偎着二愣子，说："这辈子我欠你的情，下辈子还。"

"你不欠我的。"

三姑呜呜哭起来。

几口酒下肚，三姑面若桃花，妩媚可爱。二愣子不由得伸出一只手，紧紧拉住了三姑温暖的手。三姑柔软的身子倒在二愣子的怀里，二愣子轻轻抚摸着三姑柔嫩的脸蛋。

二愣子情不自禁地唱起来，三姑低低和着：

"天上的老鹰摇一摇，地上的鸡

摇来摇去摇三回，撂不下你。"

三姑和二愣子在牢里吃喝，四痞子和小诸葛也在牢房外摆了一小桌，边吃喝，边看着牢里的两个人。四痞子想看到这对情人在生离死别时的悲哀，以解心头之恨。当听到牢里飞出的歌声，四痞子骂道："死到临头还要唱，唱吧，

189

看你们还能唱几次。"

小诸葛告诉四瘟子，三姑倒在二愣子怀里，四瘟子立刻站起来，摔掉了桌子上的酒壶，愤愤而去。

天下着大雪，鹅毛般的雪花纷纷扬扬，地上积了厚厚一层雪。这是三姑和二愣子要被处决的日子。三姑早早起来，洗了脸，一梳一梳将头发梳理得顺顺溜溜，把衣服穿得整整齐齐。三姑五花大绑，由一小队日本人押着走出警备队。二愣子也是五花大绑，由警备队押着跟在日本人后面。行刑的人马从警备队出发，经过街道，去河滩执行处决。街道上站着很多人，他们在观看这悲壮的场面。行刑队伍走到街道的拐角处，这里很狭窄，日本人和警备队被墙角隔开，互不相见。这时，听到轰的一声巨响，空中白粉飞扬，与纷飞的雪花混作一团，顿时模糊了一切。接着又是几声巨响。围观的人听到响声，不知道发生了什么事，立刻乱作一团，四处逃散，哭喊声，枪声，响作一团。

待烟尘散去，有人看见街上躺着一些警备队和日本人的尸体，有几个如梦初醒的日本人还在乱开枪。

骤现变故，人们莫名其妙。只有少数人猜想，也没有看见五花大绑的三姑一定是有人劫场。人们没有看到劫场的人，没有看到五花大绑的二愣子，只看到几摊血泊中，浸着几具尸体。在一摊血泊中人们看见浸着一条花格棉衣袖子，一条血淋淋的断臂，一束头发，尸体却不翼而飞。几个日本人和警备队看了，先是莫名其妙，继而心惊肉跳，面面相觑。

一个日本兵看见自己的士兵个个心虚，吆喝一声，带着这几个人把炸死的日本人抬回去，另一部分日本人和警备队满大街寻找二愣子和三姑，结果空手而归。

待日本人走后，二小和三姑的爹赶紧到血泊中寻找三姑的尸体。二小看见血泊中沾满血的花格棉衣袖子，认出是三姑穿过的衣袖。他捡起衣袖想仔细看一遍，不想从衣袖里掉出一只胳膊，他仔细一看，正是三姑的胳膊。他哭喊着："三姑！"

三姑的爹仔细一看胳膊，看到了手腕上的一颗黑痣，带着哭声说："是三姑的胳膊，手腕上有黑痣。"

二小和三姑的爹痛哭一场，然后拾起血衣和那只断臂离开。

县城劫场的事被好事的人传得沸沸扬扬，神乎其神。有人说，他看见一队神仙从天而降，先劫走了二愣子，后劫走了三姑。有人说三姑被劫到空中，被日本人乱枪射死，三姑死后冒出一股青烟，青烟腾空西去。

其实，劫场的人不是神仙，而是三儿子组织的一帮人。

三儿子一帮人知道自己势单力薄，无法对抗荷枪实弹的日本人和警备队，他们手中只有少量的枪和炸弹，不能与日本人直接对抗。他们商量决定，由三姑爹的人和强盗湾的人营救三姑，三儿子和虎子的人营救二愣子，并且选好了在街道上直角一样的拐角处下手，切断警备队和日本人联络。劫场的人混在围观的人里面，一声轰响，发出劫人的信号。他们掏出早已装在口袋里的石灰，猛然向日本人和警备队的眼睛撒去，一把又一把，模糊了敌人的眼睛，趁此机会劫人。一时间枪声大作，子弹横飞，飞雪弥漫。日本人辨不出警备队，警备队看不清日本人。围观的人见此情景，立刻四处乱逃。三儿子的人冲着二愣子和三姑跑过去，拽着人就跑。人劫走之后，又是几声巨响，这是有人用炸弹掩护劫场的人撤退。没想到混乱中人与人相撞，敌我不分，乱作一团。三儿子的人一会儿被冲散，一会儿又聚合。彼此在聚散中冲撞，呼喊，一时间乾坤大乱，天地不分。

二愣子不知去向，人们猜测不一。

三姑的尸体不知去向，人们猜测不一。

六十五

二愣子的爹娘和婆姨听说日本人要处决二愣子，在家里哭作一团，哭声传出院子，搅得村民人人哀痛。看到二愣子家如此情景，村里的人都聚集到二愣子家，有的安慰二愣子的爹娘和婆姨，有的蹲在院子里唏嘘，有的站在脑畔上默不作声，悲哀笼罩着村子。

"光哭不顶事，看看需要准备什么。"一个老汉对二愣子的娘说。

听得此言，二愣子的娘止住了哭声，一只手抹了一把眼泪，另一只手擤了一把鼻涕。一尺长的鼻涕挂在手上，二愣子的娘顺势将鼻涕抹在鞋帮上，说："我急糊涂了，我不能亏了我的儿子。"

人们看见二愣子的娘跳下炕来，打开柜子，拿出针线，和二愣子的婆姨一起缝制老衣。有几个婆姨一边抹眼泪，一边帮着缝。

二愣子的爹听说儿子要被枪决，无奈地耷拉着脑袋。自从二愣子被日本人抓走，他没有睡过一夜好觉。他先卖掉了二愣子的那头牲口，怀里揣着沉甸甸的银元去县城买路子，结果白花花的银圆花掉了，二愣子还是被紧紧地关在牢里。眼看不济事，他只好横下心来，哀叹一声，听天由命。看见他这副样子，二愣子的娘先是哭泣，然后跟着哀叹，哀叹之后，又埋怨他救不出儿子。二愣子的爹心想，如果能救出儿子，我愿意替他去死。二愣子的娘知道自己说的是气话，也知道二愣子的爹救不出儿子，只好不言语，暗暗流泪。二愣子的爹在心里怨恨过三儿子，如果三儿子不叫儿子跟着干，兴许不会有今天的结果，但是细细思量，三儿子也没有什么错，日本人祸害老百姓，谁都应该去打，大家都怕死，大家都得死。事已至此，怨天怨地怨人，都无济于事。

镇定之后，二愣子的爹找了几个乡亲，要去县城为儿子收尸。在此之前，曾有人悄悄告诉他，三儿子要带人去救二愣子。绝处逢生，二愣子的爹心里露出一丝希望，但是仔细一想，心里又渐渐暗下来。三儿子毕竟只有几个人，只有几条枪，如何能在荷枪实弹的鬼子面前救出儿子，他心生疑惑。他曾找到三儿子问究竟，三儿子说成功的希望很小，只能见机行事，二愣子的爹依然心存侥幸，把一丝希望悄悄压在心底。现在，听到儿子要被处决的消息，他彻底失望了。他耷拉着脑袋，哀从心起。

二愣子的婆姨不像婆婆那样大号小哭，而是坐在窗户下的炕楞上默默落泪。眼泪吧嗒吧嗒，敲打着衣襟，湿了一大片。

看见老伴从柜子里拿出针线，二愣子的爹眼里立刻失去了光泽，眼前渐渐黯淡下来，一阵哀痛像一股潜流在心里搅动，渐渐弥漫了全身。

看见婆婆拿起了剪子，手颤巍巍的，准备裁剪布料，二愣子的婆姨去拿婆婆手中的剪子。婆婆没有阻拦，顺手把剪子交到媳妇手里。

"你给他裁剪得宽大一点，他身子壮。"婆婆说。

"嗯。"婆姨应答。

婆婆转身从柜子里拿出两匹白布，放在炕上，准备给儿子做内衣。

"他辛苦了半辈子，让他里里外外都穿新衣走，免得在那面凄凄凉凉，再受人欺负。"婆婆说。

婆婆话刚出口，婆姨再也克制不住自己，放声大哭起来。

看见儿媳妇痛哭，婆婆也大哭起来。二愣子的爹见此情景，走出门外，蹲在门前的台阶上抽泣。

看见一家人悲痛，屋里屋外的人也跟着伤心。有几个女人一边安慰婆媳，一边陪着流泪。从晌午到下午，全村人都在悲痛中煎熬着。

有个老汉说，全村人都这样熬着也不是办法，还是打发几个年轻人去县城看个究竟，然后快些回村报信。人们觉得老汉的话有理，几个年轻人立刻奔向县城。

几个年轻人刚走进县城，看见天气陡然变色。初时天空寒气旋转，恶寒袭人，继而大雪飞舞，旋风卷着雪花在空中飞旋，在地面翻滚。风推雪，雪裹风，天地乱成一团。几个年轻人以手掩面，手脸被风雪扑打得生疼，像针扎一样。他们的身子被风吹打得一摇一晃，几近倒地，他们只好摸着墙艰难地行走。

一会儿，他们看见街道上涌出一道人流，像一股洪水，朝他们涌来。人们一边狂奔，一边狂喊，仿佛世界末日来临。看见人们疯狂奔跑，势不可当，几个人不知道发生了什么，只好躲在一个墙角，让人流涌过。人流过后，街道上风雪肆虐。他们猜测前面一定发生了不可预料的事，他们顾不得恐惧，依然在风雪里摸着墙艰难前行。

街道并不长，也不直，而是曲曲折折，如蛇蜿蜒。几个人费了好大劲，才走到街道的大拐角处。突然，风雪骤止，街道一片明朗，楼阁店铺，突现眼前。几个人眨眨眼，惊诧不已。突然，他们发现面前躺着几具尸体，雪花覆盖在尸体上，仿佛盖着一层白布。几个人看了，不寒而栗，这才知道先前人们为什么狂奔。

突然，有人冲到街道上，朝着尸体奔去。几个人一看，认得是三姑的男人和三姑的爹，也跟着过去。他们看见三姑的男人和三姑的爹找到了三姑的断臂，抱着断臂边走边哭。两拨人合在一起，打算到别处寻找三姑和二愣子的尸体。

突然，街道上冲出一队日本兵，身后跟着几十个警备队员。日本兵挥舞着枪，驱赶围观的人。两拨人本想在散落的尸体中寻找三姑和二愣子，结果被日本兵的刺刀吓退了。警备队的人对围观的人说，街上的尸体都要拉到河滩喂狼，谁都别想拉走。两拨人怕丢了自家性命，只好散去。

"这样空着两手回去，没法向二愣子家的人交代。"一个人说。

"二愣子家里人等得急，天黑总得有个回音。"另一个人说。

"那就一个人回去报讯，其余人留下，继续打探消息。"又一个人说。

掌灯时分，报信的人回到村里。看见探消息的年轻人回来了，人们一齐围上去，问："怎么样？"

年轻人摇头。

"到底怎么样？"一个老汉问。

"没消息。"年轻人叹口气，把看到的情形讲述了一遍。

"三姑死了，二愣子也怕死了。"有人猜测。

听了这人的话，大家的心凉了半截，个个面面相觑，不知所措。

"不一定，兴许二愣子有活头。"老汉放下烟袋，在鞋帮上磕掉烟灰，慢条斯理地说。

人们的眼神唰的一下，一齐投向老汉，想让他说出究竟。

"想知道究竟，大家等待后面回来报信的人吧。"老汉把烟袋插在腰带上，慢腾腾走回家去。

听说探消息的人回村，一直哭泣不止的婆媳二人立刻止住了哭，各自抹了一把眼泪，齐声问："看见了吗？"

"没有。"年轻人摇头。

婆媳二人一听，立刻又大哭起来。二愣子的爹也跟着哭起来。

二愣子活不见人，死不见尸，一家人顿时坠入深渊。二愣子的爹不甘心，要亲自去县城探究竟，立刻有几个年轻人说，我们陪你去。

二愣子家的油灯彻夜亮着，婆媳二人停止了哭泣。几个婆姨和婆媳二人一边缝制寿衣，一边等着二愣子的爹归来。

二愣子的爹和几个年轻人赶了半夜山路，到了县城，直奔街道的大拐角。他们赶到那里一看，没看见一具尸体，只看见一摊摊血迹。他们向街边的人打问，知道天黑之前尸体已被警备队扔到河滩，准备喂狼。日本人下令，任何人不许去拉尸体，只许喂狼，不许埋葬。若有人违抗，杀死全家，绝不留情。日本人下了禁令，令先前来县城打探消息的几个年轻人不敢轻举妄动，他们饿着肚子，抖擞着身子，龟缩在一个小巷的门洞里等待时机。他们想，哪怕能看到二愣子被狼吃掉的半截身子也好，回去总算有个交代。正在他们又饿又困的时候，一个人看见了二愣子的爹和同来的几个年轻人。

"二愣子爹！"一个年轻人压低声音喊。

二愣子的爹回头，看见了门洞里的年轻人。几个人凑在一起，交流了情况，想趁着天黑去河滩查看尸体。二愣子的爹仔细一想，拒绝了，他怕看不到二愣子的尸体，反而搭上几个年轻人的性命，这样他无法向几个年轻人的家人交代。他们知道日本人心狠手辣，一定有人在远处盯着。最后，他们决定不去冒险，先躲进河滩附近的人家看动静，等待天亮后再说。

二愣子家的油灯一直亮到天明，婆媳二人眼巴巴地等着二愣子的爹回家，一夜不曾合眼。

六十六

三姑活不见人，死不见尸，只留下一条胳膊，二小和三姑的爹确信三姑已经死了，断无活着之理。三姑的故事被传得家喻户晓，茶前饭后，人们议论纷纷。三姑的死，让男人叹息，女人唏嘘，人们无不为之扼腕。此前对于三姑其人，四乡五邻的人早已知晓，但并不知道她有一身好武艺，更不知道她加入了袭击日本人的队伍。三姑死后，人们知道了三姑的事情，赞叹之声，惋惜之语，不绝于耳。同时，人们也为三姑感到自豪。

三姑的爹跟二小商量，要厚葬女儿，二小同意。二小想，三姑为了这个家，吃尽了苦头，他愿意拿出全部家当厚葬三姑。三姑的爹想，二小有两个儿子要养活，省着点，安葬女儿的钱由他来出。二小拗不过，只好答应了。

二小厚葬三姑的消息一出，四乡五邻的人兴奋不已，人们奔走相告，都想亲眼看看这场盛事。好多村民赶着做地里的活，争取做完活后去看三姑的丧事。消息传到县城，街头巷尾，议论纷纷。这消息传到警备队耳里，四痞子大骂："他妈的，欺人太甚！"

按当地的习惯，凡是隆重的婚丧喜事，必须有几班吹鼓手，吹吹打打几昼夜，直到事情完毕。大摆酒席，自是必不可少。二小从附近找了三班最好的吹鼓手，从三姑的断臂回家的第二天开始就吹起来。二小要给这三班吹鼓手出高价钱，被一一拒绝了。吹鼓手们说，我们不仅不要你的高价钱，我们一分钱都不要，三姑为了打日本人死了，我们为她送葬理所当然。二小只好作揖感谢。震天动地的锣鼓声，传到周围十几里远的地方，人们在锣鼓声中干着活，说着闲话。到了晚上，十里八村喜欢跑腿的人，跑到二小村里看热闹，听弹唱。弹唱的故事，自然是杨家将一类的忠义之事。唱的人扯开嗓子，唱得人们时而兴奋，时而悲伤，一直唱到深夜，人们还不愿意离去。

二小找阴阳先生择定了送葬日期，日期定在五天之后。四痞子知道后，派几十个警备队日夜守候在二小村里，等着抓捕营救三姑和二愣子的那伙人。这让三姑的丧事更引人注目。人们跑到二小村里，看丧仪，听弹唱，看见警备队端着枪，在冷天里冻得瑟瑟发抖。

二小的院子里，人熙来攘往，热闹非凡。有来送礼的，有来帮忙的，有来乞讨的，有来凑热闹的。天刚亮，吹鼓手就吹打起来，一天锣鼓声不绝。哭丧的人从早到晚接连不断，他们大都是女人，有的是二小村里的，有的是来看热闹的外村人；有的认识三姑，有的连三姑的面都没有见过。有的女人家看到伤心处，触动了自家的心思，就跪下来哭一通。

三姑的发丧时辰定在辰时。吹鼓手从天不亮就吹打起来。听到锣鼓声，四乡五邻的人早早起来，跑到二小村里看热闹。来看热闹的不止大人，连小孩子也跟来了。

劫法场之后，三儿子不敢在家里住，害怕警备队找上门来，偷偷住在附近的亲戚家。他知道警备队日夜守候在二小村里，也不敢露面，而在三姑发丧的清晨，他带着几个人悄悄来到二小村里。对于三姑的死活，三儿子推测十有八九死了，尽管没有看到她的尸体。

强盗湾的人因为没有救出三姑，悔恨不已。三姑发丧头一天晚上，他们来了十几个人，参加三姑的葬礼。他们知道警备队的人不认识他们，他们在二小的院子里进进出出，若无其事。其实，他们在寻找四痞子，一旦发现他来了，他们就要动手，决不让四痞子活着离开这里。

四痞子也知道自己的危险处境，他知道自己得罪的人太多，丧事上的人很

195

多很杂，怕自己遭到暗算。他想，如果他不来，又怕自己的那帮弟兄不出力，失掉抓人的大好机会。他向小诸葛问计，小诸葛想了半天，说你不去的话，恐怕永远抓不住那帮家伙，以后还会有很多麻烦，不如铤而走险。四痞子心里畏惧，不敢去。看到四痞子这副样子，小诸葛说我也去，舍不得孩子套不住狼，我们赌一回。

警备队的一帮人每天早早地来，天黑才回去。四痞子要他们晚上也守在那里，弟兄们说怕遭到暗算，除非队长你来陪着我们。三姑出丧的这一天，四痞子和小诸葛来了，每人腰里别着手枪，还是那副耀武扬威的样子。看热闹的人当中有认识四痞子的人，上前和他打招呼。四痞子手一扬，骂道：滚开，你不长眼睛吗？老子有事。四痞子让警备队的人站在二小的院子外面警戒，他和小诸葛带着几个人，提着枪，到处窜来窜去找人。人们看到四痞子这副样子，也不敢惹他，只当作稀奇来看。

这几天，二小忙着操劳丧事，要接待来吊丧的人，理智暂时抑制了感情，他没有多少时间想三姑。到了三姑发丧的这天早晨，二小再也抑制不住自己的感情。他早早起来，想趁早跟三姑告别。他拈起三炷香，跪在三姑柩前，在三姑柩前的长明灯上点着，然后插在香炉里。接着，他给三姑磕了三个响头。刚磕完响头，二小再也克制不住自己，突然放声大哭。二小边哭边痛述三姑的好处，从三姑嫁给他，到三姑跑外做生意历经的辛苦，再到他行侠仗义，历数一遍。早来看热闹的人看见二小痛哭三姑，站在二小身边，听二小的痛述，看二小的泪水，二小直哭得在场的人都热泪滚滚。二小在三姑的棺材前哭了一场，两个未成年的儿子也跪到三姑的柩前痛哭。两个儿子哇哇哭着，哭得撕肝裂肺，哭声直入云霄。

三姑的爹和娘也哭了一通，娘哭得瘫在地上，没了声气。有人弯下腰拉她，要她节哀，可她怎么也站不起来。三姑的爹抹去泪水，说："今天我要跟四痞子拼个你死我活，我不要这条老命了，我要拉着四痞子一起去阴曹地府见阎王。"

人们看到三姑的爹发怒了，怕他惹出更大的事来，于是四五个后生摁住他。他是习武之人，四五个后生哪里摁得住他，他拼命挣扎着，大声吼着。这时，又上来几个力壮的后生，一齐摁住他。结果，被他用力一甩，几个壮汉被甩到一边。人们知道，如果不制止他，必然惹出大祸，又会出人命，所以这几个壮汉不顾疼痛，一起合力摁住他。

二小的院子里，屋顶上，看热闹的人站得满满的，村里人山人海。

有几个女人手里拈着香，从三姑的棺材前哭到院子外，连哭三通。按理，应该由三姑的子女来做此事，但是三姑的两个孩子还小，只好由别人代替。

这是导引三姑的灵魂到他未来安居的地方，为她引路。引了三次之后，有人高喊：

"时辰到！"

三姑的棺材被几个男人从屋里抬到院子里，有人抱来几根橡子，有人拿来几根粗绳子。围观的人们敛声屏气，看着几个壮汉"哧哧"地将棺材捆绑起来。

立刻，有人抱来一只在三姑坟墓里扑腾过的公鸡，一刀砍了脑袋，公鸡扑腾着，热血四溅。

接着，又有人拿来一只大海碗，使劲摔在一块石头上，"啪"的一声，砸得粉碎。

接着，有人高喊："起棺！"

有人高喊："送行！"

接着，"砰"、"啪"两声爆竹响。

三姑的棺材被八个壮汉抬起来，三姑的两个儿子穿着白衣戴着白冠，将绾在三姑棺材上一条长长的白布搭在肩上，在前面为娘拉棂。随着三姑棺材的移动，人们纷纷跟在后面，为三姑送行。

警备队的目光被送行的场面所吸引。他们看着三姑的棺材抬出院子，抬下坡；他们看着不计其数的人潮水般跟在三姑的棺材后面，流下坡；他们听着滔滔的哭声，惊呆了。

"啪！"

一声枪响。

接着，"啪！""啪！"接连几声枪响。

人们并没有留意枪响，以为是为三姑送行的爆竹响，继续跟在三姑的棺材后面走。

等到三姑的棺材出了村，人们才注意到，二小院子外面的场地上躺着一个人。人们前去看是谁，结果被警备队的人拦住。有人认出躺着的人是四痞子，高声喊："狗日的四痞子死了！"

人们一下子高兴起来，都围过来看热闹。只见四痞子像一条死狗一样，直挺挺地躺在地上，紫红的血凝聚成一摊。

原来，四痞子是被隐藏在暗处的人开枪打死的。谁开的枪？人们不得而知。

小诸葛赶紧叫警备队抬着四痞子的尸体往回走。结果走到沟底，挨了一通轰炸，炸死了几个人。这是虎头帮提前在这里设了埋伏，这是三儿子事先安排好的。

二愣子是死是活，人们说法不一。有人说，劫场的那天，看见二愣子化作一股青烟，和三姑的青烟交合在一起，向西天飘去。

小诸葛曾就此事跟四痞子议论，四痞子认为二愣子有活的可能，因为没找到他的尸体；三姑不可能活着，因为臂断天寒，她熬不过去。小诸葛认为四痞子的分析有道理。

六十七

二愣子出事那天夜里，二愣子的爹和村里的几个年轻人蹲守在河滩附近的一户人家的院子里，注视着河滩的动静。

日本人本想杀死三姑和二愣子，不承想找不到三姑的尸体。二愣子踪影全无。这使日本小队长大为光火，大骂小诸葛无能，还扇了小诸葛几个耳光。小诸葛嘴上不吱声，心里却骂：狗日的，明明是你们无能，却要怪罪老子。当初老子提出秘密处死，你们偏偏要大张旗鼓，结果事与愿违，与老子有何相关。胳膊拧不过大腿，天黑之后，他不得不带着十几个警备队员，随同几个日本人，蹲守在离河滩不远的地方，准备射杀来偷尸体的人。

一场血腥之后，北风凛冽，月色朦胧，河滩附近死一般寂静。半夜，几声嚎叫打破了这里的寂静。

"是狼嚎吗？"二愣子爹身边的一个年轻人问。

"是的。"二愣子的爹回答，心里一阵揪心。想到儿子可能被狼吃掉，他眼里滚着泪珠。

几个年轻人听见狼嚎，个个紧缩着身子。

"哈哈！到底等来了最好的杀手，让这些死鬼到狼肚子里过夜，来世转个畜生。哈哈！"小诸葛放声大笑。

身边的一个警备队心里骂：笑你娘个屁！老子们冻得发抖，活受罪，你却高兴，小心日本人割掉你下身的那件坏东西。

果真，有个日本人扇了小诸葛一个耳光。骂道："良心，大大的坏！"

其实，日本人怕小诸葛的笑声惊动了狼，搅了狼吃人的好事。

狼的嚎叫声由远而近，由少到多，一声接着一声，声声让人不寒而栗。渐渐，狼的嚎叫声停了。

"狼跑了。"二愣子爹身边的年轻人说。

二愣子的爹却更揪心了，他知道狼已经在吃人。

小诸葛一伙人距离河滩近，他们可以真真切切地听到狼撕咬尸体和相互争夺尸体时发出的呜呜声。几个日本人低声呵呵笑着，像开心地品味一席丰盛的晚宴。小诸葛听见日本人笑，很不舒服，心里骂：狗日的，只许州官放火，不许百姓点灯，不得好死！

狼撕咬了一番，填饱了肚子，先后心满意足地离去。看见狼忽闪着蓝眼睛离开河滩，日本人冷得瑟瑟发抖，心里却甜滋滋的。他们估计，尸体可能所剩无几，想前去看个究竟，没想到尸体堆又传来了狗叫声。

"野狗也来凑热闹了。"小诸葛说。

"应该让天下的野兽都来尝尝鲜。这些可爱的动物胃口大开，实在令人开心。"日本人说。

"是的。听说人肉是咸的，吃人肉不用放盐，味道很好。"小诸葛说。

"你的，美食家。应该让中国成为美食的天堂。"日本人说。

二愣子的爹看见狼走了，又来了一群野狗撕咬尸体，心里一阵绞痛。他想去驱赶野狗，知道日本人还在蹲守，只得强忍着心痛，听那不时传来的一声声嘶叫。身边的年轻人要去驱赶野狗，说狗不可怕，二愣子的爹阻止了，说可怕的不是野兽，而是那群像野兽一样的日本人，等他们走了再说。

二愣子的爹和年轻人不知道等了多久，野狗终于吃饱了肚子，一个个摇晃着身子，哼哼着离开尸体。

日本人看见野狗也心满意足地走了，对小诸葛说："我们该走了。这场晚宴真好，看比吃更有味。"

日本人和警备队正要起身回返，又听到了几声尖利的嚎叫。日本人竖起了耳朵，问："什么叫？"

"狐狸。"小诸葛得意地说，心里却在骂，他妈的，日本人连狐狸叫都不懂，见识少。

警备队的人早已冻得受不了，一个个得瑟着身子，生怕日本人再听狐狸的撕咬声。日本人问小诸葛："冷吗？还有兴趣听下去吗？"

小诸葛看见身边的警备队一个个冻得发抖，对日本人说："当然是被窝里暖和。"

"你的，没有美食家的眼光。吃着不如看着香，看着不如闻着香，闻着不如听着香。懂吗？"日本人说。

"至理名言。懂。"小诸葛冻得受不了，心里骂道，什么狗屁话。

听见小诸葛冻得牙齿咯咯响，日本人说："我们回去。这席最后的晚餐，留给狐狸慢慢享用吧。"

朦胧月色，日本人和警备队影影绰绰，如鬼影子一般，踏着寒冷，边说边往回走。他们发出的一声声说笑，传到二愣子的爹耳里，如鬼叫一般瘆人。看见日本人走远了，二愣子的爹和几个年轻人走出院子，悄悄靠近尸体。看见

有人走进尸体旁，正在撕咬尸体的几只狐狸抬起头，直愣愣地看着这些不速之客，担心抢走它们的美餐。有个年轻人从地上摸起一块石头，狠狠向狐狸砸去，几只狐狸吓得一哄而散。

几个人借着朦胧月色查看尸体，只见尸体横七竖八乱躺着，具具尸体血肉模糊。尸体身上的衣服被撕成一片片碎块，与尸肉和尸骨黏在一起。尸体都被啃咬，有的可以看见血肉，有的只剩下白骨，肠子肚子像蛛网，东一簇，西一簇。他们翻起每一具尸体，想辨认出二愣子的尸体，而具具尸体血肉模糊，根本无法辨认。

二愣子的爹哀叹一声，说："没办法，我们回去吧。"

二愣子的爹和几个年轻人回到村里，天已经亮了。二愣子的娘急切地问："他爹，看见了吗？"

二愣子的爹摇头。

看见二愣子爹摇头，二愣子的娘放开喉咙，大声号叫起来。号叫声惊醒了正在熟睡的人们。有人竖起耳朵听着，听出是二愣子娘的哭声，知道二愣子的爹回来了，情形不妙。

接连几天，二愣子家里哭声不断。二愣子的爹到处打听儿子的下落，毫无结果。他知道三儿子营救过二愣子，兴许三儿子的爹知道点什么，于是跑到三儿子家去打听。

"他叔，你知道三儿子在哪里吗？"

"我要知道我儿子的消息，也就知道你儿子的消息了。"

三儿子的爹心里不高兴。自营救二愣子之后，没有三儿子的一点消息，不知是死是活，他也在四处打听儿子的消息。

听了三儿子爹的话，二愣子的爹心里也不高兴，心里想，如果当初不是你家三儿子来劝说二愣子，我儿子兴许不会落到如此田地，但他明白，事到如今，相互埋怨没有任何作用，要怨只能怨恨狗日的日本人。

三儿子的爹是个精明人，知道现在不是互相埋怨的时候，他有更大的心事在心头。

"他伯，我担心更大的麻烦。"

"什么事？"

"三姑丢下一只胳膊走了，二愣子下落不明，日本人知道这事与三儿子有关，他们岂能放过我们！"

二愣子的爹一听，不寒而栗，怨恨自己没想到这一层。他也意识到了潜在的危险。

"他叔，你说怎么办？"

"一个字：走！"

"往哪走？"

"远处。"

二愣子的爹一想，躲，不失为最好的办法。

"我家已经准备好了，明天就走，劝你早点动身。"

二愣子的爹点头。

二愣子的爹回到家里，把三儿子爹的话说给二愣子的娘和儿媳妇听。二愣子的娘一听，又哭起来，说："我哪也不去，我要等着二愣子回来。你们怕死，我不怕死！"

二愣子的婆姨不吭声。

二愣子的爹无言，只顾坐在炕楞边上抽烟，烟雾弥漫了屋子。

三儿子的一家逃走了，村里还有几户人家也逃走了。二愣子的爹劝老伴："我们也逃吧，活着总比死了强。"

二愣子的娘铁了心，死活不愿离开家。二愣子的爹没办法，心里着急，嘴里一袋接一袋抽着旱烟。二愣子的婆姨看见二位老人都在揪心，也不说什么，默默地给他们烧火做饭。

一天，半夜时分，有人来敲二愣子家的门。二愣子的爹听见敲门声，心里一惊。他竖起耳朵仔细听，听见敲门声不大，悬着的心又放下来了。他想，这是熟人的敲门声。二愣子的娘听见敲门声，以为灾祸又来临了，心里扑腾扑腾乱跳。二愣子的爹穿好衣服，轻声对老伴说："好像是熟人。我去开门。"

二愣子的娘不置可否，随后低声说："小心点！"

二愣子的爹正要开门，听见门外的人低声说："明天晚上，你来后山，莫让人知道。"

二愣子的爹想开门看看门外的人。他轻轻打开门，门外空空的，只有一片朦胧月色。他疑心：是不是死了的儿子半夜回家报信？想到这里，他的身子一颤，浑身抖擞起来。

"谁？"二愣子的娘问。

"怕是愣子的鬼魂来报信。"一会儿，二愣子的爹哆嗦着说。

听了二愣子爹的话，二愣子的娘顾不得怕，又嘤嘤哭起来。

天亮了，二愣子的爹对老伴说："不管是人是鬼，是真是假，今天晚上我一定去后山，哪怕搭上我这条老命。"

六十八

　　距离三姑的村子十里之远的地方有座小山，小山两面是深深的山沟，山上青石裸露，不长庄稼，只长青草。站在山顶，可以看见二十里外的动静。因为地处偏僻，地形险恶，又不能种庄稼，所以很少有人愿意住在这里，这里却是放羊的好去处，因此住着一户放羊人家。一天，三姑村里的一个人去串亲戚，路过此地时看见不远处一个人拿着羊铲放羊。串亲戚的人仔细一看，吓了一跳，拔腿便跑。此人慌慌张张跑回村里，说他看见了活鬼。村里人细问究竟，他说活见鬼，明明死了的人，怎么活啦？在人们的一再追问下，他才说亲眼看见了死鬼二愣子。

　　二愣子的爹正在扫院子，三姑的男人二小走进来，附在他耳朵上悄悄地说："有人在后山看到了二愣子的鬼魂。"

　　不听则已，听了之后，二愣子的爹确信昨夜是儿子的鬼魂回家了。他把昨夜的事跟二小讲了一遍，二小觉得事情很蹊跷，沉吟片刻，说："二愣子一向对我家不薄，现在他走了，你的事也是我的事。你莫怕，今晚我陪你去，看个究竟。我是死过一回的人，什么都不怕。你不要声张，我先回村去，天黑前我们在后山见面。"

　　"好的。"

　　太阳落山之前，二愣子的爹和二小在后山如约相见，二愣子的爹手里握着一把羊铲，二小手里握着三姑生前用过的那杆鞭子。二人心里都很明白，一旦遇到不测，手里的东西可以派上用场。二人所在的地点距离那户人家有一里远，他们往那户人家方向看看，没有任何动静。再往附近的地方瞅，也看不见什么。二人商量一通之后，认为天黑之前去看看好，天黑之后更不安全。他们提着脚步，试着往那户人家走，同时小心观察着周围的动静。走了一阵，没有发现任何异常动静，二人就放开胆子往前走。

　　突然，"汪汪"两声狗叫，将二人吓了一跳，他们都握紧手中的家伙，准备应对发生的情况。他们相互看了一眼，都有转身离开之意，但二愣子的爹一想，狗有什么可怕的，有狗就有人，有人就不怕，只要不是日本人。

　　"莫怕。不会有什么的。"二愣子的爹说。

　　"狗是看门的，没有什么可怕的"二小说。

　　他们死死盯着那户人家的方向，等待出现什么。突然，远处窜出一个黑影，顺着枣树林窜去。一眨眼工夫，影子不见了，二人大吃一惊，瞪大了眼睛。

"是鬼影吗？"二愣子的爹问。

"没看真切。"二小说。

"那就再等等。"二愣子的爹说。

"嗯。"二小说。

那只狗还在一声接一声狂叫，仿佛不吓退来人不甘休。一会儿，看见狂叫吓不走来人，狗竟然朝二人跑来。

这时候，二小看见院墙里探出半个脑袋，往这边瞅。眼看狗跑到了二人面前，突然停住了脚步，狂叫不已。

二小心里有底了：这是一只虚张声势的狗。

面对这种情况，二人心里都明白，主人一定会出现。果然，不一会儿，主人出现，大骂狗乱咬人。狗哪里会听主人的话，依然狂吠不止。主人走上前来，认得来人是二愣子的爹和二小，立刻拍了一下狗头，狗不叫了。

"快进家里坐。"主人说。

二人跟在主人身后，主人推开紧闭的大门，招呼二人赶紧进院子。三人进屋后，主人向婆姨介绍了两位客人，吩咐婆姨给客人倒水。之后，主人说了一句："你们安心坐着，我出去一下，一会儿回来。"

主人出去一袋烟工夫，推开大门进了院子。二小侧身往院子里瞅，看见主人后面跟着一个人。仔细一看，大吃一惊，不觉溜下炕楞，呆呆看着窗外。

二愣子的爹也听见院子里有两个人的脚步声。看见二小吃惊的样子，他也往窗户外瞅。一瞅，他惊呆了。

主人领着来人进了屋，二愣子的爹问主人："他是鬼还是人？"

"你老糊涂了，连自己的儿子都不认识吗？"主人笑着说。

二愣子的爹立刻想起那个夜晚在河滩看到的血肉模糊的尸骨，禁不住抽泣起来。

"二愣子，你还活着！"二小高兴地上前拉住二愣子的手。

"活着。"二愣子傻呵呵笑着。

真真切切看见面前站着的是自己的儿子，二愣子的爹再也控制不住自己，扑到儿子身上痛哭起来。看见爹如此伤心，再想起自己所遭受的苦难，二愣子也禁不住哭了。

看见父子二人抱头痛哭，二小也不觉伤心起来。

父子二人哭了一通，止住了哭泣。二小说："二愣子，你的命真大，能从那么恐怖的阵势中捡回一条命，实在是万幸。三姑她——"

"三姑怎么啦？"二愣子急切地问。

二小沉默了。

"三姑到底怎么啦？"

"死了。"

"死啦？"

"是。"

二愣子愣了。

"她埋哪儿？"

"北疙瘩。"

"你是怎么被救出来的。"

"我是死过几回的人了，说这些有什么用。"二愣子看了一眼爹，怕说出来爹伤心，"不过，你们真想听，我就告诉你们。"

"你说吧。我一把老骨头，什么都能经受得住。"二愣子的爹想知道苦命的儿子遭受的苦难。

"那我讲给你们听。"

"在牢里，四痞子给我和三姑好酒好菜吃，我们知道自己没有活头了。事已至此，我们狠狠地骂了四痞子一顿，也美美地吃了一顿。我们知道，四痞子对我俩看管得很紧，外面的人根本没有接触我们的机会，搭救是我俩想都不敢想的事。我们一起被日本人和警备队拉出牢房，押着去执行死刑，我不怕，三姑也不怕。人生一世，总有一死，好死赖死，反正是一死，没什么。我们被押到街上，看到街道两边黑压压的人，我心里想，有什么好看的，不就是一死吗？我又想，人群里可能有我认识的人，临死前能看到一个熟人，也是一个安慰，可我怕看到我的爹娘和婆姨，怕他们伤心。"

二愣子的爹抽泣起来。

"我们被那些狗日的推着往前走。我四处寻找认识的人，却没看到一个眼熟的人，我有点失望。我心里嘀咕，怎么就看不到一个熟人？不可能。我一边走，一边搜寻，突然在不远处的人群中看见了三儿子。我刚想喊，我要走了，回去告诉我爹娘，别伤心，结果被身后的警备队打了一枪托，一个趔趄，我几乎被打倒。我回头，想再看一眼三儿子，却没了他的影子。这时，我心里想，总算看到一个熟人，我死无遗憾了。"

二小在唏嘘。

二愣子看了一眼二小，继续说："快到大拐角的时候，突然下起大雪来，纷纷扬扬，从来没有看见这么大的雪。我心里有点悲伤，怎么不是一个大晴天呢？大晴天，我可以舒舒服服地去死，死后也干干净净的，多好。如果下一场大雪，死后衣服会湿不说，家里人往回拉尸体也不方便。也罢，这由不得自己，听天由命吧。又一想，漫天大雪，说明我们的冤情大，感动了天地，老天爷为我们鸣不平。"

"你是自己跑出来的，还是三儿子救出来的？"二小问。

"三儿子救出来的。"

"哦。"

"我们被押到大拐角，骤然风雪大作，天地不分。我好像被呛了一下，正要咳嗽，听见枪声炸弹声响成一片。这时，我被身后的日本人拽紧了身上的绳子，绳子勒得我生疼。突然，我听见身后的日本人嗨了一声，倒下去了。接着，又听见嗤的一声，我身上的绳子也松了。这时，我听见有人压着嗓子喊：'快点跟着我跑！'我听出这是三儿子的声音。眼前一片白，雪花遮着眼，我被三儿子拉着在人群中乱窜。不知道跑了多久，我被拉进一个门洞，钻进一个院子，然后被扔到一个黑洞洞的地窖里。"

"你的命真大！"二小感叹。

"蹲在地窖里，冻得浑身发抖，我强忍着。我摸摸自己的头，不相信我还活着，不相信我会被救出来。冷不怕，总比死好受。不知道过了多久，三儿子打开地窖，跟我说：'我们回家。'我简直不相信自己的耳朵，我居然可以回家了！"

二愣子脸上露出了笑意。

二愣子的爹和二小的脸上也现出了笑意。

"后来呢？"二小问。

"走出地窖，天黑了。三儿子说：'趁着天黑，我们赶紧逃。'我俩摸着黑，逃出了县城。走了没有多远，我实在走不动了，腿上像绑着两块大石头，寸步难移。三儿子看我实在走不动，就背着我走。我们进了金花的旅店，三儿子招呼金花赶紧把我藏起来。金花一看是我，吃了一惊，说：'你小子还活着！'接着，赶紧把我藏到驴糟底下。三儿子求金花找一头驴，要把我送走。一会儿，金花找了一头驴，三儿子牵着驴，我骑着驴，连夜赶到这里。"

"三儿子呢？"二愣子的爹问。

"他把我安顿下来，说了一声不要乱跑，日本人还会找你的，我会给你家里报信，就连夜走了。"

"他去了哪里？"

"不知道。他没说。"

二愣子的爹这才知道，昨天晚上敲门的人，原来是三儿子派来报信的人，并不是什么鬼。他想到三儿子的爹已经带着全家逃走了，他心里为三儿子着急，不知道三儿子是死是活。

"我得把三儿子活着的消息马上告诉他爹，不然他娘会急死的。"二愣子的爹说。

"明天告诉他不迟，黑天半夜，跑几十里山路，不安全。他家为什么逃走？"二小问。

"怕日本人找上门来。三儿子带人劫场，日本人不会饶他。"二愣子的爹说。

"日本人也不会饶过你们，你们不妨出来躲避一下。"二小说。

二愣子的爹觉得二小的话有理，好汉不吃眼前亏，于是对二愣子说："你在这里待着，我马上回家接人。"

"赶紧去接。日本人是虎狼，随时会来袭击，我送你回去。"二小说。

"好。"二愣子的爹说。

二人拿着手里的家伙，踏着黑走了。

六十九

本来，四痞子想利用三姑丧事之机抓获三儿子一伙人，没想到没抓住三儿子一根头发，反让自家丢了性命。四痞子死后，日本人骂了一声无能，让警备队的人拉回家埋了。

四痞子到底是谁打死的，二愣子曾就此事问过二小，二小说虎子告诉他，是三儿子打死的。原来，三姑出殡那天，三儿子料到四痞子会来，因此设计了虎子的伏击。三儿子和另外几个人化装成老头，悄悄溜进三姑村里，躲在暗处，乘机打死了四痞子。

四痞子死后，警备队的人垂头丧气，唯有小诸葛有说有笑，十分高兴。警备队的人暗地里骂：狗日的，狼心狗肺，你也不得好死。这话传到小诸葛耳里，他不仅不生气，反而笑呵呵地说，人固有一死，好死赖死一个死。其实，小诸葛心里有自己的如意算盘。他想，四痞子死了，警备队的队长非他莫属，他可以大展宏图，显示他的才华。过去，他瞧不起四痞子，认为他不过痞子一个而已，只有一身恶胆和一身匪气，无谋无略，再有出息，不过草寇王一个，而自己则不同，熟读《孙子兵法》，《三国演义》可以倒背如流，满腹文韬武略。果然不出所料，日本人将警备队队长的职位给了小诸葛。小诸葛为了表示对皇军的感谢，上街买了一头肥猪，三只山羊，亲自送到日本人手里。日本队长在他脑袋上弹了一下，夸他懂事。为了笼络手下的弟兄，他买了酒肉，和弟兄们一起快活了三天。

酒肉穿肠，小诸葛觉得只饱口福，似乎缺点什么。有个小弟兄看见小诸葛高兴，就在他面前挤眉弄眼。小诸葛说："你别像个婊子，挤眉弄眼的，有话直说。"

"小的知道你高兴，快活得像神仙，你不觉得少了点什么吗？"

"老子有吃有喝，会缺什么？"

"人们都说你比诸葛亮都聪明，我看你比诸葛亮差远了。"

"放你妈的青草屁，谁能跟老子比，你找出来。"

"但凡聪明人，一点就通，你不是这样的人。"

"什么？你敢当着老子的面说老子的坏话，狗胆包天！"

小诸葛一时火起，要动手打人。这时，有个机灵的人上前说："小弟兄的意思你不明白吗？他在说下身憋得慌。"

小诸葛化怒为笑："老子以为什么大不了的事，今晚和弟兄们一起去快活，怎么样？"

弟兄们齐声欢呼。

夜晚，小诸葛吩咐留几个弟兄值班，其余弟兄都去快活。他带了几个亲信，直奔窑子。

小诸葛腰里挎着手枪，摇摇晃晃走近窑子，直奔老鸨房间。他吩咐两个弟兄负责警戒，其他弟兄各自去痛快。小诸葛是个做事很谨慎的人，不像四痞子麻痹大意，这是他从四痞子身上得来的宝贵教训。

看见许久不见的小诸葛进门，老鸨欠了欠身子，似乎想站起来迎接他，又似乎想给他让座，可最终没有站起来，也没有让座。小诸葛看了，心里不悦，心想你心里别老惦记着四痞子，他已经到了阴曹地府，现在我是堂堂的警备队队长，你理应热情接待，反倒不理不睬。

"你心里还在想着四痞子？"

"死鬼一个，想他有什么用。"

"看样子在想，想不到你如此念旧。"

"以己之腹度他人之心，那是你的想法。老娘只想多来几个客人，桌子上多放几块银圆，这就心满意足了。哪像你成天杀人放火，祸害人。"

"你言重了。我不过按照皇军的意思行事而已，也是身不由己。我不像四痞子什么缺德事都敢做。"

"那你是菩萨心肠。到底如何，人们心里都有一杆秤，用不着王婆卖瓜，自卖自夸。"

老鸨的话，句句往小诸葛心里刺，小诸葛心里极不舒服，心想老子今晚要将你当驴骑，将你折腾得死去活来。

"今夜我伺候你，怎么样？"小诸葛说。

"楼上有你喜欢的一点红，正闲着，你去伺候她吧。"

"嫩瓜不如老瓜香，今夜我想尝尝你这颗老南瓜。"

"老娘的身子没空儿，你上楼去吧。"

小诸葛看见老鸨心里不高兴，心想强扭的瓜不甜，老子先上楼啃那颗嫩瓜，啃了嫩瓜再啃你这颗老瓜，于是小诸葛出门上了楼，走进一点红的房间。

一点红百无聊赖，正坐在炕沿嗑瓜子消遣。看见小诸葛进门，喜上眉梢，赶紧下了地，一把搂住小诸葛。

"没良心的东西，为什么好久不上我的门？"

"皇军那面的事多，脱不开身，委屈你了。"

"你就喜欢找理由，喜欢说好听的话，要是心里真有我，就多来看我，多掏几块银圆。"

"我哪会儿吃瓜不掏钱。你是颗嫩香瓜，又香又甜，掏再多的银圆我也愿意。"

一点红让小诸葛先嗑瓜子，等她一会儿，独自到里间打扮去了。一会儿，一点红走出里间，打扮得花朵一般，袅袅婷婷，向小诸葛靠过来。小诸葛已经有一阵子没沾荤，哪里经得起一点红的引诱，立刻将一点红抱起来，在空中旋转起来。

一点红像一只小鸟在空中飞翔，咯咯笑着，笑声落到楼下老鸨耳里，老鸨骂了一声："小骚货！"

让一点红飞够了，小诸葛才将她扔在炕上，恣意折腾。

小诸葛下了楼，意犹未尽，又走进老鸨的屋里。看见小诸葛进来，老鸨眼皮都没抬一下，依旧坐着嗑瓜子。小诸葛自觉没趣，便说："大人不记小人过，还在生气吗？"

"哪会生气，你照顾了我的生意，我应该高兴才对。"

"我知道你老是开明女人，见多识广，心比天宽，比海阔。现在我是警备队队长，不是副队长，也是有身份的人，你得另眼相看。"

"哼！你和四痞子是一路货色，他死得惨，你会死得更惨。"

"你咒我！小心老子毙了你。"

"老娘不怕！"

小诸葛正要动手，有个弟兄在门外喊："队长，日本人叫你赶快回去，有事找你。"

小诸葛骂："丧门星！迟不喊，早不喊，偏偏这时候喊。回狗日的话，老子马上回去。"

日本人找小诸葛，要他活捉三儿子，认为三儿子带人劫走了二愣子和三姑，坏了日本人的事。

"这事不难，但不能着急。"小诸葛说。

"为什么？"

"听我慢慢道来。"

"别酸了，快点说，老子急！"

看见日本人真急，小诸葛不敢卖关子了。他说："劫场的人肯定是三儿子，此人是游击队的领导人。别人干不了这样的事，也没有这样的胆量。三姑扔下一只断臂，是死是活，无法断定。二愣子死无尸首，活不见人，又无一点消息。这不仅让警备队脸上无光，也伤了皇军的面子。抓住三儿子，才能解我们的心头之恨，不过心急吃不了热豆腐，此事宜缓不宜急。"

"为什么？"

"劫人成功，三儿子一定会想到皇军很生气，会找他算账，早躲起来了。他知道现在是最危险的时刻，不会老老实实待在家里等皇军去抓。"

"不。他正在得意。中国人蠢，四痞子蠢，三儿子也蠢，说不定三儿子在家喝酒取乐。"

小诸葛摇头。心里想，狗日的，你们不了解中国人，也不了解三儿子，我们吃他的亏还少吗？他不敢顶撞日本人，不敢违抗日本人的命令。

小诸葛说："我先派人侦察一下，探探虚实。"

"可以。要快！"

小诸葛回到警备队，赶紧派几个人连夜去侦察。第二天下午，侦察的警备队回来，向小诸葛报告，三儿子家的窑洞黑洞洞的，门上上着锁，家里没有一个人。二愣子的家也是如此。暗中向人打听，这两家都逃走了，不知道逃到哪里去了。

小诸葛说，我知道是这样的结果，什么事能逃出我如来佛的手心。侦察没有结果，小诸葛如实向日本人汇报，日本人骂一声"狡猾狡猾的"，说过几天去袭击。小诸葛点头称是。

小诸葛不时派人侦察三儿子的情况，一直没有三儿子在家的消息，这让小诸葛有点丧气，因为他初上队长之任，想建功立业，在日本人面前显示自己的本事。他心里悲叹，难道老天不给自己立功的机会吗？日本人等了几天，失去了耐心，催问小诸葛，小诸葛说没有三儿子的任何消息。日本人急了，骂小诸葛的人无能。小诸葛听了心里很不好受，因为他知道这等于在骂他。怎么办？小诸葛只好亲自出马。他带着几个亲信，趁天黑前去侦察。他趴在村子对面的山上，死死盯着三儿子家的窑洞。半夜时分，他看见三儿子家的灯亮了。他喜出望外，说："天助我也，终于有立功的机会了。"

出于谨慎，小诸葛又在暗中打听三儿子的情况。有人告诉他，昨天看见三儿子了。小诸葛喜从心起，给了告诉消息的人一块银圆。回到警备队，小诸葛立刻把消息告诉日本人，日本人让小诸葛做好准备，等待出发的命令。

小诸葛躺在炕上，翻看了一通《三国演义》，从中寻找可以借鉴的谋略。他心里琢磨，这是自己亲自探得的消息，是自己上任后第一次出马，一定要马到成功，但他又担心，三儿子像一条泥鳅一样滑，万一扑空呢？思来想去，万全之策，莫如先弄清楚三儿子的行踪，然后跟踪抓获。为了防止抓捕时三儿子逃脱，小诸葛决定摒弃四痞子只从一面袭击的战术。他知道古人有十面埋伏的战术，他只要四面埋伏，八面合围，一定让三儿子插翅难飞。

七十

二小把二愣子的爹送回家，独自摸着黑回家去了。

看见二愣子的爹回来，一直在家里坐卧不安的愣子娘急忙问："看见了吗？魂？人？"

愣子爹呵呵一笑，说："哪有什么鬼魂。"

"是人？"

"是的。"

"是二愣子？"

"是的。"

"他活着？"

"活着。"

知道儿子还活着，二愣子娘突然放声大哭起来。

"别哭了，深更半夜。"

二愣子娘马上止住哭，用袖子抹了一把眼泪，破涕为笑，说："一高兴，把什么都忘记了。半夜三更，会惊动村里的人，也会惊动狗日的日本人。儿子活着，高兴还来不及，哭什么。"

"你怎不叫二愣子回家？"

"你糊涂了。这时候回家，安全吗？"

"我急糊涂了。狗日的日本人随时会来的，还是在那里安全。今晚我们去看他，带着媳妇和孙子。"

"我就是回家来接你们的，赶紧收拾一下，快点走。"

二愣子的娘赶紧叫醒了隔壁屋里的媳妇和孙子，吩咐道："二愣子在后山，收拾一下，快点走。"

听说二愣子还活着，媳妇一骨碌爬起身来，摇醒了熟睡的儿子，一边穿衣服，一边抹眼泪。

"快点穿衣服，去看你爹。"

二愣子的爹带着一家人，悄悄地离开家，悄悄地离开村子。

愣子的爹走在前面，领着一家人，深一脚，浅一脚，匆匆赶路。

"他爹，二愣子没有缺胳膊少腿吧？"二愣子的娘问。

"没有。"

"脸上有伤吗？"

"没有。"

"身上呢？"

"不知道。"

"他是怎么回来的？是三儿子救出来的吗？"

"多亏三儿子救他一命，我们应该好好感谢他。"

"三儿子怎么救的？"

"一句话说不清楚，见到二愣子后你仔细问问。"

二愣子娘脚下一滑，跌坐在地上。二愣子的爹一把将她拉起来，说："小心点！地冻得硬邦邦，滑。"

"摔不死。摔死了，心里也高兴。"

二愣子的娘呵呵笑了，二愣子的婆姨跟着笑了，二愣子的儿子跟着笑了，二愣子的爹也跟着笑了。笑声震动了脚下的冻土。

到了后山，一进门，二愣子的娘看见儿子坐在炕楞上，高兴地扑到儿子身上，抱着儿子哈哈大笑："你终于回来了，娘以为再也见不着你了。"

二愣子傻呵呵地笑了，一时不知道跟娘说什么好。在牢里的日子，他想到爹娘为了他一定很焦心，可自己又无法安慰他们。一旦自己死了，爹娘年迈体弱，婆姨无依无靠，儿子又小，这一家人的日子不知道怎么过。每每想到此，他心里像针扎一样痛。现在活着回到爹娘身边，看见娘高兴的样子，牢里的一切忧虑烟消云散。

娘放开二愣子，两眼盯着儿子，看见儿子面容憔悴，瘦骨嶙峋，一下子又扑到二愣子的身上呜呜哭起来。

"二愣子，你的命好苦！你两次被关进牢里，不知道吃了多少苦！娘没有看见你挨打受骂，可看见你被折磨成这副样子，就知道他们如何折磨你了。狼心狗肺的四痞子，在阴曹地府里，阎王会让他上刀山，下油锅。"

二愣子的娘哭了一阵，放开二愣子，又瞅着面挂笑意的儿子，禁不住笑起来。他抚摸着儿子枯干的头发，脸上挂满了笑。

"儿子，你总算回到娘身边了，这下娘心里踏实了。我们暂时躲在这里，娘好好服侍你，让你的身子早点壮起来。"

"我没事，过几天就好了，你不用操心。"

二愣子的娘紧挨着二愣子，坐在炕楞上，上上下下打量着儿子，心里甜滋滋的。

二愣子的婆姨一直站在门口，看着娘一阵喜，一阵悲，自己心里也心潮起伏。她也想像娘那样，扑到二愣子的怀里，抚摸着他的胸脯，痛痛快快地哭一场，痛痛快快地笑一阵，可碍着这么多人的面，一个女人家，岂能好意思。她抚摸着站在身边的儿子的头，静静地看着二愣子。

娘的哭笑停了。二愣子看着站在门口的婆姨，见她消瘦了。心想，为了他，不单是爹娘，婆姨也操碎了心。当他看到婆姨脸上的微微笑意，心里暖洋洋的。

婆姨从二愣子的眼神里看出了他心里的高兴，跟儿子说："去。我们坐在你爹身边。"

看见儿子坐在身边，二愣子抬手抚摸着儿子的头，说："儿子长高了一点。"

二愣子的爹坐在炕楞上，不言语，只顾一锅接一锅抽烟，腾腾烟雾在他头顶上袅袅上升，依依散开。

一家人说说笑笑，一直到夜深人静。主人让一家人高兴够了，便从箱子里搬出几床被褥，铺在炕上，让他们睡在丈二长的大炕上。

二愣子躺在被窝里，一时难以入睡，默默想着心事。

第二天天刚亮，二愣子的爹就从炕上爬起来，跟二愣子的娘说："我去告诉三儿子的爹，他也着急。"

二愣子的娘说："去吧。告诉他三儿子在，不用操心。你早去早回。"

二愣子跟爹说："三儿子不会有事的，他是个精明人。这几天不知道他在哪里。"

二愣子的爹拿来一只碗，从锅里舀了半碗水，咕嘟咕嘟几口灌下喉咙，摸一把嘴巴，拿着一把放羊铲，说："我走了。"

翻了几架山，跳过几道沟，跑了二十里的山路，花了半天的时间，二愣子的爹找到了三儿子的爹。他知道三儿子的爹躲在离村子二十里外的亲戚家。

踏进三儿子亲戚家的门，二愣子的爹看见三儿子的爹坐在炕楞上抽烟，屋里云遮雾罩。

三儿子的爹抬头看见走进来的人是二愣子的爹，心里一惊，不知道他突然到来，究竟是喜是忧。他想，必定与三儿子有关。儿子多日不见，吉凶未卜，他心里焦虑不安。看见眼前站着的二愣子的爹，他心里不由生出一腔怨恨。为了救二愣子，三儿子不顾自己的性命，至今杳无音信。如果不去搭救二愣子，三儿子会好好待在家里，何用自己操心。

看见三儿子的爹低着头，不搭理自己，二愣子的爹知道他心里有气。二愣子的爹没有言语，掏出腰里的烟袋，坐到炕棱上，也抽起烟来。

看见二愣子的爹不言语，三儿子的爹意识到二愣子的爹内心有点理屈。三儿子的爹心里过意不去，搭讪着："喝水不？"

他知道二愣子的爹跑了二十里的山路，一路辛劳。

"喝一点。"二愣子的爹不愿意拂去他的好意。

三儿子的爹倒了一碗热水，放到炕楞上，碗里冒着腾腾热气。

"有消息吗？"

"有。"

"哦。"

三儿子的爹沉默着，心里揣测着消息的吉凶。

"二愣子活着。"

三儿子的爹一惊，睁大了眼睛："回来了吗？"

"回来了。"

"哦。"

一阵沉默。

看见三儿子的爹不问三儿子的消息，二愣子的爹明白他的心思，说："有三儿子的消息。"

"哦。"

"他活着。"

"活着！"

"是的。"

"在哪儿？"

"不知道。"

"哦？"三儿子的爹盯着二愣子的爹，一脸疑惑。

"不用着急，三儿子活着，是他救出二愣子，把二愣子送到后山的。"

"谁说的？"

"二愣子。"

"活着就好。我知道他不会出事的，他的脑子比别人好。"

"是的。他是个聪明人。"

知道儿子活着，三儿子的爹心里的石头落了地，脸上露出笑意。

三儿子的爹走出门，吩咐另一个屋里正在纳鞋的三儿子的娘："给二愣爹做碗面，他饿了。"

听说二愣子的爹来了，三儿子的娘赶紧跑出屋，问："有消息吗？"

"有。"

"活着？"

"活着。"

三儿子的娘呜呜哭起来。

二愣子的爹回到后山，不见二愣子的人影，问："二愣子呢？"

"出去了。"二愣子的娘说。

"做什么？"

"去问二愣子的婆姨。"

"他呢？"

"出去了。"二愣子的婆姨说。

"做什么？"

二愣子的婆姨支支吾吾，似乎怕公公责骂。

"不知死活的东西！"二愣子的爹骂。

二愣子的娘叹口气。

"你们怎不知道劝说一下！外面乱哄哄的，如果再出什么事，怎么办？"

"我们劝了，没用。再说，也未必有事。"二愣子的婆姨说。

"女人家！"

二愣子的爹狠狠瞪了儿媳妇一眼。

昨晚二愣子好久没睡着，因为他从二小嘴里得知三姑的确切消息，心绪不宁。一起出生入死的苦难人，如今他躺在被窝里，而三姑却魂归九泉，怎能让二愣子的心平静？他想起了他们之间的桩桩件件的事，想起了那天他们被劫的场面，想起空洞洞的三姑，他默默落泪。他为自己没能为三姑送别而心里愧疚。虽说现在阴阳两隔，三姑不能要求他做什么，可二愣子觉得自己欠三姑的情。他想去看看三姑的坟，跟三姑说几句话，又怕出去不安全，让家里人担心。三儿子嘱咐过自己，不要轻易出门。怎么办？

"我想出去一下，很快回来。"二愣子跟婆姨说。

"做什么？"

"看看三姑的坟。"

"危险！"

"是的。别跟娘说。"

婆姨瞪了一眼二愣子："不知轻重。"

二愣子手里拿起一条鞭子，正要走出院子，他娘看见了，问："去哪？"

"门外溜达一会儿。"

"别走远。留点心。"

看见儿媳妇瞪着儿子，二愣子娘知道有事瞒着她，便问媳妇："他到底去哪？"

看见瞒不住婆婆，二愣子的婆姨说："去看三姑的坟。"

"过一阵子去看也行，急什么？"

二愣子的娘赶紧跑出院子，去追二愣子。

七十一

"汪汪！"

一条黄狗对着远处叫，二愣子拍了一下狗的头，悄声说："不要叫！"

后山的主人喂着两只狗，二愣子出去时带着一只，家里留着一只。一路上，黄狗十分高兴，总跑在前面，似乎在为二愣子带路。黄狗不时回头看看二愣子，似乎怕主人跟不上它的脚步。

二愣子之所以选择黄昏时刻外出，是因为这时人很少，山野很安静，自己不易被人发现。他沿着一条山脊走，山的两边都是陡坡，他可以清清楚楚看见两边陡坡的一切动静。山脊的东面是一条极深的山沟，山沟的对面也是一道山脊，两道山脊相距甚远。山脊的西面是望不到头的高原。他边走，边警惕地注视着四周的动静。他的心是沉重的，因为与他生死与共的人死了，现在去看她的坟，沉痛紧拽着他的心。他的心又是爽快的，因为当他看到远处辽阔的山野，在监牢里被禁锢了许久的心跳出了牢笼，获得了新生，可以自由地与大自然交流。他看见金盆般的太阳钻入西边原野的尽头，仿佛心爱的三姑潜入地下。寒冷的空气紧紧裹着他单薄的身子，他感到寒气往肉里钻。他紧缩着身子，加快了脚步。

二愣子对三姑村里的地形很熟悉。后山距离三姑的墓地北疙瘩十里地，半个时辰的工夫，二愣子就赶到了。他看见那个小山包的玉米地里有一座新坟，坟上的纸幡在寒冷中徐徐飘着，他断定是三姑的坟，因为周围再没有别的坟。黄狗似乎明白他的意思，率先跑到新坟边，低头嗅嗅，回头看着身后的主人。

二愣子走到坟前，看着簇新的坟头，沉痛涌上心头，扑通一声，跪在冰冷的地上。

黄狗看见主人跪在坟前，就在坟墓四周到处游荡，似乎在寻找什么，也似乎在为主人警戒。

二愣子想哭，他咧开了嘴，但哭不出声来。他直愣愣地瞅着坟上的新土，

215

呆呆地沉默着。

渐渐，他的心泛起涟漪，似乎想向三姑诉述什么，但说不出来。

跪累了，二愣子站起来。站了一会儿，他又坐在地上。他想小声和三姑说话，又怕惊动了周围，引来麻烦。他只好默想，在心里与三姑默默交流。

"三姑，你走了，为什么走得那么匆忙，走得那么悲惨，走得那么凄凉？唉！走了也好，免得再受监牢的苦。你一定记得，四痞子那条狗的奸笑，比毒蛇的舌头还可怕；你一定记得狗日的日本人的凶相，比豺狼的面孔还可恶；你一定记得二诸葛的阴笑，比恶鬼的绿眼还阴森。那冰冷的牢壁，哪是砖砌的，分明是冰砌的，冰得人骨头发抖；那碗里的小米稀饭，哪是香甜的小米，分明是一粒粒毒药，苦得人张不开口，咽不下肚；那铁门，哪是为人进出的门，分明是阴惨的棺材盖；那警备队的吼声，哪是人声，分明是虎狼在嚎叫；那警备队的铁枪，哪是守护人的，分明是用来对付畜生的。你说，我们身上的衣服为什么像冰一样冷？我们的肚子为什么像无底洞一样空？我们的身子为什么像针扎一样疼？我们的心为什么像石头一样沉？你说，为什么我们没有白天，只有黑夜？为什么我们没有亲人，只有敌人？为什么我们没有明天，只有今天？"

"唉！走了也好，免得再受临刑前的恐怖。你一定记得，临刑前的那顿饭，哪是什么美酒佳肴，分明是毒酒毒食；你一定记得，临刑前的那次交谈，哪是我们最后一次的温存，分明是生离死别；你一定记得，那紧绑在我们身上的绳索，哪是一条条绳子，分明是缠在身上的一条条毒蛇。押解我们走出监牢的日本人和警备队，是人还是魔鬼？在我们面前摇晃的东西，是刺刀还是蛇舌？我们被推搡着，我们被吆喝着，我们被调笑着，我们被辱骂着。我们哪里是人，显然是宰割前的畜生。那阴惨惨的街道，为什么像魔窟一样瘆人？那一双双围观的眼睛，为什么像魔鬼的眼睛恐怖？地上的路，比铁还硬，硌得人脚生疼；空中的风，比针还厉害，扎得人生疼；天上的雪，比碎布都大，晃得人睁不开眼。你说，一时间大雪纷飞，天昏地暗，是神仙下凡，还是魔鬼降临？你说，突然间粉末飘飞，乾坤颠倒，是末日来临，还是新生再现？你说，骤然枪响刀鸣，你我不分，是天兵格斗，还是地鬼厮杀？你我都不知道。你走了，我也走了；你到了黄泉，我回到了人间，自此阴阳两隔。"

"啊！还是活着好。我活着，可以坐在你的坟前，跟你说话，你能听见吗？你记得吧，我俩最心爱的就是那两头牲口。我的驴，跟我一样壮；你的驴，跟你一样倔。你的驴听见我的驴的叫声，就会主动停下脚步；我的驴听见你的驴的铃声，就会加快脚步。它们和我俩一样，也在相爱吗？呵呵！"

"啊！还是活着好。赶牲口虽然很辛苦，早出晚归，日晒雨淋，有时让人感到筋疲力尽，可你不是很喜欢那清凌凌的三川河吗？春天，下河洗把脸，手脚轻快；夏天，下河浸浸脚，浑身凉快；秋天，下河喝口水，肠肚滋润；冬天下河洗个手，皮肉温暖。我记得，你很喜欢冬天黄河里飘着的一块块冰凌，你说那是洒落在水里的一朵朵梨花。呵呵，真像！"

"啊！还是活着好。白天，我们跑一整天的路，人困驴乏，可住在店里，又是那么舒心。你还记得那家小店吗？店主老头憨厚得像头牛，给你端茶递水，问长问短，胜过你的亲爹。你还记得黄河边的那家小店吗？晚上听着黄河的涛声入睡，就像听着摇篮曲入眠，更不用说睡在厚厚的被子里有多温暖。至于金花的小店，你更不会忘记。在那里，有我们留下的欢乐，有金花的照顾，还有夜半院子里的家长里短。呵呵！那里真快活。"

"啊！还是活着好。你说，没有我那驴的叫声，哪会让你的驴停下脚步？你说，没有我的歌声，哪会引来你的鞭声？你爱听我的歌声，爱看我结实的身子；我爱听你的话音，爱看你的脸蛋。金花的店，三岔口的店，岔口的店，哪个店里没有留下我们的快乐？呵呵！还有在三川河里的嬉戏和岸边树林里的快乐。"

"活着好。记得我光棍一条的时候，是你给予我关心，让我感受到女人的温暖。我记得我被狗日的日本人扎伤了腿，是你送肉送面。我记得我的家被狗日的日本人烧得一无所有，是你给我家送来了粮食，让全家度过饥荒。我记得，你送我的那块布不仅温暖了我的身子，也温暖了我的心；你送我的那双鞋，细针密线，让我走了无数的路，让我时时记着你的心。你有情，我有意，知足了。人生图个什么？不就是快乐吗？"

"活着好。那狗日的日本人，那狗日的四痞子，那狗日的二诸葛，都不是人，是畜生！我们夜里痛打四痞子，听见他嗷嗷叫，不也很快乐吗？我们看着日本人被炸得血肉横飞，不也心花怒放吗？四痞子那条恶狗，在你安葬那天被打死了，你听了一定高兴得不得了。四痞子不死，天理不容！日本人是恶狼，别看他们现在杀人放火，祸害老百姓，他们迟早会被灭掉。小诸葛，他的命也不会长。恶人恶报，天理！"

"我知道，你放心不下你的那头驴，放心不下二小，放心不下你的孩子，也放心不下我。莫挂心，人有各自的命运，不须太多牵挂。在那边，只要你过得好，我们就放心了。唉！我看不见你在那边过得好不好，你有什么危难，我也帮不上你，想起来伤心。你记得，多少月，我们共度苦难；多少天，我们心心相连；多少时，我们相互牵挂。过去的日子，我不会忘记，相信你也不会忘记。对于你，现在我没有牵挂了，只有思念。如果那边有事，你给我托个梦，让我知晓。至于我，还活着，活得好好的，你不用挂心。我不会忘记你，我会常来看你。"

"三姑，你是孤魂野鬼，会孤单吗？如果孤单，你回来吧，我去接你。三姑，你会回来吗？我盼望你回来，我们再一起赶牲口，再一起欢乐，再一起面对灾灾难难。现在，天冷，我浑身紧缩。你那里也冷吗？天黑了，我得回去，不然家里人操心。"

"三姑——"

二愣子"哇"的一声哭了。

二愣子哭了一声，不敢再哭，赶紧起身，离开坟地。他回头一看，坟地起风了。冷风掠起冻地上的尘土，尘土席卷着三姑的新坟，二愣子心里一片凄凉。

夜色里的山野，倍加寂静。那只黄狗跑在前面带路，二愣子跟在后面。他想起自己离开后山时，娘一再阻拦，自己不听，执意要来一趟。今天爹会回来，如果看不见自己在家，他会焦心。

二愣子加快了脚步。

七十二

二愣子的一家在后山一直住到开春，仍不敢回家住。眼看解冻了，应该忙地里的活了，怎么办？二愣子想回去干活，二愣子的娘死活不让回去。二愣子的爹说，二愣子不用回去，我回去。我一把老骨头，怕什么，总不能让一家人饿肚子。家里人合计一通，也只好让他回去种地，二愣子帮助后山的主人种地。春去秋来，二愣子的爹从村里跑到后山，告诉一家人："日本人离开了县城，跑了。"

"跑啦？"

这让一家人吃惊不小。日本人怎么说跑就跑了呢？不可思议。

"跑到哪里？"二愣子问。

"我怎么知道，听说跑远了，可能不会再来了。我们回家吧。"

一家人疑惑不解，无所不为的日本人，怎么说跑就跑了。他们还会回来吗？不管怎样，可以回家了，一家人十分高兴。第二天，收拾了好东西，告别后山主人，一家人高高兴兴回家了。

日本人走后，县里很快平静下来，人们不再提心吊胆了。国民党依然统治着，与八路军的武装之间经常发生战事。陕北不时有部队渡过黄河，向东而去。国民党经常征兵，八路军也在悄悄征兵。村里有人被国民党抓去当兵，也有人悄悄加入八路军。日本人跑了，警备队没了依靠，成了没头苍蝇，于是一哄而散。有人想投奔国民党，听说到了国民党的队伍里要经常打仗，怕死不敢去。只有小诸葛带着几个人跑到国民党的军队里。小诸葛认为自己有能耐，想在国民党的部队里施展才能，期望凭着自己的能耐节节高升。果然天遂人愿，小诸葛到了国民党的队伍里，带兵打了几仗，大获全胜。有人向小诸葛竖大拇指，小诸葛扬扬得意。

小诸葛在警备队的最后日子里，曾设四面埋伏，八面合围之计，想抓住三儿子。小诸葛兴师动众，结果计谋落空，只落得日本人一通奚落。他不甘心，几次去抓三儿子，结果次次落空。其实，自四痞子死后，三儿子就没有回过家，他知道日本人和警备队不会放过他。三十六计，走为上计。三儿子看到自己有家不能归，决定另谋出路。

八路军的武装了解到二诸葛投奔了国民党，决心除掉这个狗汉奸。他们先秘密派人去暗杀，结果没有成功。后来，八路军的武装精心设计了一次战局，诱敌深入，小诸葛上当受骗，败得一塌糊涂，小诸葛被俘虏了。小诸葛毕竟有几分机灵，晚上趁着看守的士兵上厕所的工夫，悄悄逃走了。

小诸葛逃到哪里？八路军派出几路人马去追，没有追到。又派几路人马去寻找，也没有音讯。小诸葛仿佛一条蛇，钻入地下。八路军寻找无果，只好暂且作罢。一天，有人向八路军报告，说小诸葛跑到陕北去了。陕北是八路军的根据地，小诸葛居然敢往那里跑，不是自取灭亡吗？有人不相信。八路军立刻派人渡过黄河，前往陕北抓捕，然而空手而归。小诸葛到底躲在哪里，人们不得而知。

其实，小诸葛的确躲在陕北。小诸葛为什么要躲到陕北？用他后来的话说，最危险的地方也是最安全的地方。另外，还有一点：隔河千里远。基于这两点，小诸葛认为自己很安全。确如小诸葛所料，他没有被八路军抓获，也没有为当地人发现。然而外乡毕竟不是久留之地，终究需有个归宿。小诸葛思来想去，决定渡过黄河，回到山西，再去投奔国民党。他知道，八路军不会放过自己，自己的命跟国民党的命运紧紧连在一起。

夏初的黑夜，陕北吴堡县的黄河边静悄悄的，河对岸人家的灯火早早就灭了，黄河两岸黑洞洞的。有一个人从水浅的地方悄悄下河，向河对岸蹚去。枯水期，黄河水缩了，居然可以让人轻而易举地蹚过去。过了黄河，此人立刻钻入河滩的枣树林，换了一身干衣服，悄悄沿着岸边小路遁入夜色。

国民党的部队深知黄河天堑的重要性，因此经常驻守在黄河边，阻挡东进的八路军。陕北名将刘志丹率兵东进，就死于黄河岸边三交镇国民党军队的手里。

天蒙蒙亮，偷渡人钻入另一片枣林，打算天黑之后再行动。他藏在枣林里一个被水冲刷成的小坑里，默默等待着。晌午，他饥肠辘辘，想掏出怀里的干粮啃几口，又怕引来狼或狗，只好苦苦忍耐着。下午，他实在忍耐不住，就悄悄啃着干粮。

突然，附近传来狗的叫声。他赶紧把干粮塞进怀里，从腰里摸出手枪。狗看不见人，狂叫不已。听见狗叫，附近地里干活的主人以为附近有狼，四处张望，没发现什么。主人想，附近一定有情况，于是四处寻找。狗跑到小坑边，狂吠不止，主人知道坑里一定藏着东西。主人猜想，不会是狼，狼不怕狗，听见狗的叫声早跑出来了。主人想看个究竟，于是走到坑边。任凭狗叫，坑里的人纹丝不动，只紧紧握着手枪。主人探出身子，往坑里一瞧，看见坑里有个人，忙问："你是谁？"

看见自己被发现，坑里的人急忙站起来，向狗主人开了一枪。狗主人立刻倒地。看见自己的主人倒地，狗立刻扑上前来，咬坑里的人，不想反倒挨了一枪，然后号叫着一溜烟跑了。

狗跑回家里，人们发现了狗身上的枪伤。村里人知道出事了，赶紧去找人，结果发现狗主人被打死了。消息惊动了附近的八路军武装，天黑之前，抓到了开枪的人。

此人正是小诸葛。

小诸葛被抓的消息很快传遍全县。听到小诸葛要被处决的消息，人们奔走相告，欢呼雀跃。消息传到二愣子耳里，二愣子竟然不相信，他认为精明的小诸葛不会轻易被抓住。当他证实了这个消息，咧着嘴直笑。

院子里坐着几个人，议论此事。二愣子的爹说："老马失蹄，不奇怪。像他这样作恶多端的人，别说是人，就是鬼也要找他算账。"

三儿子的爹说："这个恶鬼挨刀，罪有应得，千刀万剐，也不解恨。"

二愣子说："到现在也没有三儿子的音讯，他会知道吗？"

三儿子的爹知道儿子不会出事，但一直没有他的音讯，心里不踏实。他心里估量，这小子恐怕跑到八路军的部队里了。

二愣子说："小诸葛伙同四痞子，把我折腾得死去活来，我要报仇。"

二愣子的爹说："狠狠抽他几鞭子。"

二愣子说："打死这狗日的也不解恨。"

二愣子说到自己的仇，想起了三姑的仇，他要为三姑报仇。

第二天一早，二愣子手里拿着鞭子，跑到三姑的村里，找三姑的男人二小。二小也知道了二诸葛要被处决的消息，心里也在想着如何为三姑报仇。看见二愣子进门，他明白二愣子的心意。

"我们一起去，为三姑报仇。"

"我找你，正是为了报仇的事。狗日的，害死了三姑，害得我几乎死掉，亲手杀了他也不解恨。你打算怎么报仇？"

"先抽他几鞭子，然后用石头砸死他！"

"好。"

二愣子又想到了被警备队迫害的虎子，于是对二小说："你拿着三姑用过的鞭子，我们一起去找虎子，一起报仇雪恨。"

"好。"

二愣子和二小走了半天路，找到了住在县城附近的虎子。虎子也听到了处决小诸葛的消息，他也在琢磨如何报仇雪恨。看见二愣子和二小上门，自然明白他们的意思。

"狗日的，没想到小诸葛也有这一天。四痞子没有好下场，被三儿子打死了，小诸葛也没有好下场。这两个恶鬼不死，天理难容。恶有恶报，善有善报；不是不报，而是时辰未到；时辰一到，必然要保。我们终于等来了报仇雪恨的这一天，我们一起去，狠狠地打，打得他皮开肉绽，血肉飞溅。"虎子说。

"要是三姑活着该有多好，她可以亲手报仇。"二愣子说。

"只留下一条胳膊。"二小叹口气。

小诸葛处决前的那个晚上被关在监狱的一个窑洞里，身上戴着手铐脚链。他躺在炕上，心灰意冷，心想这回死定了。听说小诸葛要被处死，念着昔日的情分，在警备队和国民党军队待过的几个弟兄决心搭救小诸葛。他们带着过去隐藏下来的手枪，带着几样工具，趁着夜色从墙角爬上监狱的墙。他们观察发现两个看守人靠在墙上打盹儿，先用砖头砸晕看守人，然后顺着绳子悄悄溜进监狱，用木棍打死看守人，直奔关押小诸葛的窑洞。

"小诸葛！"门外有人低低地叫。

小诸葛听见叫声，以为行刑的时刻到了。只听见一声响，门上的锁打开了。有人拿着手电进来，用铁锤砸掉小诸葛脚链上的铁锁，砸断手铐上的链子，领着小诸葛翻墙而出。他们护送小诸葛到了野外，用预备好的工具砸掉小诸葛的手铐脚铐，给了他一把手枪，用以防身。

发现小诸葛逃走，政府派人四处抓捕，结果没有找到小诸葛。

二愣子、二小和虎子听到这个消息很丧气，骂小诸葛太可恶了。

小诸葛一口气跑了七十里路，藏在一个山沟的土洞里。他躺在潮湿的土洞里，庆幸自己又逃过一劫。待心情平定下来，他想起弟兄们冒死救他，感激涕零。他想起四痞子死后自己说过的一句话：为四痞子报仇。他认定四痞子是三儿子一伙打死的，那天自己也几乎死在他们的枪下。他胸中燃起了复仇之火，他要找三儿子报仇。后来他几次暗中打听三儿子的消息，始终没有打听到三儿

子的下落，只好逃到百里之外隐姓埋名，隐藏起来。

七十三

二愣子躺在炕上，一直在琢磨，三儿子去了哪里。他知道，凭着那份机灵，三儿子不会出什么事。日本人跑了，八路军的武装在不断壮大，他会不会参加了八路军的部队？如果参加了附近的八路军的部队，他应该给家里报信，可一直没有他的消息。他想去找三儿子，又不知道到何处去找。三儿子不在身边，二愣子觉得孤独，心里空落落的。如果三姑活着，兴许二愣子少几分孤独。

过了一阵子，村里传来消息，说八路军要攻打离石城。如果离石城一破，国民党在附近就没有立足之地了。区政府向各村征调民夫，为八路军抬担架。听到这个消息，二愣子高兴得不得了，跟婆姨说："我去支援八路军。"

"你去问爹娘。"

二愣子去问爹娘，爹娘说："去！不然以后没有为八路军出力的机会了。"

二愣子和村里的几个年轻人扛着扁担，拿着绳子一起出发，由于征调的民夫多，区政府吩咐抬担架的人自己准备担架。村子距离离石城七十里的路程，足足一天的时间才能赶到。他们各人怀里揣着一点干粮，嘻嘻哈哈上了路。

"我还没有见过打仗是什么场面，这回要开眼界了。"一个说。

"听说离石城很坚固，八路军能攻下来吗？"一个说。

"瞎操心！附近的城镇都被八路军打下来了，离石城能守得住吗？"一个说。

二愣子算是见过世面的人，他听着几个年轻人议论，心里也很兴奋。虽说他见过几次打仗的场面，而这次是攻城，场面会大不相同，他恨不得马上看到攻城的场面。

"听到枪响，你们别吓得尿裤子，误了抬担架的事。"二愣子调侃几个年轻人。

"真吓着了，用手捂着尿管。"一个说。

"真吓着了，拿绳子系着它。"一个说。

"真吓着了，给它一巴掌。"一个说

大家说说笑笑，不知不觉到了清清的三川河畔。山里没有溪水，更没有河，看到清清的河水在眼前闪耀，大家的精神更足了，都说要下河洗一下。和其他几个人不同，二愣子对这条河非常熟悉，不知多少次，他和三姑一起到河边饮驴，一起把手脚伸进河里寻痛快。他突然想起了三姑。他扭头朝西看，看见日本人的那座碉堡依然竖立在那里，但是破旧了。他知道这是一座空壳，再也看不到狗日的日本人的影子了。

"呸！狗日的！"二愣子骂。

"骂什么？"

"骂碉堡。"

几个年轻人哈哈大笑，说骂那东西有什么用。

不久，他们走到了强盗湾。看到这里地形险要，荒无人烟。一个年轻人问："这是哪里？"

"强盗湾。"二愣子摸着这个年轻人的头，"害怕吗？"

"不害怕。我们人多。"

二愣子跟几个年轻人讲述他和三姑在这里经历的一件件惊险的事情，几个年轻人听得如痴如醉。他们没有想到，二愣子和三姑会经历这么危险的事情，个个佩服二愣子的胆量。二愣子则想，这毕竟是往事，此后他和三姑再也不会经历这样的事了。三姑不用担惊受怕了，二愣子心里有些许的安慰。

"那条胳膊是三姑的吗？"二愣子说。

"听说是的，二小认出来了。"一个说。

二愣子"哦"了一声。

一路上，很多地方都让二愣子想起三姑，因为他们在这条路上跑了一回又一回。他的眼前不时出现三姑的身影，三姑的笑容，甚至听到三姑咯咯的笑声。他默默走着，默默回想着三姑，一会儿欢乐，一会儿忧伤。

看见二愣子默默不语，一个年轻人说："听说三姑是你的相好，是吗？"

二愣子拍了一下年轻人的脑袋，说："你不懂，那是生死之交。"

"三姑赶得上你的婆姨吗？"一个嘻嘻笑。

"当然赶得上。百里挑一。"

几个年轻人哈哈大笑。

红日西斜，二愣子和几个年轻人赶到了离石城。他们找到八路军的接待处，接待处安排他们住在西门外的村子里，等待战斗打响。

在去住地的路上，他们看到南门外和西门外到处都是八路军，还有来来往往的民夫。抬头看看高高的城墙，城墙上不时有人影移动，那是守城的国民党士兵。看到战斗前的气氛如此紧张，几个年轻人心里也紧紧的，只有二愣子显得轻松些。几个人到了住地，看见院子里安着几十口大锅，锅里正熬着小米稀饭，还看见几口大锅上热气腾腾，有人正在忙着往蒸笼里放玉米面窝窝。他们知道，这是给民夫准备饭食。

吃过饭，有人吩咐他们不能随便走动，战斗随时都会打响，要求随时做好抬伤员的准备。

攻打离石城，八路军采用南北合击、断粮断水的办法。国民党守城首领何焕之扬言，要与离石城共存亡。离石位于两山之间的一条狭长地带，北边的山下有三川河流过，地形东高西低。八路军选择西门和南门进攻。

战斗打响之前，二愣子和其他抬担架的民夫躲在远处，静静等候着。随着一阵冲锋号响，八路军的机枪向城墙上的守敌猛烈射击，随即城墙上也猛烈向下射击。二愣子看见双方的子弹横飞，枪声不绝于耳。一会儿，远远看见八路军将云梯架在城墙上，开始登城。城上的机枪吐着火舌，云梯上的士兵纷纷掉下，但是依然有人往上攀登。正在二愣子看得入神的时候，有人向他们大声喊："担架队，上！"

二愣子扛起担架，对身边同来的年轻人说："我俩上。"

"我腿软，跑不动。"年轻人说。

二愣子只好找另外一个年轻人。二愣子扛着担架，将战场上受伤的伤员抬到一个临时救护点，然后又去抬。耳边枪声接连不断，他顾不上听，顾不上看，只顾快步跑，他不知道自己上上下下跑了多少趟。

在另一个救护点，有一个穿着军装的女军人，晃着一只空袖子，跑来跑去，忙着护理伤员。

枪声渐渐稀了，继而停止了。二愣子抬头，看见云梯上没有人登城，城墙上静悄悄的。他不知道为什么突然停止了登城。他问别人，有人说死伤太大，暂时停止攻击。二愣子正想坐下来休息一会儿，突然枪声又响起来。接着，他看见云梯上又有人开始登城。城墙上下，枪声大作，响成一片。

"这城能爬上去吗？"身边的年轻人问二愣子。

"能。听说里面的守兵不多，弹药也不多。"

"不会吧。城墙上的枪声比城下的枪声还大，怎么会缺少弹药。"

"别多嘴多舌，少说多看。"

二愣子看见云梯上不断有人掉下来，接着又有人往上爬。有的爬到云梯上半截被打下来，有的眼看爬上去了，也被打下来。看见登城的士兵一个个掉下来，看到八路军登城如此艰难，二愣子心里十分着急。城上城下枪声不断，登城的人一批批上去，一批批被打下来。

二愣子离开隐蔽所，又去抬伤员。看见担架上的伤员血淋淋的，二愣子心里一阵又一阵难过，他不能停下脚步，只能快步跑。

渐渐，枪声又停下来了。二愣子估计，由于死伤太大，登城暂时停止了。

两袋烟的工夫，枪声又响起来，登城又开始了。这时，二愣子看见城下近处的机枪多了，火舌紧紧压着城上的机枪。渐渐，城上的机枪声小了。二愣子心想，这下登城容易了。果然，云梯上的士兵多了，眼看有的士兵要爬上去，却被城上的人用刺刀捅下来。城上的枪声越来越稀，城下的云梯却越来越多。二愣子想，登城有希望了。

没想到，城上飞下一块块石头、砖头，狠狠砸在登城士兵的头上，有不少士兵从云梯上滚落下来。二愣子手里捏着一把汗。这时，城下响起嘹亮的冲锋号，登城的云梯增加了，登城的士兵增加了。城墙上没有枪声，只有稀稀落落的石头、砖头落下。二愣子疑惑不解。

这时，登城的士兵越来越多，云梯上站着的士兵，像挂在空中。有人登上了城头，跟城上的人搏斗。

"有人上去了！"一个年轻人喊。

二愣子高兴得咧开了嘴。

突然，城上洒下一盆盆水，水落在头上，有的士兵滚下了云梯。二愣子大吃一惊，不知道这是什么魔水，竟能将士兵浇下云梯。

一会儿，魔水不见了。

登城的人蜂拥而上。有人大喊："上去了！上去了！"

城攻克了。二愣子完成了抬担架任务，和村里的几个年轻人扛着扁担进城看稀奇。城里人来人往，到处是八路军、俘虏和民夫。许多民夫和二愣子一伙一样，扛着扁担在街上闲逛。二愣子看到逃出城外的老百姓，背着包裹，拖儿带女，陆续进城回家。

"我们到城墙上看看。"有个年轻人提议。

几个人一起登上南面的城墙，看见城墙上弹洞累累，有的墙砖已被子弹打破。城墙上散落着一些石块和砖头，还有用砖头支着的几十口大锅，锅里有一些水。

"这是那魔水吗？"一个年轻人问。

"一定是，尝尝。"

一个年轻人用指头蘸了一点水，放在嘴里尝尝，淡淡的，和平常喝的水没有两样。大家这才明白，原来城里没有弹药了，何焕之想出了用石头砖头砸人，用开水浇人的绝招。几个人不禁哈哈大笑："狗日的鬼点子真多。"

"听说何焕之阵亡了。"一个年轻人说。

"活该！"二愣子说。

几个人下了城墙，在街道上闲逛，迎面碰见邻村的一个年轻人。相互打招呼后，年轻人跟二愣子说："昨天，我看见一个穿军装女人，很像三姑。"

二愣子笑了："你是被枪声吓糊涂了吧。人死了怎能活过来，除非是神

225

仙。"

几个年轻人也跟着二愣子笑，说："你看见鬼了。"

七十四

北风萧萧，黄河滔滔，战马嘶鸣。

三姑丧事后近一年，三儿子站在陕北吴堡县的一个山头上，隔着滔滔黄河，望着对岸熟悉的村庄。他的耳畔回响着爷爷常对人说的话："我的孙子是将才！"

他抚摸着手中的枪，兴奋地说："我们马上就要过河了。"

三儿子和他的连队乘木船过河。对岸的敌人看到大部队过河，只打了几枪，就销声匿迹了。过河后，三儿子率领连队驻扎在黄河岸边的一个村庄。这里地势高，易于防守，三儿子又很熟悉这里的地形，部队在这里驻扎一夜，第二天要继续往东进发。

奔赴战场作战，是三儿子梦寐以求的愿望。三姑死后，四痞子被他打死，日本人和警备队多次到村里捉他，他待不下去，于是过了黄河，奔赴延安。他在抗大学习了一段时间，更增加了他为国建功立业的决心。在国家危难之际，一个七尺男儿，他愿意驰骋疆场，在枪林弹雨中寻求快乐。他也期望率领千军万马，叱咤风云，横扫故军。现在，眼看就要实现自己的愿望，他踌躇满志，精神抖擞。全身戎装的他，英姿飒爽，心早已飞到了华北战场。

三儿子带着几个排长逐个检查了宿营情况，安排好岗哨，准备回到自己的住所。迎面走来一个小伙子，喊了一声："大哥！"

"哦，表弟！"三儿子有点惊讶，"你怎么在这里？"

表弟把三儿子拉到一边，低声说："你爹身体不好，你应该回去看看。就二十里路，用不了多少时间，一会儿就可以回来。"

"严重吗？我明天就要出发，没有时间回去，你代问一下，好吗？"三儿子说。

"不行。你爹病得很厉害，你不回去，恐怕再也见不到他了。"

"有那么厉害吗？"三儿子有点不相信，"他的身体一向很硬朗。"

"彼一时，此一时。反正我把话传到了，回去不回去在你。"

三儿子低头沉吟，说："我知道了。你走吧。"

回到住处，三儿子左右为难，不知如何是好。爹年迈，性格刚烈，如果不是身体不好，他不会让人捎话。爹对他自小管教严格，希望他将来有出息。三儿子的爷爷是清末秀才，在当地很有名气。因为这里是贫困地区，难得有几个读书人，一个秀才也是为人们所尊重的人。三儿子的爹也读过书，但没有什么出息，只能在家里料理家业。从五岁起，爷爷就教三儿子识字，背诵古代诗文，希望孙子将来超过自己。虽说爷爷是个秀才，文气十足，却有一样爱好，就是练剑，早晚操练，日日不辍。从五岁起，三儿子也跟着爷爷学剑，渐渐产生了尚武喜好，而爹却不喜欢三儿子舞枪弄剑，希望他多学点文化，将来有个一官半职，炫耀门户。三代人之间，出现了难以调和的矛盾。他瞒着爹，偷偷跑到延安，不知道自己离家后，爹的身体到底如何。

副连长看见三儿子焦躁不安，问出了什么事，三儿子缄口不言。他不愿意把刚才在外面表弟说的话告诉副连长，这时候他不能离开部队一步。他怕万一回家耽误了时间，赶不上部队。

夜风起了，窗纸被风吹得哗哗响。山下黄河的涛声被凄凉的冷风吞没了，风呼啸着。屋里飘着冷漠的尘土味，门外的夜风撕咬着枣树枝，枣树发出嘶嘶的痛惜声。

副连长知道三儿子的家就在附近，关切地问："是不是家里有事？"

沉吟半晌，三儿子才说："家里有个口信。"

"什么事？"

"爹病了。"

"回去看看，快去快回。"

"不行。"

三儿子在寻思，到底是爹病了，还是爹在怨恨自己？他知道爹并不赞同自己当兵，因为爹看到三姑被日本人打死了，二愣子不知去向，当兵打仗凶多吉少。三儿子认为自己认识几个字，可以做更好的事。他知道，爹是个很固执的人，家教很严，自己离家出走，爹脸上无光，他一定很生气。

副连长说："这里的一切我来管，你还是回去一趟。打仗不同别的，自己的未来如何，很难预料。你回去看看爹，也算尽你的一份孝心。"

三儿子觉得副连长的话有理，自己这一走，有可能在战场牺牲，这样就再也见不到爹了。再说，自己不辞而别，虽然是为国为民，但有愧于爹，如果回去向爹个歉，兴许可以让他老人家消气，父子二人可以冰释前嫌，自己沙场杀敌，也无牵无挂。如果他老人家真的生病，自然应该回家看看。

"好吧。我速去速回。"

三儿子和副连长走出住处，在村子里巡视了一圈儿。三儿子不放心，又增设了岗哨，还找了一位可靠的村民给队伍做向导。

"带一个士兵回去。"副连长说。

"不用。回趟家不会出事的。"三儿子说。

227

北风萧萧，夜色浓浓。三儿子顶着风往家走去。

三儿子敲了几下自家的大门，门开了，开门的是自己的媳妇。媳妇压低声音说："你还敢回家来！爹生你的气。"

"不怕的。爹病了吗？"

"在屋里，你自己去看。"

三儿子推开爹娘的门，走进窑洞，看见爹盘腿坐在后炕抽旱烟。看见儿子进来，眼皮都没抬，依旧嘶嘶抽烟。

"爹，你还好吧？"

"没到死的时候。"

"听说你病了，还好吧？"

"好着呢。"

三儿子放心了。表弟为什么要说假话？他心里有点不安。

三儿子的爹向老伴使了个眼色，说："你出去一下。"

老伴出去了。

一会儿，三儿子的娘回来了，身后跟着几个同族长者。进屋后，几个长者随便坐在炕棱边，三儿子的爹依旧嘶嘶抽烟。三儿子的娘从箱子上拿过一只柳条编的烟笸箩，放在炕上，让大家抽烟。一会儿，又进来几个同族的人，一起抽烟，等待三儿子的爹发话。

三儿子看到这么多族人进屋，心知不妙，他们一定是为自己的事来的。当地有个世世代代延续下来的习惯，一个大家族里，如果那家有什么大事，可以找同族的人来一起商议，做出决定，以示家族的权威。三儿子在想，他们会怎么处置自己呢？

三儿子的爹看家族的人到齐了，将旱烟袋在炕楞边"嘣嘣"磕了两下，磕去烟锅里的烟灰，停止了吸烟。三儿子看见爹脸色严峻，下巴的胡子抖抖的，证明了自己刚才的猜测，爹要动用族人处罚自己。

"我儿子的事，大家都知道了。他知书识礼，却目无尊长，私自离家出走，将一家老小丢在家里。俗话说，国有国法，家有家法，大家看如何处置。"三儿子的爹征求族人的意见。

一位年岁最大的老人说："三儿子，你家是书香门第，祖祖辈辈知书达理，从我记事起，你家里每个人的一言一行，都受到人们的尊敬，村里人都用羡慕的眼光看你们。十里八村，都知道你家的为人，而你作为长子，居然不和爹商量就走了。这不止让你爹脸上无光，就连我们家族的人也得低头看人。你爹落得教子无方的骂名，家族的名誉也受到损害，不处罚你，让你爹以后怎么做人，家族里的人以后怎么做人！"

三儿子说："我没有向爹辞别是我的不对，可我并不是出去做坏事，而是为国为民去打仗，于国于民于家都有好处。再说，我是个男人，我有自己的志向，我不能在家里窝一辈子。"

"看来我们父子间没有共同见识，难道你的妻子和这个家要我这个年迈的人来养活吗？天下国家本同一理，国和家都需要人来支撑，你抛妻舍父，有何道理？"三儿子的爹气愤地说。

"君君，臣臣，父父，子子。老辈子的规矩怎么能破呢？在家乡不一样打仗吗？如果征兵征到你，我们不反对，而你私自出走于理不通。让你爹做决定吧！"那位年长的族人说。

三儿子感到话不投机，而且气氛渐趋紧张，照此下去，对自己不利，就说："我去趟厕所。"

"不行！"三儿子的爹喝道。

门口已被两个人死死堵住，三儿子无法脱身。

"我提议，先把他扣下来。怎么样？"三儿子的爹厉声说。

"行。"年长的族人说。其他人也附和着。

"绑起来！"三儿子的爹喝道。

几个人不由分说，拿来一条长绳，将三儿子绑了起来。三儿子拼命挣扎，大喊："我是军人，我要回部队！"

听见三儿子的喊声，有人找来一条毛巾，将他的嘴死死堵住。

"把他带走，谁都不许走漏消息。"三儿子的爹说。

三儿子被几个人推出院子大门。

七十五

午夜，副连长见三儿子仍然没有回来，心里很着急。明天清早就得出发，而他没有归队，什么原因？难道他出了意外？副连长知道，这一带很早就有抗日武装，有些地方已经解放，但是依然有国民党的残余在活动，稍有不慎，很容易落入敌手。时间不等人，必须马上派人去找他。

副连长找了一个向导，派了三个士兵，去找三儿子。沿途沟沟坎坎，时而上山，时而下沟，很费腿脚。好在三个士兵走惯了陕北的山路，此时走在时上时下的山路上，不是十分费力。天黑路不熟，深一脚浅一脚，没走多远，他们身上已经出汗。

"还有多远？"一个士兵问。

"不远了，只有五六里。"向导说。

229

又走了一会儿，另一个士兵问："还远吗？"

"不远了。"向导说。

又走了一会儿，第三个士兵问："快到了吧？"

"快了。只有二三里路。"向导说。

又走了一会儿，三个士兵一齐问："到底还有多远？"

"马上就到了。"向导说。

走夜路，特别是山路，说起来只有很短的路程，走起来却很漫长。几个士兵有点怀疑，是不是向导带错了路。好在正如向导所说，没走几步他们就到了三儿子的村子。

向导带着三个士兵，径直走到三儿子家的大门外。只见大门紧闭，院子里悄无声息。向导上前敲门，没人应声。向导继续敲，敲了好久才有人出来开门。

"找谁？"院里的人问。

"三儿子在家吗？"向导问。

"不在。他很久都没有回家了。你们到别处去找吧。"院里的人说。

门外的几个人不相信，要进院子里看看。院里的人看见门外站着的是几个八路军，不敢阻拦，让他们进了院子。

几个人进了院子，在屋里院子里找了个遍，没有看见三儿子的影子。几个人不甘心，走出院子，在村里又挨家挨户找，就连每家的菜窖都找遍了，还是没有看见三儿子的影子。无奈，他们只好返回驻地。

原来，三儿子的爹料到部队会来找人，就把三儿子送到离村二里的羊圈里关押。他决心留下儿子，不愿意让儿子战死战场。

三儿子关押在羊圈里，急得嗷嗷叫。他请求看管的人："你们放我出去，爹那边我来交代。我身上还有几块钱，给你们，怎么样？"

"不行。你爹的脾气你不是不知道，如果放你走了，他会骂死我们，以后我们在他面前抬不起头。"

"以后我会跟他解释。你们不放我走，如果八路军找上门来，你们会惹上麻烦。我是个连长，你们私自扣押，吃罪不起。"

三个看管的人面面相觑，觉得此事非同小可，就到羊圈外面商量。一会儿，几个人进来了，还是不肯放三儿子走。

"我的部队明天早上就开拔，今晚赶不到，明天就来不及了，部队不可能等我，你们会耽误我的事。"

"那也不行。二叔的话，我们不敢不听。"

"我求你们了，你们放我一马，我会感激你们的。"

"不行。家规不可破。"

"你们干脆杀了我。我回不了部队，以后怎么做人？你们让我当逃兵吗？"

"那是你们部队上的事，我们管不着。"

三儿子一再讲理，一再哀求，毫无效果，气急之下，一头向墙撞去。几个看管的人慌了，赶紧拽住三儿子，将他死死绑在羊圈门上。

看到八路军的几个人走出村后，三儿子的爹不放心，怕他们找到三儿子。于是悄悄溜到村外，到羊圈一看，儿子还在，他舒了一口气。

"好好看管，不能让他跑了。"说完，三儿子的爹离开羊圈。

三儿子彻夜无眠，心急如焚。他怎么都不明白，爹为什么要欺骗他，关押他。当然，他知道爹对自己寄予一定的期望，期望他能做个出人头地的人，可世道混乱，一个人的死活都是未知数，哪能顾及前途。他不反对自己打日本打四痞子，为什么不让自己上战场呢？

听说三儿子回家后被父亲扣押，二愣子急忙找三儿子的爹为三儿子说情，三儿子的爹不依。二愣子跑到羊圈看望三儿子，见面后二人痛哭一场。二愣子死里逃生，感激三儿子，决心搭救三儿子。二愣子想起了三姑，向三儿子打听三姑的下落，三儿子说不知道，估计死了。

第二天上午，三儿子的婆姨来到羊圈，手里提着一个瓷罐子，瓷罐子上盖一只碗，碗里放着几个窝窝头。三儿子知道婆姨是来送饭的。

"我不吃，你拿回去！"

"是爹让我送来的。"

"不放我出去，我就不吃。"

婆姨看见丈夫绑在羊圈门上，身子勒得紧紧的，心里隐隐作痛。她明白公公这么做有一定的道理，但未免太过分。对丈夫打日本打四痞子，婆姨很支持，如果没有人去跟那些狗日的斗争，大家谁都没有好日子过。三儿子曾夸婆姨明事理，婆姨心里很高兴。婆姨有心放三儿子走，碍着几个看管人的面，她不敢，因为她知道公公的脾气。

"爹说，让你们几个人轮流看管，轮流吃饭。"

"好。"

立刻有一个看管回家吃饭。

"人是铁，饭是钢，一顿不吃饿倒殃。好歹吃一点。"婆姨劝三儿子。

"不吃。宁可饿死。"

"吃一点吧。气归气，饭归饭，两不相干。"一个看管说。

"不。"

看见丈夫不吃饭，劝说再三也没用，婆姨只好提着瓷罐子回家。婆姨回到家，跟公公讲了三儿子不吃饭的事，公公十分生气，骂道："不吃就让他饿死。"

为了取暖，看管的人抱来柴禾，羊圈里燃起了火。三儿子仍旧不吃一口饭，铁着脸，一言不发。婆姨又来送饭，苦苦相劝，没有一点作用，急得呜呜哭起来。

"你饿死了，我们一家老小怎么活？"婆姨哭着说。

"我管不了那么多后事。爹不怕绝后，我怕什么。"

一天过去了，三儿子仍旧不吃饭，爹担心真会饿死儿子。他扣押儿子，原本不想让他远出，免得牵肠挂肚，现在儿子成了烫手的山芋。如果放他走，自己在家族里失了威信；如果不放他走，真饿死了，会让人笑话。他只好自己出面劝说。他来到羊圈，看见三儿子饿得有气无力，心里一惊。他依旧正颜厉色，说："我扣押你，不是不让你打那些狗日的，是不想让你远走高飞。你去陕北的时候，连个招呼都不打，我这个做爹的有什么脸面？在近处打敌人跟远处打敌人有什么区别？子弹不长眼，万一有个三长两短，我活不见人，死不见尸，怎么向你爷爷交代？先吃饭，吃饭后再说别的事。"

"不吃。你知道吗？军官当逃兵是死罪，要遭枪毙。"

"他们走了，毙不着。"

三儿子捶胸顿足，痛不欲生，连骂："老糊涂！老糊涂！"

看见三儿子不吃饭，三儿子的爹只好叫人将三儿子抬回家，关在一间草房里。娘看见三儿子饿得有气无力，哭着说："你吃几口，让娘心里好受点。再说，好汉不吃眼前亏，以后的日子还长，你还可以出去做事。"

看见娘老泪纵横，三儿子心动了。三儿子说："娘，你别哭，我吃。"

三儿子含着泪端起了饭碗，他娘笑了，他婆姨笑了，他爹鼻子里使劲"哼"了一声。三儿子的爹不让三儿子出门，第一天由他亲自看管，第二天晚上，由三儿子的婆姨看管。

二愣子来到三儿子家看望三儿子，二人各自叙述了别后情形，各自感叹一番。看到三儿子痛不欲生的样子，二愣子去找三儿子的爹，再次劝说他放走三儿子。三儿子的爹是个极其固执的人，死活不放人。夜里，乘三儿子家的人熟睡之机，在鸡叫头遍之时，二愣子悄悄放走了三儿子。

第二天早上，三儿子的爹得知三儿子跑了，大发雷霆，大骂儿媳妇。儿媳妇申辩："我睡得死，他偷偷跑了。"

三儿子的爹骂够了，气得蹲在门前的台阶上一个劲抽烟。

三儿子快步跑出村子，踏着夜色，冒着寒气，向部队的行军方向走去。他悔恨不已，后悔因回家脱离了部队。此刻，他一心想着快点赶上部队，他顾不得几天里因捆绑而疼痛的身子，脚步越走越快，以至于跑了起来。他担心家人发现自己跑了，派人从后面追上来，他不得不加快脚步。一会儿下山，一会儿上山，天亮时分，他已经翻过了两架山，离家已有三十里远了。

五天后，三儿子不得不停下脚步，他没有得到部队的一点消息。他拖着疲惫不堪的身子，再也无法挪动脚步。他万念俱毁，倒在路边，路边上是一道悬崖。看着悬崖，他一寸寸往前移动，他失去了活下去的念头，滚下悬崖。

当三儿子醒来，发现自己躺在一户农家的炕上。原来，他在跳崖后并没有摔死，有人搭救了他，挽回了他的一条命。

到底是谁搭救了三儿子，他一点不知晓。他询问农户，农户的主人说："当时有一队八路军的人马路过，看到你掉在悬崖下，就将你救上来，并嘱咐我好好照顾你。有一个缺了一只胳膊的女军人经过时，俯身看了看你，特意嘱咐我，一定要照顾好你。女军人还对着我鞠了一躬，然后才依依离去。"

三儿子听后，唏嘘一番，离开农家。他心灰意冷，不知道路在何方。一路上，他拖着衰弱的身子，风餐露宿，啃着农家给他准备的干粮，喝着路边小溪里的水。他心里怨恨自己的爹，决不愿意回到那个断送自己前程的家，也不愿意把自己的消息告诉家里。在路过一个地方政府时，他凭着自己的一点文化，在政府里找到了一份工作。

七十六

二愣子为八路军抬了一回担架，又见了一回打仗的大场面，心里高兴不已。有一天晚上，二愣子睡在被窝里，搂着婆姨，突然想起了三姑。

"跟你说件事。"二愣子说。

"什么事？"

"在离石城，听见邻村的人说，他看见了一个人，很像三姑。你说可能吗？"

"你是不是又想起了三姑，才用这样的话骗我？想她，去找她，别搂着我。"

"哪会骗你，是真的。如果你不相信，去问一起去的人。"

"真有这事？"

"真的。"

"人死怎能复生，那是三姑的鬼魂再现，骗你们高兴。你怎不去找三姑？"

"我不相信这是真事，所以没去找。"

二愣子心里想三姑，一时不能入眠，他想起了那天刑场途中被劫的场面。当时，大雪飞扬，他几乎睁不开眼。突然，看见空中粉末飞扬，他闭上了眼，以为自己的末日已经来临。不承想，趁混乱之机，三儿子拉着他钻入人群，他们随着人群乱跑，他想看一眼三姑，却不见三姑的影子。人们喊着，跑着，乱作一团，仿佛天塌地陷一般。后来，他在金花的店里问三儿子，三姑怎么样。三儿子说不知道，也许获救，也许死了。他曾问过二小，二小确认捡到的是三姑的胳膊，因为三姑的手上有颗痣。那天，二小想找三姑的尸体，结果被日本人赶走。第二天，听说被打死的人扔到河滩喂狼，二小赶到河滩认人，而尸体早被狼和狗撕咬得血肉模糊，根本无法辨认，结果也没有找到三姑的尸体。最后，二小只好作罢，将三姑的一只胳膊和一个木头人放入棺材埋葬。

难道三姑会活着？二愣子想。

第二天早上，二愣子走进爹的屋子，问："你去河滩找我的那天，看见三姑的尸体了吗？"

"三姑死了，问这做什么？"爹说。

"有人说，看见了三姑。"

"什么！那是鬼，三姑早入土了。"

"谁都没有看见三姑的尸体。"

"那倒是。那天，我也没有看见。难道真会活着？"

"不知道。"

二愣子心神不安，想把自己听到的话告诉二小，觉得无凭无据，会让二小不高兴。看见二愣子心神不安，婆姨说，你鬼迷心窍了。二愣子遭了婆姨的骂，心里想，罢罢罢，死了的活不了，活着的死不了，随她去吧。

一天晌午，二愣子正在院子里晾晒牲口的鞍子，准备重操旧业，继续赶牲口。二小兴冲冲地走进院子，喊了一声："二愣子！"

二愣子抬头，看见二小来了，忙停下手中的活，说："什么风把你吹来啦？"

"三姑活着！"二小大声说。

"活着？"

"是的。"

"在哪儿？"

"在汾阳。她托人捎话来了。"

"谁捎的话？"

"王家庄的一个人。他的儿子在八路军。"

"三姑在八路军里吗？"

"是的。"

二愣子纳闷，三姑怎么跑到八路军里。他知道，当初是二小和他爹救她，怎会被八路军救啦？

"救三姑那天，你们把她救到手了吗？"

"救到了，可听到三姑一声惨叫，就失散了。日本人砍断了三姑的胳膊，使我们丢失了三姑。"

"哦。"

"你有什么打算？"

"去找三姑。"

"好。我陪你去找。"

二愣子进屋，对婆姨说："有人给二小捎话，说三姑活着，二小想去找三姑，一个人害怕，我陪他去。"

"找三姑是好事，可周围一直在打仗，不太平。你去问问爹娘，让他们拿主意。"

二小出来，进了爹娘的屋，跟爹娘讲了找三姑的事。听说三姑还活着，二愣子的爹娘很高兴。他们想起家里被日本人火烧之后，缺吃少穿，三姑送来了粮食为他们救急，他们一直心存感激。

"死而复生是好事，带点盘缠，去。"二愣子的娘说。

二愣子的爹沉吟片刻，说："跑几百里远去找人，路途遥远，人生地不熟，说不定会遇到什么事，千万小心。"

看见二愣子的爹娘十分痛快地答应了二愣子，二小十分感激。他说："我们会小心的，我们身上带家伙。"

二愣子从柜子里拿出几块大洋，揣在怀里，腰里别着一杆鞭子，跟着二小走了。

二小回家拿了一些盘缠，腰里也别着一杆鞭子，踏上寻妻之路。一路上，二人说说笑笑，十分高兴，一天走了七八十里的路，也不觉得累。二小说，三姑的灾难多，但她的命硬，能死里逃生，是她前世修来的福气。如果找到了三姑，一家人又可以高高兴兴过日子。二愣子说，三姑是个好女人，能吃苦，会持家，一般的女人比不了，三姑在，是你二小的福气。二小说，你的婆姨也不赖，温柔善良，勤俭持家。二愣子说，我们的婆姨都不赖，而我更喜欢三姑。二小说，三姑是个野女人，麻辣麻辣，你们赶牲口的男人更喜欢。二愣子说，如果你情愿，把三姑租给我，一年一石米的租金。二小说，一石米太多，看着你对三姑的好，我分文不收。二愣子说，三姑是你的，我不租，玩笑。二小

235

说，知道。二愣子说，三姑是你我心里的好女人，谁都不能糟蹋她。二小说，我总顺着三姑，由着她的性子，人活着，也不早点捎话报信。二愣子说，人在天地之间，身不由己，不能事事如愿。二小说，人活着，比什么都强，我不用再受热炕冷被的苦。二愣子说，有个热被窝的女人，男人心里暖和。二小说，三姑不知变成什么样子。二愣子说，再怎变，她也是你二小的女人；再怎变，也不会丑。二小说，三姑人俊，百里挑一，丑了也比别的女人俊。二愣子说，甜瓜再苦，也比苦瓜甜。二小说，不知道能不能找到三姑。二愣子说，只要人活着，迟早会回家。

天冷，人心暖。二愣子和二小日行夜宿，一路上说说笑笑，十分轻松。二小很少出远门，看见路边陌生的村庄和景物，十分新鲜，问这问那，像个小孩儿。

"下午要翻一座大山，叫薛公岭，我们要小心。"二愣子说。

"危险吗？是不是有强盗？"

"不知道。"

"我们做好准备，多带个家伙。"

"好。"

二人走到路边，在树丛里找了两棵胳膊粗的灌木，折断，去掉枝叶，拿在手里，继续赶路。

薛公岭是附近最高的山，山高路小，人少狼多，没有一户人家。每逢冬天，山上布满积雪，十分难走。开始爬山了，二小边走边看，十分谨慎。有二小警惕四周，二愣子反倒放心，一直在前面引路。少半天过去了，他们终于爬到了山顶。二小长叹一口气，坐在路边，说："休息一会儿。"

"好。"

二人休息了一会儿。二愣子说："天黑前，我们一定要赶下山，山下才有人家。"

看见上山很平安，没有发现狼，也没有发现强盗，二小心里轻松了。为了早点下山，二人迈开大步。半个时辰，二人赶到了半山腰。他们一边走，一边说笑，异常开心。走过一个小湾，刚要拐过一个小山角，前面树丛里走出两个人，每人手里握着一杆枪。两个陌生人横在路中间，挡住了去路，喝道："要活命，放钱走人！"

二愣子和二小大吃一惊——强盗！二小吓得腿哆嗦，二愣子握紧了手里的棍子。看见二愣子和二小手里有棍子，一个强盗拉开了枪栓，大喝："扔掉手里的棍子！"

看到架势不好，二小先扔掉棍子，接着二愣子也扔掉了棍子。

看见二人扔掉了棍子，两个强盗端着枪逼上前来，说："我们是吃了败仗的国民党兵，手里没钱，要几个钱花花。命比钱要紧，掏出来！"

二小看了一眼二愣子，从怀里掏出两块大洋，哆嗦着递过去。

"太少！全掏出来！"

看见两个强盗贪心不足，二愣子心里升起一股怒火。他悄悄从背后抽出腰里的鞭子，"啪啪"两声，朝强盗的头上甩去。两个强盗猝不及防，被打得大声号叫。二愣子趁机夺下一个强盗手中的枪，扔到路边的山沟里。另一个挣扎着朝二愣子捅来，二愣子让开一步，又一鞭子甩去，强盗的枪掉在地上。二愣子一个箭步上去，捡起地上的枪，握在手里。

两个强盗落败，看见眼前的壮汉如此厉害，只好说："我们不要钱，把枪给我们，那是我们吃饭的家伙。"

二愣子说："别想！"

二愣子把这杆枪也扔到路边的山沟里。两个强盗大喊："你们要了我们的命！"

二人下山，天已黑了。

又走了一天，到了汾阳附近，二人四处打听八路军的驻地。他们找到了八路军的驻地，打问三姑的消息，接待他们的人说，这里没有三姑其人，兴许在别的部队里。二小的心凉了。二愣子想，只要人活着，不愁找不到她，再去别处找。经过打问，他们得知孝义附近也有八路军的队伍，于是前往孝义寻找，孝义的队伍里也没有找到三姑。怎么办？

二小泄气了。

二愣子要继续寻找，二小见他很热心，只好同意。二人又到了介休寻找，结果依然没有三姑的消息。二愣子还想继续寻找，二小说算了，天下如此大，哪里去找她，先回家，以后再说。二愣子只好作罢。

三姑到底是死是活，二小心里没了底，二愣子心里也没了底。

七十七

三儿子逃跑后，一家人陷入惊恐之中，不知道他此去能不能再回来。三儿子的爹嘴上咒骂三儿子，心里却虚虚的。三儿子的娘更是哭哭啼啼，骂老伴害了儿子。三儿子的婆姨心里也不是滋味。一家人过着没滋没味的日子。三儿子的爹最终沉不住气，托二愣子去找三儿子。二愣子出去找了两趟，没有一点三儿子的消息，只好劝说他们安下心来，说三儿子迟早会回来。

在地方政府任职时，三儿子在业余时间练剑下棋，剑术棋艺有了很大提高。说到练剑和下棋，本是三儿子家的祖传喜好。三儿子的爷爷是个秀才，却好剑尚武，他对三儿子说，练剑能让人心明眼亮，行侠仗义，凭着一手好剑法可以走遍天下。三儿子的爷爷不单爱剑，还喜欢象棋，而且是一把象棋好手。棋艺传到三儿子爹手里，更是出众，方圆几十里，没有敌手，因此赢得棋王的美誉。在三儿子小的时候，爷爷就教他练习棋剑，三儿子对此十分喜爱，一直没有废弃。

政府征调土改人员，派往雁北地区参加土改。三儿子带着自己喜爱的宝剑和棋，随着土改工作队前往雁北。

土改工作人员向老百姓宣传党的政策，充分发动群众，分土地，分财产，轰轰烈烈。三儿子投身其中，虽说没有打仗那种痛快淋漓的感觉，但看到穷人有了土地，扬眉吐气，地主老财再也不能剥削劳苦大众，心里十分高兴。三儿子每天忙忙碌碌，全身心投入工作之中，一早一晚练剑不辍，剑法日渐精熟。他记得爷爷在临终前两天还在练剑，他练剑的时候，仿佛爷爷就站在身边。

一天，三儿子走到村边，看见一棵大树下两位中年男子在下棋，就走过去看热闹。三儿子静静看了一会儿，觉得两位棋手的棋艺一般，正想离开，其中一位抬头问："你也会下棋？"

"只会看。"三儿子说。

"下一盘。"

好久没有摸棋子的三儿子很想摸摸棋子，推脱不过，说："下一盘。"

几着之后，三儿子明显占了上风，对手苦苦思索，发现自己越陷越深，最后只好推棋认输。几盘下来，对手均败，三儿子起身要走，对手说："明天，我给你找位高手过着，就在此地，勿忘。"

三儿子本来只想过过棋瘾，至于输赢并不在意，可生性好强的他并不示弱，在他看来，棋盘也是战场，失却战场机会的悔恨，激发他一试身手。三儿子如约而至，没想到对手是位年龄和他相仿的年轻人。三儿子与对手约好，只下三局，旁边有几人观战。对手棋风凌厉，颇有杀气，布局也缜密，三儿子看出对手是位有素养的棋手。然而受过爹指点的三儿子也非等闲，三局较量，三儿子二胜一负。对手双手抱拳，向三儿子作揖，说："好棋力！正式比赛明天进行，地点玉佛寺。"

三儿子摆手，说："就此作罢吧。"

对手说："既然是棋赛，总得有个场面，有个气势，别推辞了。"

三儿子回去和土改队员商量，队员都支持他去，其中两位爱好象棋的队员和他一起切磋，想赢得这场比赛。一个队员问三儿子："你有把握取胜吗？"

三儿子说："艺无止境，山外有山，民间高手有的是，我只有五分的把握。"

玉佛寺坐落在一个小山坡上，寺庙周围树木葱茏，寺内有个小院落，可以容纳一两百人。三儿子和几位土改队员踏进寺院时，院里早已聚集了百十号人，他们都是来看热闹的。原来，附近几个村庄盛行下棋，好多人都会下棋，其中不乏高手。棋室设在正房的玉佛前，小院里也摆着几盘棋。三儿子走进正房，看见棋盘前坐着一位须发皆白的老者，他猜想这位就是与他对弈的棋手，不禁大吃一惊：怎么换了棋手呢？

既来之，则安之。稍做镇静，三儿子便示意开棋。主持人立了几条规矩，两人便移子开局。只走了几步棋，三儿子就感到对手的实力不凡，步步为营，无隙可击。对手向他发起进攻，他只有招架之力，无还手之功，逐渐陷入困境。老者锐利的目光死死盯着棋子，仿佛一只饥渴的猛兽。三儿子苦苦思索，想摆脱困境，而对方强兵压境，步步紧逼，最后只好推子认输。

院子里观棋的人，一阵欢呼。

一位寺僧端来两碗水，放在棋桌上。老者呷两口水，抬起头，微闭双目，左手轻轻捋着胡须。片刻，老者睁开眼，看着三儿子。三儿子猛喝两口水，抖抖精神，说："开始！"

第二盘开局，老者变换了步骤，采用了另一种方法开局。三儿子小心谨慎，仔细应对，老者一时难以占据主动，双方陷入纠缠之中。三儿子吸取了上局出着软的毛病，力逼对手，使得老者出棋迟缓。老者用食指揉了一揉双眼，奋力拼搏，然而始终找不到进攻线路。一着缓棋，反而让三儿子抓住机会，大举进攻，终成胜局。

院子里，有人发出叹息声。他们没有想到以老者老道的功力，竟会输在一个外乡人的手里，实在不可思议。

老者起身，在殿里走了两圈儿，又坐在棋桌前，一边沉思，一边慢慢呷着碗里的水，一边点上旱烟，吧嗒吧嗒抽着。

三儿子起身上厕所，他边撒尿边琢磨着，下一局老者又会如何开局，自己能不能战胜他。三儿子撒了尿，似乎轻松了一些，心想不管输赢，尽力而为。三儿子回到棋桌前，看看老者凝重的神情，也慢慢喝起水来。

七十八

两局棋后，三儿子和老者各怀心事，都想赢得第三局。第三局开始，老者一改第二局的布局，又采用了第一局的布局，稳扎稳打。院子里观棋的人，有的对老者的布局摇头，说他应该换别的方法。也有的说，对付三儿子，应该稳中求胜。三儿子看到老者与第一局类似的布局，心中有了底。他不能以稳对稳，应该主动进攻，用进攻打乱对方的阵脚，然后战而胜之。老者的布阵实在无隙可击，任凭三儿子左冲右突，始终找不到好的进攻机会，三儿子只好先做出牺牲，再求进攻。老者看到兑棋对自己有利，就顺从了三儿子的意愿。僵持局面打开后，三儿子尝试进攻。这招兑棋让老者出现了破绽，几招之后，老者处于守势，渐渐处于举步维艰的境地。

院子里有人叹息。他们为老者的棋局着急，恨不得自己来下这一局棋。

这局棋足足下了半个时辰，三儿子才艰难取胜。三儿子直起腰，舒了一口气，为自己艰难取胜而高兴。

老者推棋认输后，捋一把胡须，呵呵一笑，说："好功夫！"然后起身飘然而去。看到老者如此风范，三儿子心里暗暗钦敬，不愧是老者，有棋力，有棋德，有风范。他想上前对老者作揖致敬，却见老者健步如飞，如一阵风飘出寺外。

院子里的人看着老者飘然而去，有的叹息，有的钦敬老者的败者风范，有的愤愤不平。

三儿子在众人的目光中离开玉佛寺，和几位土改队员回到住地。同伴称赞三儿子的棋力，三儿子也不知道自己的棋艺到底有多高，只是咧嘴一笑，觉得小事一桩，因为他的心底里从来没有把棋艺看得有多重要，他并没有想以棋艺出人头地，他心里一直认为自己是个军人。高兴一阵之后，三儿子一如往常，工作之余，照旧下棋练剑。

一天早晨，三儿子来到村头的一片白桦林练剑。微风摇摆着片片嫩叶，低吟浅唱；绿草茵茵，一片新绿。三儿子将剑倚着一棵树，先练一套拳路，舒展筋骨。三儿子的剑是爷爷教的，拳也是爷爷教的。爷爷对他说，拳可以防身，剑可以进攻，人生总有进退。多少年，三儿子对爷爷的话不甚了然。一套拳路打下来，三儿子神清气爽，身轻似燕，快慰异常。三儿子又操起剑，随兴挥洒，酣畅淋漓。一番舞剑，腾跃击刺，浑身热汗。练完剑，三儿子正要把剑倚在一棵树上，猛然发现不远处有七八条壮汉手操木棍向他走来，他不由吃了一惊。眼看壮汉们一步步逼近，三儿子心知不妙，立刻警惕起来，握紧了手中的剑柄。

壮汉们走上前，先一字形散开，后散成一个半弧形，将三儿子围在中间。三儿子后退几步，背靠一棵树站着，免遭背后袭击。一个壮汉大声说："没想到你还有这一手。你赢了棋，也不道声歉，也不留下点什么，一走了之，不够义气吧。"

一听此言，三儿子心里明白，壮汉们是来为输棋的老者挣面子的。此地棋风很盛，和三儿子的家乡盛行棋剑一样，此地人把棋看得很重，盛行以棋论英雄。老者的棋风凌厉，在当地享有盛名，人们很崇敬他。他输棋，也是大家输棋，这些棋友焉能甘心。俗话说：双拳难敌众手。三儿子尽管拳剑兼通，毕竟面对的是七八条壮汉。不过，三儿子毕竟是从战场上下来的人，面对万千敌人，也不曾惧怕，何惧这几个人。

壮汉又说："我们这样做，你可能认为太不地道，棋是棋，棍是棍，怎么能扯到一块呢？你也知道，虽说棋是智慧之争，毕竟有楚河汉界，其实也是兵家之争。既是兵家之争，与武孰能无关？本来，我们手中的棍子只是做个样子，现在看来，真还派上用场了。"

被逼无奈，三儿子也顾不得自己的身份，顾不得较量会给自己带来的严重后果，只好说："领教了。"

壮汉中走出一个矮个子，站在三儿子对面，说："用拳还是用棍？"

"用剑。"三儿子知道自己的剑比拳好。

三儿子与矮个子过招，棍来剑往，各有招式。几招过后，三儿子感到对方身手不凡，自己占不到便宜。矮个子人小，手脚异常灵活，三儿子想找个破绽，而对方的棍子点、戳、劈、扫，密不透风。他退后一步，想引诱对方上前，乘机出击，没想到胯部挨了对方一棍。矮个子有点得意，三儿子趁机一剑刺去，"哧"的一声，刺破了对方腰部的衣服，腰部露出一道血痕。见此情景，三儿子往后一跳，跳出赛圈。

三儿子的胯部隐隐作痛，竭力支撑着。壮汉们看见三儿子刺伤了矮个子，有些气愤。其中跳出一个大汉，挥挥手里的棍子，直逼三儿子。三儿子看到自己没有退路，只好忍痛出招。大汉力气大，棍子在他手里像一根筷子，轻舞起来呼呼生风，三儿子根本无法接近对方。大汉的棍子步步紧逼，他只好边战边绕圈子，寻找机会。大汉根本不给他机会，步步紧逼，提防不及，腰部挨了一棍，顿时一阵剧痛。大汉的棍子扫得猛，来不及快速收回，三儿子一剑击去，击中了大汉的手腕，划出一道大口子，流血不止。

三儿子捂着腰，忍着剧痛，蹲下身子。

看到两位兄弟被伤，壮汉们岂肯罢休。这时又跳出一条汉子，大喊一声："有种的站起来！"

三儿子不怕自己落败，也不怕自己受伤，偏偏忍受不了羞辱。他用剑点地，强支起身子，决心最后一搏。这次搏斗的结果是伤是死，他已置之度外。他双手抱拳之后，又拉开架势，准备决一死战。

"住手！"远处有几个人边喊边快速跑来。原来这几个人是三儿子的同事，他们发现三儿子出去好久没有回来，出来看看有没有事，不料远远看见三

儿子被人围住，因此大喊起来。

大汉们一看不是自己人，情知不妙，怕惹出是非，其中一人大喊："走人！"七八条大汉飞奔而去。

两天之后，有人来到三儿子的住处，送来一张请帖。三儿子打开一看，是邀请他去喝酒的，邀请的人正是那七八条大汉，这让三儿子莫名其妙。

一位同事说："该不是鸿门宴吧。上次他们吃亏，这次让你吃亏，还是不去的好。"

三儿子认为同事的话不无道理，因为这几个大汉到底是什么人，他一无所知，但他推想，一定与上次的棋赛有关。上次格斗，无疑是找自己出气，这次一反上次的做法，以礼相待，其中必有玄机。以礼相待，是继续加害自己，还是表示歉意，三儿子一时难以确定。三儿子不是好勇斗狠之人，没有必和陌生人见高低，论短长，应该好好养伤。古训云：来而不往非礼也。如果不去，反而将自己置于无礼之地，遗人笑柄，有失尊严。想到这里，三儿子毅然决定，一定赴宴，并且告诉来人，你尽管准备好酒好菜。

酒筵设在玉佛寺。三儿子仗剑而来，身边有一位同事陪同。三儿子和同事走进玉佛寺的大门，看见一帮人正在院子里围成一圈看下棋，个个凝神敛色，全然不知三儿子到来。三儿子正要上前打招呼，突然听见"咣当"一声，大门闭紧了，还插上了门闩。看棋的人听到响声，呼啦一下，全都散开，顺手操起靠墙的棍子，将三儿子和同事围在中间。看见大汉们个个怒目圆睁，同事顿时两腿打战，脸上淌着虚汗。三儿子也为之一惊，小声安慰同事："别怕，有我。"

三儿子拔剑出鞘，紧紧握着剑柄，做出决一死战的姿势。他往靠墙的两个大汉猛然刺去，两人立即闪开，他趁机跳到墙根，背靠着墙，向同事喊："快过来。"

三儿子心知不妙，面对这么多大汉，一定凶多吉少。他想，自己吉凶未卜不说，还要搭上同事，后悔不迭。双方僵持着，谁都没有抢先动手，寺内一片死寂，只有树上的鸟还在叽叽喳喳。三儿子看见大汉们不动手，只是摆着架势，心里渐渐镇定下来。

"吱"的一声，一侧厢房打开一扇门，一位老者站在门首，哈哈大笑。围着三儿子的大汉们马上一齐收起了棍子，站在一边。

"失礼了。"老者轻移脚步，走下台阶，向三儿子走来。三儿子一看，正是跟他下过棋的那位老者。

三儿子将剑插入剑鞘，长吁一口气，心里很不舒服，一脸怒气。

"请息怒。这些不懂事的年轻人得罪了你，我吼了他们。他们是为我得罪你的，所以今天我请你喝酒，向你道歉。刚才的事别见怪，他们只是试试你的胆量，没有恶意。"

老者一声招呼，大汉们端来一些菜蔬，几罐子酒，放在院子里的石桌上，一起饮酒，三儿子酩酊大醉。老者对大汉们说："这人是条好汉，你们送他回家。以后遇事，你们不仅不能难为他，而且要帮助他。他远道而来，是为我们做事，我们要以礼相待。"

大汉们架着三儿子回到住地。一路上，他一直喃喃自语："好酒！好酒！"

七十九

弈棋，斗武，让三儿子在当地小有名气，人们见了他总会打个招呼，以示敬意。这让三儿子心里颇为欣慰。有几个小年轻，还向三儿子提出拜师习武，三儿子婉言拒绝，因为他怕带徒习武，引来不必要的麻烦，毕竟身在异乡，难料之事多。

一天晚饭后，三儿子仗剑来到村头那片白桦林，准备演练一番。他脱掉外衣，随手将外衣扔在地上，操剑挥舞。银剑飞舞，虎虎生风，越舞剑兴越浓，全身心沉入剑兴之中。舞了一会儿，他停下手中的剑，准备休息一会儿。突然，"嗖"的一声，一颗子弹飞来，钻入他的大腿。他"哎哟"一声，蹲下身子，捂住了大腿。他四处张望，看见两个人影飞一般消失在暮色里。听见一声枪响，有人闻声跑来。看见三儿子捂着大腿，蹲在地上，知道他被打中了。

"出事了！"有人大声喊。

这时，有几个和三儿子打过架下过棋的大汉也闻声赶来。大汉们看见被打伤的人是三儿子，十分同情，问开枪人逃跑的方向，三儿子用手一指，大汉们仗着自己有几分功夫，立刻向开枪人逃跑的方向追去。开枪人看见身后有人追来，立刻跑进一片小树林隐蔽起来。大汉们要冲进树林，一个大汉说，他手里有枪，不能冒失。双方在小树林内外对峙着，大汉们无计可施。这时，附近有一辆驴车走来，车上坐着几个人。大汉们说，树林里有坏人，开枪打伤了土改工作队的人。只见车上跳下两个政府人员模样的人和一个独臂女人。独臂女人观察了一会儿动静，从赶车人手里要来鞭子，吩咐赶车人离开，然后叫大汉们和身边的两个政府人员模样的人到小树林的另一边向小树林里的人喊话，自己隐蔽在路边的庄稼地里。大汉们跑到小树林的那边，大喊"缴枪投降"，小树林里的开枪人向独臂女人这边悄悄摸过来，想趁机钻进庄稼地逃走。独臂女人从开枪人的身后飞身而出，手中的鞭子闪电般向开枪人头上抽来，开枪人大喊一声，倒在地上，两手捂着头，痛苦不堪。

独臂女人上前踩住开枪人的脖子，使他动弹不得。小树林那边的大汉们看见独臂女人制服了开枪人，一齐跑过来，拧住开枪人的两臂。开枪人捂着头站起来，满脸是血，惊讶地看着独臂女人，说："是你！"

独臂女人握着染血的长鞭，瞪着开枪人，说："原来是你！你死定了！"

开枪人垂下了头，双膝跪在地上。

开枪人被大汉们扭到区政府法办，他就是小诸葛。

村里人听到喊声，立刻跑来一伙人。大家七手八脚，将三儿子抬到附近一户人家。三儿子用手捂着的伤口一直往外流血，有人用白布紧紧裹住伤口，血流少了。人们知道三儿子腿里面有子弹，村里没有人会取子弹。三儿子说，我自己来取。众人说，自己取很危险，要将三儿子抬到区医院，三儿子同意了。

村民将三儿子连夜抬到区医院，子弹很快取出来了。村民回村了，三儿子独自躺在病床上，琢磨是谁下手要将他置于死地。那伙下棋的人？不会。他已经跟他们和好了，即便有人想跟他作对，老者也不会同意，再说他们手里没有枪。除此之外，只有那些国民党的余孽，他们手里才有枪，他们会暗中害人。

第二天上午，土改队员被枪打的消息传到区里。人们议论纷纷，都在揣测什么人干得此事。三儿子躺在病床上，庆幸自己没有被打死。他袭击过日本人和四痞子，跟国民党打过仗，从来没有负伤，没想到却在没有硝烟的环境里受伤。他暗笑一声，庆幸自己运气好，也感叹自己的热血没有洒在喜欢的战场上，却洒在一片安静的桦树林。

"区长来看你。"护士说。

三儿子刚坐直身子，几个人就走进病房。三儿子看着来人，正想表达谢意，却欲言又止。他被一个独臂女人惊呆了。

"是你？"三儿子说。

"是你？"独臂女人说。

"你活着？"三儿子说。

独臂女人笑了："活着。"

"为什么没有你的音信？为什么不给家里人捎话？大家以为你死了。"

"捎话了。"

"赶紧拿纸和笔来，我写封信，把我和你的消息告诉老家的人。"

"好。"

独臂女人不是别人，正是死里逃生的三姑。

"我给家里捎过一回话，写过一次信，没有回音，不知道收到没有。"三姑说。

"估计没有收到，不然他们会找来。"三儿子说。

"你怎么会在这里？"三姑问。

"一言难尽。"三儿子说。

"你怎么会在这里？"三儿子问。

"说来话长。"三姑叹口气，"那次你在路上跳崖，是八路军救了你。当时，我认出了你，托付老乡好好照顾你。"

"我找不到部队，只好自寻短见。"

二人聊了很久。

小诸葛被押回本地法办，依法处死。二愣子、二小和虎子听到这个消息，欣喜若狂。

小诸葛隐藏起来后，一直在打听三儿子的消息，他要跟三儿子较量，他要复仇。一次偶然机会，他得知三儿子被政府派往雁北参加土改，小诸葛如获至宝，立即前往雁北。到了雁北，他经过多方打听，终于打听到了三儿子的下落，于是寻找机会复仇。他没想到自己开枪没有打死三儿子，反被独臂女人擒获。

小诸葛的处决地在河滩，二愣子、二小和虎子早早赶到河滩小诸葛的处决地在河滩，二愣子三人早早赶到河滩。他们担心看热闹的人多，报仇的人多，到时候插不进手，所以早早就赶来了。

晌午，几十个带枪的人押着五花大绑的小诸葛到了河滩，这时河滩人山人海。押解的人拨开一条道，拥着小诸葛往前走。看见小诸葛来了，有人乘机伸手打他的耳光，有人向他吐唾沫，有人用脚使劲踹，有人破口大骂。小诸葛被押到一根大木柱前，人们一拥而上，想要动手，结果被带枪的人挡住了。

有个带枪的人拿出一根拇指粗细的绳子，将小诸葛紧紧绑在大木柱上。小诸葛被勒得哇哇叫。

有人上前，想动手打小诸葛。

"不急！我们先宣布小诸葛的罪行。"一个带枪的人大声喊。

有个带枪的人大声列数了小诸葛的一系列罪行，然后大声说："今天，我们代表老百姓处决这个大汉奸，要他怎么死？"

有人举起胳膊大声喊："千刀万剐！"

"石头砸死！"

"乱棍打死！"

"锥子捅死！"

"碎刀子割死！"

"五马分尸！"

“油锅炸死！”

“大火烧死！”

群情激愤，呐喊着，拥挤着，很多人想上前动手雪恨。看见想报仇的人实在太多，担心秩序难以维持，有个带枪的人大声说："有冤的报冤，有仇的报仇。哪个想报仇，举手！"

人们不再拥挤了，许多人举起了手。

这时，二愣子再也按捺不住自己了，他在人群中大声说："狗日的小诸葛和四痞子，两次把我抓进牢里，几乎折磨死，我要报仇！"

人群中，有人认出了二愣子，大声说："先让二愣子报仇，他的仇最深。"

二愣子走到小诸葛面前，大声问："狗日的，你认得老子是谁？"

小诸葛抬了一下头，没吭声。

二愣子举起手中的鞭子，一鞭，一鞭，狠狠地抽打着小诸葛。

看见二愣子抽得很过瘾，二小早按捺不住了。他挤到小诸葛面前，大声说："狗日的小诸葛和四痞子害死了我的婆姨三姑，我要报仇！"

二愣子停下了手中的鞭子，二小又举起鞭子，一鞭，一鞭，狠狠抽打着小诸葛。

虎子在人群中大喊："狗日的小诸葛和四痞子杀了我的亲人，我要报仇！"

有人让开一条道，虎子快步上前，举起手中的木棍，朝着小诸葛飞舞起来。

看见小诸葛被打得半死不活，带枪的人喊："现在处决狗汉奸！"

小诸葛有气无力地抬起脑袋，挣扎着喊："再过二十年，老子又是一条好汉！"

没等小诸葛再喊什么，有人飞起一刀，"嚓"的一声，小诸葛人头落地，滚了几滚。

人们一片欢呼。

二愣子、二小和虎子回到街上，走进一家饭铺子喝酒开心。

半个月后，二愣子兴冲冲地跑到三儿子家里，跟三儿子的爹说："三儿子活着！信！三儿子来的信！"

三儿子的娘和婆姨看到二愣子手里的信，热泪滂沱。三儿子的爹脸上露出了笑容，说："他是聪明人，知道他在人世。"

当天，二愣子兴冲冲地跑到二小家里，跟二小说："三姑活着！信。三儿子来的信。"

二小半信半疑。二愣子从怀里掏出一封信递给二小。二小看见信，才相信是真的。自从上次寻亲归来，二小心灰意冷，感叹自己的命运不好，尽管找到了个好女人，得而复失，后半生只能与孤独相伴了。没想到老天眷顾命苦的人，让他与三姑再相厮守，心里不知有多高兴。二小高兴得哈哈大笑，好久才停住笑声。

　　"你还愿意跟我去找三姑吗？"二小问。

　　"愿意。"

　　"你回家打理一下，明天我们出发。"

　　"好。"

　　二愣子转身回家。二小跟儿子们说，你们看好家，过些天你娘回家，我们又是一个完整的家，你们不用可怜兮兮的。大儿子要跟着去，二小说，外面不安全，万一出事，我对不起你娘，大儿子只好作罢。

　　二十多天后，二愣子和二小找到了三儿子。千里之外，三人相聚，格外高兴。三儿子对二小说："你的命好，三姑活着，我见到她了。"

　　二小说："你是我的恩人。上次为了搭救三姑和二愣子，你们豁出自己的命，不然三姑的命早没了。这次又是你找到了她，我不知道怎么感谢你好。"

　　三儿子说："你见外了。乡里乡亲，我们应该相互帮衬，何况三姑是抗敌的一分子，我岂能袖手旁观。吃了饭，我带你们去见三姑。"

　　马上就可以见到三姑，二小心里甜甜的，只扒拉了几口饭，就放下了碗筷，说吃饱了。

　　二愣子说："二小，吃饱肚子，晚上跟三姑睡在一起才有精神。"

　　三人哈哈大笑。

　　三姑在部队干的很出色，为了充实地方干部队伍，她被组织安排到地方政府部门任干部。由于三姑工作大胆泼辣，工作成绩优异，又识字，逐步提拔，任了区长。

　　三儿子带着两个同乡人，去区里找三姑。区办公室地点在一个四合院里，三姑的办公室在一间狭小的平房里。三人走进三姑的办公室，三姑吃了一惊，她没想到千里迢迢，二小和二愣子找上门来。

　　"你想见的人，给你带来了。"三儿子说。

　　三姑看一眼二小，又看一眼二愣子，一时不知道说什么好。她历尽折磨，死里逃生，又远走他乡，不知道二小操了多少心。想到这些，她心里一阵惭愧。二愣子是和她一起出生入死的人，他经受的苦难，自己亲眼看到了。她对自己百般呵护，不离不弃，真是生死之交。面对眼前一对真心热爱自己的人，三姑控制不住自己的情绪，呜呜哭起来。

　　看见三姑哭泣，二小也抹起眼泪来，二愣子则站在一旁傻笑。

　　"见面了，应该高兴。"三儿子说。

　　"我给你们倒水喝。"三姑抹去了眼泪。

　　三姑倒了三碗水，放在桌子上。二小哪有心思喝水，他死死盯着三姑，看个没完。刚才，他看见三姑用一只手给大家倒水，另一只手臂空荡荡的在一边晃荡着。现在，她把一只手臂放在一张破旧的木桌上，另一只袖子瘪瘪的，吊在身体的一侧，像少了半块身子。再看三姑的脸，虽然不像过去那么粗糙了，但是眼角现出了鱼尾纹，死里逃生的劫难在她脸上打上了深深的烙印。看见丈夫盯着自己看，三姑不自主地用手摸了一下那只空荡荡的袖子，脸上掠过一丝阴云。看见过去俊俏的婆姨，现在成了一个残疾人，二小又抹起了眼泪。

　　三姑眼里含着泪花。

　　二愣子看见三姑低着头，眼里泪花闪闪，知道她心里难过。他不由自主地打量着三姑。三姑穿一件蓝布褂子，那只空袖子紧贴着身子，身子像削去了一半，偏向了一边。她脸上的气色，比在牢里好多了，现出了些许红润。她的身子比赶牲口的时候消瘦了许多，过去身上的那种野性和活力，所剩无几。看着三姑眼前的样子，二愣子的心沉沉的，像压着一块石头。

　　三儿子看见二小和二愣子不时瞅着三姑的那只空袖子，想起了救三姑那天的情景。那天，由于现场情况危急，三儿子抢到二愣子之后，无暇他顾，只顾拉着二愣子狂奔。至于三姑的安危，事先已经交给了三姑的爹和二小等人。三姑是死是活，当时三儿子并不知道。现在，活生生的三姑站在几人面前，实在是万幸，他十分欣慰。

　　三姑看着坐在自己对面的二小，发现二小瘦小了。二小的脸上增添了不少皱纹，皮肤干涩，老了许多。身上的衣服，倒也干净，还是那件穿了两年的旧衣服。想到自己离开家之后，里里外外都要丈夫照应，三姑一阵心酸。她想，如果自己听丈夫的话，老老实实待在家里，也许不会经受那么多的苦难。看见丈夫脸上现出微微笑意，三姑心里也高兴起来。从此以后，她可以跟丈夫和和美美过日子，不用担惊受怕，不用遭受苦难。苦难让她明白了人生的宝贵。

　　三姑又把目光移到二愣子身上。这个和自己一起历经苦难的壮汉，现在已经恢复了从前的样子。他脸上露着一脸憨笑，乐呵呵地说笑，好像忘却了经历的苦难。在牢里的时候，他壮实的身子消瘦了很多，只剩下一副坚硬的骨架。现在，他依然精神饱满，眼里流露出对三姑的喜爱。三姑感受到了二愣子心里的热情。她明白，这种经过苦难洗礼的热情，是永远不会消退的，会永远燃烧下去。

"上次没有找到你，这次终于找到了。"二愣子说。

"我给家里捎过话，让你们知道我还活着，没想到你们会来找我。那次我随着部队走，这里住几天，那里住几天，没有固定地点，你们自然找不到我。二愣子，我以为你死了，再也看不见你了，没想到你活得好好的。老天照顾苦命人。"

三姑哭了。

"我的命是捡来的，连我自己都没有想到会活下来，多亏了三儿子。"二愣子说。

"是三儿子救了你？"

"是的。"

三姑知道，三儿子是豁出自己的命去救二愣子的，正像二小和爹救自己一样，都是用自己的命做交换。

"那天，我以为是自己在人世的最后一天，没有一点生的念头，没想到能够活下来。那天，天昏地暗，我以为你死了。后来听说你真死了，下葬了。我恨死了狗日的日本人和四痞子。"

"那天，我也以为你死了。那样的阵势，有谁能活下来呢。"

"我们能活下来，实在是奇迹，也许是命不该死。天意！"

"你是怎么逃走的？"二愣子问。

三姑的脸陡然变色。她猛然想起那个可怕的时刻，她的心抽搐起来。不知道多少次，她在梦里梦见那个可怕的场面；不知道多少次，她从噩梦中惊醒。

"八路军救出来的。"

"八路军？"

"嗯。"

二愣子惊奇不已，感激不已。

八十

半年后，三姑回村了。

村里人亲眼看到三姑下葬，亲耳听说三姑还活着，又亲耳听说找不到三姑。对三姑的死活，村里人疑疑惑惑，不知是死是活。有人调侃二小，你那赶牲口的俊女人，恐怕你这辈子再也搂不着了，等下辈子再搂吧。二小说，三姑肯定活着，今生我还能搂着她。人们笑了。有人说，恐怕你只能搂着那只胳膊睡。有人说，还是搂着你的枕头更实在。二小瞥一眼说话的人，现出鄙夷的神色。

249

听说三姑回村了，人们欢呼雀跃，挣着来看三姑，看到底是真三姑回家还是假三姑来骗人。

隔壁二婶是最先进门的女人。她刚进院子就喊："三姑，让婶子好好看看你，可怜的人！"

听见二婶的喊声，三姑打开门，站在门口说："快点进来，二婶。"

二婶一进门，就握住三姑的手，呜呜哭起来。

"我回来了，哭什么。"三姑笑着说。

"你是从阴间回到阳间，容易吗？世上有几个死而复生的人！"

三姑咯咯笑着，说："这不稀奇，我不就是吗？"

听三姑一说，二婶破涕为笑："苦命的人，你终于回到婶子身边了。你的命真比天还大。"

二婶瞅着三姑，从上到下，连瞅几遍，仿佛面前站着的是一个陌生女人。

"我是一个婆姨，不是一个姑娘，有什么好看头。"三姑笑着说。

"三姑，你瘦多了，衣服穿在身上，都空荡荡的。"二婶摸着三姑的身子，"能不瘦吗？遭了那么大的灾难。"

"是啊。人间的苦，都让我一个人吃了，好歹留下了一条命。"

"活着就是福。以后你会有好日子过。"

二婶进门不一会儿，二小的院子里就挤得水泄不通。三姑热情地招呼各位乡亲，刚跟这个打了招呼，又跟那个打招呼，忙得不亦乐乎。看见来的人多，二小站在院子里，咧着嘴，笑呵呵地跟人们打招呼。看他高兴的样子，好像三姑是新媳妇进门。

"二小，你真有福气，你又能搂着三姑睡觉了。"一个年轻人说。

"当然。你羡慕吗？给你搂一回。"二小说。

"三姑是你的婆姨，现在很金贵，给公家做事，不比从前了，哪敢随便去搂。"

"没福气的东西！"

来看三姑的人进进出出，一拨走了，又进来一拨，热闹极了。直到天黑，人们才渐渐离去。看见人们走了，二小赶紧和面。

"你饿坏了吧，三姑？"二小问。

"心里高兴，哪顾得上饿。"三姑说。

三姑不停地摸着两个儿子的头，不忍释手。两个儿子看着娘，甜甜地笑着，不知道说什么好。

晚上，三姑刚吹灭灯，二小就钻进她的被窝。二小摸着三姑的身子，从上到下，从下到上，心里甜滋滋的。

"跟以前一样吗？"三姑说。

"你是我的婆姨，还会有错吗？"

"我是说我的身子变了吗？"

"没有。皮肤还是滑滑的，还像从前散着淡淡的香味。"

"我以为经历了这么多苦难，我的身子跟从前不一样了。"

"除非你变成妖精，怎会不一样呢？三姑还是三姑。"

三姑紧紧搂着二小，二小紧紧搂着三姑。二人沉浸在甜蜜中。

"以后我们不会再担惊受怕了，你回家吧。"二小说。

"我不是回来了吗？"

"你不走了吗？"

"不走了。"

"我可以夜夜搂着你睡觉了。"二小搂紧了三姑。

三姑咯咯笑了："我是你的人，你不搂谁搂。"

一番温柔，一番甜蜜。二小真真切切感到三姑回到了自己的身边，三姑实实在在感到自己回到了家。他们经历的苦难，抛到了九霄云外。

"以后，我会在政府里工作。我很想再赶一回驴。"

"你赶了半辈子驴，还没有赶够吗？赶驴，让你吃了多少亏！"

"是吃过不少亏，可我还是喜欢赶驴。"

"这有何难，我给你找一头驴，你再赶一回，从此罢手。"

"我的那头驴呢？"

"它以为你死了，成天不吃不喝，没几天，伤心过度，死了。"

三姑心里隐隐作痛，没想到自己不仅连累了家人，还连累了那头牲口。她的眼前出现了那头驴的影子，不由得抹起了眼泪。

"我的鞭子呢？"

"在。在墙上挂着。"

"好。休息一两天，我再赶一回驴。"

"赶驴给你引来不少麻烦，险些丢了性命，还想着这事，秉性难移。现在你是公家的人，人们看见会笑话。"

"我原本是个赶牲口的人，怕什么。再说，我还没有上任，人们不知道我是政府的人。兴许这是我最后一次赶牲口，让我过一把瘾吧。"

一天，三姑赶着二小给她借来的一头驴，去给自家驮炭。出门时，三姑甩起了响鞭："啪啪！"

鞭声传遍整个村子。听到鞭声，有人心里觉得很奇怪，难道三姑刚回家又去赶牲口了吗？有人跑出院子，看见三姑一手拿着鞭子，一手牵着驴，高高兴兴出了村。有人感叹："江山易改，秉性难移。"

三姑出了村，下到了沟底，不由自主地举起鞭子，连甩几个响鞭。她不明白，甩这几个响鞭是习惯，是怀念，是发泄，还是一种期待。

"啪啪！"远处传来了鞭声。

三姑咯咯笑着，她没想到她的鞭声会得到回应。

接着，远处传来了歌声：

"天上的老鹰摇一摇，地上的鸡；

摇来摇去摇三回，撂不下你。"

听到歌声，三姑心花怒放，知道是他来了。三姑停下脚步。

不一会儿，三姑身后传来了铃声。接着，又是"啪啪"两声。

"知道是你来了。"三姑满面笑容。

"听说你回来了，没想到你又拿起了鞭子。"二愣子说。

"你不也拿着鞭子吗？"

"我舍不得撂下鞭子，手里没有鞭子，我心里空落落的。"

"呵呵！我们都是贱骨头，吃苦的命。哎——"

"回来住一阵子，还是留下来？"

"不走了，留下来。"

听三姑说不走了，二愣子心里别提有多高兴。他凑到三姑跟前，拍了一下三姑的肩，现出十分亲昵的样子。

二人说说笑笑，不知不觉又看见了那条河。河水清清，河面映照着二人洗脸时嘻嘻哈哈的样子。

他们一起到了煤窑，装好了两驮子炭，跟着摇摇晃晃的驮子往回走。他们刚走到一个沟岔口，就听见远处有人喊："二愣子，过来歇一会儿。"

二愣子将手搭在眉头一瞭，原来喊他的人是虎子。二愣子在驴屁股上拍了一巴掌，说："快点走！"

三姑也认出了虎子，心里一阵感激。他听二小说，虎子和强盗湾的人曾冒着生命危险去救她。

看见三姑一步步走近，虎子大吃一惊，他怀疑自己看错了人。当活生生的三姑站在他面前，他确信死了的三姑又回来了。

"你是怎么逃出来的？"虎子急切地问。

"那天，风雪飞扬，我听见有人低低叫了我一声，好像是我爹的叫声。随后，风雪弥漫，面对面都看不清对方。一个人猛然拉住我的手就跑，我随着他跑。我听见日本人叽里咕噜地大喊，接着听见枪声大作。我被人拉着，跌跌撞撞，大概跑了十几步，猛然一阵剧痛，我被人拉着的胳膊没有了。原来，我的胳膊被日本人的大刀砍掉了。我被人群挤倒在地，数不清的脚踩踏着我，我感觉自己要死了。这时，我被一只手拉起来，扶到另外一个人的背上，这个人背着我疯狂地跑。我发觉自己晕过去了。不知道过了多久，我醒来了。醒后发现自己躺在一个暖烘烘的炕上。"

"是谁救得你？"虎子问。

"有几个区武装的侦察员前来侦察情况，看见要被处死的是我，所以他们决定救我一命。"

"就这么简单？"虎子问。

"我给区里送过几次情报，与这几个侦察员相互认识。他们知道我为八路军做事，所以救了我。"

"这么神奇！"虎子如梦初醒，"八路军真是天兵天将，及时救了你。那天，我们没救出你，懊悔死了。后来听说没看见你的尸体，以为你真死了。"

"多亏你们相救，不然我哪有今天。"三姑呜咽起来。

"三儿子呢？"虎子问。

"在雁北参加土改，土改结束后就会回来。"三姑说。

"强盗弯的人知道你回来的消息了吗？"虎子问。

"知道了。"二愣子说。

"他们一定高兴坏了。"虎子说。

"是的。"二愣子说。

"伤好了后你做什么？"虎子问。

"我帮着部队做后勤，后来又到了地方上做事，最近才回来。"

三人在一起叙了很久，看看天色不早，二愣子和三姑告别了虎子。虎子看着三姑拖着一只空荡荡的袖子渐走渐远。

不到半个时辰，他们走到了金花旅店门外。三姑不停地瞅着金花的旅店，二愣子看出了三姑的心思，知道三姑想跟金花说几句话，于是抬头看看天，问："进去歇一会儿脚吗？"

"进去。我们很久没见了，很想她。"

二人赶着牲口进了金花的旅店。金花正在院子里收拾晾晒的被褥，听见身后有牲口进来，转身看见了三姑，一时间惊得目瞪口呆。

"你是三姑？"

"当然是。难道会是鬼吗？"

金花扔下手中的被褥，向三姑扑来。金花扑在三姑身上，呜呜哭起来。

"你还活着，真是老天开眼！我们以为你死了，今生今世再也见不到你了。"

说着，金花大声号起来。

三姑和金花说了很久的话，眼看天黑，三姑起身要走，金花死活不放，说你好歹在这里住一夜，我们好好说说话。三姑只好住下。金花瞅一眼二愣子，狡黠一笑，说："还不快点去喂牲口。"

二愣子乐呵呵地说："就去。"

晚上，金花又跟三姑说了半夜的话。看见夜色已深，金花看了一眼喂完草刚进门的二愣子，故意说："今晚三姑跟我睡，别眼红。"

二愣子说："现在经常可以看见三姑，不眼红。"

夜里，三姑睡得甜，二愣子睡得香，金花睡得美。

不久，人们听说县里来了一位独臂女区长。